Trăiește clipa

Savor the Moment
Nora Roberts

Alma este marcă înregistrată a Grupului Editorial Litera
O.P. 53; C.P. 212, sector 4, București, România
tel.: 021 319 63 93; 0752 101 777
Ne puteți vizita pe

Trăieşte clipa
Nora Roberts

Editor: Vidrașcu și fiii
Redactor: Gabriela Trăşculescu
Corector: Cristiana Miu
Copertă: Flori Zahiu
Tehnoredactare şi prepress: Ioana Cristea

Descrierea CIP a Bibliotecii Naționale a României
ROBERTS, NORA
Trăieşte clipa / Nora Roberts;
trad.: Raluca Podeanu. – București: Litera, 2019

ISBN 978-606-33-4205-9

I. Podeanu, Raluca (trad.)

821.111(73)-31=135.1

nora roberts

Trăiește clipa

Traducere din limba engleză
RALUCA PODEANU

LITERA®
2019

Pentru fratele meu, Jim,

brutarul familiei

„Cânt despre izvoare şi muguri, şi păsări, şi bolte;
despre flori de-april şi de mai, de iunie sau iulie.
Cânt despre tradiţii, celebrări, hramuri şi petreceri
Cu miri, mirese şi-al lor tort de nuntă.“

ROBERT HERRICK

„Mă întreb, pe-a mea onoare, cu ce ne-am irosit clipele dinaintea iubirii noastre?“

DONNE

Prolog

Pe măsură ce se apropia sfârșitul ultimului ei an de liceu, Laurel își dădea seama de un adevăr de necontestat.

Balurile de absolvire erau un adevărat iad.

De săptămâni întregi, nimeni nu mai vorbea decât despre cine ar putea invita pe cine, stârnind astfel nefericire și isterie.

În opinia ei, în perioada premergătoare balului, fetele sufereau o adevărată agonie a suspansului și a așteptării stânjenitoare. Coridoarele, sălile de clasă și curtea palpitau de o întreagă gamă de emoții ale fetelor, de la euforie amețitoare pentru că vreun tip le invitase la dans, până la lacrimi amare pentru că vreun alt tip nu le băgase în seamă.

Întregul univers se învârtea în jurul „vreunui tip", lucru pe care ea îl considera stupid și deprimant.

Apoi isteria continua, ba chiar se amplifica, odată cu goana după rochie, pantofi, însoțită de polemicile intense pro și contra. Limuzine, petreceri, camere de hotel – variabilele da sau nu, sau poate în privința sexului.

Ar fi sărit peste toate astea dacă prietenele ei, mai ales Parker Brown, nu ar fi obligat-o să participe.

Acum, toate economiile ei, toți acei dolari și cenți câștigați atât de greu, după nenumărate ore în care servise pe la mese, dispăreau pe o rochie pe care, probabil, n-o va mai purta vreodată, pe pantofi, pe geantă și pe ce-i mai trebuia.

Ar fi putut să le învinuiască tot pe prietenele ei pentru asta. Fusese la cumpărături cu Parker, Emmaline și Mackensie și cheltuise mai mult decât ar fi trebuit.

Ideea de a le cere părinților să finanțeze cumpărarea rochiei, adusă cu diplomație în discuție de Emma, nu era una tocmai bună; nu pentru Laurel. Poate era o chestiune de mândrie, însă banii în familia McBane deveniseră un subiect destul de delicat după eșecurile investițiilor riscante ale tatălui ei și mica problemă a controlului de la IRS[1].

Și, în nici un caz, nu ar fi apelat la vreuna dintre prietenele ei. De câțiva ani buni, își câștiga singură banii.

Își spunea în sinea ei că nu avea importanță. Nu avea nici pe departe suficienți bani ca să-și plătească taxa la Institutul Culinar sau ca să poată trăi la New York, în ciuda orelor pe care le lucrase la restaurant, după școală și la sfârșit de săptămână. Prețul ca să fie frumoasă pentru o singură noapte nu schimba mare lucru din datele problemei; și, la urma urmei, arăta minunat.

Își potrivea cerceii, în timp ce, de cealaltă parte a camerei – în dormitorul lui Parker – Parker și Emma încercau să-i aranjeze lui Mac părul, după ce aceasta și-l ciopârțise în așa hal, încât Laurel o denumise „Iulius Cezar traversând Rubiconul". Încercară cu agrafe, sclipici și clame cu bijuterii în ceea ce mai rămăsese din părul roșu aprins al lui Mac vorbind fără întrerupere, în timp ce din CD player se auzea Aerosmith.

Îi plăcea să le asculte, stând oarecum la distanță. Mai ales acum, când se simțea puțin cam izolată. Erau prietene de când se știau, dar, cu tot ritualul absolvirii, lucrurile se schimbaseră. În toamnă, Parker și Emma aveau să meargă la colegiu. Mac se va angaja și va face cursuri de fotografie.

Și, după ce visul de a merge la Institutul Culinar i se spulberase din cauza lipsei de bani și a certurilor conjugale care aveau loc în ultima vreme în familia ei, se hotărâse să meargă cu jumătate de normă

[1] Internal Revenue Service, agenția responsabilă de taxe în cadrul guvernului Statelor Unite (n.red.)

la colegiul comunității. La cursuri despre afaceri, probabil. Trebuia să fie pragmatică. Realistă.

Nu voia să se gândească la asta acum. putea foarte bine să se bucure de moment și de acest ritual pe care Parker îl aranjase în stilul ei propriu.

Parker și Emma mergeau la balul de la Academie, în timp ce ea și Mac mergeau la balul de la liceul de stat; însă petreceau acel moment împreună, îmbrăcate și machiate. Jos, părinții lui Parker și ai Emmei așteptau. Urmau zeci de fotografii și de „Ah, uite ce fete avem!“, de îmbrățișări și de priviri încărcate de emoție.

Mama lui Mac era prea preocupată de ea însăși ca să-i pese de balul de sfârșit de an al fiicei ei, care, în opinia Lindei, nu putea fi decât un lucru bun. Iar părinții lui Laurel? Erau mult prea adânciți în propria lor viață, în propriile lor probleme, ca să-i intereseze unde era sau ce făcea ea în noaptea aceea.

Se obișnuise. Ba chiar începuse să prefere situația asta.

– Doar praf de sclipici, spuse Mac, pipăindu-și frizura dintr-o parte într-alta, ca să evalueze. Stil Tinker Bell. Modernă.

– Da, ai dreptate, o aprobă Parker, dându-și pe spate părul drept și castaniu, ca o cascadă strălucitoare. E rebel și, în același timp, foarte modern. Tu ce crezi, Em?

– Cred că trebuie să ne jucăm mai mult cu ochii, să-i facem mai spectaculoși. Ochii căprui și adânci ai Emmei se îngustară, gânditori. Știu cum să fac asta.

– Bine, te las, ridică Mac din umeri. Dar să nu dureze prea mult, da? Trebuie să mă pregătesc pentru fotografia noastră de grup.

– Avem timp, spuse Parker verificându-și ceasul. Mai sunt încă treizeci de minute până să... Se întoarse și o zări pe Laurel. Hei, arăți minunat!

– Da, chiar așa e! Emma bătu din palme. Știam eu că aceea e rochia potrivită. Rozul strălucitor îți face ochii și mai albaștri.

– Probabil.

– Însă îți mai trebuie ceva. Parker se îndreptă în grabă spre noptieră și deschise un sertar al cutiei ei de bijuterii. Agrafa asta de păr.

Laurel, o fată slăbuță, îmbrăcată într-un roz strălucitor, cu părul auriu, coafat la insistența Emmei în bucle mari și lungi, ridică din umeri.

– Cum spui tu.

Parker potrivi agrafa în părul lui Laurel.

– Înveselește-te, îi ordonă ea. O să te distrezi.

„Dumnezeule, Laurel, revino-ți!"

– Știu, îmi pare rău. Ar fi fost mult mai distractiv dacă mergeam toate patru la același bal, mai ales că suntem atât de frumoase.

– Da, așa e, spuse Parker, care, în final, se hotărî să-i scoată câteva bucle de la tâmple și să le prindă la spate. Însă ne întâlnim după petrecere. Când terminăm, ne întoarcem aici și povestim cum a fost. Ia privește!

O întoarse pe Laurel către oglindă, iar fetele se studiară reciproc.

– Da, arăt minunat, confirmă Laurel, iar Parker izbucni în râs.

După un ciocănit superficial, ușa se deschise, iar doamna Grady, menajera de ani de zile a familiei Brown, își puse mâinile în șolduri și le cercetă cu privirea.

– Arătați bine, spuse ea. E și firesc, după atâta agitație. Terminați și coborâți să faceți poze. Tu – arătă cu degetul spre Laurel, am o vorbă cu tine, domnișoară.

– Ce-am făcut? întrebă Laurel, privind de la o prietenă la alta, în timp ce doamna Grady părăsea încăperea. N-am făcut nimic.

Însă pentru că vorba doamnei G. era lege, Laurel ieși în grabă după ea.

În salonul familiei, doamna G. se întoarse, cu brațele încrucișate. Postura de cicăleală, se gândi Laurel, cu inima cât un purice. Apoi, încercă să caute în gând vreo infracțiune pe care s-o fi făcut ca să merite așa ceva de la femeia care îi fusese mai mamă ca mama ei adevărată, în timpul anilor de adolescență.

– Așa, începu doamna Grady, după ce Laurel intră în grabă, bănuiesc că îți dai seama că ați crescut toate.

– Eu...

– Văd că tu nu-ți dai seama. Dar o să te fac să înțelegi. Voi patru alergați pe-aici împreună de când erați în scutece. Într-un fel, lucrurile astea se vor schimba, pentru că veți merge fiecare pe drumul ei. Cel puțin o vreme. Un pitic îmi șoptește că menirea ta e să mergi la New York, la școala aceea frumoasă pentru bucătari.

Inima ei se strânse, apoi simți din nou înțepătura visului spulberat.

– Nu, eu o să-mi păstrez slujba de la restaurant și o să încerc să merg la cursuri la...

– Nu, nu vei face asta, o întrerupse doamna G., cu degetul ridicat. La vârsta ta, o fată singură în New York City ar trebui să fie deșteaptă sau precaută. Și, din câte aud, dacă vrei să reușești să faci ceva la școala aceea, trebuie să muncești din greu. Asta înseamnă mai mult decât să faci glazuri și prăjituri drăguțe.

– E una dintre cele mai bune, însă...

– Atunci, tu o să fii printre cei mai buni.

Doamna G. băgă mâna în buzunar. Scoase un cec, pe care i-l întinse lui Laurel.

– Asta o să-ți ajungă să-ți plătești taxa pentru primul semestru, să-ți găsești o locuință decentă și să cumperi mâncare suficientă cât să rămâi sănătoasă. Să-i folosești înțelept, fetițo, sau o să-mi dai socoteală. Dacă te descurci așa cum sper eu, și cum ești într-adevăr în stare, vorbim despre semestrul următor când va veni vremea.

Laurel privea uimită cecul pe care îl ținea în mână.

– Nu puteți... Nu pot...

– Ba pot, și poți și tu. Și cu asta, basta.

– Dar...

– N-am spus „și cu asta, basta"? Dacă mă dezamăgești, îți promit că o să mi-o plătești. Parker și Emma merg la colegiu, iar Mackensie e ferm hotărâtă să se ocupe doar de fotografie. Tu ai o altă menire, așa că urmeaz-o. Asta vrei, nu-i așa?

– Mai mult decât orice.

Lacrimile îi umpleau ochii.

– Doamnă G., nu știu ce să spun. O să vă răsplătesc. O să...

– Bineînțeles că o să mă răsplătești. O să mă răsplătești ajungând cineva. Acum, totul depinde de tine.

Laurel se aruncă în brațele doamnei Grady.

– N-o să vă pară rău. O să fiți mândră de mine.

– Sunt sigură de asta. Acum, gata. Du-te sus și termină.

Laurel mai rămase o clipă.

– Nu voi uita niciodată, șopti ea. Niciodată. Mulțumesc. Mulțumesc, mulțumesc!

Se grăbi spre ușă, nerăbdătoare să le împărtășească prietenelor ei vestea, întorcându-se pentru o clipă spre doamna G., din nou, radiind de tinerețe și de strălucire.

– Abia aștept să încep.

Capitolul 1

Singură, cu Norah Jones şoptindu-i prin iPod, Laurel transformă o casetă de bomboane fondante într-o dantelă elegantă şi comestibilă. Nu auzea muzica; o folosea mai mult ca să umple aerul decât ca să se distreze, în timp ce aşeză cu greutate caseta terminată în alt doilea din cele patru straturi.

Făcu un pas înapoi ca să cântărească rezultatul, să-i dea un ocol, să caute greşeli. Clienţii Vows doreau produse perfecte, şi exact asta le oferea. Dădu din cap satisfăcută şi sorbi dintr-o sticlă cu apă, în timp ce-şi întinse spatele.

– Gata cu primele două, mai rămân ultimele două.

Privi către panoul unde înfipsese mai multe modele de dantelă veche şi pe cel final desenat, pentru tort. Mireasa de vineri-noaptea fusese de acord cu propunerea ei.

Mai avea încă trei modele de terminat: două pentru sâmbătă, unul pentru duminică – nimic neobişnuit. La Vows, firma de nunţi şi evenimente pe care o administra împreună cu prietenele ei, luna iunie era sezon de vârf.

În doar câţiva ani, transformaseră ideea într-o afacere de succes. Uneori prea de succes, spunea ea, şi de-asta ajunsese să facă dantelă fondantă la ora unu noaptea.

Era un lucru minunat, îşi spuse. Îşi adora munca.

Fiecare avea pasiunea ei. Emma era cu florile, Mac cu fotografia, Parker cu detaliile. Iar ea cu torturile. Și cu prăjiturile, și cu tot felul de produse din ciocolată. Însă torturile dețineau supremația.

Se întoarse și începu să desfacă a treia casetă. După cum îi era obiceiul, își prinsese părul blond auriu în vârful capului, ca să nu-i intre în ochi. Amidonul de porumb îi murdărise șorțul de cofetar pe care îl purta peste pantalonii de bumbac, iar papucii de bucătărie îi protejau tălpile, după ore de stat în picioare. Mâinile ei, musculoase după atâția ani de frământat, întins și ridicat, erau agile și rapide. Când începu modelul următor, chipul său ascuțit, bine conturat, deveni serios.

Când venea vorba despre arta ei, perfecțiunea nu era un simplu obiectiv. Pentru Vows, era o necesitate. Tortul de nuntă însemna mai mult decât copt și ornat, tapetat cu zahăr și umplut. Așa cum fotografiile de nuntă făcute de Mac erau mai mult decât fotografii, iar aranjamentele florare și buchetele create de Emma erau mai mult decât simple flori. Detaliile, programele și urările pe care le asambla Parker erau, în final, mai importante decât suma părților lor.

Puse cap la cap, aceste elemente dădeau naștere unui eveniment unic în viață, sărbătorind călătoria a doi oameni făcuți unul pentru celălalt.

Desigur, era o idee foarte romantică, iar Laurel credea în povești de dragoste. Cel puțin teoretic. Mai mult, credea în simboluri și în sărbători. Și într-un tort cu adevărat fabulos.

Expresia de pe fața ei se transforma ca urmare a încântării pe care o simțea în timp ce termină și al treilea strat, iar ochii ei albaștri și adânci priviră cu căldură către Parker, care apăruse în ușă.

– De ce nu ești în pat?

– Detaliile. Parker făcu un semn în formă de cerc deasupra capului. Nu mă puteam liniști. De când lucrezi la asta?

– E ceva vreme. Trebuie să termin, ca să se așeze peste noapte. Și mai am cele două torturi pentru sâmbătă, pe care trebuie să le asamblez și să le decorez mâine.

– Vrei să-ți țin de urât?

Se știau între ele suficient de bine, încât să înțeleagă că, dacă Laurel spunea nu, nu era nicio supărare. Și, de cele mai multe ori, când era concentrată asupra muncii ei, răspunsul era nu.

– Sigur.

– Îmi place mult modelul. Parker, așa cum făcuse Laurel, dădu un ocol tortului. Delicatețea albului pe alb, înălțimea diferită a straturilor și complexitatea fiecăruia. Chiar arată ca o dantelă de diferite forme. Retro, asta e tema miresei noastre, deci o satisfaci pe deplin.

– În jurul piedestalului vom pune o panglică albastru-deschis, spuse Laurel și începu următoarea casetă. Iar Emma va împrăștia petale albe de trandafir la bază. O să-i lase cu gura căscată.

– Am lucrat foarte bine cu mireasa.

Îmbrăcată lejer în pijama, cu părul lung și castaniu despletit din coafura ei obișnuită de lucru, când îl ținea prins în coadă de cal sau în coc, Parker așeză ibricul să facă un ceai. Unul dintre avantajele faptului că sediul era la ea acasă și că Laurel locuia acolo – cu Emma și cu Parker lângă ea – erau aceste vizite nocturne.

– Știe ce vrea, comentă Laurel, luând un instrument cu care să festoneze marginile casetei, însă e deschisă la sugestii, și până acum nu a cerut marea cu sarea. Dacă o va ține tot așa în următoarele douăzeci și patru de ore, cu siguranță va câștiga statutul de Mireasa Perfectă din partea Vows.

– Azi, la repetiție, păreau fericiți și relaxați, ceea ce e un semn bun.

– Aha. Laurel continuă modelul cu bucle și puncte, amplasându-le foarte exact. Deci, de ce nu ești în pat?

Parker oftă, ținând în mână ibricul de ceai.

– Cred că am avut un moment mai prost. Stăteam pe terasă și beam un pahar de vin. Îi vedeam casa lui Mac și pe cea a Emmei. Ambele erau luminate și se simțea parfumul din grădini. Totul era atât de tăcut și de frumos. Luminile s-au stins – întâi la Emma, apoi, la puțin timp după aceea, la Mac. Mă gândeam că plănuim nunta lui Mac și că Emma tocmai s-a logodit, și-mi treceau prin minte toate jocurile noastre de-a nunta, când eram copii. Acum e real. Stăteam acolo, în liniște și în întuneric, și m-am trezit că-mi doresc ca părinții mei să fie aici să vadă. Să vadă ce am realizat și unde am ajuns. Mă simțeam cumva prinsă – făcu o pauză să măsoare ceaiul – între tristețea că ei nu mai sunt și fericirea că pot fi mândri de mine, deoarece știu că sunt mândri de mine. De noi.

– Mă gândesc adesea la ei. Toate ne gândim, spuse Laurel continuându-și treaba. Pentru că au fost o parte atât de importantă în viața noastră și pentru că avem multe amintiri cu ei. Deci știu ce simți.

– Le-ar plăcea de Mac și de Carter, de Emma și de Jack, nu-i așa?

– Da, le-ar plăcea. Și vezi ce am făcut noi aici, Parker? E foarte tare. Le-ar plăcea și asta.

– Am noroc că ești trează și că lucrezi. Parker turnă apă fierbinte în cană. M-ai liniștit.

– La ordinele tale. Și să știi că mai are cineva norocul ăsta, și anume mireasa de vineri. Tu vezi tortul? Își îndepărtă o șuviță de păr care-i intrase în ochi și dădu din cap, încântată. E perfect. Iar când voi face ultima parte, or să plângă îngerii de fericire.

Parker dădu ibricul deoparte.

– Sincer, Laurel, ar trebui să te mândrești mai mult cu ceea ce faci.

Laurel rânji.

– Lasă naibii ceaiul! Aproape am terminat. Toarnă-mi un pahar cu vin!

În dimineața următoare, după șase ore de somn, Laurel făcu o ședință scurtă de gimnastică, apoi se pregăti pentru o nouă zi de lucru. În cea mai mare parte era prinsă în bucătărie, însă, înainte să-și înceapă rutina, trebuia să aibă loc întâlnirea generală care prefața fiecare eveniment.

Laurel coborî în grabă scările de la etajul al treilea până la parterul casei, apoi intră în bucătăria familiei, unde doamna Grady asambla un platou de fructe.

– Bună dimineața, doamnă G.

Doamna Grady își încruntă sprâncenele.

– Pari cam arțăgoasă.

– Mă simt arțăgoasă. Și pe bună dreptate. Laurel strânse pumnii și își încordă mușchii. Vreau cafea. Multă.

– Parker a luat deja cafeaua sus. Tu ia fructele și prăjiturelele. Mănâncă niște fructe. N-ar trebui să-ți începi ziua cu burta goală.

– Da, doamnă. A mai venit cineva?

– Nu încă, însă am văzut camioneta lui Jack plecând, cu ceva timp în urmă, și sunt sigură că va veni și Carter să-mi facă ochi dulci ca să primească un mic dejun decent.

– Atunci le fac loc. Laurel luă platourile, echilibrându-le cu talentul pe care îl căpătase în trecut, cât fusese chelneriță.

Le duse sus în bibliotecă, unde se afla acum sala de conferințe a firmei Vows. Parker stătea la masa cea mare, cu un serviciu de cafea în față. Ca de obicei, BlackBerry-ul rămăsese lângă ea. Părul strâns în coadă îi lăsa fața liberă, iar cămașa albă imaculată transmitea un aer oficial. Sorbea din cafea și studia datele de pe laptop, având în ochii albaștri acea privire căreia Laurel știa că nu-i scăpa nimic.

– Provizii, anunță Laurel. Așeză tăvile, apoi își dădu după urechi părul lung până la bărbie și, ascultând de doamna Grady, își luă un mic bol cu fructe de pădure. Nu te-am prins dimineață în sala de gimnastică. La ce oră te-ai trezit?

– La șase, și asta a fost bine, pentru că mireasa de sâmbătă după-amiază a sunat imediat după șapte. Tatăl ei a alunecat din cauza pisicii și și-a rupt nasul.

– Ah!

– E îngrijorată pentru el, însă e îngrijorată și de cum va arăta la nuntă și în fotografii. O să-l sun pe machior, să vedem ce putem face.

– Îmi pare rău de ghinionul lui, însă dacă asta va fi cea mai mare problemă în acest weekend, atunci o să fie minunat.

Parker îi făcu semn cu degetul să tacă.

– Nu cobi.

Mac intră în cameră, înaltă și slabă, îmbrăcată în jeanși și într-un tricou negru.

– Salut, dragelor.

Laurel analiză zâmbetul din ochii verzi ai prietenei ei.

– Ai făcut sex în dimineața asta.

– Am avut o partidă excelentă de sex în dimineața asta, mulțumesc. Mac își turnă cafea și luă o brioșă. Dar tu?

– Nemernico!

Mac se lăsă râzând în scaun și își întinse picioarele.

– Prefer exercițiile mele de dimineață rutinei voastre și aparatelor Bowflex.

– Nemernică rea și obraznică, spuse Laurel și înghiți o zmeură.

– Ador verile, când dragostea vieții mele nu trebuie să se trezească și să plece devreme, ca să-i lumineze pe cei tineri. Își deschise laptopul. Acum sunt pregătită, din toate punctele de vedere, pentru afaceri.

– Tatăl miresei de sâmbătă după-amiază și-a spart nasul, îi spuse Parker.

– Ce prostănac! Fruntea lui Mac se încreți. Pot să fac multe în Photoshop dacă vor neapărat, însă asta înseamnă să trișez. S-a mai întâmplat și o să fie o amintire amuzantă. Părerea mea.

– Vom afla care e părerea miresei după ce se întoarce de la doctor. Parker își îndreptă privirea către Emma, care tocmai intra.

– Nu am întârziat. Mai sunt douăzeci de secunde. Se îndreptă spre cafea, cu buclele negre săltând. Am adormit din nou. După.

– Și pe tine te urăsc, mârâi Laurel. Avem nevoie de o regulă nouă. Nu aveți voie să vă lăudați la întâlnirile de afaceri că faceți sex, când jumătate dintre noi nu au parte de așa ceva.

– De acord, spuse Parker imediat.

– Vai! Emma își puse, râzând, câteva fructe în bol.

– Tatăl miresei de sâmbătă după-amiază și-a rupt nasul.

– Vai, repetă Emma, îngrijorată după ce auzi anunțul lui Mac.

– Vom vedea ce facem după ce avem mai multe detalii, însă, oricare ar fi rezultatul, grija e a mea și a lui Mac. O să te țin la curent, îi spuse Parker lui Mac. Acum, evenimentul din noaptea asta. Au sosit toți participanții, rudele și musafirii din afara orașului. Mireasa, mama miresei și participanții vin aici la ora trei pentru coafură și machiaj. Mama mirelui are programare la salon și vine la patru, împreună cu tatăl mirelui. Tatăl miresei sosește cu fiica lui. O să-l ținem fericit și ocupat până vine vremea fotografiilor oficiale în care apare și el. Mac?

– Rochia miresei e superbă. O poveste de dragoste din alt timp. O să mă joc cu ideea asta.

În timp ce Mac își schița planurile și orarul, Laurel se ridică să-și toarne a doua ceașcă de cafea. Făcu câteva însemnări, până când preluă Emma. După ce Laurel își termină de notat activitățile, Emma completă momentele și locurile în care era nevoie de ea.

Era o rutină pe care o perfecționaseră de când Vows se transformase din idee în realitate.

– Laurel, spuse Parker.

– Tortul e gata și e minunat. E greu, așa că o să am nevoie de ajutor ca să-l duc la recepție; modelul nu necesită asamblare la fața locului. O să am nevoie de tine, Emma, să îi pui panglica și petalele de trandafir alb după ce îl ducem, însă asta abia înainte să fie servit. Nu au vrut tort al mirelui. Au preferat o selecție de mini-prăjituri și bomboane de ciocolată în formă de inimă. Și acestea sunt gata și le vom servi pe porțelan alb, pe care punem milieuri de dantelă care să reflecte modelul tortului. Fața de masă pe care stă tortul este albastru-deschis, cu dantelă. Cuțitul și platoul de tort sunt de la mire și mireasă. Au fost ale bunicii ei, așa că trebuie să stăm cu ochii pe ele.

– O să lucrez la prăjiturile pentru duminică aproape toată ziua, însă ar trebui să termin la patru, dacă aveți nevoie de mine. La sfârșit, tortul care rămâne va fi pus în cutii legate cu panglică albastră, pe care sunt cusute numele mirelui și al miresei și data. La fel și cu celelalte prăjituri și bomboane de ciocolată. Mac, aș vrea o poză cu tortul, să o am la dosar. N-am mai făcut modelul ăsta până acum.

– Se face.

– Și tu, Emma, am nevoie de florile pentru tortul de sâmbătă noaptea. Poți să mi le lași când vii să te îmbraci pentru evenimentul de astăzi?

– Bineînțeles.

– Pot să spun ceva personal? Mac ridică mâna să ceară cuvântul. Nimeni nu a menționat că noua nuntă a mamei mele are loc mâine, în Italia, care, din fericire, se află la mulți, mulți kilometri distanță de căsuța noastră fericită din Greenwich, Connecticut. M-a sunat la cinci dimineața, căci Linda se pare că nu înțelege cum e cu fusul orar – și, să fiu sinceră, nici nu cred că-i pasă.

– Și de ce-ai răspuns? întrebă Laurel, chiar când Emma întindea mâna să-i mângâie piciorul lui Mac, în semn de compasiune.

– Pentru că ar fi continuat să sune, iar eu încerc să mă înțeleg cu ea. Cred că prinde bine o schimbare. Mac își trecu degetele prin părul ei roșu tuns scurt. Bineînțeles, au fost lacrimi și acuzații, pentru că mă vrea acolo. S-a schimbat față de săptămâna trecută, când nu dorea așa ceva. Și pentru că nu am nici cea mai mică intenție de a sări într-un avion doar ca să o văd căsătorindu-se pentru a patra oară, mai ales că în seara asta am un eveniment, mâine, două, iar duminică încă unul, nu mai vorbește cu mine.

– Măcar să dureze.

– Laurel, murmură Parker.

– Vorbesc serios. Trebuie să-i spui ce gândești, îi sugeră ea lui Parker. Eu nu am făcut-o. Am lăsat să se umple paharul.

– Apreciez, spuse Mac. Sincer. Însă, după cum vezi, nu mă simt rău, nu sunt copleșită de vină și nu sunt deloc furioasă. Cred că am norocul să fi găsit pe cineva sensibil, iubitor și foarte serios. Un avantaj care întrece cu mult partidele minunate de sex de dimineață. Toate ați fost de partea mea când am încercat să îi fac față Lindei, m-ați ajutat să trec peste pretențiile ei absurde și peste nebunia ei. Carter doar a echilibrat perfect cântarul, așa că, acum, am rezolvat problema. Voiam să vă spun asta.

– Aș fi făcut sex cu el dimineața fie și numai pentru asta.

– Stai departe, McBane. Însă apreciez sentimentul. Așa, încheie Mac, ridicându-se de pe scaun. Vreau să apuc să lucrez ceva înainte să mă dedic evenimentului de astăzi. O să trec pe aici să fac poze cu tortul.

– Așteaptă, vin cu tine. Emma țâșni în picioare. Mă întorc repede și o să-ți aduc florile, Laurel.

După ce plecară, Laurel rămase o clipă nemișcată.

– Chiar vorbea serios.

– Da, chiar vorbea serios.

– Și are dreptate, spuse Laurel profitând de un ultim moment de relaxare la cafea. Carter e cel care a schimbat-o. Mă întreb cum o fi să ai un bărbat care poate face asta, care poate să te ajute astfel, fără să fie prea băgăreţ şi care să te iubească în felul ăsta. Cred că, din punctul acesta de vedere, o invidiez mai mult decât doar pentru sex.

Laurel se ridică în picioare.

– Trebuie să mă întorc la treabă.

Laurel nu prea avusese timp să se gândească la bărbaţi în ultimele zile. Nu avusese nici timp şi nici energie să se gândească la iubire şi la poveşti de dragoste. Da, avea mereu de-a face cu nunţi, însă acelea erau afaceri, iar afacerile cu nunţi necesitau concentrare şi precizie.

Tortul ei Dantelă veche, căruia îi dedicase trei zile, îşi avusese momentul de glorie înainte să fie dezasamblat şi devorat. Sâmbătă după-amiază fuseseră aduse fantasticele sale Petale Pastel, cu sute de petale de trandafir în relief, din aluat, iar sâmbătă seara, Grădina cu Trandafiri, în care straturile de trandafiri roşii se suprapuneau cu cele de prăjituri de vanilie, cu glazură mătăsoasă.

Pentru evenimentul mai mic şi mai informal de duminică după-amiază, mireasa alesese Fructe de pădure de Vară. Laurel copsese, umpluse, asamblase şi glazurase. Acum, chiar când mirele şi mireasa schimbau jurăminte pe terasă, Laurel termina proiectul, aşezând pe straturi fructele proaspete şi frunzele de mentă.

În spatele ei, ajutoarele terminau de decorat mesele pentru gustarea de seară. Purta un şorţ de cofetar peste un costum care avea aproape aceeaşi culoare ca zmeura pe care o alegea.

Făcu un pas înapoi şi studie liniile şi echilibrul, apoi luă un ciorchine de struguri ca să-l împrăştie pe un strat.

– Arată apetisant.

Îşi încruntă sprâncenele în timp ce aşeza cireşele cu coadă. Era obişnuită să fie întreruptă în timp ce lucra, însă asta nu însemna că îi făcea şi plăcere. Mai mult, nu se aşteptase să apară şi fratele lui Parker la eveniment.

Apoi îşi aminti că el venea şi pleca după cum avea chef.

Însă când îi zări mâna îndreptându-se spre unul dintre vasele ei, i-o dădu la o parte.

– Ia mâna!

– Tot aia e, cu două mure în plus sau în minus.

– Nu știu pe unde ai băgat mâinile, spuse ea, continuând să așeze trei frunze de mentă, fără să se sinchisească să-l privească. Ce vrei? Lucrăm.

– Și eu, mai mult sau mai puțin. Chestii avocățești. Am trecut să las niște acte.

El avea grijă de treburile lor legale, atât personal, cât și în afaceri. Știa foarte bine că petrecea multe ore ca să le ajute, de obicei din timpul său liber. Dar dacă nu se lua de el, ar fi încălcat o tradiție îndelungată.

– Și ți-ai ales bine momentul să vii și să ciugulești din mâncare.

– Trebuie să am și eu ceva de câștigat. Ce e la gustare?

Ea cedă și se întoarse. Faptul că purta jeanși și tricou nu-i scădea din prestanța de avocat la Ivy League – nu și în ochii ei. „Delaney Brown, din familia Brown din Connecticut“, se gândi ea. Înalt, atrăgător și zvelt, cu părul castaniu și des, ceva mai lung decât cerea moda avocățească.

Oare o făcuse intenționat? Era convinsă de asta, căci îl știa drept un bărbat care avea întotdeauna un plan. Avea aceiași ochi adânci și albaștri ca Parker, însă, deși îl cunoștea dintotdeauna, cu greu putea citi ce se ascundea dincolo de ei.

În opinia ei, era mult prea frumos pentru a fi în avantajul lui și mult prea dulce pentru al altcuiva. Mai era și foarte loial, generos și enervant de protector.

El îi zâmbi, rapid și simplu, cu o nuanță ironică dezarmantă, pe care ea credea că o folosea ca armă letală în instanță. Sau în pat.

– Somon fiert, rece, pui florentin, legume de vară coapte, clătite cu cartofi, mai multe feluri de quiche, caviar cu garnitură completă, prăjituri asortate și patiserie, platou de fructe și brânzeturi, apoi tort cu semințe de mac, cu cremă de dulceață de portocale și glazură Grand Marnier, cu fructe proaspete pe deasupra.

– Rămân și eu.

– Da, bănuiesc că poți să îi aburești pe organizatori, spuse ea. Își roti umerii și gâtul în timp ce alegea fructele.

– Te doare ceva?

– Să faci un coș din ăsta îți distruge gâtul și umerii.

El își ridică mâinile, apoi le băgă în buzunare.

– Jack și Carter sunt aici?

– Sunt pe-aici, pe undeva. Nu i-am văzut azi.

– Cred că mă duc să îi caut.

– Îhm.

Însă porni de-a lungul încăperii, până la fereastră, și privi în jos spre terasa acoperită cu flori, spre scaunele albe, și spre mireasa frumoasă, care îi zâmbea mirelui.

– Au ajuns la treaba cu inelul, spuse Del.

– Da, mi-a spus Parker acum. Laurel apăsă butonul căștii. Eu sunt gata, Emma, tortul e pregătit pentru tine.

Echilibră stratul de sus cu o tulpină încărcată cu mure.

– Ai cinci minute, anunță ea, apoi începu să-și umple cutia cu ce mai rămăsese din fructe. Să mergem să turnăm șampania, cocktailurile Bloody Mary și să amestecăm mimozele. Te rog, aprinde lumânările. Încercă să ridice cutia, însă Del o dădu la o parte.

– O duc eu.

Ea ridică din umeri și merse să pornească muzica de fundal, care urma să se audă până când începea să cânte orchestra.

Coborâră pe scara de serviciu, trecând pe lângă ospătarii în uniformă, care urcau cu antreurile pentru un cocktail scurt, ce trebuia să-i țină ocupați pe oaspeți cât timp Mac făcea fotografiile oficiale cu mirele și mireasa, cu petrecerea de nuntă și cu familia.

Intrară în bucătărie, unde toți lucrau la foc continuu. Obișnuită cu haosul, Laurel se strecură, luă un vas mic și puse în el câteva fructe. I-l întinse lui Del.

– Mersi.

– Nu sta în calea mea. Da, sunt gata, îi răspunse lui Parker prin cască. Da, în treizeci de minute. Totul e aranjat. Privi înspre bucătari și ospătari. Nu sunt întârzieri. Ah, a venit Del. Îhm.

Savurând fructele de pădure, aplecat peste blatul din bucătărie, el o privea cum își scoate șorțul.

– În regulă, vin acum acolo.

Se ridică și el și o urmă până la intrarea secundară, care, curând, avea să fie transformată într-o zonă mai răcoroasă de depozitare. Își scoase agrafa și își scutură părul, apoi ieși afară.

– Unde mergem?

– Eu merg să-i conduc pe oaspeți înăuntru. Tu te duci unde vrei.

– Îmi place aici.

Era rândul ei să zâmbească.

– Parker spune că trebuie să scăpăm de tine, până vine vremea să facem curățenie. Du-te la prietenii tăi, Del, iar dacă sunteți băieți buni, o să vă hrănim mai târziu.

– Bine, dar dacă vă ajut la curățenie, vreau din tortul ăla.

Afară se despărțiră, el îndreptându-se către cabana reamenjată care îi servea lui Mac drept studio și casă, iar ea către terasă, unde mirele și mireasa se sărutau pentru prima dată după căsătorie.

Laurel privi o dată în urma ei – o singură dată. Îl cunoștea dintotdeauna – mâna destinului, probabil. Însă era vina ei și problema ei că îl iubea pe ascuns de când se știa.

Oftă, apoi arboră un zâmbet larg, profesional, și merse să-i conducă pe oaspeți în sala de bal.

Capitolul 2

După ce plecă și ultimul musafir, iar cei de la firma de catering strânseseră tot, Laurel se întinse pe canapeaua din salonul familiei, cu un binemeritat pahar de vin.

Nu știa exact unde erau bărbații – probabil se întorseseră în vizuina lor cu o cutie cu șase beri –, însă era plăcut, foarte plăcut, să se relaxeze doar între femei, într-o liniște relativă.

– A fost un weekend perfect, spuse Mac și ridică paharul să ciocnească. Patru repetiții, patru evenimente. Nici măcar un incident. Nici urmă. E un record.

– Tortul a fost uimitor, adăugă Emma.

– Ai mâncat ceva din el, spuse Laurel.

– Și a fost delicios. M-a emoționat faptul că băiețelul mirelui a fost cavalerul de onoare. Era foarte drăgălaș. Mi-au dat lacrimile.

– Vor fi o familie frumoasă. Parker stătea cu ochii închiși și cu BlackBerry-ul în brațe. Mai vezi oameni cu copii, care se căsătoresc pentru a doua oară, și te gândești: Oho, se anunță furtuni la orizont. Dar în cazul lor, se vede că ea și copilul se plac teribil. A fost emoționant.

– Am făcut niște poze grozave. Iar tortul a ieșit excepțional, adăugă Mac. Poate o să aleg și pentru al meu semințele de mac.

Ca să-și mai relaxeze cârceii, Laurel își tot mișca degetele de la picioare.

– Data trecută voiai tortul italian cu cremă.

– Poate ar trebui să văd mai multe mostre. Versiuni mai mici, din mai multe tipuri și mai multe modele. O să fie o orgie culinară și fotografii uimitoare.

Laurel ridică degetul.

– Mori, Mackensie! Mori!

– Ar trebui să rămâi cu tortul italian. E preferatul tău.

Mac își țuguie buzele și făcu un semn către Emma.

– Ai dreptate. Și mi se potrivește. Tu ce tort ți-ai alege?

– Nici măcar nu mă pot gândi. Încă încerc să mă obișnuiesc cu ideea de logodnă. Emma își examină inelul cu diamant de pe deget, zâmbind. Și, odată ce încep planurile și detaliile de nuntă, mă aștept să devin maniacă. Așa că o să amân discuția asta pentru cât mai târziu.

– Da, te rog, aprobă Laurel.

– Oricum, întâi ai nevoie de rochie, îi spuse Parker, care continua să stea cu ochii închiși. Rochia e prima întotdeauna.

– Acum ai comis-o, mârâi Laurel.

– Nici măcar nu m-am gândit. Nu mai puțin de o mie de ori, adăugă Emma. Nu m-am uitat decât la vreo jumătate de milion de fotografii. O să aleg un model gen prințesă. Kilometri întregi de rochie. Poate un corsaj cu umerii goi, poate un model în formă de inimă, căci am sâni perfecți.

– Așa este, ai, aprobă Mac.

– Sub nici o formă nu vreau ceva simplu. Luxos este cuvântul meu preferat. Vreau tiară și trenă. Ochii ei întunecați străluciră. Și pentru că o să fie în luna mai a anului următor, o să-mi fac un buchet incredibil și, da, luxos. Cred că voi alege culori pastel. Poate. Probabil. Pasteluri romantice, care-ți frâng inima.

– Nici măcar să nu te gândești, interveni Laurel.

– Toate veți fi îmbrăcate în culori deschise, continuă Emma nestingherită. O grădină cu prietenele mele, spuse ea și oftă, lung și visător. Apoi, când mă va vedea, Jack va rămâne fără suflare. În acea clipă, când ne vom privi unul pe celălalt, lumea se va opri în loc pentru noi. Doar pentru o clipă, o clipă incredibilă.

Din poziția în care se afla pe podea, își rezemă capul de piciorul lui Parker.

– Nu am știut cu adevărat, când eram mici și ne jucam de-a Ziua Nunții. Nu știam cu adevărat ce înseamnă acea clipă incredibilă. Suntem norocoase să vedem atât de des astfel de clipe.

– Cea mai bună slujbă, murmură Mac.

– E cea mai bună slujbă datorită nouă, spuse Laurel ridicându-se ca să ciocnească. Noi am făcut asta pentru a le oferi oamenilor acea clipă incredibilă. O vei avea și tu pe a ta, Em – organizată până în cel mai mic detaliu de Parker, înconjurată de florile pe care ți le vei aranja singură, surprinsă în fotografii de Mac. Și sărbătorită cu un tort pe care îl voi crea special pentru tine. Unul luxos. Îți garantez.

– Vai! Ochii negri ai Emmei se umeziră. Oricât de mult l-aș iubi pe Jack – și chiar îl iubesc –, n-aș fi la fel de fericită ca acum, dacă n-ați fi voi.

Mac îi întinse Emmei un șervețel.

– Eu sunt prima. Eu vreau un tort special făcut pentru mine, îi spuse ea lui Laurel. Dacă ea primește unul, vreau și eu.

– Pot să așez trepiede și aparate foto între straturi.

– Și teancuri mici de cărți pentru Carter? o completă Mac râzând. Prostesc, dar interesant.

– Urmărește tema fotografiilor tale de logodnă, îi spuse Emma și își șterse ochii. Mi-a plăcut cum le-ați făcut pe acelea, cu tine și Carter pe canapea, cu picioarele unite, el cu o carte în brațe, iar tu ca și când ai fi lăsat aparatul jos după ce ai făcut poza. Amândoi rânjeați unul la celălalt. Asta mă face să te întreb de portretul meu de logodnă. Când, unde, cum?

– Simplu. Tu și Jack în pat, goi.

Emma întinse piciorul și o lovi ușor pe Mac.

– Taci!

– Și asta ar merge, spuse Laurel.

– Facem mult mai mult decât sex!

– Bineînțeles. Vă gândiți să faceți sex.

Parker deschise un ochi.

– Avem o relație foarte stratificată, insistă Emma. Asta include mult sex. Însă, serios...

– Am niște idei. Ar trebui să ne verificăm agenda și să stabilim ceva.

– Acum?

– Bineînțeles. Parks sigur are agendele noastre pe BlackBerry, spuse Mac întinzându-se după el.

Parker deschise ochii și îi aruncă o privire sfredelitoare de avertizare.

– Dacă vrei să mori, atinge-l.

– Iisuse! Să mergem la studio, ca să mă uit în agenda mea. Oricum, ar trebui să ne punem de acord cu băieții și să-i spunem lui Jack să-și facă timp.

– Excelent.

– Unde sunt băieții? întrebă Laurel.

– Jos, cu doamna G., răspunse Emma. Mănâncă pizza și joacă poker – sau cel puțin așa plănuiau.

– Nimeni nu ne-a întrebat și pe noi dacă vrem pizza și poker, continuă Laurel ridicând din umeri așa cum stătea tolănită pe canapea, în timp ce toate privirile se îndreptară asupra ei. Nu, nu vreau pizza și poker, pentru că îmi place aici. Totuși...

– Oricum, interveni Mac sărind în picioare. S-ar putea să mai dureze până ne punem de acord. Hai doar să ne fixăm asupra ideii, apoi să ne consultăm agenda.

– Perfect. Bună treabă, fetelor, spuse Emma și se ridică.

Ieșiră, iar Laurel se întinse.

– Am nevoie de un masaj. Ar trebui să avem un maseur al nostru, pe nume Sven. Sau Raoul.

– O să trec pe listă. Între timp, ai putea să suni la Serenity și să comanzi unul.

– Însă, dacă am avea un Sven – cred că Sven e mai bun decât un Raoul –, l-aș putea folosi chiar acum; apoi aș aluneca în pat, fără să-mi mai pese, și aș adormi. Câte zile mai avem până la vacanță?

– Prea multe.

– Spui asta acum, însă imediat ce ne eliberăm și plecăm la Hamptons, tot cu BlackBerry după tine o să fii.

– Pot să renunț la el oricând.

Laurel răspunse zâmbetului lui Parker.

– O să-ți cumperi o husă rezistentă la apă, ca să poți înota cu el.

– Ar trebui să le facă rezistente la apă. Sigur avem tehnologia necesară.

– Eu te părăsesc, te las singură cu unica ta dragoste; mă duc să mă bag în cada cu apă fierbinte și să visez la Sven.

Laurel se rostogoli de pe canapea.

– E plăcut să le vedem pe Emma și pe Mac atât de fericite, nu-i așa?

– Îhî.

– Ne vedem mâine-dimineață.

Baia fierbinte făcuse minuni, însă o lăsase complet trează, în loc să o relaxeze și să o adoarmă. Decât să petreacă o oră chinuindu-se să adoarmă, Laurel deschise televizorul din camera de zi și se așeză la calculator să-și verifice programul din acea săptămână. Răsfoi rețetele – de care era dependentă, așa cum era Parker de BlackBerry – și găsi câteva demne de salvat, pe care să le modifice și să le personalizeze mai târziu.

Fără a se simți încă obosită, se așeză în scaunul ei preferat, cu caietul de schițe. Acel scaun fusese preferatul mamei lui Parker și mereu o făcuse pe Laurel să se simtă comod și în siguranță. Se așeză cu picioarele încrucișate pe perna moale, cu caietul în brațe, și se gândi la Mac. La Mac și la Carter. La Mac, în rochia fabuloasă de nuntă pe care și-o alesese – pe care i-o găsise Parker.

Linii clare și aerodinamice, perfecte pentru trupul înalt și zvelt al lui Mac. Fără zorzoane și doar puțin sexy. Desenă un tort care să oglindească ideea – clasic și simplu. Însă îl respinse imediat.

Linii clare pentru rochie, însă lui Mac îi plăceau culoarea, și extravaganța, lucrurile unice și îndrăznețe. Iar acela era unul dintre motivele pentru care Carter o adora.

Așa că o să creeze ceva îndrăzneț. O nuntă plină de culoare. Straturi pătrate, nu cele rotunde tradiționale, cu glazura preferată de cremă de unt a lui Mac. Pătrat. Da, da. Auriu-închis, acoperit cu flori de toamnă – le va face supradimensionate, cu petale mari, și în detaliu – de un portocaliu-ruginiu și ars.

Culoare, textură, formă, să atragă atenția fotografului, și suficient de romantic pentru orice mireasă. Iar în vârf, formă de buchet, cu panglici lungi de un auriu-închis. Nuanțe de alb pe ici, pe acolo, ca să scoată în evidență culoarea.

„Toamna lui Mac", se gândi ea zâmbind, în timp ce adăuga detaliile. Numele perfect pentru el, pentru anotimp și pentru felul în care se îndrăgostise prietena ei.

Laurel ținu schița pe braț, apoi zâmbi mulțumită.

– Sunt bună. Iar acum mi-e foame.

Se ridică și rezemă caietul de lampă. Cu prima ocazie, îi va arăta desenul lui Mac, ca să audă și părerea miresei. Însă, cunoscându-și prietena, știa că va primi un „Uau!" plin de încântare.

Merita o gustare, poate o felie de pizza rece, dacă mai rămăsese. O să regrete mâine dimineață, însă nu se putea abține.

Era trează și înfometată. Unul dintre avantajele pe care ți le aduceau o afacere proprie și o viață proprie era acela de a te răsfăța din când în când.

Merse în tăcere prin întuneric, căci știa bine casa învăluită în lumina lunii. Ieși din aripa în care locuia și coborî scările, încercând să-și ia gândul de la pizza rece și să aleagă, în schimb, fructe proaspete și ceai de plante.

Trebuia să se trezească devreme ca să facă gimnastică. Apoi, urma să primească trei cupluri la degustare, așa că trebuia să se pregătească și să se spele.

O întâlnire de seară cu un client, ca să stabilească detaliile de bază ale unei nunți care urma să aibă loc la iarnă, apoi avea restul nopții liber să mai rezolve din treburi sau să facă ce-i trecea prin cap.

Slavă Domnului că nu avea întâlniri romantice și că, astfel, nu mai era nevoită să se aranjeze ca să iasă în oraș – și să poarte anumite haine –, să facă conversație și apoi să fie nevoită să se hotărască dacă să facă sex sau nu.

Viața era mai ușoară așa, se gândi ea în timp ce trecu de colțul de la baza scării. Mai ușoară, mai simplă și mult mai puțin riscantă, dacă scoteai din meniu întâlnirile romantice și sexul.

Se ciocni de ceva solid – o formă masculină – și se dezechilibră ușor. Înjură și se retrase în lateral. Dosul palmei ei lovi cu putere în carne, provocând o altă înjurătură, care nu era a ei. În timp ce se prăbușea, se prinse cu mâna de o bucată de material. Auzi cum se sfâșie, în timp ce forma masculină se prăbușea peste ea.

Încovoiată, cu capul răsunându-i în locul unde se lovise de scară, zăcea moale ca o cârpă. Chiar și în întuneric, recunoscu trupul și parfumul lui Del.

– Dumnezeule! Laurel? La naiba. Te-ai rănit?

Ea trase aer în piept, simțindu-i greutatea – și faptul că o anumită zonă din acea greutate apăsa foarte intim între picioarele ei. De ce naiba se gândise la sex? Sau la lipsa acestuia?

– Dă-te jos de pe mine, bâigui ea.

– Încerc. Ești bine? Nu te-am văzut. El se retrase parțial, iar ochii lor se întâlniră în lumina albastră a lunii.

– Ah!

Pentru că mișcarea lui crescuse presiunea – centru pe centru –, începu să-i tremure și altceva, în afară de inimă.

– Dă-te jos de pe mine. Acum.

– Bine, bine, m-am dezechilibrat – iar tu m-ai prins de cămașă și m-ai tras în jos după tine. Am încercat să te țin. Așteaptă să aprind lumina.

Ea rămase acolo unde era, așteptând să-i revină suflul, să nu mai tremure. Când el aprinse lumina în hol, ea închise ochii.

– Oh, spuse el, dregându-și glasul.

Ea stătea întinsă pe scări, cu picioarele desfăcute, îmbrăcată într-un maiou alb și subțire și într-o pereche de boxeri roșii. Unghiile de la picioare îi erau date cu ojă roz. El decise că era mult mai înțelept să se concentreze asupra degetelor ei de la picioare decât asupra picioarelor sau a felului în care i se mula maioul, sau... asupra a orice altceva.

– Lasă-mă să te ajut să te ridici, se oferi el.

Ea îi făcu semn să plece, se ridică în capul oaselor și începu să-și frece ceafa.

– La naiba, Del, de ce te furișezi prin casă?

– Nu mă furişam. Mergeam. Dar tu de ce te furişai?

– Nu mă furişam – Dumnezeule, aici locuiesc!

– Şi eu locuiam aici, mârâi el. Mi-ai sfâşiat cămaşa.

– Şi tu mi-ai fracturat craniul.

Iritarea se transformă imediat în grijă.

– Chiar te-am rănit? Lasă-mă să văd.

Înainte ca ea să se poată mişca, el se ghemui şi întinse mâna să-i pipăie ceafa.

– Ai căzut destul de rău. Nu sângerează.

– Au! ţipă ea. În sfârşit, gestul lui îi distrase atenţia de la cămaşa sfâşiată şi de la muşchii de sub ea. Nu mai apăsa.

– Ar trebui să-ţi pun nişte gheaţă.

– E în regulă. Sunt bine. Era întărâtat, asta era sigur, gândea ea, şi îşi dori ca el să nu arate atât de ciufulit, de încurcat şi de ridicol de sexy. Ce naiba faci aici? E miezul nopţii.

– E abia miezul nopţii, ceea ce, în ciuda numelui, nu înseamnă jumătatea nopţii.

El o privi fix în ochi; ea îşi închipuia că, astfel, căuta urme ale unui posibil şoc sau traume. Şi că, din clipă în clipă, o să-i ia şi pulsul.

– Nu-mi răspunzi la întrebare.

– Am rămas cu doamna G. şi am băut bere. Destul de multă cât să... spuse el arătând spre etaj. Voiam mai degrabă să mă trântesc într-una dintre camerele de oaspeţi, decât să conduc până acasă ameţit.

Nu putea să îl certe că fusese responsabil, mai ales că el întotdeauna fusese responsabil.

– Atunci... concluzionă ea, imitându-l, şi arătă spre etaj.

– Ridică-te ca să mă asigur că eşti bine.

– Nu eu sunt cea ameţită.

– Nu, tu eşti cea cu capul spart. Haide.

Rezolvă problema trecându-şi mâinile pe sub braţele ei şi ridicând-o, până când ea se află cu o treaptă deasupra lui, la acelaşi nivel.

– Nu văd vreun X în ochii tăi, nici păsări zburând deasupra capului.

– Ce amuzant!

El îi oferi un zâmbet.

– În schimb, am auzit câteva păsărele ciripind când m-ai plesnit.

Buzele ei tremurau involuntar, chiar și când se încruntă.

– Dacă știam că erai tu, dădeam mai cu putere.

– Asta e fata mea!

Și oare nu așa o vedea și el? se gândi ea, cu un amestec de furie și de dezamăgire. Doar ca pe una dintre fetele lui.

– Du-te și dormi, să-ți treacă amețeala. Și nu te mai furișa.

– Unde te duci? întrebă el, văzând-o că pleacă.

– Unde vreau.

Așa făcea de obicei, se gândi el, iar acela era unul dintre cele mai atrăgătoare lucruri la ea. Asta dacă nu puneai la socoteală felul cum i se vedea posteriorul în boxeri roșii, scurți.

Iar el nu se gândea la asta. Exact. Doar se asigura că poate să se țină pe picioare. Pe picioarele ei atât de frumoase.

Își întoarse privirea de la ea și urcă scările până la etajul al treilea. Se duse în aripa lui Parker și deschise ușa camerei care fusese a lui când era copil, băiat, tânăr.

Nu mai era la fel. Nici nu se așteptase și nici nu dorea să fie la fel. Dacă nu se schimbă, lucrurile devin încremenite și stătute. Pereții, zugrăviți acum într-un verde pal și plăcut, erau acoperiți de tablouri cu rame simple, în locul afișelor sportive din copilăria lui. Patul imens cu baldachin fusese al bunicii lui. Continuitatea, se gândi el, nu era sinonimă cu stagnarea.

Scoase rândul său de chei din buzunar și le aruncă pe birou, apoi se privi în oglindă.

Cămașa îi era sfâșiată la umăr, părul i se ciufulise și, dacă nu se înșela, vedea o urmă ușoară în locul în care pumnul lui Laurel intrase în contact cu obrazul lui.

Mereu fusese dură, se gândi el, în timp ce-și scotea un pantof. Dură, puternică și nu se temea de aproape nimic. Cele mai multe femei ar fi țipat, nu-i așa? Însă nu și Laurel; ea luptase. O împinsese, ea împinsese înapoi. Și mai tare.

O admira pentru asta.

Iar corpul ei îl luase prin surprindere. Da, trebuia să recunoască, își spuse el în timp ce-și scotea cămașa ruptă. Nu că nu i-ar fi cunoscut deja trupul. O îmbrățișase de nenumărate ori de-a lungul anilor. Dar să îmbrățișezi o prietenă era cu totul altceva decât să te trezești deasupra unei femei, în beznă. Cu totul altceva.

Și ceva la care era mai bine să nu te gândești.

Își scoase și restul hainelor, apoi dădu la o parte cuvertura – opera străbunicii lui. Puse să sune ceasul vechi de lângă pat, apoi stinse lumina.

Când închise ochii, îi reveni în minte imaginea lui Laurel, întinsă pe scări. Și nu putea scăpa de ea. Se întoarse pe partea cealaltă și se gândi la întâlnirile de-a doua zi. Și o văzu pe Laurel în boxerii ei scurți și roșii.

– La naiba!

La urma urmei, un bărbat avea dreptul să se gândească la ce voia când era singur pe întuneric.

După cum le era obiceiul în zilele de luni dimineața, Laurel și Parker ajunseră în sala de gimnastică aproape în același timp. Parker pentru yoga, Laurel pentru cardio. Și, pentru că amândouă își vedeau foarte serios de treabă, nu vorbeau prea mult în timpul exercițiilor.

Când Laurel se apropia deja de al patrulea kilometru, Parker trecu la pilates, iar Mac intră să arunce aparatului Bowflex ironiile sale obișnuite.

Amuzată, Laurel se opri să-și tragă sufletul. Convertirea lui Mac la exercițiile obișnuite izvora din hotărârea ei de a avea brațe și umeri perfecți pentru rochia ei de mireasă fără bretele.

– Arăți bine, Elliot, spuse ea, luând prosopul.

Mac își strânse buzele.

Laurel desfăcu o saltea pentru exerciții, iar Parker îi dădu lui Mac câteva sfaturi pentru modelarea formei mușchilor. Când trecu la haltere, Parker o conduse pe Mac la eliptic.

– Nu vreau.

– Femeile nu conduc doar prin rezistență. Cincisprezece cardio, cincisprezece întinderi. Laurel, de unde ai zgârietura aia?

– Ce zgârietură?

– Pe umăr.

Parker se îndreptă spre ea și întinse degetul către zgârietura expusă de maioul de sport al lui Laurel.

– Ah, am căzut sub fratele tău.

– Poftim?

– Orbecăia în beznă când am coborât să beau niște ceai – care s-a transformat în pizza rece și apă minerală. S-a izbit de mine și am căzut.

– Și de ce orbecăia?

– Exact asta l-am întrebat și eu. Multe beri, și doamna G. A dormit într-una din camerele de oaspeți.

– Nu știam că a fost aici.

– Încă e aici, spuse Mac. Mașina lui e în față.

– Mă duc să văd dacă s-a trezit. Cincisprezece minute, Mac.

– Cicălitoareo! Când o să eliberez endorfine? o întrebă Mac pe Laurel. Când o să-mi dau seama?

– Cum știi când ai orgasm?

– Ah, da? Mac se lumină. E la fel?

– Din păcate, nu, însă principiul după care știi când te apropii de acel moment e același. Iei micul dejun aici?

– Mă gândeam la asta. Cred că merit. Iar dacă îl sun pe Carter să vină, o s-o convingă pe doamna G. să facă pâine prăjită franțuzească.

– Atunci fă-o. Trebuie să-ți arăt ceva.

– Ce?

– E doar o idee.

Imediat după ora șapte, Laurel, îmbrăcată de zi, cu caietul de schițe în mână, intră în bucătăria familiei.

Bănuia că Del plecase deja, însă iată-l acolo, rezemat de blatul de bucătărie, cu o cană de cafea aburindă în față. Într-o postură aproape în oglindă, Carter Maguire stătea aplecat pe blatul de vizavi.

Erau diferiți. Del, chiar și în cămașa ruptă și în jeanși, proiecta un fel de eleganță masculină, în timp ce Carter deborda de o dulceață care te dezarma. Și totuși, nu era deloc siropos, se gândi ea, căci ar fi urât asta, ci avea un soi de bunătate înnăscută.

Și, chiar dacă îl văzuse bâjbâind noaptea, Del era agil și atletic, în timp ce Carter era mai degrabă stângaci.

Cu toate astea, amândoi erau extraordinar de drăgălași.

Bineînțeles, nici doamna Grady nu era imună. Își vedea de treabă la cuptor – pâinea prăjită franțuzească avusese câștig de cauză –, cu ochii luminoși și cu obrajii îmbujorați. „E fericită să îi aibă pe băieți prin preajmă", se gândi Laurel.

Parker veni de pe terasă, băgând telefonul BlackBerry în buzunar. O zări pe Laurel.

– Mireasa de sâmbătă seara. Doar nervii obișnuiți. Totul merge perfect. Vin Emma și Jack, doamnă G.

– Atunci, dacă tot gătesc pentru o armată, soldații ar face bine să se așeze. Ia-ți mâinile de pe șunca aia, băiete, îl avertiză ea pe Del, așteaptă să te așezi la masă, ca oamenii civilizați.

– Încercam să fiu primul. Duc eu farfuria. Hei, Laurel, cum îți e capul?

– Încă pe umeri, îi răspunse ea și lăsă jos caietul de schițe, luând cana de suc.

– Bună dimineața, zâmbi Carter. Ce s-a întâmplat?

– Del m-a dat cu capul de scări.

– După ce ea m-a lovit și mi-a rupt cămașa.

– Pentru că erai beat și m-ai doborât.

– Nu eram beat, tu ai căzut.

– Asta e povestea lui.

– Stați jos și purtați-vă frumos, ordonă doamna G. Se întoarse către Jack și Emma, care tocmai intrau. Te-ai spălat pe mâini? îl întrebă ea pe Jack.

– Da, doamnă.

– Atunci ia asta și stai jos.

Luă platoul cu pâine prăjită franțuzească și pufni.

– Și ceilalți ce mănâncă?

Ea râse și îl lovi ușor peste umăr.

– Hei, îl salută Jack pe Del.

Erau prieteni încă din facultate și deveniseră apropiați ca frații de când Jack se mutase în Greenwich, ca să-și deschidă firma de arhitectură. Se așeză la masă, ocupându-și locul pe colțar. Era frumos ca un star de cinema, cu părul său blond-închis și cârlionțat, cu ochi cenușii și zâmbet ager.

Faptul că era îmbrăcat în costum îi dădea lui Laurel de înțeles că avea o întâlnire cu un client în biroul său, nu pe un șantier de construcții.

– Cămașa ta e ruptă, îi spuse Jack lui Del în timp ce se întindea după o felie de bacon.

– Laurel e de vină.

– Ce arțăgoasă, spuse Jack, făcându-i cu ochiul.

– Ce idiot!

Rânjiră unul la celălalt, iar Mac își făcu și ea apariția.

– Dumnezeule! Sper să merite. Vino-ncoace, spuse ea înșfăcându-l pe Carter, după care îl trase spre ea și îl sărută zgomotos. Merit asta.

– Ești toată... aprinsă, murmură el și se aplecă să o sărute din nou.

– Lăsați prostiile și așezați-vă înainte să se răcească mâncarea. Doamna G. îi lovi ușor, în timp ce ducea cafeaua la masă ca să umple cănile. Avea o adevărată armată cu care să facă instrucție și căreia să-i dea ordine. Se bucura că erau mulți și zgomotoși, iar după ce se plictisea de ei, îi dădea afară din bucătărie. Sau se retrăgea în camera ei, ca să aibă parte de liniște.

Însă acum, cu mirosul de cafea, bacon și scorțișoară, cu platourile golite și farfuriile pline, pentru doamna G. lucrurile stăteau exact așa cum dorea ea.

Laurel înțelegea nevoia de a hrăni, dorința – chiar pasiunea – de a așeza mâncarea în fața cuiva și de a-l zori să mănânce. Era viață și confort, autoritate și satisfacție. Iar dacă pregătești mâncarea cu propriile tale mâini și cu propriul tău talent, era vorba de dragoste, în sensul cel mai adevărat.

Știa că aflase o parte din toate astea chiar aici, când doamna G. o învățase să desfacă un aluat de prăjituri sau să frământe aluatul, sau să verifice dacă pâinea era gata. Dincolo de bazele gătitului, învățase că, dacă adăugai dragoste și mândrie, coca creștea cu adevărat.

– Capul tău e în regulă? o întrebă Del.

– Da, însă nu datorită ție. De ce?

– Pentru că ești tăcută.

– Și cine mai are loc să spună ceva? întrebă ea, în timp ce la masă aveau loc tot felul de conversații încrucișate.

– Ce zici de o comandă?

Îl privi prudentă de după felia de pâine prăjită.

– Cum ar fi?

– Am nevoie de un tort.

– Toată lumea are nevoie de un tort, Del.

– Ăsta ar trebui să fie sloganul tău. Dara se întoarce din concediul de maternitate. Mă gândeam să-i facem o mică petrecere de bun-venit la birou, cu urări pentru copil și tot tacâmul.

Era un gest frumos față de asistenta lui, lucru care îi stătea de altfel în fire.

– Când?

– Ah, joi.

– Adică joia asta?

Și asta era tipic pentru el, se gândi ea.

– Ce fel de tort vrei?

– Unul bun.

– Eu fac doar torturi bune. Dă-mi un indiciu. Pentru câte persoane?

– Cred că douăzeci.

– Simplu sau supraetajat?

El îi aruncă o privire rugătoare.

– Ajută-mă, Laurel. O cunoști pe Dara. Ceva ce ți s-ar părea ție potrivit.

– Are vreo alergie?

– Nu, nu cred. Îi goli cana de cafea cu o secundă înainte să o facă ea. Nu trebuie să fie spectaculos. Un tort drăguț, pentru o petrecere de birou. Aș putea să merg să cumpăr unul, însă... aș primi asta, în schimb, spuse el, arătându-i chipul încruntat. Pot să trec să-l iau miercuri, după lucru, dacă mi-l poți face până atunci.

– O să ți-l fac pentru că îmi place Dara.

– Mulțumesc. Întinse mâna și o bătu ușor pe braț. Trebuie să fug. O să iau actele miercuri, îi spuse el lui Parker. Să-mi dai și celelalte detalii când ești gata.

Se ridică și se îndreptă către doamna G.

– Mulțumesc.

O sărută scurt pe obraz. Apoi o strânse în brațe, acea îmbrățișare care pe Laurel o făcuse mereu să se topească. Strângea tare, cu obrazul pe păr, cu ochii închiși, cu un legănat ușor. Era imposibil să reziști îmbrățișărilor lui Del.

– Încearcă să fii cuviincios, îi ordonă doamna Grady.

– Da, o să încerc. Pe curând. Le făcu celorlalți cu mâna și ieși pe ușa din spate.

– Ar trebui să plec și eu, doamnă G., spuse Jack. Sunteți o zeiță a bucătăriei. Împărăteasa gurmanzilor.

– Du-te la muncă, spuse ea, râzând cu poftă.

– Am plecat.

– Și eu trebuie să mă apuc de treabă. Merg cu tine, spuse Emma.

– De fapt, am ceva ce aș vrea să vezi și tu, îi spuse Laurel Emmei, înainte să se ridice.

– Atunci, îmi mai pun cafea. Se întoarse să se joace cu nodul de la cravata lui Jack, apoi îl trase de cravată până când buzele lor se întâlniră. La revedere.

– Ne vedem diseară. O să trec să îți las planurile refăcute, Parker.

– Vino oricând.

– Ar trebui să dispar? întrebă Carter după ce plecă Jack.

– Ai voie să rămâi și chiar să comentezi, răspunse Laurel luându-și caietul de schițe. Aseară am lucrat și mi-a venit o idee pentru tortul de nuntă.

– Pentru tortul meu? Tortul nostru, se corectă Mac rapid, rânjind către Carter. Vreau să văd, vreau să văd!

– Prezentarea, spuse Laurel ferm, este o noțiune importantă pentru firma Icing din grupul Vows. Așa că, deși inspirația pentru acest model îmi vine, în primul rând, de la mireasă...

– De la mine!

– ... un alt factor important ar fi calitățile pentru care mirele și mireasa se simt atrași unul de celălalt, așa cum sunt ele percepute de designer. Avem așadar un amestec de tradițional și de modern, atât ca formă, cât și ca gust. Mai mult, designerul o cunoaște pe mireasă de peste două decenii și a dezvoltat un atașament profund și sincer față de mire – și toate aceste lucruri au influențat, la rândul lor, conceptul –, însă vă asigur că voi accepta toate criticile pe care i le-ați putea aduce.

– Astea sunt prostii, spuse Parker și își dădu ochii peste cap. O să-ți sară țandăra dacă nu-i place.

– E adevărat, e o fraieră dacă nu-i place. Ceea ce înseamnă că, de peste două decenii, sunt prietenă cu o fraieră.

– Arată-mi odată modelul ăla.

– Pot să modific dimensiunile, după ce ești sigură în privința listei de invitați. Conceptul de acum este pentru două sute de persoane.

Laurel deschise caietul și ridică schița.

Nici nu trebui să audă respirația adâncă a lui Mac ca să-și dea seama. Văzu încântarea plină de uimire de pe chipul ei.

– Culorile sunt foarte apropiate de ce o să iasă și o să încerc mai multe forme și umpluturi. Crema ta italiană și ciocolata cu zmeură pe care o preferă Carter, cremă galbenă, poate și cremă franțuzească. E o metodă prin care să fac din tortul tău o fantezie a degustătorilor.

– Dacă lui Mac nu-i place, îl iau eu, anunță Emma.

– Nu ți se potrivește. E al lui Mac, dacă îl vrea. Florile se pot schimba, adăugă Laurel, cu cele pe care le alegeți tu și Emma pentru buchete și aranjamente, însă eu n-aș schimba paleta de culori. Tu nu ești albă, de gheață, Mac. Tu ești plină de culoare.

– Te rog, spune-mi că-ți place, îi murmură Mac lui Carter.

– Cum să nu-mi placă? E uluitor, spuse el și o privi pe Laurel, zâmbindu-i dulce. Și am auzit de ciocolata cu zmeură. Dacă votăm, eu sunt pentru.

– Și eu, spuse Emma.

– Mă gândesc că ar fi mai bine să ascunzi schița, îi spuse Parker lui Laurel. Dacă o văd clienții noștri, miresele se vor bate pentru tortul ăsta. E perfect, Laurel.

Mac făcu un pas în față și luă schița s-o studieze.

– Forma, texturile, ca să nu mai vorbim de culori. Ah, ah, ce fotografii o să facem! Se pare că te-ai gândit și la asta, adăugă ea, privind-o pe Laurel.

– E greu să mă gândesc la tine fără să mă gândesc la fotografie.

– Îmi place. Știi că îmi place. Știai că o să-mi placă la nebunie. Mă cunoști. O îmbrățișă pe Laurel, strângând-o cu putere, apoi începu să danseze. Mulțumesc, mulțumesc, mulțumesc.

– Lasă-mă și pe mine să văd.

Doamna Grady luă caietul din mâinile lui Mac și examină schița cu ochii mijiți și cu buzele țuguiate. Apoi dădu din cap aprobator și o privi pe Laurel.

– Foarte bine. Acum, toată lumea afară din bucătăria mea.

Capitolul 3

Miercuri, Laurel jonglă între ședințe de copt, degustat, design și întâlniri. Frigiderul și congelatorul ei erau pline de diverse umpluturi, glazuri și straturi, toate cu etichete exacte, pe care urma să le folosească la torturile și deserturile evenimentelor din weekend. Și încă mai avea multe de făcut.

Cu televizorul din bucătărie deschis și dat pe *Poveste din Philadelphia*[1], ca să aibă un zgomot și ceva dialog de fundal, adăugă în castron de gălbenușuri de ou, unul câte unul, alături de unt și de zahăr. Pe panou avea schițe sau fotografii ale modelelor din acea săptămână și programul imprimat al activităților care urmau.

Odată ce toate gălbenușurile au fost încorporate perfect, adăugă amestecul de făină și de praf de copt, pe care îl cernuse de trei ori, apoi laptele, pe care îl măsurase.

În timp ce bătea albușurile în alt castron, Mac își făcu apariția.

– Am treabă.

– Scuză-mă. Am nevoie de fursecuri. Îmi dai, te rog, niște fursecuri?

– Nu are doamna G.?

– Nu îmi trebuie ca să le mănânc. Adică, nu ca să le mănânc *eu*. Însă am nevoie de fursecuri. Pentru o ședință foto pe care o am peste

[1] Film realizat de George Cukor în 1940, cu Cary Grant și Katharine Hepburn în rolurile principale (n.red.)

câteva ore. Am o idee, iar fursecurile se potrivesc de minune. Emma îmi dă flori.

Laurel își arcui sprâncenele la zâmbetul rugător al lui Mac, în timp ce adăuga în aluat un sfert din albușurile de ou întărite.

– Ce fel de fursecuri?

– Nu știu decât după ce îmi arăți. Tu ai mereu fursecuri.

Resemnată, Laurel făcu un semn cu capul.

– În răcitor. Scrie pe panoul de inventar ce iei.

– Mai există vreun alt panou? Un panou de fursecuri?

Laurel începu să amestece și restul albușurilor.

– Acum avem doi bărbați în lumea noastră. Și amândoi cerșesc fursecuri.

Mac își înclină capul și făcu pe bosumflata.

– Îi dai prăjituri lui Carter?

– I-aș fi dat dragoste și devotament lui Carter, dacă n-ai fi fost tu prima, draga mea. Așa că, în loc de asta, îi dau fursecuri. Trece pe aici aproape zilnic, de când e în vacanță și lucrează la cartea lui.

– Și mănâncă fursecuri fără să aducă și acasă, să împartă cu mine, se pare. Ah, bucata de ciocolată, spuse Mac, băgându-și capul și umerii în frigider. Mare cât mâna mea, tradițională, și ar arăta frumos în fotografie. O să iau șase, ba nu, șapte, că mănânc și eu una acum.

Luă una dintre cutiile mici pentru transport, în timp ce Laurel turna aluatul în tăvi.

– Vrei și tu?

Laurel făcu semn din cap că nu, iar Mac ridică din umeri.

– Nu înțeleg cum reziști. Ședința mea foto e degustarea ta de azi.

– Bine, le-am pus pe listă.

– Ador filmul ăsta, spuse Mac ronțăind un fursec, după care își întoarse privirea de la televizor la panou. Ce e cu modelul ăsta de tort? Nu apare în cartea mea.

Laurel bătu ușor tăvile, ca să elimine orice urmă de bule de aer.

– E personalizat, răspunse ea și băgă tăvile la cuptor, apoi potrivi ceasul. Pentru asistenta lui Del. Revine din concediul de maternitate, iar el vrea să îi pregătească o mică petrecere cu tort și cafea.

– Ce drăguț!

– Iar eu fac tortul.

– Și asta e drăguț, domnișoară Irascibilă.

Laurel se pregătea să mârâie, însă se abținu.

– La naiba, chiar sunt domnișoara Irascibilă. Poate de la lipsa sexului. Are părți bune, dar și părți rele inevitabile.

– Poate ai nevoie de un partener. Cineva care să presteze o dată la câteva săptămâni.

– E o idee bună, spuse Laurel, încercând să zâmbească larg. Pot să-l am pe Carter?

– Nu! Nici măcar pentru fursecuri.

– Ești egoistă.

Trebuia să curețe zona de lucru. Urmau florile zaharisite pentru tortul de vineri.

– Ar trebui să mergem la cumpărături, spuse Mac, să ne cumpărăm pantofi.

Laurel se gândi o clipă.

– Da. Pantofii sunt un substitut perfect pentru sex. Să trecem asta în program. Cât mai curând. Ah, uite-o pe femeia care poate programa orice, spuse ea, văzând-o pe Parker intrând. Are privirea aceea de om ocupat.

– Ce bine că e și Mac aici. O să fac un ceai.

Laurel și Mac schimbară o privire.

– Aha, murmură Mac.

– Nu „aha". Am multe de zis, spuse Parker.

– Nu am timp pentru multe. Am un milion de trandafirași de zaharisit.

– Poți să îi pregătești cât timp fac eu ceaiul.

Știind că era inutil să protesteze, Laurel scoase rafturile de sârmă și tăvile de copt, castroanele și ingredientele.

– Mia Stowe, mireasa din ianuarie, începu Parker.

– O nuntă mare, grasă, în stil grecesc, comentă Mac. Mama miresei e grecoaică, iar părinții ei locuiesc aici. Vor o nuntă mare, tradițională grecească.

– Exact. Perfect. Se pare că bunicii s-au hotărât – spontan – să vină în vizită. Bunica vrea să verifice planurile de nuntă, pentru că se pare că nu și-a iertat nici până azi complet ginerele pentru că i-a luat fiica în Statele Unite, și nu are încredere că noi – sau oricine altcineva – poate organiza nunta pe care o vrea ea.

– „Bunica vrea“, spuse Laurel în timp ce scotea din frigider florile comestibile pe care le adusese Emma.

– Corect, din nou. Mama miresei este panicată. Mireasa e foarte agitată. Bunica vrea petrecere de logodnă – și da, sunt logodiți de șase luni, însă asta n-o face pe bunică să dea înapoi.

– Așa că o să le facem petrecerea, spuse Laurel ridicând din umeri, după care începu să taie niște tulpini.

– Vrea petrecerea aici, ca să poată să ne verifice, să își dea aprobarea pentru loc și pentru serviciile noastre. Și vrea să o organizăm săptămâna viitoare.

– Săptămâna viitoare? strigară Mac și Laurel la unison.

– Suntem ocupate. Nu avem timp deloc, spuse Laurel.

– Nu marți seara, știu, spuse Parker și ridică ambele mâini ca să le potolească pe fete. Credeți-mă că știu. Am vorbit mai mult de o oră la telefon cu mama cea isterică a miresei și cu o mireasă care se simte prinsă la mijloc. Putem s-o facem. Am verificat cu firma de catering și am reușit să rezerv o echipă. Am sunat-o pe Emma, și ea se va ocupa de flori. Vor câteva portrete oficiale de familie și câteva instantanee. Însă cele oficiale sunt cele mai importante, îi spuse ea lui Mac. Și câteva deserturi tradiționale grecești, împreună cu un tort asemănător cu cel de nuntă.

– Asemănător cu cel de nuntă?

Parker abia mai schiță un gest în fața tonului ascuțit al lui Laurel.

– Mireasa e complet împotriva reproducerii modelului pe care l-a ales pentru evenimentul principal. Și e o petrecere mult mai mică. Doar cu șaptezeci și cinci de persoane, însă o să fac planul pentru o sută. A zis că te lasă pe tine să alegi modelul și aroma.

– Ce frumos din partea ei!

– E în mare încurcătură, Laurel. Mi-e milă de ea. Eu o să mă ocup de tot restul, însă am nevoie de voi două, le rugă și-și puse ceașca de ceai pe blatul de bucătărie, în timp ce Laurel înmuie o floare într-un amestec de albuş de ou bătut cu apă. I-am spus că voi suna după ce discut cu partenerele mele.

Laurel elimină excesul de albuş, şterse trandafirul cu un prosop de hârtie, apoi presără deasupra lui zahăr extrafin.

– Ai rezervat deja o echipă de la firma de catering.

– Pot să anulez rezervarea. Toate pentru una.

Laurel puse prima floare pe raftul de sârmă.

– Cred că o să fac baclava, hotărî, apoi o privi pe Mac. Te bagi?

– Ne descurcăm. Ştiu prea bine cum e cu mamele nebune. Cât de diferită poate să fie o bunică nebună? O să-mi adaug asta în program şi o să vorbesc cu Emma pentru flori. Să-mi arăţi ce model de tort alegi.

– Mulţumesc, Mac.

– Asta e treaba noastră, îi spuse ea lui Parker. Acum, am o şedinţă foto, adăugă ea şi ieşi.

Parker îşi ridică ceaşca de ceai.

– Pot să chem pe cineva să te ajute dacă ai nevoie. Şi, da, ştiu că mă urăşti, însă îţi ofer ajutorul doar dacă e nevoie.

Laurel presără zahăr peste floarea următoare.

– Pot să încropesc ceva. Am în congelator straturi şi umpluturi de urgenţă, pentru astfel de situaţii. Cred că o să fac ceva să o dau pe spate pe bunică şi să-i închid gura. Poate Valsul Primulei.

– Ah, ador modelul ăla. Însă, din câte ţin minte, ai mult de muncit la el.

– O să merite. Am fondantele, iar primulele le fac imediat. Mia are două surori mai mici, nu-i aşa?

– Două surori şi un frate, confirmă Parker, şi pe chip îi înflori un zâmbet. Şi da, şi eu mă gândesc să plantăm seminţe pentru viitoarele afaceri. Dacă faci o listă, o să mă ocup de marketing.

– Perfect. Du-te şi sun-o pe mama miresei. Fă-o să verse lacrimi de recunoştinţă.

– Aşa voi face. Ce zici de o noapte în pijamale, să ne uităm la filme?

– Cea mai bună ofertă a zilei. Ne vedem mai târziu.

Laurel continuă să îmbrace florile, gândindu-se că singurele ei întâlniri din ultima vreme erau cu prietena ei cea mai bună, Parker.

*

După ce toate straturile au fost coapte, împachetate și puse la congelator să se așeze, iar florile zaharisite lăsate la uscat pe raft, Laurel se pregăti de degustare. În salonul de lângă bucătărie așeză albumele cu modele, împreună cu florile pe care i le aranjase Emma. Pregăti șervețele în formă de evantai, cu sigla Vows imprimată pe ele, apoi așeză cuțite, linguri, cești de ceai, pahare de vin și pahare de șampanie.

Revenind în bucătărie, tăie mai multe sortimente de tort în dreptunghiuri subțiri și le așeză pe un platou de sticlă. În vase mici, tot de sticlă, puse porții generoase din diverse umpluturi și glazuri.

Se duse la baie să-și refacă machiajul și coafura, apoi își încheie jacheta și își schimbă papucii de bucătărie cu pantofii cu toc.

Când clienții sunară la ușă, era pregătită să-i primească.

– Steph, Chuck, îmi pare bine să vă revăd. Cum a fost ședința foto? întrebă ea, în timp ce le făcu semn să intre.

– Foarte distractivă, spuse Stephanie, o brunetă veselă, care își ținea logodnicul de braț. Nu-i așa că a fost distractiv?

– Da, a fost. După ce n-am mai fost atât de agitat.

– Nu-i place să i se facă poze.

– De fiecare dată mă simt ca un bleg, zâmbi Chuck, un tip timid, cu părul nisipiu. Și, de obicei, așa și sunt.

– Mac m-a pus să-i dau un fursec pentru că îi spusesem că la prima noastră întâlnire am mâncat fursecuri. Când aveam opt ani.

– Numai eu nu știam că eram împreună.

– Eu știam. Acum, după optsprezece ani, ești al meu.

– Sper că ați păstrat loc și pentru torturi. Ce spuneți de niște șampanie sau vin?

– Aș vrea niște șampanie. Dumnezeule, iubesc locul ăsta, exclamă Steph entuziasmată. Iubesc absolut totul aici. Ah, asta e bucătăria ta? Unde gătești?

Îi plăcea să-și ducă clienții prin bucătărie, ca să simtă atmosfera și să o vadă cum strălucea.

– Da. Inițial servea ca bucătărie secundară sau de protocol. Acum e toată a mea.

– E foarte frumoasă. Îmi place să gătesc și mă pricep destul de bine. Însă la capitolul prăjituri... Steph făcu un semn larg cu mâna.

– E nevoie de exercițiu și de răbdare.

– Ce sunt astea? Ah, sunt atât de frumoase!

– Flori zaharisite. Tocmai le-am terminat. Trebuie să stea câteva ore la temperatura camerei. „Te rog, nu le atinge", adăugă Laurel în sinea ei.

– Și se pot mânca?

– Bineînțeles. Eu nu folosesc flori, ca să împodobesc un tort, decât dacă sunt comestibile.

– Poate ar trebui să am și eu așa ceva, Chuck. Flori adevărate.

– Am multe modele pe care le folosesc. Și pot să le fac special pentru tine. Veniți și luați loc. Vă aduc șampanie și începem.

Era simplu când clienții păreau deja mulțumiți, așa cum se întâmpla acum. Părea să le placă totul și se plăceau unul pe celălalt. Treaba ei cea mai complicată, după cum își dăduse seama din primele zece minute, era să-i îndrepte către ceea ce i-ar face cei mai fericiți.

– Toate sunt delicioase, observă Steph întingând spumă de ciocolată albă pe un baton de vanilie. Cum poți să alegi?

– Cea mai bună parte e că nu există alegeri greșite. Ție îți place aroma de cafea, îi spuse Laurel lui Chuck.

– Cum să nu îmi placă?

– E o alegere foarte bună pentru tortul mirelui și merge perfect cu glazură de ciocolată. Foarte bărbătesc, adăugă ea, făcând cu ochiul. Iar în acest model, seamănă cu o inimă cioplită într-un copac, cu numele voastre pe ea.

– Ah, îmi place la nebunie. Ție îți place? întrebă Steph.

– E foarte frumos. Chuck înclină fotografia, să o vadă mai bine. Nu știam că am și eu tort.

– Depinde de voi. Nu există alegeri greșite.

– Hai să-l facem, Chuck. El poate avea tortul cel bărbătesc, iar eu pot să fiu cât de fetiță vreau cu tortul meu de nuntă.

– Perfect. Asta e glazura, nu? Gustă din ea și zâmbi. Oho, da. Asta rămâne.

– Ura! Și mai e și distractiv. Ni se tot spune că planificarea unei nunți e o mare bătaie de cap și că ne vom certa, însă ne distrăm de minune.

– E treaba noastră să avem bătăi de cap și să ne certăm.

Steph râse, apoi ridică mâinile.

– Spune-mi ce ne recomanzi. Ai nimerit-o foarte bine cu Chuck.

– Bine. Nuntă de ziua Sfântului Valentin. Ce zici de romantism cât cuprinde? Ție ți-a plăcut ideea florilor zaharisite, însă modelul acesta folosește cremă de zahăr ars. Totuși, cred că e romantic, distractiv și foarte, foarte feminin.

Laurel găsi fotografia în album și o întoarse. Steph își duse mâna la gură.

– Ah, ah, uau!

„Într-adevăr, uau", gândi Laurel.

– Cinci straturi, despărțite între ele prin stâlpi mici, ca să aibă un aspect deschis. Stâlpii sunt acoperiți cu petale din cremă de zahăr, iar în vârf sunt și mai multe petale și flori, care se revarsă. Acestea sunt flori de hortensie, continuă Laurel, însă pot să pun orice fel de floare. Petale de trandafir, flori de cireș, orice. În orice culoare. De obicei, folosesc glazură regală, pe care o torn pe fiecare strat sub forma unei coroane. Însă și aici pot particulariza. Pot să folosesc fondante, ca să arate mai bine, să fac panglici sau perle, albe sau de culoarea florilor.

– Sunt culorile mele, albastru și roz. Știai asta. Știai și mi-ai arătat tortul perfect, spuse Steph, oftând plină de recunoștință. E minunat.

– Este, aprobă Chuck. Dar, în afară de asta, trebuie să spun că e fermecător. La fel ca Steph.

– Ah, Chuck.

– Așa este. Iar dacă vă place ideea, puteți alege mai multe arome și umpluturi.

– Nu, nu vreau altceva. Îmi place la nebunie tortul ăsta. E tortul meu. Și putem avea și figurină în vârf? Cu mirele și mireasa.

– Absolut.

– Perfect. Pentru că vreau să fiu în vârf. Pot să-mi mai pun un pahar de șampanie?

– Sigur.

Laurel se ridică să-i umple paharul.

– Nu poți să bei și tu un pahar cu noi? Nu ai voie?

Laurel se întoarse și zâmbi.

– Eu sunt șefa, și da, mi-ar plăcea să beau un pahar cu voi.

Șampania și clienții au lăsat-o în stare excelentă. Și, pentru că-și terminase treaba, își mai turnă un pahar și își pregăti un mic platou de brânză și fructe. Relaxată, stătea la bucătărie sorbind, ciugulind și făcând lista de cumpărături pentru Parker.

Specific grecesc însemna unt, unt, unt și multe alune. Va trebui să facă niște foi mai complicate, însă comanda era comandă. Miere, migdale, fistic, nuci, făină de grâu.

Dacă tot era aici, n-ar strica să treacă pe listă și elementele de bază cu care lucra, apoi pe cele pe care trebuia să le comande de la furnizorul ei.

– Aș vrea să am și eu un serviciu ca al tău.

Ridică privirea și îl zări pe Del în ușă. Arăta foarte avocățesc, se gândi ea, în costum – negru, cu dungi fine, abia vizibile –, cu cravată elegantă și un nod Windsor perfect și cu o servietă foarte serioasă de piele.

– Se face, dar numai după ce stai zece ore în picioare.

– Cred că merită efortul. Cafeaua e proaspătă?

– Destul de.

Își turnă niște cafea.

– Parker a spus că ar trebui să te comporți sexy, plângăcios sau prostuț. Nu am înțeles exact ce înseamnă asta.

„Noapte de vizionat filme“ își spuse Laurel în sinea ei.

– O.K., îți dau tortul?

– Nu e nici o grabă. Îi luă cuțitul din mână și își întinse niște brânză Camembert pe un biscuit cu rozmarin. Bun. Ce avem la cină?

– Ce mănânci.

Del se încruntă ușor.

– Ar trebui să te descurci mai bine de-atât, mai ales după zece ore de muncă.

– Da, tati.

Imun la sarcasmul ei, luă o felie de măr.

– Aș fi putut să îți aduc ceva de mâncare, din moment ce tu îmi oferi cele zece ore.

– N-am nevoie, iar dacă voiam ceva, îmi făceam singură sau îi ceream doamnei G.

Del o considera doar una dintre fetele lui, se gândi ea, simțind cum fierbe de frustrare.

– Cumva, noi, femeile adulte, reușim să rămânem în viață și fără comentariile voastre, ale bărbaților, despre alegerile noastre în materie de nutriție.

– Șampania ar fi trebuit să te binedispună, spuse el și își coborî privirea asupra listelor ei. De ce nu le faci la calculator?

– Pentru că scriu de mână, pentru că aici nu am imprimantă și pentru că nu am chef. De ce te interesează?

Vădit amuzat, se aplecă deasupra blatului de bucătărie, sprijinindu-se în coate.

– Ai nevoie de un pui de somn.

– Și tu ai nevoie de un câine.

– Eu am nevoie de un câine?

– Da, ca să ai pe cineva pentru care să-ți faci griji, să te agiți și cui să-i dai ordine.

– Îmi plac câinii, însă te am pe tine, îi zise Del râzând. Ești cam răutăcioasă. În plus, doar bunicile se agită, așa că ai folosit un termen nepotrivit. E responsabilitatea mea să-mi fac griji pentru voi, nu doar ca avocat și ca partener de afaceri, ci și pentru că sunteți fetele mele. Cât despre ordinele pe care vi le dau, funcționează doar la jumătate din capacitatea mea, ceea ce nu e rău deloc.

– Ești un nemernic încrezut, Delaney.

– Poate că așa e, o aprobă el, luând o bucățică de Gouda. Ești o femeie cu toane, Laurel, însă nu-ți port pică.

– Știi ce problemă ai?

– Nu.

– Mă gândeam eu, zise ea, arătându-l cu degetul, iar el sări de pe scaunul înalt. Îți aduc tortul.

– De ce te-ai supărat? o întrebă, urmând-o spre răcitor.

– Nu sunt supărată, sunt iritată.

Luă tortul pe care i-l ambalase deja în cutie. S-ar fi întors și i l-ar fi trântit în brațe, însă chiar și atunci când era nervoasă, avea mare grijă cum se purta.

– Bine, atunci de ce ești iritată?

– Pentru că îmi stai în cale.

Ridică mâinile în semn de pace, făcu un pas în lateral ca să o lase să treacă pe lângă el și să așeze tortul pe blatul de bucătărie. Ea ridică ușor capacul și-i făcu semn cu mâna.

Precaut, pentru că deja începuse să se enerveze și el, se apropie să vadă. Nu-și putu stăpâni un zâmbet.

Cele două straturi rotunde erau de un alb strălucitor, ornate cu simboluri colorate ale vieții pe care o ducea Dara. Serviete, cărucioare de copii, cărți de drept, clopoței, leagăne și laptopuri. În centru, o reprezentare animată a proaspetei mămici, care ținea într-o mână o servietă, și în cealaltă un biberon.

– E minunat. E perfect. O să-i placă la nebunie.

– Stratul de jos e galben de la crema de unt. Cel de deasupra e cu bezea elvețiană. Să-l ții drept.

– Apreciez sincer.

Când întinse mâna după portofel, ea începu să mârâie.

– Sper că nu vrei să mă plătești. Ce naiba ai?

– Ba tocmai asta voiam să fac... Ce naiba ai tu?

– Ce naiba am eu? Îți spun eu ce naiba am, se răsti și îi puse mâna pe piept, împingându-l cu o treaptă mai jos. Ești enervant și arogant, și ipocrit, și cu aere de stăpân.

– Uau! Și toate astea pentru că am vrut să plătesc pentru un tort pe care ți-am cerut să mi-l faci? Pentru numele lui Dumnezeu, e vorba de afaceri aici. Tu faci torturi, iar oamenii plătesc pentru ele.

– Mai întâi faci mutre – da, acesta e cuvântul, faci mutre – pentru că nu mănânc cina pe care o vrei tu, apoi în clipa următoare, scoți portofelul de parcă eu aș fi un fel de ajutor angajat.

– Nu asta am vrut să... La naiba, Laurel!

– Cum să fac față la așa ceva? continuă ea ridicându-și brațele în aer. Frate mai mare, consultant legal, asociat în afacere, cloșcă enervantă. De ce nu alegi un singur rol?

– Pentru că sunt valabile mai multe, îi răspunse, fără să strige ca ea, însă pe un ton la fel de încins. Și nu sunt cloșca enervantă a nimănui.

– Atunci nu te mai băga în viața altora.

– Nu aud pe nimeni plângându-se și e treaba mea să vă ajut.

– Din punct de vedere legal și de afaceri, nu și personal. Lasă-mă să-ți spun ceva, și încearcă să bagi bine asta în capul ăla tare al tău. Nu sunt animalul tău de companie și nu sunt responsabilitatea ta, nu sunt sora ta, nu sunt iubita ta. Sunt adult și sunt liberă să fac ce vreau, când vreau, fără să-ți cer permisiunea sau să-ți caut aprobarea.

– Iar eu nu sunt o marionetă pe care să-ți descarci tu nervii, răspunse el. Nu știu ce te-a apucat, însă ori îmi spui, ori te duci și te cerți cu altcineva.

– Vrei să știi ce m-a apucat?

– Da, vreau să știu.

– Bine, o să-ți arăt.

Poate era din cauza șampaniei. Poate din cauza nebuniei. Sau poate era privirea aceea de enervare uimită de pe chipul lui. Însă acționă sub impulsul care fierbea în ea de atâția ani.

Îl apucă de nodul perfect al cravatei sale elegante, îl smuci, în timp ce cu cealaltă mână îi prinse capul și îl trase spre ea. Își lipi gura de a lui într-un sărut fierbinte și plin de frustrare, care îi făcu inima să-i sară din piept, în timp ce mintea îi spunea: „Știam eu!“

Ea îl dezechilibrase – asta dorise –, iar mâinile lui se prinseră de coapsele ei, în timp ce degetele i se înfipseră în carne.

Ea se lăsă în voia acelei clipe, s-o exploateze, s-o savureze, s-o absoarbă. Arome și texturi, căldură și foame, toate laolaltă, așteptând să fie încercate. După ce luă exact ce-și dorise, se îndepărtă de el.

– Uite, îi spuse dându-și părul pe spate, în timp ce el o privea lung. Nu a căzut cerul, nu s-a terminat lumea, nici unul dintre noi n-a fost lovit de fulger sau trimis direct în iad. Nu sunt sora ta, Delaney. Trebuie să-ți intre bine în cap asta.

Intră înapoi în bucătărie, fără să mai privească înapoi.

Stârnit, mirat și încă foarte nervos, rămăsese exact acolo unde era.

– Ce-a fost asta? Ce dracu' a fost asta?

Dădu să intre după ea, însă se opri. Nu s-ar fi terminat bine sau s-ar fi terminat cu... Mai bine nu se gândea la asta înainte să fie în stare să se gândească la ceva, punct.

Se încruntă când văzu paharul de șampanie pe jumătate gol. Cât băuse oare până să ajungă el? se întrebă. Apoi, pentru că își simțea gâtul neobișnuit de uscat, ridică paharul lunguieț și dădu pe gât restul conținutului.

Ar trebui să se ducă acasă și să își dea seama ce se întâmplase. Să pună întreaga întâmplare pe seama... a ceva. O să înțeleagă ce anume, când creierul lui își va recăpăta funcțiile în întregime.

Venise după tort, atâta tot, își spuse, în timp ce închidea cu grijă capacul cutiei. Ea căutase cearta, apoi îl sărutase ca să-i dovedească naiba știe ce. Nimic mai mult.

O să meargă acasă și o s-o lase să fiarbă din motive cunoscute numai de ea.

Luă cutia. Da, o să meargă acasă și o să facă un duș rece și lung.

Capitolul 4

Încercă să nu se gândească la ce se întâmplase. Programul foarte încărcat al nunților de vară o ajutase să nu se gândească la ce făcuse, măcar timp de patru din cinci minute. Însă realiza mare parte din munca ei singură, iar asta îi lăsa mult timp să se întrebe de ce făcuse ceva atât de prostesc.

Însă el o meritase, iar ea o cocea de mult timp. Totuși, în felul ăsta, pe cine pedepsea oare acel sărut, nu tot pe ea?

Pentru că acum nu mai era simplă teorie sau speculație. Acum știa cum se simțea dacă lăsa garda jos, chiar și doar pentru un minut, cu Del. Nu va mai reuși vreodată să se convingă că un sărut real era mult sub săruturile imaginare.

Cumpărase biletul și sunase la ușă. Nu mai putea primi banii înapoi.

„Dacă n-ar fi enervat-o atât de rău", se gândea ea în timp ce se grăbea să mai pregătească ceva în pauza scurtă dintre cele două evenimente de sâmbătă. Del fusese enervant, ca de obicei atunci când o întreba: „De ce nu faci așa", „De ce nu mănânci o masă cum trebuie"... Apoi, băgase mâna să scoată portofelul lui mare și gras, ca și când...

Nu era corect; trebuia să recunoască asta. Ea îl înghiontise, îl împinsese, îl îmbrâncise. Ea o căutase.

Asamblă centrul stratului grațios de deasupra tortului alb cu auriu, pe care îl denumise Vise aurite. Îl considera unul dintre cele mai fanteziste torturi ale sale, cu un înveliș mătăsos și cu rozete.

Însă nu prea era pe gustul ei, se gândi ea, în timp ce aranja câteva dintre rozete în jurul bazei, aplecată deasupra feței de masă aurii strălucitoare. Probabil pentru că nu era o visătoare sau o fantezistă.

Era o pragmatică. Ancorată în realitate. Nu era romantică, precum Emma, sau liberă, ca Mac, sau optimistă, ca Parker.

La urma urmei, ea lucra după formule, nu-i așa? Putea să încerce cantități și ingrediente, însă, în final, trebuia să accepte că anumite componente, pur și simplu, nu se potriveau. Dacă insista să amestece componentele nepotrivite, ieșea în final un dezastru necomestibil. Când se întâmpla asta, singurul lucru pe care îl putea face era să depisteze greșeala și să meargă mai departe.

– Mirific, aprobă Emma analizând rapid tortul, în timp ce își lăsă coșul jos. Am adus lumânările și florile pentru masă, spuse, potrivindu-și ceasul de la mână și oftând de ușurare. Suntem în grafic. Totul e aranjat, și înăuntru, și afară, iar Mac e aproape gata cu fotografiile de dinainte de ceremonie.

Laurel se întoarse să privească sala de bal, surprinsă că fuseseră făcute atâtea lucruri, în timp ce ea stătuse să mediteze. Mai multe flori și mai multe lumânări ce urmau să fie aprinse, mese îmbrăcate în auriu strălucitor și albastru văratic, culori alese de mireasă.

– Dar sala cea mare?

– Cei de la protocol lucrează încă, dar echipa mea e aproape gata. Emma aranjă lumânările, luminile pentru ceai și florile, cu mâinile ei pricepute de decorator. Jack îi întreține pe invitații mirelui. E drăguț că s-a băgat și el.

– Da. Nu ți s-a părut niciodată ciudat?

– Ce?

– Tu și Jack. Nu ți s-a părut niciodată ciudat că vă știați de atâția ani, ați fost prieteni, și apoi ați făcut această schimbare?

Emma făcu un pas înapoi și îndreptă un trandafir.

– Uneori mi se pare ciudat, însă mă sperii când mă gândesc că nu s-ar fi întâmplat nimic dacă am fi ținut-o tot așa, în loc să cotim în altă direcție. Își prinse mai bine o agrafă în păr, ca să-și țină buclele în frâu. Nu ți se pare ciudat?

– Nu. Uneori mă întreb dacă nu cumva e ciudat că nu e ciudat, spuse Laurel și se opri dând din cap. Nu mă băga în seamă. Am mintea în altă parte.

Cu o oarecare ușurare, auzi în cască semnalul lui Parker.

– Aveți două minute. Dacă vă descurcați bine aici, eu mă duc jos, să ajut la aliniere.

– Mă descurc. Vin imediat.

Laurel își dădu jos tricoul, își desfăcu părul, o luă la fugă pe scări și sosi în punctul de verificare cu treizeci de secunde mai devreme. Nu era pe gustul ei, se gândi din nou, însă trebuia să recunoască faptul că mireasa știa ce face. Șase domnișoare erau aliniate la ordinele lui Parker, strălucind în veșmintele lor, cu fuste în formă de clopot, cu buchetele uimitoare pe care le crease Emma, din dalii albastre înconjurate de trandafiri albi. Mireasa însăși, o apariție regală, în mătase lucioasă, perle strălucitoare, paiete care sclipeau de pe trenă, stătea radiind de fericire lângă tatăl său, care arăta superb cu cravată albă la gât și cu frac.

– Mama mirelui la locul ei, îi murmură Parker lui Laurel. Mama miresei este condusă acum. Doamnelor! Nu uitați să zâmbiți. Caroline, arăți spectaculos.

– Mă simt spectaculos. A sosit clipa cea mare, tati, spuse ea.

– Nu mă provoca.

Îi luă mâna fiicei sale și i-o duse la buze.

Parker făcu semn să se schimbe muzica, astfel că orchestra aleasă de mireasă începu să cânte marșul de intrare.

– Numărul unu, du-te. Capul sus! Zâmbește! Ești superbă. Și... numărul doi. Capul sus, doamnelor.

Laurel le netezi fustele, le potrivi podoabele pe cap și, în cele din urmă, se așeză lângă Parker să o urmărească pe mireasă mergând pe aleea presărată cu flori.

– Totul e spectaculos, spuse Laurel. Am crezut că o să fie un pic exagerat, chiar țipător. Însă e foarte elegant.

– Da, însă recunosc că aș fi fericită să nu mai văd ceva auriu strălucitor cel puțin o lună. Avem douăzeci de minute la dispoziție înainte să îi conducem pe oaspeți în sala cea mare.

– Fur zece dintre ele pentru o plimbare. Am nevoie de o pauză.

Parker se întoarse brusc.

– Ești bine?

– Da, doar am nevoie de o pauză.

„E vremea să-mi limpezesc mintea", se gândi Laurel în timp ce dădu un ocol casei. Vremea să stea la distanță de oameni. Echipa de valeți era probabil deja în bucătărie și mânca, înainte să se întoarcă la treabă, astfel că ocoli, trecând pe lângă terasele și grădinile laterale, către locul unde se putea bucura de liniște și de abundența florilor de vară.

Ca să îmbogățească decorul, Emma așezase ghivece și vase cu lobelii care atârnau sălbatic sau cu flori roz drăgălașe. Vasul victorian vechi era împodobit pentru nuntă cu daliile albastre preferate ale miresei, iar în jurul porticului de la intrare fuseseră puși trandafiri albi la care adăugaseră tul și dantelă, pentru mai mult romantism.

Casa era romantică și fără toate astea. Albastrul blând și liniștit, tivit cu crem și auriu-deschis, toate liniile acoperișurilor, bucățile drăgălașe de turtă dulce aduceau acel aer de romantism și o tentă de fantezie și de capriciu. Pentru ea, fusese a doua casă de când se știa. Iar acum era casa ei. Și casa aceea drăguță se afla la o aruncătură de băț de casa de lângă piscină și de casa de oaspeți unde trăiau și locuiau prietenele ei.

Nu-și putea imagina o altă viață, chiar dacă acum locuiau acolo și Carter, și Jack, iar studioul lui Mac transformase casa de lângă piscină într-un cămin conjugal.

Nu, nu-și putea imagina viața ei fără acest domeniu, fără casă, fără afacerea pe care o începuse cu prietenele ei și, desigur, fără grupul pe care îl formaseră.

Trebuia să se gândească bine cui datora toate acestea, recunoscu Laurel.

Desigur, muncise din greu, iar prietenele ei munciseră și ele din greu. Viziunea lui Parker. Cecul pe care i-l dăduse doamna G. în ziua aceea, cu atâția ani în urmă – și încrederea, care fusese pentru ea la fel de valoroasă precum banii – îi deschiseseră ușa.

Însă asta nu era tot.

Casa, domeniul și tot ce era pe el le reveniseră lui Parker și lui Del când părinții lor muriseră. Și Del îi oferise încredere, la fel de importantă și de esențială precum cea primită de la doamna G., când îi scrisese cecul acela.

„Aici era casa lui", se gândi Laurel, studiind liniile, eleganța și frumusețea clădirii. Însă semnase că i-o cedează lui Parker. Au existat diverse cotituri de ordin legal, propuneri de afaceri, proiecții, procente și contracte, însă esențialul a rămas.

Sora lui – nu, toate patru, pe care lui îi plăcea să le strige Cvartetul – dorise ceva, ceruse, iar el oferise. Crezuse în ele și le ajutase să-și transforme visul în realitate. Nu era vorba de procente sau de proiecții mentale. O făcuse pentru că le iubea.

– La naiba!

Își trecu o mână prin păr, supărată pe ea însăși. Nu suporta să știe că fusese nedreaptă și rea, și pur și simplu proastă.

Del nu meritase cuvintele pe care i le spusese, iar ea le rostise pentru că era mai simplu să fie furioasă pe el decât atrasă de el. Și, în final, îl sărutase. „Proastă" era puțin spus.

Acum trebuia să se revanșeze și să-și șteargă rușinea. Și nu-i venea prea ușor.

Însă ea era cea care întrecuse măsura și cea cu sentimente de clarificat. Așa că trebuia să rezolve problema.

O auzi pe Parker cerând să se aprindă lumânările și vorbind apoi cu solistul vocal. „Nu mai avem timp", își spuse ea. O să se gândească mai târziu la o rezolvare.

Pentru că nu avea încredere în nimeni altcineva să taie bine acel model complicat, Laurel se opri lângă masa pe care trona. Așteptă până când mireasa și mirele tăiară prima felie – arătându-le cum să facă – și se serviră unul pe celălalt, în timp ce Mac imortaliză momentul. Apoi, când muzica și dansul continuară, preluară comanda.

Cu cuțitul ei de cofetar, înlătură ornamentele exterioare.

– La naiba, nu e bine ce faci!

Îi aruncă o privire lui Jack, în timp ce tăia și așeza feliile de tort pe farfurii.

– E făcut să fie mâncat.

– Când mă uit la așa ceva, mă gândesc că, dacă aș construi eu o astfel de clădire, ar trebui să fiu la mare distanță în momentul demolării. Și tot mi-ar da câteva lacrimi.

– Doare puțin la început, dar nu se compară cu construirea unei case. Nu faci asta cu gândul că o bilă de demolare o să intre în ea. Vrei o felie?

– Cum să nu!

– Așteaptă până umplem primele două tăvi. Asta, gândea ea, i-ar da timp să stoarcă informații de la el. Și Del nu vine să joace cu tine în seara asta?

– Cred că are ceva de făcut.

„Vreo femeie", se gândi ea. Însă nu era treaba ei și nu despre asta era vorba.

– Cred că amândoi sunteți prea ocupați ca să vă întâlniți zilele astea.

– De fapt, am luat cina împreună joi seara.

„După *Sărut*", se gândi ea.

– Și ce mai e nou? îl întrebă zâmbind ușor și încercând să-i citească expresia de pe chip.

– Echipa Yankees are o lună foarte bună, răspunse el, zâmbind la rândul lui.

Nimic ciudat, își spuse ea, nici un zâmbet care să pară vreo aluzie. Nu-și dădea seama dacă se simțea insultată sau ușurată de faptul că Del nu menționase întâmplarea celui mai bun prieten al său.

– Uite, îi spuse Laurel și-i întinse o felie generoasă de tort.

– Mulțumesc. Gustă din ea. Ești un geniu.

– Adevărat.

Mulțumită că tăiase suficiente porții, se plimbă printre oaspeți să verifice masa cu deserturi și tortul mirelui.

Se auzea muzica, iar ringul de dans era plin. Ușile terasei erau larg deschise în noaptea înmiresmată, iar oaspeții dansau ori stăteau de vorbă în aer liber.

Parker se opri lângă ea.

– Tortul face furori.

– E bine de știut.

Laurel privi cea mai apropiată masă cu deserturi și bănui că rezervele vor ajunge până la ultimul dans.

– Hei, aceea e mama miresei? întrebă arătând spre ringul de dans. Știe să se miște.

– A fost dansatoare profesionistă. A dansat pe Broadway.

– Se vede.

– Așa l-a întâlnit pe tatăl miresei. El era andosant; a intrat să vadă o repetiție și – spune el – s-a îndrăgostit pe loc de ea. Ea a continuat să danseze până la nașterea celui de-al doilea copil al lor, apoi a început să dea lecții particulare.

– Frumos. Dar cum de ții minte toate astea?

Parker privi prin încăpere cu ochi de vultur, ca nu cumva să apară vreo problemă.

– Așa cum și tu ții minte toate ingredientele din tortul de acolo. Mirele și mireasa au cerut o oră în plus.

– Aoleu!

– Da, știu, însă toți se distrează de minune. Trupa e de acord. Vom transfera cadourile conform programului. Așa că, la naiba, îi lăsăm să danseze!

– O să fie o noapte lungă, spuse ea privind din nou deserturile. Mai aduc prăjituri.

– Ai nevoie de ajutor?

– Probabil.

– Sun la Emma. Ea și Carter ar trebui să fie liberi. Îi trimit jos.

La aproape unu dimineața, în timp ce echipa de la curățenie se îndrepta către sala de bal, Laurel verifică toate obiectele găsite. Adunase agrafe de păr, un pantof desperecheat, o trusă de machiaj roz din piele și un sutien de dantelă. Sutienul putea fi o relicvă a unei partide rapide de sex în timpul recepției sau dovada că o domnișoară simțise nevoia de a se elibera din strânsoarea lui.

Toate obiectele urmau să ajungă la coșul de Obiecte Găsite al lui Parker, până când aveau să fie cerute, fără alte întrebări.

În timp ce le ducea de acolo, Parker își făcu apariția.

– Am cam terminat. Le iau eu pe astea. Ședință rapidă.

Toți mușchii din corpul lui Laurel se contractară în semn de protest.

– Acum?

– Una rapidă. Am deschis o șampanie, ca să fie mai plăcut.

– Bine, bine.

– În salonașul nostru. În două minute.

Nu avea sens să se împotrivească, se gândi Laurel, apoi coborî în salonaș și se așeză pe canapea. Se întinse și căscă.

– Știam eu că tu o să ajungi prima, spuse Mac. Pentru că se ocupase deja canapeaua, se întinse pe jos. Un tip s-a dat la mine. Lui Carter i s-a părut amuzant.

– Semn că este un bărbat plin de încredere.

– Poate. Însă, înainte de Carter, nu mi se întâmpla să fiu curtată la evenimente. Nu mi se pare normal. Nu sunt disponibilă.

– De asta se și dau la tine. Cu un oftat în loc de căscat, Laurel își aruncă pantofii. Cred că bărbații au detectoare încorporate pentru asta. Femeiele ocupate sunt mai sexy.

– Pentru că sunt niște câini.

– Da, sigur.

– V-am auzit, spuse Emma în timp ce intră. Și mi se pare cinic din partea voastră și neadevărat. S-a dat la tine pentru că ești superbă – și, pentru că acum îl ai pe Carter, ești mai fericită și mai deschisă, iar asta te face și mai atrăgătoare. Se lăsă să cadă pe un scaun și își încrucișă picioarele sub ea. Vreau în patul meu.

– Și noi. Trebuie să ne întâlnim oricum mâine, pentru repetiția generală de duminică. Nu puteam aștepta până atunci?

– Nu, spuse Parker când intră, și arătă spre Laurel. Am ceva care vă va face pe toate să mergeți la culcare mai fericite. Scoase un plic din buzunar. Tatăl miresei ne-a dat un bonus. Chiar dacă, desigur, am refuzat politicos și delicat, el a insistat. Ah, adăugă ea, în timp ce își scotea pantofii. I-am oferit fetiței lui nunta visurilor, iar el și soția au avut parte de o noapte extraordinară, așa că a vrut să-și arate aprecierea.

– Drăguț, căscă Mac. Chiar drăguț.

– Sunt cinci mii de dolari. Parker zâmbi, în timp ce Laurel sări de pe canapea. Numerar, adăugă ea, scoțând bancnotele și răspândindu-le în formă de evantai.

– O dovadă de apreciere. Atât de verde, comentă Laurel.

– Pot să-i ating înainte să-i duci de aici? întrebă Mac. Înainte să fie reinvestiți în afacere?

– Eu propun să luăm banii. Poate sunt prea obosită, dar asta e părerea mea. Câte o mie pentru fiecare și o mie împărțită între Carter și Jack, propuse Parker făcându-și vânt cu bancnotele. Voi decideți.

– De acord. Emma ridică mâna. Bani de nuntă pentru mine!

– Așa e. Dă-i încoa', spuse și Mac.

– Nu mă opun. Laurel își mișcă degetele. Pot să-i folosesc la ceva măreț.

– Bine, atunci. Parker îi întinse lui Laurel șampania deschisă. Toarnă și o scot de la socoteală. Îngenunche pe podea.

– Asta e foarte, foarte frumos. Șampanie și bani în numerar la sfârșitul unei zile foarte lungi, concluzionă Mac, după care luă un pahar cu picior și i-l întinse Emmei. Vă aduceți aminte de primul nostru eveniment oficial? După aceea am desfăcut o sticlă, am mâncat tortul care a rămas și am dansat. Noi patru și Del.

– L-am sărutat pe Del.

– Toate l-am sărutat pe Del, răspunse Emma și ciocni paharul cu Mac.

– Nu, cu câteva zile în urmă l-am sărutat, se trezi Laurel spunând, cu o oarecare emoție, apoi foarte ușurată. Sunt incredibil de proastă.

– De ce? E... Mac clipi, dându-și seama. Ah. L-ai *sărutat* pe Del. Ei bine... hmm.

– Parcă înnebunisem, nu eram în apele mele, iar el a venit să-și ia tortul. Era atât de tipic pentru Del, spuse ea cu ranchiuna de care crezuse că scăpase.

– Și eu am fost furioasă pe Del, comentă Emma. Dar asta nu m-a făcut să-l sărut.

– Nu e mare lucru. Nu pentru el. Nici măcar nu s-a deranjat să-i povestească lui Jack. Adică nu a însemnat nimic pentru el. Nu-i spune lui Jack, îi ceru Emmei. Pentru că ar fi trebuit să o facă el și n-a făcut-o, așa că n-a însemnat nimic. Absolut nimic.

– Nici tu nu ne-ai spus până acum.

Laurel se încruntă la Mac.

– Pentru că eu... a trebuit să mă gândesc înainte.

– Deci a însemnat ceva pentru tine, murmură Parker.

– Nu știu. A fost un impuls, un moment de nebunie. Eram foarte furioasă. Nu e ca și când aș simți ceva pentru el, sincer. Ah, la naiba, mârâi ea și își lăsă capul în mâini.

– Te-a sărutat și el? Ei bine? o întrebă Mac, când Emma îi făcu semn cu piciorul. E o întrebare.

– A răspuns. Însă nu se aștepta. Nici eu nu mă așteptam. A fost mai mult un impuls de moment.

– Și ce a spus? Nu mă mai lovi, o avertiză Mac pe Emma.

– Nimic, nu i-am dat ocazia. O să mă revanșez, îi promise ea lui Parker. A fost vina mea, chiar dacă el era enervant și arogant. Nu te supăra pe mine.

– Nu sunt supărată pentru asta. Mă întreb cum de n-am observat. Te știu la fel de bine cum vă știu pe toate, și totuși, cum de nu mi-am dat seama că simți ceva pentru Del?

– Nu simt nimic. Bine, recunosc, simt, însă nu mă gândesc la el zi și noapte. Apare și dispare, ca o alergie. Însă, în loc să mă facă să strănut, mă face să mă simt ca o idioată. Nefericirea îi urca din stomac în voce. Știu cât de apropiați sunteți. E minunat cât de apropiați sunteți, însă, te rog, nu-i spune că v-am povestit. Nici nu doream să povestesc, însă a vorbit gura fără mine. Se pare că am o problemă în a-mi controla impulsurile.

– Nu-i voi spune nimic.

– Bine. Bine. Oricum, nu a fost mare lucru. A fost doar cu buzele.

– Fără limbă? se interesă Mac îndepărtându-se de Emma, apoi se ghemui, în timp ce primi o privire încruntată. Ce vrei? Mă interesează. Pe toate ne interesează, altfel n-am sta aici la unu noaptea, cu cinci mii de dolari în numerar pe masă, ca să vorbim despre asta.

– Ai dreptate, spuse Laurel. N-ar trebui să vorbim despre asta. Eu am vrut doar să dezvălui ce s-a întâmplat. Acum putem să uităm, să ne luăm bonusul și să mergem la culcare. De fapt, acum, că v-am spus și vouă, nu știu de ce m-a afectat atât de mult. Nu s-a întâmplat nimic, de fapt.

A făcut un gest larg - poate prea larg -, apoi și-a coborât din nou brațele.

– Bineînțeles că nu a fost nimic, iar Del cu siguranță nu se mai gândește la asta. Nu ți-a spus nimic nici ție și nici lui Jack. Am dreptate? o întrebă pe Parker.

– N-am mai vorbit cu el de la începutul săptămânii, însă nu, nu mi-a spuse nimic.

– Ascultă-mă, spuse încercând să râdă. Mă port ca o elevă de liceu. Iar în liceu nu mă purtam ca și când aș fi fost la liceu. Gata, mă opresc. Îmi iau banii și mă duc să mă culc.

Luă unul dintre teancurile numărate de Parker.

– Așa că, să nu ne mai gândim la asta, da? Să zicem că a fost ceva... normal. Totul e... normal. Așa că noapte bună!

După această retragere grăbită, prietenele ei își aruncară priviri nedumerite.

– E atât de puțin normal, spuse Mac.

– Nu e anormal. E pur și simplu diferit, fu de părere Emma, care lăsă paharul și își luă banii. Și e stânjenită. Ar trebui să uităm de asta, ca să nu se mai simtă stânjenită. Putem s-o lăsăm baltă?

– Problema e dacă și ea poate s-o lase baltă, spuse Parker. Dar vom afla.

Parker o lăsă baltă - pentru moment. Se dedică evenimentului de duminică și seara îi dădu liber prietenei ei. Însă luni își făcu timp o oră, când știa că Laurel era prinsă în bucătărie cu pregătirile pentru petrecerea din timpul săptămânii, anunțată în ultimul moment.

Când intră și o găsi pe Laurel desfăcând aluatul cel special, știu că nimerise perfect.

– Ți-am mai adus o pereche de mâini.

– Totul e sub control.

– Cea mai mare parte a acestei extravaganțe grecești pică pe capul tău. De fapt, pe mâinile tale. Își ridică mâinile. Astea pot să curețe în urma ta. Se îndreptă să ia castroanele goale. Am putea să-ți aducem un ajutor de cofetar.

– Nu vreau asistență. Asistenții mă încurcă. De-asta nu ai nici tu așa ceva.

– Mă gândesc la idee, spuse Parker în timp ce încărca mașina de spălat vase. Poate găsesc pe cineva să-l instruiesc să facă o parte din munca de teren.

– M-aș mira să văd venind ziua aia.

– Trebuie să ne hotărâm dacă vrem să continuăm așa sau să ne extindem. Extinderea înseamnă asistenți. Putem organiza mai multe evenimente în timpul săptămânii dacă avem personal mai numeros.

Laurel se opri.

– Asta vrei?

– Nu știu. Însă mă gândesc din când în când la asta. Uneori îmi spun că în nici un caz. Alteori îmi spun că poate. Ar fi o mare schimbare. Am avea angajați, nu doar simpli subordonați. Ne descurcăm bine așa cum suntem. De fapt, suntem minunate. Însă, uneori, o schimbare deschide drumul către alte orizonturi.

– Nu știu dacă suntem... Ia stai puțin. Ochii lui Laurel se îngustară în spatele lui Parker. Folosești asta ca metaforă pentru întâmplarea cu Del.

Se cunoșteau mult prea bine, se gândi Parker.

– Poate. Mi-a trebuit un timp să mă gândesc ce s-ar întâmpla dacă tu și Del ați avea o relație.

– Și?

– N-am ajuns la nici o concluzie, spuse Parker și se întoarse. Vă iubesc pe amândoi, iar asta nu se va schimba. Și, chiar dacă eu sunt centrul universului, povestea asta nu mă privește. Însă ar fi o schimbare.

– Nu mă schimb. Uite, stau la locul meu. Nu fac schimbări.

– Deja ai făcut, Laurel.

– Și mi-am revenit, insistă ea. Am revenit de unde am plecat. Dumnezeule, Parks, a fost doar un sărut.

– Dacă era doar un sărut mi-ai fi spus imediat despre asta și ai fi glumit. Făcu o pauză, lăsându-i lui Laurel ocazia să o contrazică, deși știa că nu putea s-o facă. Te-a îngrijorat, ceea ce înseamnă că a fost ceva mai mult. Sau te întrebi dacă a fost ceva mai mult. Ții la el.

– Bineînțeles că țin la el. Tulburată, Laurel ridică sucitorul și îl roti. Toate ținem la Del. Și da, recunosc că asta e o parte a problemei. Sau chestia. E mai mult o chestie decât o problemă. Continuă să întindă aluatul până îl făcu subțire ca hârtia. Toate ținem la Del, iar Del ține la toate. Uneori ține la noi până în punctul în care mă face să-mi doresc să-i trag un pumn în ochi, mai ales când ne ia pe toate la grămadă. Ca și când am fi un corp cu patru capete.

– Uneori...

– Da, știu, uneori chiar suntem. Însă e frustrant să fac parte din grămadă și să știu că se gândește la mine ca la cineva de care are grijă. Nu vreau să aibă grijă de mine.

– Nu se poate abține.

– Știu, recunoscu ea întâlnind privirea lui Parker, și asta îmi sporește frustrarea. El e agitat, eu sunt agitată, iar problema – chestia... prefer chestie decât problemă.

– Atunci chestie să fie.

– Chestia e doar a mea și atât. Probabil ți se pare ciudat să mă auzi vorbind astfel.

– Doar puțin. Mă obișnuiesc.

– Nu sunt bolnavă de dragoste și nu am o pată mare pusă pe el sau ceva serios. E doar...

– O chestie.

– Exact, o chestie. Și după ce am făcut ce am făcut, deja încep să nu mă mai gândesc la asta.

– Chiar atât de rău sărută?

Laurel o privi cu blândețe în timp ce se întinse după bolul cu cremă de umplut.

– Am făcut mișcarea, iar acum, că sunt foarte stânjenită, mă simt mai bine. Chiar a fost doar o parte dintr-o ceartă provocată din vina mea. În mare parte din vina mea. N-ar fi trebuit să încerce să îmi plătească tortul. Steagul roșu era deja ridicat. Nu încerci să mă plătești pentru un nenorocit de tort.

– Nu, o aprobă Parker ridicând un deget. Deci, spune-mi dacă înțeleg bine. Nu vrei să te pună la grămadă cu toată lumea, ca să zic așa, însă nici nu vrei să te plătească pentru munca ta, pentru că tu consideri asta o insultă.

– Trebuia să fii de față.

– Putem uita o clipă că e fratele meu?

– Nu sunt sigură.

– Hai să încercăm. Ca să mențină atmosfera relaxată, Parker se rezemă de blatul de bucătărie. Ești atrasă de el. Amândoi sunteți oameni interesanți, liberi și atrăgători. Așa că, de ce să nu fiți împreună?

– Pentru că e Del.

– Și ce e în neregulă cu Del?

– Nimic. Vezi, e ciudat. Luă sticla cu apă, apoi o lăsă iarăși jos, fără să bea din ea. Nu are logică, Parker, și nu e ceva care să poți rezolva tu pentru mine. O să fim bine... adică eu și Del. Deja am trecut peste asta, iar el – mă îndoiesc că s-a gândit măcar o clipă la ce s-a întâmplat. Acum pleacă, să mă pot concentra la baclavaua mea.

– Bine. Însă dacă mai ai ceva de spus, spune-mi.

– Nu așa fac mereu?

„Așa ai făcut până acum“, se gândi Parker, însă nu mai spuse nimic.

Capitolul 5

Faptul că crescuse într-o casă dominată de femei îi oferise lui Del anumite lecții de bază. Una, pe care el crezuse că o aplicase pe moment, era aceea că, dacă un bărbat nu înțelegea ce se întâmplă, iar lipsa înțelegerii provoca necazuri, se recomanda păstrarea unei anumite distanțe.

Iar el simțea că aceeași regulă se aplica în relațiile mai... personale între bărbați și femei, ceea ce iarăși mergea de minune în situația dată.

El se ținuse departe de Laurel; și, chiar dacă nu înțelesese nimic, spera că acea distanță îi va da și ei timp să se calmeze.

Nu dorise să se certe cu ea. Împunsăturile lor mențineau mereu veselia și un aer relaxat în casă. Însă îi plăcea să știe regulile jocului. De data aceasta, se simțea depășit de situație.

Era obișnuit cu temperamentul ei, cu toanele ei neașteptate. Iar s-o lase să se descarce pe el nu era nimic nou.

Să-l sărute însă așa, fără să se gândească? Asta da, era ceva nou. Nu putea să nu se gândească la momentul acela, iar gânditul nu-l ajuta să tragă vreo concluzie.

Ceea ce îl scotea din sărite.

Concluzii, soluții, alternative, compromisuri – toate erau instrumentele lui de lucru. Însă în acest joc încrucișat foarte personal nu putea găsi piesele-cheie.

Și totuși, nu se putea ține departe la nesfârșit. Îi plăcea să treacă pe acolo când avea timp și, mai mult, era un flux continuu de afaceri între el și Parker, iar afacerile lor presupuneau atenție.

O săptămână era suficientă pentru răcorire, decise el. Trebuiau să dea ochii unul cu altul. Într-un fel sau altul. Și, desigur, asta era inevitabil. Nu era mare lucru. De fapt, nu însemna absolut nimic, își spunea el, în timp ce intra cu mașina pe aleea lungă a domeniului. Doar se certaseră, cu câteva elemente neobișnuite în plus. Ea încercase să dovedească ceva. Iar, într-un fel, el pricepuse. Avea tendința să o considere – să le considere – responsabilitatea lui, iar asta o enerva.

Sigur asta o enerva, pentru că, într-adevăr, erau responsabilitatea lui. El era fratele lui Parker și avocatul lor. Și, din cauza unor circumstanțe pe care nu le putea controla sau schimba nimeni, era acum capul familiei.

Însă putea și el să încerce să fie mai subtil în privința acelei responsabilități.

Și totuși, nu era ca și când și-ar fi băgat nasul în treburile ei din cinci în cinci minute.

Își spuse însă că putea încerca să se retragă un pic. Nu putea să o contrazică. Nu era sora lui, dar asta nu însemna că nu făcea totuși parte din familia lui și, la naiba, el avea toate drepturile să...

„Oprește-te", își spuse. Nu ajungea nicăieri dacă venea la ea căutând scandal. Cel mai bine era să testeze terenul și să o lase pe ea să preia conducerea.

Apoi, o putea face să revină la normal, să fie ca înainte. „Fii subtil", își repeta.

De unde naiba veneau toate mașinile astea? se întrebă. Era marți seara, iar el nu-și amintea de vreo programare în orarul Vows. Întoarse să parcheze lângă studioul lui Mac, ieși din mașină și se îndreptă încruntat spre casă. Era clar că avea loc un eveniment. Vedea aranjamentele florale ale Emmei, dispuse în jurul porticului, și auzea din depărtare voci de la o petrecere în desfășurare.

O clipă, rămase acolo să privească. La ferestre erau aprinse luminile, transformând casa într-o sărbătoare primitoare. Ospitalitate cu un aer elegant. Părinților lui le plăcuse să fie gazde, să organizeze de la întâlniri mici și intime, până la petreceri strălucitoare. Vedea că Parker își folosise talentul. Și totuși, când venea acasă pe neașteptate - pentru că aceea era încă și casa lui - simțea acel spin, acea durere pentru ceea ce pierduse. Pentru ceea ce pierduseră toți.

Porni pe alee, coti spre casă și intră pe ușa laterală direct în bucătăria familiei.

Sperase să o găsească acolo pe doamna Grady, agitându-se lângă cuptor, însă în bucătăria goală ardea o singură lumină. Merse la fereastră, îi privi pe oaspeții care se adunaseră pe terasă sau se plimbau prin grădină.

Relaxați, ca la ei acasă, impresionați, se gândi. Să dea unui eveniment aceste calități ținea de talentul lui Parker; sau era un amestec al celor patru din Cvartet.

O zări pe Emma și pe câțiva de la protocol și recunoscu fețele de masă și florile. Schimbări de ultim minut, presupuse, apoi îi urmări aranjând masa. Rapid și eficient, observă el, în timp ce Emma vorbea cu câțiva musafiri. Toată un zâmbet și plină de căldură - așa era Emma. Nici n-ai fi bănuit că în mintea ei se gândea la ceea ce urmează să facă.

„Emma și Jack", se gândi el. Asta chiar fusese o schimbare de ultim moment pentru el. Cel mai bun prieten al său și una dintre fetele lui. Chiar când se gândea la asta, Jack își făcu apariția, cu o tavă cu lumânări pentru ceai. Ajută și el, se gândi Del, așa cum toți făceau treabă din când în când. Însă de data aceasta era altfel. Și își dădu seama că aceea era prima dată de când Emma și Jack deveniseră oficial „Emma și Jack", pe care îi observa pe ascuns.

Privirea dintre ei era diferită. Felul în care Jack îi mângâia brațul, natural și intim, așa cum făcea un bărbat care dorea să atingă ceea ce iubea.

Era frumos ceea ce se înfiripase între ei, se gândi, și va trebui să se obișnuiască cu ideea.

Până una alta, el se afla aici, unde avea loc o petrecere. Ar putea la fel de bine să meargă în sala de bal și să ajute.

*

Laurel făcuse prăjituri ca o maniacă, ceea ce era doar cu puțin mai satisfăcător decât să-și vadă munca devorată. Acum, că tortul fusese tăiat, și platourile cu deserturi, aranjate, lăsă servirea pe seama celor de la protocol și trase aer în piept. Se auzea muzica, iar cei care nu roiau în jurul meselor cu desert dansau. Alți oaspeți erau strânși la mese, mulți dintre ei dând câte un pahar de ouzo pe gât.

– Hopa!

Așa, toată lumea e fericită, gândi ea, totul e sub control. E momentul perfect să dispară cinci minute și să-și scoată pantofii. După ce se convinse că nu erau probleme, se îndreptă spre ușă.

– Domnișoara McBane?

Aproape reușise, se gândi ea, însă se întoarse cu un zâmbet profesionist.

– Da, ce pot face pentru dumneavoastră?

– Nick Pelacinos, se prezentă tânărul și-i întinse mâna. Vărul viitoarei mirese.

Și frumos de pică, se gândi ea, strângându-i mâna. Bronzat din cap până-n picioare, cu înfățișarea unui zeu grec, cu ochi de chihlimbar și bărbie cu gropiță.

– Îmi pare bine să te cunosc. Sper că te simți bine.

– Ar fi ciudat să nu mă simt bine. Ați organizat o petrecere perfectă. Știu că ești ocupată, însă bunica ar vrea să discute cu tine. E acolo.

Făcu un semn către capătul mesei încărcate cu oameni, băuturi, mâncare și flori, și dominată de doamna cu păr argintiu și cu privire de laser. „Bunica“, se gândi Laurel.

– Sigur. Merse cu el, întrebându-se dacă nu cumva ar fi mai bine să-i facă semn lui Parker s-o însoțească.

– Ea și bunicul vin, de obicei, în State doar o dată pe an sau o dată la doi ani, îi spuse Nick. Noi trebuie să mergem cu ei, așa că excursia asta e un eveniment important pentru familie.

– Înțeleg.

– Am auzit că tu și partenerele tale ați reușit să organizați toate astea într-o săptămână. Felicitări – serios! Eu îmi ajut familia la gestionarea restaurantelor pe care le avem în New York, așa că știu cam ce a însemnat asta.

Îi reveni în minte rezumatul făcut de Parker despre familie.

– Da! Papa's. Am mâncat la unul dintre restaurantele din Cartierul de Vest.

– Trebuie să vii din nou și să mă anunți dinainte. Fac cinste. Yaya, ți-am adus-o pe domnișoara McBane.

Femeia înclină ușor capul, cu un aer regal.

– Așa!

– Domnișoară McBane, ea e bunica mea, Maria Pelacinos.

– Stephanos, spuse Maria și îl bătu ușor pe braț pe bărbatul de lângă ea. Las-o pe fată să se așeze.

– Nu vă deranjați, începu Laurel.

– Hai, sus. Îi făcu semn bărbatului să se ridice, apoi arătă către scaun. Vino aici, lângă mine.

„Să nu contrazici niciodată un client", își aminti Laurel și se așeză pe scaunul abia eliberat.

– Ouzo, ceru femeia, și aproape imediat i se aduse un pahar. Îl așeză în fața lui Laurel.

– Să ciocnim pentru baclavaua ta. Își ridică și ea paharul și arcui sprâncenele către Laurel. Pentru că nu prea avea de ales, Laurel ridică paharul, se pregăti și bău. Apoi, cunoscând rutina, ciocni din nou.

– *Opa!*

Primi o rundă de aplauze și un semn de aprobare din partea Mariei.

– Ai un dar. E nevoie de mai mult decât de mâini și de ingrediente ca să faci mâncare adevărată. E nevoie de minte și de o inimă deschisă. Familia ta e din Grecia?

– Nu, doamnă.

– Ah, spuse ea și făcu un semn. Familia tuturor este din Grecia. O să-ți dau propria mea rețetă pentru ladopita, ca să o faci pentru nunta nepoatei mele.

– Mi-ar plăcea foarte mult, mulțumesc.

– Cred că ești o fată bună, așa că dansează cu nepotul meu. Nick, dansează cu fata.

– De fapt, trebuie să...

– E petrecere. Dansați! E un băiat bun și frumos. Are o slujbă bună și n-are nevastă.

– Ei bine, în cazul ăsta... spuse Laurel, făcând-o pe Maria să râdă.

– Dansați, dansați. Viața e mai scurtă decât credeți.

– Nu se lasă! Nick întinse mâna din nou.

„Un singur dans", se gândi Laurel. Picioarele o dureau prea tare ca să reziste mai mult de unul. Și chiar dorea acea rețetă.

Îl lăsă pe Nick să o conducă pe ringul de dans, în timp ce trupa începu o melodie lentă.

– Poate că nu pare, spuse el, luând-o în brațe, însă bunica mea ți-a făcut un mare compliment. A gustat din tot ce-ai făcut și era ferm convinsă că ești grecoaică. Altfel, n-ai fi putut face asemenea deserturi tradiționale grecești. Și... o răsuci cu stil. Tu și partenerele tale ați salvat familia de la o ceartă îngrozitoare. N-a fost ușor să-i obținem acceptul pentru locul acesta.

– Iar dacă Yaya nu e mulțumită...

– Exact. Mergi des la New York?

– Din când în când... Tocurile o făceau aproape la fel de înaltă ca el. „Un echilibru frumos pentru un dans", își spuse ea. Afacerea ne ține aproape de casă. Probabil că e la fel și în cazul tău. Am lucrat în restaurante în timp ce studiam și înainte să demarăm afacerea. E un domeniu care te solicită.

– Crize urmate de dramă, urmate de haos. Și totuși, Yaya are dreptate. Viața e mai scurtă decât credem noi. Poate, dacă te sun într-o zi, o să ne luăm amândoi liber de la muncă.

„Fără întâlniri romantice", își aminti ea. Dar... n-ar fi o idee rea să nu mai fie atât de obsedată de Del.

– Da, am putea.

Dansul se sfârși, iar în sunetul aplauzelor și al uralelor trupa trecu la dansul tradițional grecesc, în cerc. Laurel dădu să se retragă, însă Nick îi ținea mâna într-a lui.

– Nu poți pierde așa ceva.

– Chiar n-ar trebui. În plus, doar l-am privit la evenimente, nu l-am încercat niciodată.

– Nu-ți face griji, te conduc eu.

Înainte să vină cu altă scuză, altcineva îi prinse mâna liberă și se trezi prinsă în cerc. „Ce naiba“, își spuse ea. „La urma urmei, este petrecere.“

Del apăruse în timpul dansului lent și o căutase din priviri pe Parker. Sau cel puțin așa îi plăcea să creadă. O zărise aproape imediat pe Laurel.

Dansa. Cu cine dansa? Nu ar trebui să danseze cu un tip pe care nu-l cunoștea... Ar trebui să lucreze.

Își adusese un partener? Arătau de parcă se cunoșteau, judecând după felul în care se mișcau împreună și după cum îi zâmbea acelui tip.

– Del, nu te așteptam în seara asta, spuse Parker, sărutându-l pe obraz.

– Am trecut doar să... Cine e ăla?

– Cine?

– Care dansează cu Laurel.

Parker privi uimită și o zări pe Laurel în mulțime.

– Nu prea știu.

– Nu ea l-a adus?

– Nu. E unul dintre oaspeți. Am organizat un fel de petrecere postlogodnă și prenuntă. Poveste lungă.

– Și de când dansați și voi la evenimente?

– Depinde de situație, răspunse țintuindu-l pe Del cu privirea, după care spuse încet, în muzica lină și vocile vesele: Hmm, le stă bine împreună.

El ridică din umeri și își băgă mâinile în buzunare.

– Nu e prea inteligent să-i încurajezi pe oaspeți să se dea la voi.

– Încurajarea este un cuvânt relativ. Oricum, Laurel știe să-și poarte singură de grijă. Ah, ador dansul lor tradițional, adăugă ea când se schimbă muzica. E atât de vesel. Privește-o pe Laurel! L-a învățat deja.

– Mereu s-a mișcat bine, mârâi Del.

Laurel râdea și părea că nu are vreo problemă cu mișcarea picioarelor sau cu ritmul. Arăta altfel, se gândea el. Nu putea spune exact de ce. Nu, nu era asta. De fapt, el era cel care o privea diferit. O privea prin prisma acelui sărut. Schimbase lucrurile și îl făcea să se simtă neliniștit.

– Ar trebui să mai dau o tură.

– Poftim?

– Ar trebui să mai dau o tură, repetă Parker, înclinând capul ca să-l studieze cu atenție.

El se încruntă.

– Ce ai? De ce mă privești așa?

– Nimic. Poți să te bagi și tu, dacă vrei. Nimănui din grup nu-i va păsa. Sau, dacă vrei să mănânci și altceva decât desert, coboară la bucătărie.

Tocmai se pregătea să spună că nu voia nimic, însă își dădu seama că mințea. Nu știa ce voia.

– Poate. Am trecut doar pe-aici. Nu știam că lucrați toate în seara asta. Sau aproape toate, se corectă el, când Laurel trecu în cerc pe lângă ei.

– A fost ceva neprevăzut. Mai avem o oră. Dacă vrei, du-te în salon și așteaptă-mă.

– Probabil o să plec.

– Atunci, dacă te răzgândești, ne vedem mai târziu.

Se hotărî să bea o bere, iar dacă dorea să bea o bere fără să fie obligat să asiste, atunci trebuia să ia una din bucătăria familiei, nu de la unul dintre barurile evenimentului.

Sau cel mai bine ar fi să își bea berea acasă, își spuse el în timp ce cobora. Dar nu voia să se ducă acasă, nu și când se gândea că Laurel dansa ca și când s-ar fi născut în Corfu. O să-și ia o bere, apoi îl va căuta pe Jack și va povesti cu el o oră. Și Carter ar trebui să fie pe-acolo. O să-și ia o bere și îi va căuta pe amândoi, pentru că alături de prietenii lui se va simți bine.

Între bărbați.

Cea mai bună metodă să-ți iei gândul de la femei era să te așezi și să bei o bere cu bărbații.

Se retrase în bucătăria familiei și găsi o bere Sam Adams rece în frigider. Exact ce recomandase medicul, își spuse el. După ce o deschise, privi din nou pe fereastră, să-și caute prietenii. Însă, pe terasa luminată de lumânări și becuri colorate se adunau străini.

Sorbi gânditor din bere. De ce naiba era atât de neliniștit? Putea să facă o mulțime de alte lucruri în loc să stea acolo, într-o bucătărie goală, bând bere și privind pe fereastră la străini.

Ar trebui să meargă acasă și să lucreze. Sau să lase naibii lucrul și să se uite pe canalul de sport ESPN. Era deja prea târziu să sune pentru o întâlnire romantică, o invitație la cină sau la băut, și nu dorea deloc să fie singur.

Cu pantofii în mână, călcând fără zgomot pe tălpile obosite, Laurel intră în bucătărie. Ea chiar își dorea să fie singură. Însă îl văzu pe Del, stând în picioare lângă fereastră, părând cel mai singur bărbat din lume.

Imagine care, știa și ea, nu i se potrivea. Nu îl considerase niciodată pe Del un singuratic. Îi cunoștea pe toți și avea o viață socială atât de plină, încât uneori ea se întreba de ce nu fugea undeva, să aibă parte de o clipă de liniște.

Însă acum părea cu desăvârșire singur, complet despărțit de ceilalți, învăluit într-o tăcere adâncă.

O parte din ea dorea să meargă la el, să-l îmbrățișeze și să-i îndepărteze tristețea de pe chip. Însă își reveni într-o clipă și dădu să iasă.

El se întoarse și o văzu.

– Scuză-mă, nu știam că ești aici. Vrei să vorbești cu Parker?

– Nu. Am văzut-o pe Parker sus. Își încruntă sprâncenele când îi văzu picioarele goale. Se pare că atâta dans face rău la tălpi.

– Poftim? Ah... N-am dansat prea mult, însă la sfârșitul unei astfel de zile, se adună. Și pentru că erau amândoi acolo, Laurel se hotărî să-și ceară scuze amândoi. Dacă tot ești aici, vreau să spun că am sărit calul în noaptea aceea. N-ar fi trebuit să mă dau la tine în felul ăla.

Nu prea își alesese bine cuvintele.

– Înțeleg că ai un anumit sentiment de... datorie, spuse ea, simțind că i se oprește cuvântul în gât. Aș fi vrut să nu fie așa, de fapt, sunt foarte furioasă din pricina asta, iar tu simți acest lucru de fiecare dată. Așa că e inutil să ne mai certăm din cauza asta.

– Aha.

– Dacă ăsta e cel mai bun răspuns pe care îl poți da, atunci o să consider că a trecut.

El ridică un deget în timp ce mai sorbi o gură de bere. Și o privi.

– Nu chiar. Aş vrea să ştiu de ce furia ta a luat acea formă particulară.

– Uite, tu eşti tu şi mi-a intrat în sânge, şi am ajuns să spun lucruri pe care n-ar fi trebuit să le spun. Așa fac oamenii când sunt furioși.

– Nu mă refer la ceea ce ai spus, ci la ceea ce ai făcut.

– E la pachet. Eram furioasă; îmi pare rău. Accepți sau nu.

El zâmbi, iar ea simți un gol în stomac.

– Ai mai fost furioasă pe mine şi înainte, dar nu m-ai sărutat niciodată aşa.

– E la fel ca în cazul picioarelor mele.

– Poftim?

– Se adună. E enervant să te tot văd jucând rolul de „Del ştie cel mai bine" şi, pentru că asta durează de ani buni, furia se adună şi... Am procedat aşa ca să dovedesc un lucru.

– Care anume? Nu cred că m-am prins.

– Nu ştiu de ce faci atâta caz. Simțea cum i se amplifică furia şi stânjeneala. Suntem adulți. A fost doar un sărut, o alternativă paşnică la a-ți da un pumn în gură. Acum, îmi doresc să fi făcut asta.

– Bine. Deci, să ne lămurim. Tu erai furioasă pe mine. Această furie s-a acumulat de-a lungul anilor. Iar acțiunile tale au fost o alternativă la a-mi da un pumn în față. Asta vrei să spui?

– Da, domnule avocat, sunteți pe-aproape. Îmi dați o Biblie să jur pe ea? Dumnezeule, Del!

Ea se îndreptă spre frigider, îl deschise şi scoase o sticlă cu apă. Poate că exista un bărbat care o enerva mai mult, însă în clipa aceea, Delaney Brown se afla în capul listei. Cu o mişcare furioasă a încheieturii deşurubă capacul sticlei şi se întoarse, ciocnindu-se de el.

– Termină! N-ar fi numit-o panică, însă furia ei urcă la alt nivel.

– Tu ai deschis uşa. Cea metaforică şi cea... Făcu un semn către frigider. Pariez că şi acum eşti furioasă.

– Da, sunt.

– Bine. Și pentru că am ajuns la aceeași pagină, și acum știu cum funcționează...

O prinse de umeri și o ridică spre el.

– Nici să nu te gân...

Atât reuși să spună, în vreme ce creierul ei începu să fiarbă.

Căldura, gura lui pe gura ei, atât de diferită de aerul rece care venea din spate. Se simțea prinsă între gheață și foc, fără să se poată mișca în vreo direcție, căci el o ținea nemișcată pe acea graniță subțire și instabilă.

Apoi, mâinile lui alunecară până îi găsiră talia, iar sărutul se transformă în dorință lentă, care îi topea. Trupul ei se supunea, era amețită, iar el o trase și mai aproape.

Sunetul pe care îl auzi Del, ca un tors, nu era unul de furie, ci de supunere. Surpriza pe care o reprezenta ea, ca un dar păstrat de ani de zile, se deschidea, în sfârșit. Iar el dorea să îndepărteze cu grijă, foaie cu foaie, tot ambalajul, ca să descopere și mai mult.

Ea se răsuci, întinse mâna, iar sticla cu apă rece îi stropi pe amândoi. El făcu un pas în spate, privindu-și cămașa udă și pe a ei la fel.

– Ups!

Ochii ei mari și negri clipeau. El zâmbea, iar ea se grăbi să plece. Făcu un semn cu sticla, o mișcare stângace, prin care vărsă și mai multă apă.

– Bine. Bine. Deci... suntem chit. Trebuie să mă întorc. Trebuie... mai spuse în timp ce-și ștergea cămașa udă. La naiba!

Se întoarse și dispăru.

– Hei, ți-ai uitat pantofii. Eh, asta e. Închise frigiderul, apoi luă berea de pe masă.

Ce ciudat, se gândi el sprijinindu-se de blatul din bucătăria tăcută. Se simțea mai bine. De fapt, se simțea al naibii de bine!

Examină pantofii pe care îi lăsase pe podea. Sexy, își spuse el, mai ales combinați cu acel costum foarte profesional pe care îl purta. Se întrebă dacă fusese o combinație intenționată sau una dată de un impuls de moment.

Nu era ciudat să se gândească la pantofii ei? Însă, pentru că tot se gândea la ei... Amuzat de idee, deschise sertarul să caute o agendă.

Erau chit? se gândi el, în timp ce scria biletul. Nu-l interesa să fie chit.

În dimineața următoare, Laurel alese înotul în locul aerobicului. Își spusese că dorea o schimbare, însă trebuia să recunoască faptul că acea schimbare îi permitea să o evite pe Parker, până când își va da seama ce i-ar putea spune. Sau dacă ar trebui să-i spună ceva.

„Cel mai bine ar fi s-o las baltă", își spuse în timp ce începea altă tură. Nimic de zis. Pur și simplu, spiritul competitiv al lui Del. Ea îl sărutase, așa că o sărutase și el, la rândul său.

Dublu. Așa juca el. Se hotărâse s-o pună la punct – îi stătea în fire.

Și zâmbetul acela? Începu altă tură, cu și mai multă forță. Zâmbetul acela prostesc, încrezut, superior? Și acela îi stătea în fire. Bărbat idiot. Era ridicol să creadă că simțea ceva pentru el. Doar își pierduse mintea o clipă. Sau vreo zece ani, însă cine mai stă să numere? Gata, și-a revenit. Era bine. Situația revenise la normal.

Când ajunse din nou în celălalt capăt, închise ochii și se lăsă să se scufunde. După acele ture grele, senzația de lipsă de greutate era perfectă. Plutea, așa cum făcea și în viața personală. Și era bine, era chiar bine. Nu avea nevoie de formă, funcție și structură în toate zonele vieții ei.

Era bine să fie liberă să facă ceea ce dorea când începea sau se termina ziua de lucru, ca acum. Nu trebuia să dea explicații nimănui. Nu avea nevoie ca totul să fie aranjat. Nici nu dorea. Del – sau chestia cu Del – fusese doar o pietricică pe drum. Iar acum drumul era neted. Totul era bine.

Își trecu mâna prin păr și se apropie de scară – apoi țipă, când Parker făcu un pas înainte, ca să-i ofere un prosop.

– Dumnezeule, m-ai speriat! Nu știam că ești aici.

– Lasă, că și eu m-am speriat! O clipă m-am întrebat dacă nu cumva ar trebui să sar să te trag afară.

Ea luă prosopul.

– Pluteam. Am vrut să fac o schimbare; zilele trecute am alergat la viteză maximă. Cred că nu plutim suficient.

– Bine, o să trec și plutitul pe listă.

Laurel își înfășură râzând prosopul în jurul taliei.

– Ar trebui. Văd că ești îmbrăcată. Cât e ceasul?

– Vreo opt. Cred că ai plutit ceva vreme.

– Se pare că da. A fost o noapte plină.

– Da, a fost. L-ai văzut pe Del?

– De ce? Da, dar de ce?

– Pentru că a fost aici, iar, o vreme, tu ai dezertat.

– Nu am dezertat, căpitane! Doar am făcut o pauză.

– Și ți-ai schimbat cămașa.

Simțea deja mâncărimea sentimentului de vină.

– Vărsasem ceva pe ea. Ce e asta?

– Ceva curios. Parker ridică un plic. Era pe blatul de la bucătărie. Doamna G. mi l-a dat să ți-l aduc.

– De ce nu a... Ah! Laurel se opri când recunoscu scrisul lui Del.

– Nu vrei să afli ce scrie? Eu, da. Parker se ridică și blocă drumul, zâmbind larg. Lucrul cel mai politicos pe care îl pot face este să mă întorc și să te las să citești singură. Însă nu sunt atât de matură.

– Nu e nimic. Bine, spuse Laurel, deschizând plicul.

Poate crezi că s-a terminat, însă te înșeli. Ți-am luat ostatici pantofii. Contactează-mă în patruzeci și opt de ore sau perechea ta de pantofi Prada o va păți.

Laurel scoase un sunet care semăna a râs, amestecat cu o înjurătură, în timp ce Parker citea peste umăr.

– Ți-a luat pantofii?

– Se pare că da. Și eu ce-ar trebui să fac acum? Laurel făcu un semn cu biletul. Plutesc. Am hotărât să plutesc, iar acum se joacă cu mine. Tocmai cumpărasem pantofii ăia.

– Dar cum a reușit să-ți ia pantofii?

– Nu a fost nimic special. I-am scos, el era acolo și eu i-am uitat după ce... mă rog. A fost un soi de ochi pentru ochi.

Parker dădu din cap.

– Ochiul tău sau ochiul lui?

– Mi-am cerut scuze pentru că exagerasem, însă nu a fost suficient pentru Del, și a început să mă examineze. Un lucru a dus la altul, în frigider. E greu de explicat.

– Bineînțeles.

– Pur și simplu, face pe deșteptul. N-are decât să țină pantofii.

– Serios? spuse Parker cu un zâmbet placid. Pentru că asta mi-ar spune – și probabil și lui – că ți-e frică să-i faci față. Lui. Situației.

– Nu mi-e frică și nu juca tocmai acum cartea asta cu mine, se rățoi Laurel și smulse prosopul din mâna lui Parker, ștergându-se furioasă pe cap. Doar că nu vreau să stârnesc nimic.

– Pentru că e greu să plutești pe vârtejuri.

– Da. Oricum, am alți pantofi. Am pantofi mai buni. Nu-i voi da satisfacția să mă atragă în jocul lui prostesc.

Parker zâmbi din nou.

– Băieții sunt atât de limitați.

Laurel își dădu ochii peste cap.

– E fratele tău, mârâi ea și se îndreptă spre casă.

– Da, este, o aprobă, întrebându-se cât va rezista prietena ei cea mai bună până să cedeze. Mai mult de douăzeci și patru de ore, spuse Parker, însă mai puțin de patruzeci și opt.

BlackBerry-ul din buzunar sună. Privi ecranul, în timp ce traversa pajiștea.

– Bună dimineața, Sybil. Cu ce te pot ajuta?

Capitolul 6

Mereu exista o metodă de strâns informații. Pentru Parker, informația nu însemna doar putere, ci, mai ales, deschidea drumul către eficiență; iar în lumea ei, eficiența era cea mai importantă. Pentru ca totul să fie făcut bine – cu alte cuvinte, eficient –, întâi trebuia să treacă în revistă detaliile și faptele. Și, de câte ori era posibil, făcea mai multe lucruri în același timp.

Primul lucru pe care trebuia să-l facă în primele douăzeci și patru de ore în afacerea ostaticilor era să-l roage pe Del să o ducă cu mașina. Asta era ușor de rezolvat, mai ales că-l alesese pe mecanicul lui pentru verificările de rutină ale mașinii. Poate că Malcolm Kavanaugh era necioplit și uneori încrezut, însă era foarte bun în meseria lui, iar asta conta cel mai mult. Și, în plus, era prieten cu Del.

Cu un weekend plin de evenimente, începând cu repetiția de seara, putea să-i spună foarte sincer lui Del că avea nevoie să o ducă, mai ales că nici una dintre partenerele ei nu avea timp.

Nu era vorba că n-ar fi avut la cine să apeleze sau că nu putea să cheme un taxi, se gândea ea în timp ce-și împrospăta rujul de pe buze. Acea favoare o să-l facă pe Del să se simtă ca un frate mai mare – un rol pe care îi plăcea să-l joace – și îi va da ocazia să-l stoarcă de informațiile pe care Laurel refuzase să i le ofere.

Își verifică geanta, apoi agenda ei de pe BlackBerry.

Vorbit cu Del. Luat mașina. Întâlnire cu clienții la prânz. Luat hainele de la curățătorie, mers la piață, întors la cel târziu patru și jumătate pentru pregătirea repetițiilor.

Sub fiecare intrare se desfășurau listele secundare ale întâlnirii, ale obiectelor pe care trebuia să le ia de la curățătorie și ale cumpărăturilor de la piață.

Se privi rapid în oglindă. Clienții erau importanți și rezervaseră o masă la clubul lor, astfel că trebuia să arate bine.

Rochia de vară de culoare galben-deschis îmbina foarte bine stilul informal cu cel profesional. Bijuterii discrete, însă mama cu ochi de vultur a clientului va recunoaște calitatea adevărată, iar asta va cântări ceva. Își lăsase părul desfăcut – feminin și prietenos. Nimic țipător sau care să atragă prea mult atenția. Organizatoarea nunții nu trebuia să o pună în umbră pe mireasă în absolut nici o situație. Mulțumită, adăugă un pulover alb și subțire, ca armă împotriva aerului condiționat, dacă clienții alegeau să ia masa în interiorul clubului.

Cu zece minute înainte de venirea programată a fratelui ei, coborî scările. Casa ei iubită părea tăcută și mare în acea dimineață, fără clienți programați, fără evenimente care să-i solicite timpul și atenția. Florile Emmei, din ornamentele impunătoare sau din mănunchiurile mici, parfumau aerul, iar unele dintre fotografiile lui Mac se amestecau cu tablourile de pe pereți.

Nu schimbase prea mult din casă, doar mutase obiectele personale în aripa ei privată sau în cea a lui Laurel. Casa aceea rămăsese, în mare parte, căminul ei și un loc al fericirii, care văzuse sute de sărbători. Și certuri, se gândi ea în timp ce aranja un bol. Veselie, lacrimi, dramă și nerozie.

Nu-și amintea să fi fost vreodată singură în acea casă sau să-și fi dorit să se afle altundeva.

Se uită la ceas, apoi se hotărî să treacă pe la Laurel.

Pe blatul de bucătărie, Laurel frământa un aluat de fondante. Lângă ea, șase straturi coapte așteptau pe rafturi. Pentru că alesese un talk-show matinal în loc de muzică, Parker înțelese că Laurel putea fi distrasă.

– Plec, anunță Parker. Ai nevoie de ceva?

Laurel o privi.

– Îți stă bine în culoarea asta.

– Mulțumesc. Mă face să mă simt însorită.

– Așa și arăți. Aș avea nevoie de vreo două kilograme de căpșune, adăugă ea. Să fie proaspete. Nu le vreau pe toate roșii și foarte coapte. Amestecă-le. Mă scutește de un drum în după-amiaza asta.

– Nici o problemă, spuse Parker scoțându-și BlackBerry-ul ca să adauge cererea la lista ei. Oricum, mă duc la piață după întâlnirea de la prânz, cu Jessica Seaman și mama ei.

– Perfect. Laurel se opri din frământat și își încrucișă degetele de la ambele mâini, în semn de noroc.

– Mama miresei vrea să discutăm despre meniu și muzică. Asta e pentru mâine seară? întrebă ea, în timp ce Laurel presăra suprafața de lucru cu amidon.

– Da. Șase etaje, fondant cu pliuri și orhidee din pastă ca să se potrivească cu floarea de semnătură a miresei. Întinse prima foaie de fondant. Stai, parcă mașina ta era la revizie.

– Este și e gata. Del mă lasă la mecanic.

– Ah. Încruntată, ori din pricina lui Del, ori din cauza bulelor de aer pe care le zărise, Laurel înțepă blatul cu un ac subțire.

– Vrei să-i transmit ceva... lui sau pantofilor tăi?

– Ce amuzant! Laurel ridică rapid fondantul cu ambele mâini și îl așeză peste primul etaj. Ai putea să-i spui să nu mai fie atât de măgar și să mi-i dea înapoi.

– Bine.

– Nu, de fapt, nu-i spune nimic. Ridică din umeri, netezi în partea de sus și în lateral, împingând afară bulele de aer. N-am nevoie de pantofii ăia. Am și uitat de ei.

– Sigur.

Laurel ridică un cuțit de tăiat pizza și îl îndreptă către Parker.

– Îți cunosc jocurile, Brown. Încerci să mă faci să-l sun pentru pantofi. Nu-ți merge.

– Bine. Parker zâmbi, în timp ce Laurel trecu cuțitul în jurul bazei tortului, ca să taie excesul de fondant. O să apară din minut în minut. Mă întorc cu căpșune.

– Mărimi diferite, nuanțe diferite, strigă Laurel.

– Am înțeles. Ajunse în fața casei, încântată că făcuse exact ce intenționase. Laurel își va petrece restul zilei cu gândul la Del și la pantofii ei.

Își așeză ochelarii de soare pe nas și păși pe alee chiar când Del își făcu apariția.

– La fix, spuse el.

– Și tu.

– Suntem Brown. Suntem obsedați de punctualitate.

– Consider că asta e o virtute și un talent. Îți mulțumesc că mă ajuți, Del.

– Nu e cine știe ce. Merg să mă întâlnesc cu un client, apoi cu Jack, să luăm prânzul. S-a nimerit bine.

– Mai multe lucruri în același timp. Cheia succesului. Ai pantofi noi? întrebă ea.

– Nu, îi răspunse și o privi în timp ce luă curba să iasă de pe alee. De ce?

– Ah, am auzit că ți-ai luat de curând o pereche de pantofi noi superbi.

– Așa e. Zâmbi amuzat în colțul gurii. Însă n-au mărimea bună. În plus, dacă mă plimb pe tocuri, îmi zdrobesc degetele de la picioare.

Îl înghionti cu degetul.

– Să-i iei pantofii lui Laurel! Când o să încetezi să te mai porți ca la doisprezece ani?

– Niciodată. Duse mâna la piept ca și când ar fi jurat. E furioasă sau amuzată?

– Amândouă și nici una. Aș spune mai degrabă că e încurcată.

– Atunci, misiune îndeplinită.

– Tipic! Și de ce, mă rog, vrei s-o încurci?

– Ea a început.

Își coborî puțin ochelarii de soare și îl privi pe deasupra lor.

– Tocmai ai coborât la opt ani. Ce să înceapă?

El îi aruncă încă o privire.

– Oi avea eu opt ani, însă te cunosc și pe tine, și grupul tău. Știi ce a început, iar acum vrei să scoți de la mine ce cred eu despre asta.

– Nu trebuie să scot nimic de la tine, iar tu nu ești obligat să-mi spui. Scuză-mă puțin, adăugă ea, când își auzi telefonul sunând.

– Shawna, salut! Am lăsat-o pe Laurel în bucătărie, îți termina tortul. Arată minunat. Am înțeles. Aha. Nu, nu, nu-ți face griji. O să-l sun pe agentul meu de voiaj și... Te-ai descurcat. Ai noul său număr de zbor? Da.

În timp ce vorbea, scoase o agendă și un stilou și repetă informațiile în timp ce le scria.

– O să verific imediat, să mă asigur că totul se face la timp și o să trimit o mașină să-l ia și să-l ducă la repetiții. Nu, nici o problemă. Lasă totul în seama mea și ne vedem diseară. Relaxează-te, totul este sub control. Du-te, fă-ți unghiile și nu te îngrijora. Da, și eu. Pa. Zborul cavalerului de onoare s-a anulat. O să vină cu altceva, spuse ea și lăsă agenda. O să ajungă puțin mai târziu în seara asta.

– M-am îngrijorat o clipă.

– Laurel are dreptate. Ești un încrezut.

– Asta a spus?

Ridicând din umeri, Parker băgă telefonul în geantă.

– Bine, bine, metodele tale de tortură sunt eficiente și crude. A schimbat terenul și acum încerc să-mi dau seama dacă ar trebui să continui. Nu sunt prea sigur că e o idee bună, însă... e o idee. Ce-ai de spus?

– Cred că amândoi o să încercați să preluați conducerea, așa că ori o să vă bateți precum câinii turbați, ori o să vă îndrăgostiți nebunește unul de altul. Sau ambele, pentru că amândoi începeți cu sentimente puternice și vechi unul față de celălalt. Iar acele sentimente se vor transforma dacă... vă potriviți.

– Nu am de gând nici să mă bat, nici să mă îndrăgostesc nebunește. Eu doar explorez o potențială dinamică nouă. Ți se pare ciudat?

Foarte interesant, se gândi ea, amândoi o întrebaseră același lucru.

– Nu știu încă. Atunci când o să te contacteze pentru pantofi, ceea ce va face sigur, chiar dacă ea crede că nu, nu jubila!

– Doar în interior, chicoti el în timp ce luă curba ca să intre în parcarea garajului. Crezi că o să mă contacteze?

– Chiar îi plac pantofii aceia. Și se va gândi că, dacă nu dă nici un semn, asta înseamnă că te lasă pe tine să câștigi. Se apleacă și îl sărută pe obraz. Mulțumesc pentru plimbare.

– Pot să te aștept. Mal e pe-aici pe undeva, pot să stau cu el până termini.

– E în regulă. Dacă Del ar fi vorbit cu Malcolm, atunci Malcolm ar fi aflat că e și ea aici și, cu siguranță, ar fi avut ceva de spus. Prefera să-l evite. Am sunat înainte, așa că știu că vin.

– Bineînțeles. Atunci, spune-i lui Mal că ne vedem la seara de poker.

– Îhî. Vino la masă săptămâna următoare, îi mai spuse în timp ce cobora din mașină. O să verific agenda tuturor și îți spun ce dată am ales, dacă ești liber.

– Fac tot posibilul să fiu liber. Hei, Parker, ești foarte drăguță!

Zâmbi.

– Să stai departe de pantofii mei.

Închise ușa și, auzindu-i încă râsul, intră în birou.

Femeia obosită, cu păr portocaliu, care stătea în spatele tejghelei, îi făcu semn lui Parker să se apropie, în timp ce vorbea la telefon. După câteva întrebări discrete, Parker aflase că femeia era mama lui Malcolm.

Nu că ar fi interesat-o. Pur și simplu, îi plăcea să știe cu cine are de-a face.

– Exact, mâine după-amiază. După două. Uite ce e, piesa abia acum a sosit, iar băiatul are doar două mâini. Își aținti ochii foarte verzi – la fel de verzi ca ai fiului său – asupra lui Parker și sorbi dintr-o sticlă de Dr. Pepper. O vrei repede sau o vrei bine făcută? Ți-a spus că are nevoie de o zi, după ce sosește piesa. L-am auzit cu urechile mele. Poate ar fi trebuit să cumperi American. Dacă e gata mai repede, te sun. Doar atât pot face. Da, să ai o zi bună. Idiotule, adăugă ea după ce închise. Toți cred că lumea se învârte în jurul lor, îi spuse ea lui Parker. Toți se cred centrul acestui nenorocit de univers.

Oftă și zâmbi, un zâmbet foarte dulce.

– Arăți foarte bine.

– Mulțumesc. Mă întâlnesc cu o clientă.

– Aici e factura. Ți-am făcut-o după ce ai sunat. Mă doare capul de la nenorocitul ăsta de computer.

Parker își aminti de prima lor întâlnire și de frustrarea doamnei Kavanaugh.

– Economisești mult timp după ce înveți programul.

– Pentru mine înseamnă încă jumătate din cât mi-ar lua, în mod normal, să scriu de mână. Poftim.

– Perfect. Parker se apropie să verifice.

– Am cunoscut-o puțin pe mama ta.

– Ah?

– Acum, că te văd, îmi dau seama că ai ceva din ea. Era o adevărată doamnă, care nu trebuia să se poarte ca o snoabă ca să arate că e doamnă.

– Ar fi apreciat această descriere cât se poate de exactă. Mulțumită de factură, Parker scoase cartea de credit. Cred că ați cunoscut-o și pe Maureen Grady. Administrează casa și are grijă de noi de când ne știm.

– Da, o cunosc. Cred că, dacă trăiești suficient de mult în Greenwich, ajungi să cunoști aproape pe toată lumea. Băiatul meu joacă poker cu fratele tău.

– Așa e, spuse Parker și semnă chitanța. De fapt, Del m-a adus. Îi transmite lui Malcolm că se vor vedea la seara de poker. „Gata, mi-am făcut datoria", se gândi ea.

– Ai putea să-i transmiți tu, spuse ea, în timp ce Malcolm intră pe ușa laterală a garajului, ștergându-și mâinile pe o basma roșie.

– Mamă, am nevoie să... Se opri și zâmbi. Hei! Frumos!

– Domnișoara Brown a venit să-și ia mașina. Mama lui luă cheile și, spre disperarea lui Parker, i le aruncă lui Malcolm, care le prinse într-o mână. Du-o la mașină.

– Nu e nevoie. Doar...

– Face parte din serviciu.

Mal se îndreptă către ușa principală a biroului și o deschise.

– Mulțumesc, doamnă Kavanaugh. Mi-a părut bine să vă revăd.

– Te aștept oricând.

– Sincer, spuse Parker după ce ieșiră, mă cam grăbesc, așa că...

– Ai întâlnire?

– De afaceri.

– Păcat că irosești asemenea rochie pe o întâlnire de afaceri, dar te duc.

Mirosea a garajul în care lucra, ceea ce nu era nici pe departe atât de neplăcut pe cât presupunea ea că ar fi. Jeanșii lui aveau o gaură în genunchi și pete de ulei pe coapsă. Se întreba dacă nu cumva purta tricou negru ca să nu i se vadă petele.

Părul său era aproape la fel de negru și cădea în dezordine pe chipul lui foarte bine definit. Nu se bărbierise, însă arăta mai degrabă periculos decât neîngrijit.

– Ai o mașinuță foarte frumoasă. Cheile ei scoaseră un clinchet în mâna lui; ochii lui erau ațintiți asupra ei, când ajunseră la mașină. Și ai grijă de ea. Am verificat-o din partea casei, pentru că e prima ta comandă aici, însă oricum nu aș fi putut să îți iau bani. Îți păstrezi comoara curată și strălucitoare.

– Orice unealtă merge mai bine când ai grijă de ea.

– Așa e. Însă cei mai mulți nu fac asta. Și ce faci după întâlnirea de afaceri?

– Poftim? Ah, drumuri... și lucru.

– Ai vreun moment fără întâlniri de afaceri, drumuri și muncă?

– Foarte rar, îi răspunse. Își dădea seama când un bărbat se dădea la ea, însă nu-și amintea când o tulburase ultima oară acest lucru. Chiar am nevoie de cheile alea. Mașina nu pornește fără ele.

El i le lăsă în palma deschisă.

– Dacă prinzi un astfel de moment rar, sună-mă. Conduc eu.

Pe când ea încerca să găsească un răspuns potrivit, el ridică degetul mare. Ea urmă direcția indicată și văzu o motocicletă mare, solidă și strălucitoare.

– Nu cred. Chiar nu cred.

El zâmbi.

– Dacă te răzgândești, știi cum să dai de mine, îi spuse. Mai așteptă o clipă, până o văzu urcând în mașină. E prima dată când te văd cu părul desfăcut. Se potrivește cu rochia.

– Îhm. „Dumnezeule, Parker, se gândi ea, ești mută?“ Mulțumesc pentru servicii.

– Cu plăcere.

Ea închise portiera, răsuci cheile în contact și porni, ușurată. Acel bărbat tocmai o dăduse peste cap.

Era o situație ridicolă, își spuse Laurel, care trebuia rezolvată. Să-l ignore pe Del și jocul său copilăresc păruse inițial o idee bună, însă cu cât se gândea mai mult la ea, cu atât începea să creadă că ignorarea ar putea fi considerată evitare. Iar asta l-ar pune pe el într-o poziție de superioritate, ceea ce ea n-ar accepta niciodată.

Își păstră planul – așa cum era – pentru ea. Și fiindcă nu era nevoie de ea la repetiție, putea evita contactul cu prietenele ei, așa că nu va fi tentată să le spună. Rămăsese în bucătărie, făcând crema pentru umplutură și glazura pentru tortul Căpșune văratice de sâmbătă după-amiază. Își verifică panoul și orarele și încercă să nu se simtă vinovată că se furișa afară din propria casă.

Își scoase șorțul și înjură. Nu se va duce la Del plină de transpirație și răvășită ca să înfrunte situația. Dacă se aranja puțin nu însemna că-i dă prea multă importanță.

Coborî pe scara din spate și merse în aripa ei, ca să facă un duș. Nici dacă se machia nu însemna că făcea mare caz. Era vorba de o îngrijire elementară. Și îi plăcea să poarte cercei. Era normal să poarte cercei și o bluză frumoasă, nu-i așa? Nu era nimic rău să vrea să arate cât mai bine, indiferent de context.

Renunțând să se mai certe cu ea însăși, ajunse din nou la scara din spate, intenționând să iasă fără să fie văzută. O să se întoarcă înainte ca cineva să se prindă că fusese plecată.

– Unde te duci?

Fusese prinsă.

– Ah! făcu ea întorcându-se și o văzu pe doamna Grady în bucătăria de vară.

– Am ceva de făcut. Ceva neimportant.

– Atunci du-te și rezolvă-l. Aceea e o bluză nouă?

– Nu. Da. Într-un fel, ezită ea. Ura tensiunea pe care i-o dădea sentimentul de vinovăție și pe care o simțea în ceafă. Ce rost are să cumperi o cămașă nouă și să n-o porți?

– Nici un rost, răspunse doamna Grady. Atunci du-te și distrează-te.

– Nu mă voi distra... În fine. Nu durează mult.

Dădu ocol casei către mașină. În maximum o oră era înapoi, după care....

– Salut! Ieși în oraș?

Ah, pentru numele lui Dumnezeu, parcă ar fi avut o comunitate întreagă de părinți. Încercă să-i zâmbească lui Carter.

– Da, am ceva de rezolvat. Mă întorc repede.

– Bine. Mă duc să cerșesc o caserolă de la doamna G. O decongelăm mai târziu, dacă vrei.

– Mulțumesc, însă am mâncat o salată deja. Poftă bună.

– Mulțumim. Arăți bine.

– Și ce-i cu asta? Dădu din cap. Scuză-mă, scuză-mă. Sunt neatentă. Trebuie să fug.

Sări în mașină înainte să mai dea nas în nas cu cineva.

În timp ce conducea, își dădu seama că trebuia să fi mers la Del în timpul zilei, când era plecat. Știa unde e ascunsă cheia de rezervă și știa și codul de la alarmă. Însă bănuia că îl mai schimba din când în când, ca să fie mai sigur. Și totuși ar fi putut să riște, să intre și să își ia pantofii. Și să-i lase și un bilet. Ar fi fost mai inteligent.

Dar era prea târziu. Însă poate nu-l găsea acasă. Avea o viață socială activă – prieteni, clienți, femei. La șapte și jumătate, într-o seară de vară atât de frumoasă? Da, sigur era la vreo întâlnire – băutură, cină, distracție. O să intre, o să-și ia pantofii și o să-i lase un bilet amuzant.

Dragă răpitorule de pantofi,

Am evadat și am informat FBI-ul. O echipă tactică e pe drum.

Perechea Prada.

Ar râde, își spuse ea. Nu-i plăcea să piardă – cui îi plăcea? –, însă ar fi râs. Și astfel se termina totul.

Asta doar dacă nu declanșa alarma, caz în care ar fi sfârșit rugându-l să-i fie avocat. „Gândește pozitiv“, își spuse ea și se concentră asupra noului plan pe care și-l imagină, dezumflându-se precum un sufleu greșit, când îi zări mașina pe alee.

Ei bine, înapoi la Planul A.

Avea o casă foarte frumoasă, care îi plăcuse de când o construise. Poate prea mare pentru o singură persoană, însă îi înțelegea nevoia de spațiu. Știa că Jack o construise după indicațiile foarte precise ale lui Del. Nici prea tradițional, nici prea modern, multă lumină, mult spațiu. Și întinderea de piatră de râu, și înclinația acoperișului triplu aveau o eleganță neoficială, potrivită cu proprietarul.

Ieși din mașină, se îndreptă spre ușa principală și sună.

Sălta de pe un picior pe celălalt și își bătea mâna pe genunchi. Nervi, se gândi ea. Pentru numele lui Dumnezeu, era agitată că îl vedea pe un om pe care îl cunoștea de-o viață. Cu care se bătuse și se jucase. Chiar se și căsătoriseră de vreo câteva ori, când Parker îl implorase, îl mituise sau îl șantajase să fie mirele, în jocul lor de-a Ziua Nunții de când erau mici. Iar acum nu avea stare.

Asta făcea din ea o cârpă, își spuse. Și ura să fie o cârpă. Apăsă din nou pe butonul soneriei, mai lung de data aceasta.

– Îmi pare rău, dar ați fost prea rapizi, iar eu tocmai..., spuse Del, și ieși cu cămașa descheiată și cu pieptul plin de picături de apă, cu părul ud. Se opri în prag. Tu nu ești curierul de la China Palace.

– Nu, eu am venit pentru... N-ai cum să faci comandă de aici la China Palace.

– Poți, dacă l-ai apărat pe fiul proprietarului și l-ai trimis la un program de reabilitare în loc de celulă. Zâmbi și își agăță degetul mare în buzunarul pantalonilor la care își închisese fermoarul, însă nu și nasturele. Salut, Laurel. Intră.

– N-am venit în vizită. Am venit să-mi iau pantofii. Adu-mi-i și plec înainte să vină orezul tău cu creveți prăjiți.

– Am cerut porc dulce-acrișor.

– Bună alegere. Dă-mi pantofii.

– Hai, intră! O să discutăm termenii.

– Del, e absurd.

– Îmi place absurdul din când în când, spuse și, ca să încheie discuția, o luă de mână și o trase înăuntru. Așa, vrei o bere? Am luat Tsingtao pentru mâncarea chinezească.

– Nu, nu vreau bere chinezească. Îmi vreau pantofii.

– Îmi pare rău, se află într-un loc pe care nu ți-l pot dezvălui înainte să hotărâm și să îndeplinești termenii răscumpărării. Știi că au scos un țipăt foarte ascuțit când ai răsucit tocurile acelea subțiri? Făcu mâna pumn și răsuci ca să-i arate. E puțin ciudat.

– Știu că ai impresia că ești amuzant și recunosc că, oarecum, ai dreptate. Însă am avut o zi foarte lungă. Îmi vreau doar pantofii.

– Meriți o Tsingtao după o zi foarte lungă. Și iată că a venit și mâncarea. De ce nu ieși pe terasă? E frumos afară. Ah, ia și două beri din frigider. Hei, Danny, ce mai faci?

Ar putea să se certe, se gândi Laurel. Ar putea chiar să facă o scenă. Însă asta nu i-ar fi adus pantofii, dacă Del nu dorea. Trebuia să rămână indiferentă, asta era cheia, se hotărî ea și, scrâșnind ușor din dinți, se îndreptă către bucătărie. Îl auzi pe Del vorbind cu curierul despre baseball. Se pare că cineva, undeva, nu reușise să înscrie, cu o noapte în urmă.

Se îndreptă către bucătăria lui spațioasă, inundată de lumina blândă a serii. Știa că el folosea spațiul acela pentru mai mult decât o bere și mâncare chinezească la comandă. Avea câteva specialități de preparate reci – mici preparate cu care le seducea pe femei – și era foarte priceput la omlete pentru dimineața de după. Așa auzise.

Deschise frigiderul și scoase o bere; și, dacă tot era acolo, luă una și pentru ea. Fiindcă știa acea bucătărie aproape la fel de bine ca pe a ei, deschise congelatorul și scoase două beri de la rece. Și observă o selecție pe sprânceană de caserole și supe ale doamnei G., în recipiente etichetate.

Femeia aceea hrănea pe toată lumea.

Tocmai turna în pahar a doua bere, când Del intră cu pungile.

– Vezi, beau o bere. Consider că am îndeplinit condițiile. Când termin berea, îmi iau pantofii.

El îi aruncă o privire plină de milă.

– Nu cred că înțelegi clar situația. Eu am ceea ce vrei tu, așa că eu stabilesc condițiile.

Așeză două farfurii, șervețele și luă dintr-un sertar două seturi de bețișoare.

– Nu am spus că vreau să iau cina.

– Găluște. Scutură una dintre pungi. Știu că ai o slăbiciune pentru astea.

Avea dreptate; în plus, neliniștea combinată cu mirosul de mâncare îi făcuse foame.

– Bine. O bere și găluște.

Duse berile pe terasă, pe o masă cu priveliște spre peluză și grădină.

Apa din piscină strălucea. Pe margine se afla un chioșc fermecător, care adăpostea un grătar mare. El era renumit pentru îndemânarea cu care îl mânuia la petrecerile de vară, când oaspeții săi se jucau pe peluză și săreau în piscină.

Era o gazdă bună, se gândi ea. Au asta în sânge, probabil.

Del își făcu apariția cu o tavă plină de cutii și de farfurii. Măcar își încheiase cămașa, remarcă ea. Ar fi vrut să nu-i placă atât de mult aspectul lui fizic. Ar fi putut să-și gestioneze mult mai bine emoțiile dacă nu-l găsea atât de atrăgător.

Sau invers.

– Mă gândeam să mănânc astea în timp ce mă uit la ESPN și mai lucrez câte ceva. Dar așa e mult mai bine. Îi așeză în față o farfurie. Au fost repetiții în seara asta, nu-i așa? Se așeză și începu să deschidă toate cutiile. Cum a mers?

– Cred că bine. Nu au avut nevoie de mine, așa că m-am pregătit pentru weekend.

– O să vin și eu la ceremonia de duminică, îi spuse el. Am fost coleg de facultate cu Mitchell și eu le-am făcut contractul de parteneriat, vorbi el în timp ce mânca, iar ea sorbea din bere. Ce tort e?

– Tort de ciocolată cu unt, cu cremă de ciocolată albă, glazurată cu ciocolată caramel.

– Foarte tentant.

– Le place ciocolata. Și totul va fi așezat pe straturi alternante de flori de mușcată roșie, pe tăvi. Emma o să facă inimi de mușcate pentru vârful tortului. Acum, ar trebui să te întreb ce-ai făcut azi?

– Nu e nevoie să fii rea.

Ea oftă, știind că el avea dreptate.

– Mi-ai furat pantofii, spuse ea, cedând în fața mirosului de mâncare.

– „Furat" e un cuvânt prea greu.

– Sunt ai mei, iar tu mi i-ai luat fără permisiunea mea. Mușcă dintr-o găluşcă. Dumnezeule, chiar avea o slăbiciune pentru ele.

– Cât de valoroși sunt pentru tine?

– Sunt doar pantofi, Del.

– Hai, lasă-mă! Scoase un sunet dezaprobator și făcu un semn cu mâna. Am o soră. Știu cât preț puneți voi pe pantofi.

– Bine, bine, și ce vrei? Bani? Prăjituri? Să-ți fac menajul?

– Toate sunt opțiuni valabile. Dar și ăsta e un început bun. Ar trebui să încerci porcul dulce-acrișor.

– Ce, asta e drăguț? Asta? Aproape se înecă cu berea. Ca și când ar fi un soi de întâlnire?

– Doi oameni, mâncare, băutură, o seară frumoasă. Astea sunt elementele unei întâlniri.

– E doar o vizită. O vizită de răscumpărare. E o... Se opri, pentru că începuse din nou să tremure. Bine, să lămurim lucrurile. Mă simt de parcă aș fi început ceva. Ceva...

– Ciudat? sugeră el.

– Da, bine, ceva ciudat. Pentru că aveam toane și am acționat din impuls, iar asta te-a făcut să răspunzi acelui impuls. Iar acum înțeleg, înțeleg foarte bine, cunoscându-te, că remarca mea „suntem chit" a fost un fel de aruncare de mănușă. Nu puteai lăsa lucrurile așa, deci mi-ai luat pantofii. Iar acum iată-ne cu mâncare chinezească și bere, și amurgul care face jocuri de lumini, când știm foarte bine că nu te-ai gândit niciodată la mine în felul ăsta.

El se gândi o clipă.

– Nu e tocmai corect ceea ce spui. Afirmația corectă ar fi că am încercat să nu mă gândesc la tine în felul ăsta.

Ea se așeză, ușor uimită.

– Și cum ai făcut asta?

– Hm.

Ridică o mână și o întoarse pe o parte și pe alta.

Ea se holbă la el.

– Să te ia naiba, Del!

Capitolul 7

Nu putea spune că aceea era reacția pe care o așteptase, însă așa se întâmpla aproape întotdeauna cu Laurel.

– Să mă ia naiba pentru ce anume?

– E cel mai potrivit lucru pe care-l poți spune. Te pricepi să jonglezi cu cuvintele, mai puțin atunci când spui ceva complet greșit. Dar, de obicei, acesta din urmă e lucrul cel mai bun, numai că eu n-am chef să-l aud.

– Trebuia să te fi făcut avocat.

– Mai mănânc o găluşcă, mârâi ea.

Mereu îl încântase, mai puțin în momentele în care îl înfuria. Era probabil același lucru.

– Mai ții minte când eram cu toții la părinții Emmei acasă pentru Cinco de Mayo[1]?

– Bineînțeles că îmi amintesc, răspunse aruncând o privire încruntată către bere. Băusem prea multă tequila, ceea ce era destul de firesc în acel context, *hello*, Cinco de Mayo.

– Cred că e *hola*.

– Ei, na! Tu făceai pe fratele mai mare și stăteai cu mine pe scările verandei.

– Nu înseamnă să faci pe fratele mai mare dacă ești îngrijorat cât de cât pentru o prietenă care a băut prea multă tequila. Dar oricum.

[1] Sărbătoare a comunității mexicane din SUA care comemorează victoria armatei mexicane împotriva invaziei franceze în bătălia de la Puebla, din 5 mai 1862 (n.red.)

Îi puse pe farfurie porc dulce-acrişor, servindu-se de beţişoarele lui. Mai devreme stătusem cu Jack să urmăresc mulţimea, aşa cum faci tu de obicei.

– Aşa cum faci *tu* de obicei.

– Bine. Şi zăresc o rochie albastră cu o pereche minunată de picioare şi... Făcu un gest prin care contură imaginea foarte clară a ceea ce urma după *şi*. Şi m-am gândit „frumos, chiar foarte frumos", şi i-am arătat şi lui Jack. Iar el mi-a spus că picioarele şi ceea ce mai zărisem eu erau ale tale. Recunosc că scena aceea m-a zguduit bine, spuse cântărindu-i reacţia, iar surprinderea ei îl făcu să continue: Şi, dacă tot am ajuns să mărturisesc, recunosc că nu era prima dată. Aşa că, indiferent dacă era sau nu cel mai bun lucru de spus, era adevărul.

– Nu sunt o pereche de picioare şi un *şi*.

– Nu, însă sunt foarte frumoase. Eşti o femeie frumoasă. Şi asta e adevărat. Unii au o slăbiciune pentru găluşte, alţii pentru femei frumoase.

Ea privi prin el, către umbrele din ce în ce mai adânci.

– Asta ar trebui să mă enerveze.

– Însă eşti şi una dintre prietenele mele cele mai vechi şi mai importante. Deja nu o mai tachina. Şi asta contează foarte mult.

– Da, aşa e.

Împinse farfuria, înainte să i se facă rău.

– E adevărat şi să spun că ceva neaşteptat, cel puţin surprinzător, s-a declanşat în mine după ce tu ai acţionat din impuls în seara aceea.

Pe măsură ce întunericul se înteţea, luminile din grădină şi de pe peluză trimiteau o strălucire blândă, iar în depărtare se auzea vaietul misterios al unei păsări. Lui i se părea foarte romantic şi, cumva, potrivit momentului.

– Eşti foarte delicat cu acel incident.

– Păi, e prima noastră întâlnire, spuse el, iar ea începu să râdă.

– Am venit doar să-mi iau pantofii.

– Nu, nu ai venit pentru asta.

Ea trase aer în piept.

– Poate că nu, însă aveam un plan; mă gândeam că tu chiar ești plecat la o întâlnire, iar eu m-aș fi strecurat, mi-aș fi luat pantofii și ți-aș fi lăsat un bilet amuzant.

– Atunci, ai fi ratat toate astea. Și eu la fel.

– Iar începi, murmură ea. Cred că unul dintre motivele acțiunilor mele este rezultatul direct al abstinenței mele.

El își desfăcu amuzat berea.

– Și cum te descurci cu asta?

– Prea bine. Probabil, sunt puțin cam... care e cuvântul mai delicat? Stresată, mai stresată decât de obicei în ultima vreme.

– Din spirit de prietenie, aș putea să te duc sus și să te ajut să scapi de stres. Însă la mine nu prea funcționează.

Se pregătea să-i spună că poate scăpa și singură de stres și că-i mulțumește oricum, însă se hotărî că era prea multă informație, chiar și între prieteni. Așa că se mulțumi să ridice din umeri.

– Nu e ca la Jack și Emma, spuse el.

– Jack și Emma nu se scapă reciproc de stres. Ei...

– Răcorește-te, zise el blând. Nu asta am vrut să spun. Ei au fost prieteni – sunt prieteni –, însă ei s-au împrietenit cu zece sau doisprezece ani în urmă. Asta e mult, însă noi doi? Ne știm de-o viață. Nu suntem doar prieteni, suntem o familie. Nu în sensul ilegal și incestuos care ar face ca această conversație să pară ciudată, ci familie. În sens tribal. Am putea spune că aparținem aceluiași trib.

– Tribal, încercă ea. Te-ai gândit la asta. Și nu pot să te contrazic.

– E o schimbare plăcută. Acum vorbim despre schimbări, și nu doar pentru noi, ci și pentru întregul trib.

– Pariez că o să vrei să ajungi șef. Cu cotul pe masă, își rezemă bărbia în palmă. Tu ești mereu șeful.

– Poți să fii tu șeful dacă mă întreci la lupte.

Era puternică și se mândrea cu asta. Însă își știa limitele.

– Și pentru că ești șef de trib, ai decis să continui povestea asta.

– Am un fel de schiță. De fapt, schița unei schițe.

– Ce mult semeni cu Parker. Poate că și de-aici ți se trage. Dacă Parker ar fi fost bărbat, sau dacă am fi fost lesbiene amândouă, neam fi căsătorit. Ceea ce ar fi însemnat că n-aș mai fi avut nevoie de întâlniri. Și n-ar mai fi existat furia mea, a cărei cauză principală este abstinența. Și, foarte probabil, această conversație n-ar mai fi avut loc.

– Vrei să auzi schița?

– Da, dar sărim peste partea cu întrebări și răspunsuri.

– Să dăm o lună.

– Să dăm o lună pentru ce?

– Ca să ne obișnuim. Să ne privim unul pe celălalt altfel. Ieșim în oraș, rămânem acasă, stăm de vorbă, socializăm, participăm la activități de divertisment. Ieșim la întâlnire, așa cum fac oamenii când se obișnuiesc cu o dinamică diferită a lucrurilor. Și, dată fiind legătura tribală și presupunând că e o dorință reciprocă, să limităm distrugerea potențială a relației noastre din prezent...

– Acum cine e avocatul?

– Deci, din cauza acestor motive, continuă el, chiar dacă nu-mi oferă, la propriu, nici o plăcere, continuăm abstinența.

– Și tu vei fi abstinent?

– Jucăm corect.

– Hm, făcu Laurel și trecu de la bere la apă. Adică, facem absolut tot ce fac doi adulți normali, de comun acord și liberi, mai puțin sex, nici între ei și nici cu altcineva?

– Exact asta e ideea.

– Timp de treizeci de zile.

– Nu-mi aduce aminte.

– De ce treizeci?

– E un termen-limită rezonabil pentru amândoi ca să ne dăm seama dacă vrem să trecem la pasul următor. E un pas mare, Laurel. Ești prea importantă pentru mine ca să mă grăbesc.

– Întâlnirile sunt mai dificile decât sexul.

El râse.

– Cu cine naiba te-ai întâlnit tu? O să încerc să fac să-ți fie cât mai ușor. Ce zici de un film după evenimentul de duminică? E doar un film.

Ea își lăsă capul într-o parte.

– Și cine alege filmul?

– Negociem.

– Nu unul lacrimogen.

– Sau de groază.

– De acord.

– Poate ar trebui să facem un contract.

Ridică din umeri la ideea lui.

– Dacă ai o idee mai bună, sunt deschisă.

– N-am nici o idee. Nu m-am gândit niciodată că vom ajunge într-un punct în care voi avea nevoie de o idee. Ce zici să ne culcăm împreună și apoi să fim chit?

– Bine. Când o văzu că rămase cu gura deschisă, zâmbi. Nu numai că te cunosc, ci știu și să recunosc o cacealma când aud una.

– Nu știi nimic.

– Nu, nu știu. Cred că asta face parte din întreaga poveste și cred că e mai bine să ne facem timp să aflăm. Dacă ești de acord, sunt dispus să o fac.

Ea studie chipul lui atrăgător și atât de familiar, ochii liniștiți, postura relaxată.

– Poate o să vrem să ne omorâm unul pe celălalt până la jumătatea lunii.

– N-ar fi nimic nou. Deci, Laurel, accepți sau nu?

– Accept.

Întinse mâna ca să încheie înțelegerea.

– Cred că asta cere mai mult decât o strângere de mână. Însă îi luă mâna și o folosi, ca să o aducă mai aproape de el. Și trebuie să vedem cum e când nici unul dintre noi nu e furios.

Un mic frison, combinat cu așteptare și agitație, îi urcă pe șira spinării.

– Poate că eu sunt.

– Nu ești. N-ai acel mic rid aici. Își trecu vârful degetului între sprâncenele ei. Te dă de gol.

– Așteaptă, spuse ea, când el își coborî degetele de-a lungul brațelor ei. Acum sunt foarte lucidă. Nu e bine dacă gândesc prea mult și...

El o făcu să tacă, trăgând-o spre el și trecându-și ușor buzele peste ale ei.

– Ah, murmură ea, apoi își ridică brațele suficient de mult cât să-i poată înconjura gâtul.

Și mai multe surprize, se gândi el, când era căldură și explorare, în loc de fierbințeală și de impuls. Dulce și ușor, împachetat în straturi de familiar și de nou. Îi cunoștea parfumul, forma, însă gustul ei, copt și seducător, îmbina ceea ce era cu ceea ce avea să fie.

El nu se grăbea deloc, apropiind-o de el, absorbind-o, ca să savureze acest amestec nou de senzații.

Iar ea se lăsa absorbită, bucurându-se de acel moment pe care și-l imaginase de atâtea ori. Seară, lumini slabe, șoapta liniștită a vântului de vară. Visele prostuțe ale unei fetițe îndrăgostite se transformaseră, în timp, în nevoia unei femei.

Acum, visele deveniseră realitate, iar dorințele se împlineau. În acel sărut simțea cum presiunea lui creștea odată cu a ei. Orice s-ar întâmpla, momentul acesta, sfârșitul acesta de zi vor rămâne ale ei pentru totdeauna.

Când buzele lor se despărțiră, el o ținu aproape de el.

– De când crezi că durează asta? întrebă el.

– Greu de spus.

Nu putea să-i spună.

– Da.

El își lipi din nou buzele de ale ei, testând, apoi din ce în ce mai puternic, până își pierdură amândoi respirația.

– Mai bine îți aduc pantofii.

– Bine. Însă ea îl trase înapoi, ințețind din nou căldura, gemând ușor când mâinile lui îi prinseră șoldurile.

El era la limită, însă reuși să se retragă.

– Pantofii, bâigui el. Eliberăm ostaticii. Trebuie să pleci. Acasă.

Ea se rezemă, tremurând, de balustrada terasei.

– Ți-am spus că întâlnirile sunt mai dificile decât sexul.

– Nu ne sustragem provocărilor. Ce buze ai! Mereu mi-au plăcut cum arată. Acum îmi plac și mai mult.

Ea le încreți ușor.

– Vino aici și spune-mi asta.

– Mai bine, nu. Revin imediat cu pantofii.

Îl urmări cu privirea, gândindu-se că va fi o lună foarte lungă.

*

Să se strecoare înapoi în casă trebuia să fie mult mai simplu decât să se furișeze afară. Carter și Mac erau la ei acasă, la fel și Emma și Jack. Doamna G. se uita la televizor în apartamentul ei primitor, cu picioarele întinse și cu o cană de ceai în față, sau era afară cu vreo prietenă. Parker? Probabil că încă lucra, însă în aripa ei, îmbrăcată în haine confortabile.

Laurel parcă liniștită când văzu luminile din studio și din casa de oaspeți. Pur și simplu dorea să ajungă în spațiul ei, singură, și să se gândească la tot ce se întâmplase, la tot ce se schimbase sau începuse să se schimbe în seara aceea.

Buzele ei încă pulsau după atingerea buzelor lui; pielea ei încă vibra. Ar fi putut să și danseze pe acel ritm. Dacă ar fi ținut un jurnal, ar fi acoperit pagina de astăzi cu inimioare și floricele.

Apoi ar fi rupt-o, pentru că era prea stânjenitor. Însă tot ar fi făcut-o.

Intră în casă, zâmbind la acea idee, atentă și încuind ușa cu grijă în urma ei. Aproape că mergea în vârful picioarelor pe scări.

– Acum te-ai întors?

Era cât pe ce să strige. Se întoarse și o privi uimită pe Parker, apoi se așeză pe scări să nu cadă.

– Doamne, Dumnezeule! Ești mai înfricoșătoare ca un Rottweiler. Ce faci?

– Ce fac? Parker făcu un semn cu cutia pe care o ținea în mână. Am coborât să-mi iau un iaurt și urc în cameră. Tu de ce te furișai pe scări?

– Nu mă furișam. Mergeam. Încet. Ai iaurt în frigiderul mic de sus.

– Nu mai am de afine. Eu voiam de afine. Te superi?

– Nu, nu. Dumnezeule! Laurel trase aer adânc și se lovi ușor pe piept. M-ai speriat îngrozitor.

De data asta, Parker făcu un semn cu lingura.

– Ai o față de om vinovat.

– Ba nu am.

– Tocmai o privesc. Știu să recunosc o față vinovată când mă uit la ea.

– Nu sunt vinovată. De ce aş fi vinovată? Nu am oră de întors acasă, nu-i aşa, mami?

– Vezi, eşti vinovată.

– Bine, bine, lasă furtunul. Laurel ridică mâinile în semn de supunere. Am fost la Del să-mi iau pantofii.

– Laurel, pot să văd asta şi singură. Îi ţii în mână.

– Bine. Bine. Sunt nişte pantofi foarte frumoşi şi îi voiam înapoi. Îi mângâie afectuos. Iar el a comandat mâncare chinezească. Şi găluşte.

– Aha!

Parker se aşeză lângă Laurel.

– Nu aveam de gând să rămân, însă am rămas, aşa că am ieşit pe terasă şi am vorbit despre cum l-am sărutat eu, apoi despre cum m-a sărutat el. Lucru pe care, de fapt, nu ţi-l povestisem. Mi se pare mult mai ciudat să vorbesc cu tine despre asta decât cu el.

– Treci peste.

– Lucrez la asta, nu vezi? Oricum, trebuia să vedem ce facem mai departe. El avea un plan.

– Bineînţeles.

Parker zâmbi şi luă o lingură de iaurt.

– Te aşteptai la asta, pentru că voi doi sunteţi făcuţi din acelaşi aluat. I-am spus că dacă noi două eram lesbiene, ne-am fi căsătorit.

Parker dădu din cap în timp ce îşi mânca iaurtul.

– Pot să văd şi eu asta.

– Am discutat şi am hotărât să ieşim împreună şi să facem tot ce fac oamenii la o întâlnire, însă fără sex.

Parker îşi linse lingura, ridicând din sprâncene.

– Adică ieşiţi împreună, însă nu faceţi sex?

– Timp de treizeci de zile. Teoretic, până atunci, vom şti deja dacă chiar vrem să facem sex sau e doar... hm. Ştiu că e normal pentru doi adulţi, însă ştiu că acum vrem în primul rând să facem sex.

– Întâi vă luaţi un pic de timp să vedeţi dacă o să vă mai doriţi în momentul acela.

– Da, asta e ideea. Însă au fost mai multe chestii. Triburi şi picioarele mele; dar vom vedea cum merg lucrurile. Eşti de acord?

Parker îi mângâie uşor capul.

– Bineînțeles că sunt de acord, iar dacă n-aș fi fost, ar fi trebuit să mă duc naibii și să-mi văd de treburile mele. Vrei iaurt?

– Nu, mulțumesc. Găluște. Însă își lăsă capul pe umărul lui Parker. Mă bucur că n-am reușit să mă strecor.

– Să te bucuri mai ales că am decis să fiu mărinimoasă și să nu mă simt insultată că ai încercat să faci așa ceva.

– Cea mai bună prietenă din lume.

– Așa e, chiar sunt. Del e un om bun. Știu că uneori e autoritar, pentru că e din același aluat ca mine. Și știu că are defecte, însă chiar e un om bun. Își lăsă mâna peste a lui Laurel. Te merită. Acum eu și cu tine trebuie să facem un pact; când simți nevoia să te plângi de el – sau el simte nevoia să se plângă de tine la mine, și eu, și tu o să vedem asta ca pe oricare altă plângere despre băieți. Să nu te simți stânjenită pentru că e fratele meu, iar eu nu mă voi simți jignită pentru că e fratele meu.

– În regulă.

– Acum mă duc sus să termin niște treburi. Parker se ridică. Știi că dacă nu le pui la curent, Emma și Mac se vor supăra.

– O să le spun noutățile. Se ridică și ea și urcă la etajul al treilea împreună cu Parker.

Del se hotărî să nu ascundă nimic, așa că aranjă o întâlnire cu Jack pentru o oră de gimnastică. Și pentru că dorea să le spună tuturor, îi zise lui Jack să-l aducă și pe Carter. Începu cu exerciții cardio, în timp ce Carter se apropie de unul dintre aparate cu un tremurat vădit.

– Am încercat să evit să fac asta în public. Pot să rănesc pe cineva.

– Începi încet, apoi accelerezi o dată la câteva minute.

– Pentru tine e simplu să spui.

– Mi-era dor de locul ăsta. În semn de solidaritate, Jack se așeză la aparatul din cealaltă parte a lui Del. E convenabil să ai acasă sală de gimnastică, însă pierzi agitația de grup. Și pe fetele atletice, îmbrăcate în costume sumare. Sunt logodit, dar am și eu ochi, adăugă el când văzu privirea lui Del.

– Nu înțeleg mersul pe banda de alergare. Sunt atâtea trotuare afară. Apucând bara cu o mână – ca să se asigure –, Carter făcu un semn. Și nici nu ți se mișcă sub picioare.

– Haide, Carter. Și melcii sunt mai rapizi. Ce face Macadamia mea?

– E bine. Carter mări ușor viteza, încruntat. Aveau ședință în dimineața asta și o ședință la studio. E bine că stau departe câteva ore.

– O să te întorci imediat la birou, îi spuse Jack. Apoi o să ne mutăm în noul spațiu al Emmei și al lui Laurel.

– Că veni vorba de Laurel, ieșim împreună, spuse Del, și auzind un scârțâit în dreapta, privi într-acolo. Ești bine, Carter?

– Am pus piciorul greșit. Ieșiți împreună, adică sunteți împreună?

– Cam asta ar fi definiția mea.

– Iar impulsul meu e să sar la gâtul tău și să te întreb ce intenționezi să faci profitând de una dintre fetele mele?

Del își întoarse privirea către Jack, care accelera.

– Spre deosebire de tine, eu nu mă furișez și nu mă ascund.

– Nu mă furișam și nu mă ascundeam, ci pur și simplu, pentru o perioadă scurtă de timp, nu știam cum să-ți explic despre Emma. Și pentru că o să mă căsătoresc cu o membră a Cvartetului, am anumite privilegii și îndatoriri. Dacă te culci cu Laurel...

– Nu mă culc cu Laurel. Ieșim împreună.

– Sigur. Și doar vă țineți de mânuță, admirați luna și fredonați cântece de tabără.

– Da, o vreme. Fără cântat. Nu ai nimic de comentat? îl întrebă pe Carter.

– Sunt prea ocupat să mă țin pe picioare. Ca să se asigure, Carter apucă din nou bara cu o mână. Din punctul meu de vedere, aș spune că e o schimbare foarte bruscă de situație.

– Așa m-am gândit și eu, însă acum nu mai sunt așa de sigur. Mă simt de parcă o coceam de ceva vreme.

– Pe mine m-ai păcălit, spuse Jack, accelerând ca să atingă viteza lui Del. Cum de s-a întâmplat această schimbare bruscă de situație?

– Ne-am certat, iar ea mi-a spus și mi-a demonstrat că nu sunt fratele ei. Și nu sunt. Așa că ieșim împreună și v-am spus și vouă.

– Bine. Cinci kilometri?

– Da. Haide, Carter, spuse Del.

– Dumnezeule, răspunse Carter.

Duminică dimineață, Laurel părăsi lucrul ei din bucătărie și se repezi pe scări, la ședința de dinainte de eveniment. Când le găsi pe cele trei partenere ale sale deja la locul lor, ridică mâna.

– Nu am întârziat. Și pentru că băuse deja două cești de cafea în dimineața aceea, luă o sticlă de apă. Pentru informarea voastră generală, afară plouă.

– Prognoza meteo anunță că se va opri mai târziu, spuse Parker. Însă, în caz contrar, suntem pregătite să mutăm totul în interior.

– Aranjamentele sunt destul de simple, adăugă Emma. Dacă se înseninează înainte de amiază, putem pregăti totul afară până la ora unu cel mai târziu. Altfel, aducem totul în sala cea mare, facem un decor în jurul șemineului și adăugăm lumânări. E bine oricum. Ambele apartamente sunt gata înainte de zece.

– Mirii ajung la unsprezece.

– Eu o să alerg în stânga și în dreapta ca să fac pozele oficiale. Mac făcu un semn către Parker. Ambii miri au surori care stau lângă ei și formează o priveliște frumoasă. Pot să fac niște fotografii foarte drăguțe în formula asta. Să-i pregătim pe bărbați înseamnă mai puțin timp pentru păr și machiaj, și fiecare are doar un însoțitor, așa că ar trebui să termin cu pozele formale cel mai târziu la douăsprezece, douăsprezece și un sfert.

– Oaspeții ajung la douăsprezece și jumătate și vor fi întâmpinați cu un cocktail. Parker citi agenda. Pentru ceremonia din exterior, ne aliniem la unu, domnișoarele de onoare merg împreună pe alee, apoi mirii se apropie din cele două părți. Ceremonia durează douăzeci de minute. Mac face poze după aceea, iar cei de la protocol oferă gustări.

– Totul va fi foarte rapid. Cincisprezece minute sunt de ajuns.

– Pe la unu patruzeci și cinci, vor fi anunțați mirii, va avea loc gustarea la bufet și se va ciocni șampanie. DJ-ul va anunța primul dans la două și jumătate. Tortul se taie la ora trei și jumătate.

– Toate prăjiturile pentru masa cu deserturi sunt gata. O să termin tortul înainte de zece și îl mutăm în sala de bal. Noi aducem cuțitul și platoul. Cuplul cel fericit a cerut ca stratul de sus să fie scos și împachetat, să-l ia acasă.

– Bine. Dansul continuă de la trei și patruzeci până la patru și un sfert. Atunci transferăm cadourile și anunțăm ultimul dans. Suntem gata la patru și jumătate. Aveți vreo îngrijorare? Dezastre posibile?

– Din partea mea, nu. Amândoi sunt foarte drăguți și ar trebui să iasă bine în fotografii.

– Au ales butoniere mari din mușcate roșii, ca să se asorteze cu tortul, adăugă Emma. Sunt adorabili.

– Au scris singuri scenariul ceremoniei. Parker bătu ușor cu degetul peste dosar. E foarte dulce. O să avem parte de multe lacrimi. Laurel, tu ai ceva de spus?

– Eu am nevoie de ornamentul din vârful tortului de la Emma și sunt gata.

– E pregătit în frigider. Ți-l aduc.

– Atunci suntem gata.

– Nu așa de repede. Mac îi făcu semn lui Laurel, care se pregătea să se ridice. Acum, că am terminat cu afacerile, să trecem la treburi personale. Care sunt ultimele vești cu Del?

– Nu există ultimele vești. L-am văzut acum opt ore.

– Nu te-a sunat? întrebă Emma. Nu ți-a lăsat un mesaj sau ceva?

– A trimis un e-mail cu o listă de filme potențiale pentru seara asta.

– Ah! Emma se chinui să nu pară dezamăgită. Foarte frumos.

– E foarte practic, o corectă Laurel. Și e vorba despre Del. Și despre mine. Eu nu vreau bilețele romantice și mesaje sexy.

– Dar sunt amuzante, murmură Emma. Eu și Jack ne trimiteam zeci de mici e-mailuri sexy. Și încă ne mai trimitem.

– Cu ce te îmbraci? întrebă Mac.

– Nu știu. E doar un film. Cu ceva potrivit pentru un film.

– Însă el o să fie îmbrăcat de nuntă, spuse Emma, așa că nu te poți îmbrăca prea informal. Ar trebui să porți bluza ta albastră. Cea răscroită la gât, care se leagă la spate. Arăți minunat în ea. Cu pantalonii trei-sferturi albi. Mi-ar plăcea să-i pot purta și eu, însă mi-ar face picioarele să pară bondoace. Și sandalele cu toc micuț.

– Bine, îți mulțumesc că mă îmbraci.

– Mă bucur că îți sunt de folos, spuse Emma cu un zâmbet strălucitor, care-i dădea de înțeles că-i pricepuse sarcasmul.

– Vezi că avem un pariu în desfășurare, o informă Mac. Nimeni nu crede că veți rezista treizeci de zile încheiate fără să vă dezbrăcați. Carter vă dă maximum douăzeci și patru de zile, cu multă voință din partea voastră.

– Adică pariați pe momentul în care o să fac sex cu Del?

– Exact. Ești descalificată, spuse ea, când Laurel se pregăti să mai spună ceva. Conflict de interese. Îți dau șaisprezece zile, și asta nu din voință, ci din încăpățânare – în cazul în care asta ajută să-mi măresc bugetul de nuntă.

– Nu e drept, nu e drept, suspină Emma.

– Cât ați pus?

– Câte o sută fiecare.

– Cinci sute? Vorbiți serios?

– Șase cu doamna G.

– Dumnezeule!

– Am pornit de la zece dolari de persoană. Emma ridică din umeri și luă o căpșună. Însă Mac și Jack se tot provocau. Trebuia să-i opresc când am ajuns la o sută. Parker ține banca.

Laurel ridică din sprâncene.

– Și dacă facem sex și nu spunem nimănui?

– Te rog. Mac își dădu ochii peste cap. În primul rând, n-ai fi în stare să ții asta pentru tine, iar în alt doilea rând, chiar dacă ai face asta, noi am ști.

– Urăsc când ai dreptate. Și nimeni nu ne-a dat treizeci de zile?

– Absolut nimeni.

– Bine, uite cum facem – ar trebui să mă aleg și eu cu ceva din moment ce e vorba despre partida mea de sex. Nu sunt descalificată. Pun și eu o sută, iar dacă ajungem la treizeci de zile, toată suma e a mea.

Se auziră obiecții, însă Parker le respinse.

– Așa e corect.

– Știi ce spirit de competiție are, se plânse Mac. O să se abțină doar ca să câștige pariul.

– Atunci înseamnă că-i merită. Dă-mi suta să-ți adaug pariul.

Laurel își frecă bucuroasă mâinile.

– În sfârșit, abstinența mea e răsplătită. Am un tort de glazurat, încheie ea și făcu o mișcare rapidă de dans, spre ușă. Ne vedem mai târziu, fraierelor!

– Mai vedem noi cine e fraieră, spuse Parker după ce Laurel ieși dansând. Gata, doamnelor, să trecem la lucru.

Capitolul 8

Era ciudat și interesant să iasă cu Del la întâlnire în loc să se vadă cu el ca și când ar fi fost un membru al grupului. Plăcut din multe puncte de vedere, după cum descoperea Laurel, iar asta nu putea fi decât bine. Nici unul dintre ei nu mai trebuia să asculte povestea vieții celuilalt, pentru că deja își știau povestea vieții.

Nu tot tortul, se gândea ea, însă majoritatea straturilor. Iar asta făcea ca degustarea cremelor să fie și mai interesantă.

Știa că lucrase la *Law Review,* la Yale, și jucase baseball când fusese elev, așa cum știa că dreptul și sportul erau două dintre pasiunile lui. Însă nu știa că el își alesese cariera dintre cele două variante.

– Nu știam că te-ai gândit serios să joci baseball la nivel profesionist. „Câte lucruri afli, se gândea Laurel, după a treia întâlnire."

– Foarte serios. Atât de serios, încât am păstrat asta pentru mine.

Se plimbau prin parc, mâncând înghețată la cornet, în timp ce lumina lunii de vară se reflecta argintie în bazin – o activitate pe care ea o considera încheierea perfectă a unei întâlniri obișnuite pentru cină.

– Și ce te-a făcut să renunți? îl întrebă ea.

– Nu eram suficient de bun.

– De unde știi? Te-am văzut jucând la Academie și de câteva ori la Yale – și la meciuri de softball. Îi studie profilul, ușor încruntată. Nu fac parte dintre cei care consideră baseballul religia lor, însă știu câte ceva despre joc. Iar tu știai foarte bine ce faci acolo.

– Bineînțeles. Eram destul de bun, dar destul de bun nu înseamnă suficient de bun. Poate aș fi putut să fiu mai bun dacă aș fi dat totul. Am vorbit cu niște impresari de la Yankees.

– Fugi de-aici! Îl trase de braț. Serios? N-am știut. Cei de la Yankees te-au remarcat? Și eu de ce nu știu?

– N-am spus nimănui. Trebuia să mă hotărăsc. Aveam de ales între a fi un avocat foarte bun și un jucător mediu.

Își amintea că-l urmărise jucând... dintotdeauna. Îi reveni în minte, fără prea mare efort, imaginea băiețelului care juca în Little League. Dumnezeule, ce drăgălaș era!

– Ți-a plăcut baseballul.

– Și încă îmi place. Însă mi-am dat seama că nu suficient de mult încât să-i dau tot ce am și să renunț la absolut tot pentru el. Deci nu eram suficient de bun.

Da, înțelegea și ea asta; înțelegea prea bine. Se întrebă dacă ea ar fi fost în stare să facă aceeași alegere sensibilă și rațională și să renunțe la ceva ce iubea și își dorea.

– Ai momente în care regreți?

– În fiecare vară. Timp de aproximativ cinci minute. Îi înconjură umerii cu brațul. Însă când o să fiu bătrân și o să stau în balansoarul de pe veranda din fața casei, o să le povestesc strănepoților mei cum, demult, cei de la Yankees m-au remarcat.

Ea nu-și prea putea imagina o astfel de scenă, însă ideea o făcu să zâmbească.

– N-or să te creadă.

– Ba or să mă creadă. Or să mă iubească. Și o să am buzunarele pline de bomboane. Dar tu? Spune-mi un lucru pe care îl regreți.

– Cred că am mult mai multe regrete decât tine.

– De ce?

– Pentru că tu – și Parker la fel – pari să știi ce direcție trebuie și vrei să urmezi. Deci, să vedem. Ronțăi din cornet și se gândi. Așa. Uneori mă gândesc cum ar fi fost dacă aș fi plecat în Franța și aș fi rămas acolo. Să fi avut propria patiserie și multe relații amoroase pline de pasiune.

– Bineînțeles.

– Aş fi făcut torturi pentru nobili şi vedete şi mi-aş fi dirijat personalul ca pe câini. *Allez, allez! Imbeciles! Merde!*

El râse de gesturile ei largi şi foarte franţuzeşti, ferindu-se de cornetul ei de îngheţată.

– Aş fi fost o adevărată teroare şi, în acelaşi timp, un geniu la nivel mondial, şi aş fi mers în locuri minunate, să fac torturi de aniversare pentru mici prinţese.

– Ai fi ajuns să urăşti toate astea. Mai puţin înjurăturile în franceză.

Aruncă la gunoi ce mai rămăsese din cornetul ei.

– Poate, însă e ceva la care mă gândesc din când în când. La urma urmei, aş face tot ceea ce fac acum. Eu nu am avut de ales.

– Ba da, ai avut. Solo sau în parteneriat, acasă sau într-o aventură europeană. Şi asta e o alegere importantă. Dacă ai fi plecat în Franţa, ai fi murit de dorul nostru.

Dumnezeule, cât de adevărat era! Însă îşi păstră pentru ea scenariul şi dădu din cap.

– Aş fi fost prea ocupată cu relaţiile mele amoroase sălbatice şi cu egoul meu nemăsurat, ca să îmi mai fie dor de voi. M-aş fi gândit din când în când la voi cu drag şi aş fi făcut câte o excursie ocazională la New York, să vă uimesc pe toţi cu stofa mea europeană.

– Ai deja stofă europeană.

– Crezi?

– Uneori mârâi şi înjuri în franceză când lucrezi.

Ea se opri şi se încruntă.

– Chiar fac asta?

– Din când în când şi cu un accent perfect. E distractiv.

– Şi de ce nu mi-a spus nimeni asta?

El îi luă mâna şi îşi împleti degetele cu ale sale, în timp ce se îndepărtau de bazin.

– Poate pentru că au crezut că ştii ce faci, din moment ce tu erai cea care mârâia şi înjura.

– Da, poate că aşa e.

– Iar dacă ai fi plecat, te-ai fi gândit la asta, la ce facem noi acum.

– Da, aşa e. Însă alteori îmi imaginez că am o cofetărie mică şi drăguţă într-un sătuc din Toscana, unde plouă doar noaptea şi vin tot felul de copilaşi fermecători care îmi cer dulciuri. E un scenariu frumos.

– Şi totuşi, iată-ne pe amândoi aici, în Greenwich.

– La urma urmei, e cel mai bun loc în care am putea fi.

– Şi acum?

Îi ridică uşor chipul spre el ca să o sărute.

– E aproape perfect. Totul pare mult prea uşor, spuse ea, în timp ce se întorceau la maşină.

– Şi de ce ar trebui să fie dificil?

– Nu ştiu. Însă, de obicei, sunt foarte suspicioasă când e prea uşor. Ajunşi la maşină, se întoarse şi se rezemă de portieră ca să-l privească. Când totul merge prea uşor ştiu că un dezastru aşteaptă să-mi pice pe cap. E chiar după colţ, un fel de pian coborât pe o fereastră.

– Aşa că îl ocoleşti.

– Păi ce faci dacă nu te uiţi şi – *pac* – cablul se rupe, iar tu eşti făcut terci sub Steinway.

– De cele mai multe ori cablul rezistă.

– De cele mai multe ori, aprobă ea, înghiontindu-i pieptul cu degetul. Însă e nevoie de o singură excepţie. Aşa că e bine să te uiţi mereu în sus, ca să te asiguri.

El ridică o mână şi îi trecu o şuviţă de păr după ureche.

– Atunci, poţi să te împiedici şi să-ţi rupi gâtul.

– Şi asta e adevărat. Dezastre sunt peste tot.

– Te-ai simţi mai bine dacă aş începe o ceartă? Îşi lipi palmele de maşină, prinzând-o în strânsoare, se aplecă şi îşi atinse buzele de buzele ei. Să te înfurii cât să nu simţi că e prea uşor.

– Depinde de cât de tare mă înfurii. Îl trase spre ea şi îl sărută mai cu putere. Încă douăzeci şi patru de zile, murmură ea. Poate că nu e chiar atât de uşor pe cât credeam.

– A trecut aproape o săptămână, spuse el deschizându-i uşa, iar la mijloc e un pariu de opt sute de dolari.

„Da, şi asta“, se gândi ea, în timp ce el ocolea maşina, spre locul şoferului. Insistase să pună şi el o sută de dolari.

– Unii ar spune că tribul nostru e puțin cam prea intim dacă pariază pe momentul în care o să facem noi sex.

– Acei *unii* nu sunt din tribul nostru. Și, fiindcă tot vorbim despre triburi, ce-ar fi să ne adunăm cu toții pe data de patru?

– Ce patru? Ah! Iulie. Dumnezeule, asta e foarte curând.

– Am putea să jucăm baseball, să mâncăm hot dog și să privim artificiile din parc. Nu aveți eveniment în ziua aceea.

– Fără evenimente pe patru, indiferent de cât ar implora sau oferi. E o tradiție a firmei Vows. Avem zi liberă. Oftă. O zi întreagă departe de bucătărie. Mă descurc.

– Perfect, pentru că deja i-am sugerat lui Parker să ne adunăm tribul.

– Și dacă aș fi refuzat?

– Atunci ți-am fi simțit lipsa, răspunse el rânjind.

Ea își încruntă privirea, însă buzele îi tremurau.

– Se pare că deja am o programare.

– Poate ar merge un tort patriotic pe măsură. Și ne gândeam să mergem la Gantry's după aceea, să dansăm.

– Nu sunt șofer. Dacă fac prăjitura, beau.

– Rezonabil. Îl facem pe Carter șofer, spuse el, iar ea începu să râdă. Încăpem toți în duba Emmei.

– Mie îmi convine.

Totul îi convenea, se gândi ea, în timp ce el lua curba pe alee. Trebuia să fie foarte atentă la piane.

Alese o temă cu artificii, ceea ce însemna să lucreze cu o cantitate destul de mare de vată de zahăr. Era probabil destul de prostesc să se agite atât de mult pentru un picnic în parc cu prietenii, se gândea în timp ce arunca firele încălzite din mănunchi pe raftul de lemn; dar se și distra.

O să folosească acele fire ca să creeze fântâni arteziene pe tortul pe care deja îl făcuse, în roșu, alb și albastru. Câteva steaguri din pastă de zahăr pe margini și era perfect.

Începu să formeze artificiile cu firele de zahăr și cu un pic de ceară de albine.

Făcu un pas înapoi ca să verifice prima formațiune și aproape țipă când văzu un bărbat în pragul ușii.

– Iartă-mă. Iartă-mă. Nu voiam să te deranjez. Mi-era teamă să nu te sperii. Sunt Nick Pelacinos, de la petrecerea aceea de logodnă programată în ultima clipă. Mă mai ții minte?

– Sigur. Avea în mână un buchet de flori de vară, care îi atrase atenția. Ce faci?

– Bine. Partenera ta a spus că pot să vin, că nu lucrezi, însă...

– Nu e pentru un eveniment.

– Ar fi trebuit să fie. Făcu un pas înainte. Pare distractiv.

– Da, este. Vata de zahăr e ca o jucărie.

– Iar mâinile tale sunt pline de ea, așa că o să las astea aici.

Așeză florile în cealaltă parte a camerei, să n-o încurce.

– Sunt foarte frumoase. Oare flirtase cu el? Da. Oarecum. Mulțumesc.

– Am rețeta de ladopita a bunicii.

– Ah, minunat!

– Mi-a ordonat să ți-o dau personal. Scoase biletul cu rețeta din buzunar și îl lăsă lângă buchet. Și să-ți aduc flori.

– Foarte frumos din partea ei.

– Te-a plăcut.

– Și eu am plăcut-o. Vrei o cafea?

– Nu, mulțumesc. Al treilea ordin al ei a fost să te invit la cină – ceea ce oricum aveam de gând să fac, însă îi place să considere că e meritul ei.

– Ah. Și asta e foarte frumos din partea voastră. Însă am început să ies cu cineva recent. Mă rog, doar partea cu ieșitul e recentă. Într-un fel.

– Și eu, și bunica suntem dezamăgiți.

Ea zâmbi.

– Se poate să primesc totuși rețeta?

– Cu condiția să mă lași să-i spun că m-ai refuzat, pentru că ești îndrăgostită nebunește de altcineva.

– De acord.

– Și... Scoase un stilou, întoarse biletul cu rețeta pe partea cealaltă și scrise ceva pe el. Numărul meu. Sună-mă, dacă lucrurile se schimbă.

– Vei fi primul care va afla. Luă un fir de zahăr de pe raft și i-l oferi. Gustă.

– Drăguț. Merge și un premiu de consolare.

Zâmbeau când Del își făcu apariția.

– Salut. Scuze, nu știam că ești cu un client.

„Ce ciudat", se gândi Laurel.

– Ah, Delaney Brown, Nick...

– Pelacinos, răspunse Del. Mi-a luat ceva.

– Del, sigur. Nick întinse mâna să-l salute. A trecut ceva vreme. Ce faci?

„Sau deloc ciudat", își spuse Laurel după ce îi auzi cum vorbeau unul cu celălalt.

– Am vorbit cu Terri și Mike cu vreo două săptămâni în urmă. Ai nevoie de tort de nuntă?

– Eu? Nu. Am o verișoară care se va căsători aici peste câteva luni.

– Bunica lui Nick a venit în vizită din Grecia, spuse Laurel, ca să le amintească de prezența ei acolo. Am avut un eveniment înainte, ca să vadă locul.

– Da, am fost aici în noaptea aceea.

– Ar fi trebuit să te alături petrecerii. A fost una foarte reușită.

– Am aruncat un ochi. Ai luat-o pe Laurel la dans. Del o țintui cu privirea. A fost o noapte interesantă.

Ea se întoarse la vata ei de zahăr.

– M-am ales cu o rețetă de la bunica, spuse ea, zâmbind la fel de dulce precum zahărul. Pentru mine a fost o noapte importantă.

– Eu trebuie să plec. O s-o anunț pe bunica de misiunea îndeplinită.

– Spune-i că apreciez și că o să mă străduiesc să o fac să fie mândră de mine la nuntă.

– Așa o să fac. Mi-a făcut plăcere să te revăd, Laurel. Del.

– Te conduc. Ce deficit ai acum? întrebă Del în timp ce ieșeau din bucătărie.

Laurel se încruntă în urma lor, însă își dădu seama că Del vorbea despre golf. Dând ușor din cap, aruncă și mai mult zahăr. Parcă și-ar fi dorit ca acel moment să fie ciudat sau tensionat. Gelozia era un sentiment de slăbiciune, care consumă și enervează.

Însă, într-o cantitate infimă – ca ceara de albine în vata de zahăr –, n-ar strica.

La urma urmei, Nick o invitase să iasă cu el. Îi lăsase chiar și numărul lui de telefon, pe care îl va vedea de fiecare dată când va lua rețeta de ladopita. Acum, că stătea să se gândească mai bine, fusese o mișcare foarte inteligentă din partea lui.

Bineînțeles, Del nu știa toate astea, însă putea să *deducă*, nu-i așa? Și, deducând asta, ar fi putut să fie iritat măcar puțin, în loc să întrebe: „Ce faci, cum te mai descurci la meciurile de golf?"

Bărbații, se gândi ea, sau, mai bine zis, bărbații ca Del nu prea înțelegeau nuanțele subtile ale unei relații.

El se întoarse după câteva clipe.

– Arată minunat, spuse el, făcând un semn spre tort în timp ce se pregătea să deschidă dulapul. Vrei un pahar cu vin? Eu aș vrea unul.

Ea ridică din umeri, iar el scoase o sticlă de Pinot și turnă în două pahare.

– Nu știam că vii pe-aici. Ignoră paharul de vin, fiind prea ocupată să împodobească tortul cu artificii de zahăr.

– Rămân peste noapte, dacă tot plecăm mâine de aici cu toții. Doamna G. iese cu prietenele, însă ne vedem acolo. O să aducă mâncare cât pentru tot satul.

– Da, știu.

Sorbi din vin în timp ce o urmărea.

– Flori, ha?

Ea ridică din umeri și își văzu de treabă.

Relaxat, după cum îi era obiceiul, Del deschise o cutie de fursecuri.

– Nu e genul tău.

Ea se opri și se încruntă.

– Zău? Bărbații atrăgători, grijulii, care lucrează în industria alimentară și își iubesc bunicile nu sunt genul meu? Îți mulțumesc că mă anunți.

Del ronțăi fursecul.

– Joacă golf.

– Dumnezeule! Bine că a plecat.

– De două ori pe săptămână. În fiecare săptămână.

– Oprește-te. Mă sperii.

Făcu un semn spre ea cu fursecul, apoi mai mușcă o dată din el.

– Și îi plac filmele de artă. Știi, de-alea cu subînțelesuri și simboluri.

– Ai ieșit cu el? întrebă ea, sorbind din paharul cu vin. Și v-ați despărțit urât?

– Foarte amuzant. Nu, se întâmplă să cunosc pe cineva care a pățit-o.

– Există cineva pe care să nu-l cunoști?

– Sunt avocatul verișoarei lui, Theresa, și al soțului ei. Oricum, Nick e mai mult genul lui Parker, mai puțin partea cu programul lui, care nu e la fel de nebunesc ca al ei, astfel încât să-l împiedice să se întâlnească cu cineva.

– Lui Parker nu-i plac filmele de artă.

– Nu, dar le înțelege.

– Și eu, nu, pentru că nu am fost la Yale, sau ce?

– Nu, pentru că te-ar plictisi.

Da, o plictiseau, dar...

– Un tip înseamnă mai mult decât preferințe cinematografice și golf. E un dansator bun, spuse ea, urând tonul defensiv al vocii ei. Îmi place să dansez.

– Bine.

Făcu un pas în față și o îmbrățișă.

– Termină. Tortul nu e gata.

– Arată bine, dar tu arăți mult mai bine și miroși la fel de bine. Îi adulmecă gâtul. Zahăr și vanilie. Nu l-am recunoscut pe Nick când dansai cu el. O întoarse ușor, la dreapta, apoi la stânga. Era aglomerație. Iar eu te priveam pe tine. Sincer, mă uitam doar la tine.

– Asta-i bună, murmură ea.

– Este foarte adevărat. Își înclină capul să-i atingă buzele. Salut, Laurel.

– Salut, Del.

– Dacă îi dai florile alea lui Parker, îți cumpăr eu altele.

Pusese totuși cantitatea perfectă de ceară în zahăr, se gândi ea.

– De acord, OK.

Sărbătorile, adevăratele zile libere, erau atât de rare, încât ceasul biologic o trezi pe Laurel fix la șase dimineața. Se pregăti să se dea jos din pat, când își aminti că n-are de ce să facă asta. Se băgă din nou în pat, cu aceeași plăcere pe care o simțea când era copil și vedea prima zăpadă.

Chiar în timp ce căsca și închidea din nou ochii, se gândi la Del, care era în alt pat, foarte aproape de ea.

Până la urmă, ar putea să se dea jos și să se strecoare în camera lui, în patul lui. Și să piardă pariul.

La urma urmei, era Ziua Independenței. De ce să nu fie independenți? El sigur nu s-ar fi plâns și n-ar fi strigat după ajutor. Ar fi putut să se schimbe în ceva mai sexy decât maiou și boxeri. Avea ceva în dotare. Neglijeul albastru ar merge perfect. Sau poate cămașa de mătase cu flori pastel sau...

O luă din nou somnul, gândindu-se la asta.

O ocazie pierdută, își spuse în timp ce cobora spre bucătăria familiei, cu aproape trei ore mai târziu. Poate că era totuși mai bine așa, pentru că ceilalți sigur s-ar fi bucurat dacă ea și Del pierdeau pariul. Așa era cel mai bine, să le arate că amândoi erau adulți cu voință și rațiune. Încă două săptămâni; nu era mare lucru.

Bucătăria era plină de aromele micului dejun și de vocile celorlalți. Și iată-l și pe el, superb și relaxat, bând cafea și flirtând cu doamna G. Ah, dacă și-ar fi putut duce la îndeplinire gândul din acea dimineață.

– Uite că s-a trezit, anunță Mac. Chiar la timp. Avem parte de un mic dejun măreț, de sărbătoare, care, datorită puterii de convingere a lui Del, include și vafe belgiene.

– Super.

– Vă spun eu. N-o să facem altceva decât să mâncăm și să ne îngrășăm fundul, apoi o să mergem în parc și ne îngrășăm fundul și acolo. Și asta te include și pe tine.

Mac arătă spre Parker.

– Nu toate fundurile grase sunt la fel. Eu o să-mi fac puțină ordine în birou. Mă relaxează.

– Biroul tău e deja transformat în Birobsesie, spuse Emma. Acolo trăiesc, acolo e casa mea.

– Cicăleşte-o după ce termini de aşezat masa, ordonă doamna Grady. N-am toată ziua la dispoziție.

– Mâncăm pe terasă, doar e sărbătoare. Mac luă un teanc de farfurii, dând din cap în semn de refuz, când Carter încercă să i le ia. Nu, drăguțule, alege ceva incasabil.

– Bine zis.

– Avem mimoze, ca pentru adulți. Emma îi dădu lui Carter coşul de pâine. Ăsta e un preludiu al vacanței care ne aşteaptă luna următoare, când în fiecare zi va fi sărbătoare.

– Eu o să mă ocup de bar.

Jack luă șampania și o cutie de suc de portocale.

– Cineva ar fi trebuit să mă trezească. Ți-aş fi dat o mână de ajutor, doamnă G.

– Totul e sub control. Doamna Grady învârti spatula. Dă-i afară pe restul. Suntem gata în două minute.

– Ce început frumos pentru ziua de azi. Laurel îl privi pe Del, în timp ce duceau afară platourile. A fost ideea ta?

– Cine vrea să stea în casă pe o vreme ca asta?

Laurel își aminti cât de des mâncau vara pe terasă în copilărie, când ea venea în vizită. Flori, mâncare bună și companie pe măsură în acele dimineți leneşe și încântătoare.

Mereu aşezau masa împreună, pentru ca toți să se simtă importanți, îmbrăcați în haine frumoase și, da, își amintea de flori, de mâncarea bună și de strălucirea cristalului în soarele dimineții.

Uitase cum e să se răsfețe aşa, fără nimic stresant de făcut.

Luă paharul pe care i-l oferise Jack.

– Mulțumesc, spuse ea și sorbi. Ai putea să te reprofilezi.

– O revenire e întotdeauna bine-venită, spuse el, trăgând-o prieteneşte de păr.

Când doamna G. ieşi cu ultimul platou, Del i-l luă din mână.

– Stai în capul mesei, Regina Vafelor.

Bineînțeles că îl iubea, se gândea Laurel văzându-l agitându-se pe lângă doamna Grady, până când o așeză pe scaun, cu o mimoză în mână. Cum să nu-l iubească?

Se ridică și îl sărută pe obraz.

– Bună treabă!

Așa o să fie de acum înainte. Ah, nu se referea la vafele belgiene sau la mimozele de pe terasă, ci la acest grup, la această familie. Aceste glasuri, aceste chipuri, în vacanțe și la mesele de familie improvizate.

Vocile se încrucișau la masă, împreună cu mâncarea. Vafe pentru Emma, fructe pentru Parker, care vorbea cu Carter despre o carte pe care o citiseră amândoi de curând. Multă frișcă pentru Mac și Del, care se certa cu Jack din cauza unui meci de baseball.

– La ce te gândești, fetițo? o întrebă doamna Grady.

– La aproape nimic. E o schimbare bine-venită.

Doamna Grady se aplecă spre ea și își coborî vocea.

– Le arăți modelul pe care l-ai făcut?

– Ar trebui?

– Întâi mănâncă.

Mac lovi cu lingura de pahar.

– Vreau să vă anunț că, după micul dejun, o să facem un tur al noii biblioteci Carter Maguire. Eu și Carter am dus acolo jumătate de milion de cărți noaptea trecută, așa că ne așteptăm să auzim multe laude, câteva și pentru arhitect.

Ridică paharul și pentru Jack.

– Nu sunt mai mult de un sfert de milion de cărți, o corectă Carter, însă e minunat. Chiar minunat, Jack.

– Nimic nu-mi place mai mult decât să-mi văd clienții satisfăcuți. Îi aruncă o privire Emmei. Sau, mă rog, aproape nimic.

– Și, gata cu ciocanul, ferăstrăul și vopsitul. Nu că ne-am plânge, spuse Mac, însă, Dumnezeule!

– Ciocanul și tot restul vor reîncepe la vecini săptămâna următoare.

– Dopuri de urechi, îi spuse Mac Emmei. Le recomand cu căldură.

– Pot să suport. Pentru un spațiu nou și mai răcoros, în care să și lucrez, pot să îndur.

– O să lucrăm împreună la spațiul tău, Laurel.

– O să vă înjure. Mac făcu un semn cu furculița. Eu? Eu sunt un îngeraș, însă ea o să vă înjure și o să se plângă.

– Probabil.

Laurel ridică din umeri și își termină vafa.

– O să despărțim zona de lucru de bucătăria ta, îi spuse Jack. O să stăm cât mai departe de spațiul tău.

– Tot o să vă înjure. Așa e ea.

Laurel îi aruncă lui Mac o privire plină de răceală, apoi se ridică și intră în casă.

– Poftim? Poftim? Glumeam doar. În mare parte.

– Nu s-a supărat. Dacă se supăra, ți-ar fi tăiat capul. Parker privi în urma ei. Se va întoarce.

– Așa e. Tu nu ești supărat, nu-i așa? Mac îndreptă furculița spre Del. Dacă e supărată, înseamnă că și tu ești supărat, pentru că sunteți împreună.

– Dacă asta e o regulă, atunci e o regulă de fete.

– Nu e o regulă de fete. E o regulă de cuplu.

Mac așteptă de la Emma confirmarea.

– Da, așa e. Dacă știi ce e bine pentru tine.

– Nu sunt supărat, așa că, dacă ea e supărată, atunci va trebui să-i treacă.

– Chiar nu înțelegi cum merge treaba, spuse Mac. Parker, ar trebui să-i scrii lucrurile astea. Regulile sunt firele din care se țese materialul. Iar el are găuri în material.

– Astea sunt reguli de fete, de cuplu sau ale Cvartetului?

– Este același lucru, răspunse Parker. O să-ți fac un rezumat. Privi către Laurel, care ieșea cu caietul de schițe. Însă e un subiect controversat.

– Și care e subiectul? întrebă Laurel.

– Regulile pentru furie și insultă.

– Ah, nu sunt furioasă și nu mă simt insultată; pur și simplu, o ignor. Înconjură masa până la Carter. Asta e pentru tine, nu pentru ea. Doar pentru tine.

– Bine. Aruncă o privire către Mac. Mă lași?

– Depinde.

– Ea nu are nici un cuvânt de spus. E pentru tine, vezi dacă îți place. Tortul mirelui. Laurel înclină caietul cât să nu poată vedea Mac și îl deschise pentru Carter.

Ea îi urmări chipul și văzu exact ceea ce sperase să vadă. O strălucire de încântare pură.

– E minunat. Nu putea fi mai frumos, iar eu nu m-aș fi gândit niciodată la asta.

– Ce e?

Chiar în timp ce Mac întreba și se întorcea, Laurel închise caietul, stârnind hohote de râs la masă, iar Mac înjură. Apoi schimbă tactica și își luă un aer trist și demn de milă.

– Te rog? Te rog foarte frumos?

Laurel deschise caietul o fracțiune de secundă.

– Îți arăt doar de dragul lui Carter. Nu de dragul tău.

– Bine.

Laurel deschise cartea și o auzi pe Mac ținându-și respirația și rostind un „Ah".

Jack își întinse gâtul să se uite și el.

– E o carte. E drăguț. Se potrivește.

– Nu e o simplă carte. E *Cum vă place*. E cartea noastră, nu-i așa, Carter?

– Asta predam când am început să ieșim împreună. E deschisă chiar la discursul Rosalindei. Uite aici. Își trecu degetul peste pagina deschisă. „No sooner looked but they loved".

– Ah, vaaaaaai, exclamă Emma aplecându-se să vadă mai bine. Îmi place la nebunie panglica pe post de semn de carte cu numele lor pe ea.

– Cred că renunț la al lui Mac. Îl fac doar pe al lui Carter, spuse Laurel. Da, îl fac doar pe al lui. Carter Maguire, doctor.

– N-o să renunți la tortul meu. Mă iubești.

Laurel scoase un oftat.

– Mă iubești, spuse Mac din nou, ridicându-se în picioare. Ai desenat tortul perfect pentru bărbatul meu. Mă iubești.

O îmbrățișă pe Laurel și dansă cu ea.

– Poate îl iubesc pe Carter.

– Bineînțeles că îl iubești. Cine nu l-ar iubi? Mulțumesc, mulțumesc, șopti ea în urechea lui Laurel. E cel mai bun.

– Aproape că-l meriți, șopti și ea, apoi râse și o strânse în brațe.

– O să arunc o privire la asta în timp ce voi aveți treabă cu mâncarea. Doamna Grady îndoi un deget. Mâncarea este gata să fie împachetată pentru parc. Trebuie doar să scoateți coșurile afară.

– Împachetarea se face în bucătăria familiei la trei și jumătate, anunță Parker. O să vă atribui activități specifice. La patru încărcăm duba, asta însemnând mâncare, scaune pliante, pături, echipamente de sport și oameni. Știu deja și ce locuri veți ocupa, adăugă ea, înclinând capul la murmurele lor. Asta o să mă scutească de certuri. Eu conduc. Ridică mâna. Eu sunt singura dintre voi fără prieten, așa că trebuie să fiu compătimită și ascultată.

– Ai fi putut avea prieten, se împotrivi Emma. Îți fac eu rost de unul în cinci secunde.

– Foarte frumos din partea ta, dar nu, mulțumesc. Un mare nu. Parker se ridică și începu să strângă farfuriile. Hai să terminăm odată, pentru că am o treabă relaxantă și satisfăcătoare de șters dosare după aceea.

– Foarte trist.

Mac dădu din cap și înșfăcă o tavă.

– Pe cine ai fi putut tu să-i aduci în cinci secunde? întrebă Jack.

Emma îl privi râzând peste umăr, în timp ce ducea vasele înăuntru.

– Vin și eu imediat, îi spuse Del lui Laurel. Întâi trebuie să am grijă de ceva.

– Dacă durează mai mult de cinci minute, nu știu ce-am să fac!

Când Del scoase telefonul, doamna Grady ridică privirea din caietul de schițe al lui Laurel.

– Ce vrei să faci?

– Am grijă de sora mea.

Și ieși să dea un telefon.

Nu era chiar la fel cu a stăpâni niște pisici, presupunea Laurel, însă nici departe nu era. Aici se adunaseră oameni care aveau propriile afaceri de succes, care ofereau o educație tineretului țării, care îi reprezentau pe cetățeni la tribunal – și nici unul dintre ei nu putuse ajunge în același timp.

Multe lucruri esențiale fuseseră uitate și aduse în ultimul minut. Izbucniseră dezbateri în privința sistemului de încărcare a dubei, apoi a locurilor desemnate de Parker.

Laurel scoase un suc dintr-o cutie frigorifică și îl deschise, după care se duse să se așeze pe unul dintre zidurile joase ale grădinii, în timp ce în grup domnea haosul.

– De ce nu te duci să rezolvi situația? o întrebă pe Parker, când aceasta veni și se așeză lângă ea.

– Se distrează. Întinse mâna să ceară băutura. Și am adăugat oricum douăzeci de minute în plus la timpul total.

– Desigur. Chiar ai șters dosare toată după-amiaza?

– Alți oameni dezleagă cuvinte încrucișate.

– Câte telefoane ai primit?

– Cinci.

– Halal vacanță!

– E în regulă. Se pare că și ție îți merge bine.

Laurel urmări privirea lui Parker și îl găsi pe Del rearanjând un coș și două scaune pliante.

– Nu ne-am certat. Cumva, e enervant.

– Ah, o să ajungeți și la asta. Parker o bătu ușor pe Laurel pe genunchi, apoi se ridică. Gata, oameni buni, autobuzul părăsește stația. Toată lumea la locul pe care l-a primit.

Del închise ușa din spate, apoi îi luă mâna lui Laurel.

– Tu stai lângă mine. Sora mea a avut grijă de asta.

– O să fie destul de aglomerat. S-ar putea să trebuiască să stau la tine în brațe.

El urcă zâmbind.

– Să sperăm.

Capitolul 9

Datorită programului făcut de Parker, ajunseră suficient de repede să facă rost de un loc potrivit pentru ceea ce Laurel considera tabăra lor. Întinseră scaunele pliante și păturile și scoaseră coșurile și cutiile frigorifice. Del aruncă o mănușă în poala lui Laurel.

– Câmpul din dreapta.

– Mereu mă blochez în câmpul din dreapta, se plânse ea. Vreau să joc baza întâi.

El o privi cu milă, fără să țină seama de statutul ei de iubită a lui.

– Recunoaște, McBane, joci ca o fată. Cele mai multe lovituri vor rămâne în câmp, așa că am nevoie de Parker la prima.

– Parker e fată.

– Dar nu joacă tocmai ca o fată. Jack le are pe Emma și pe Mac, Carter va fi arbitru, ca să nu se supere nimeni. Și va fi cinstit. O să umplem restul cu pickups, iar unii sunt cantități neglijabile, așa că, până când... Iată-l și pe ajutorul meu.

Laurel privi în acea direcție.

– L-ai chemat pe Malcolm Kavanaugh?

În ochii lui Del se aprinse scânteia competiției.

– E foarte bun și, în plus, echilibrează lucrurile.

– Echipele?

– Nu. Știi tu, cu Parker.

– Parker? Pe chipul ei apărură, pe rând, șocul, apoi amuzamentul, apoi propria ei doză de compătimire. I-ai adus lui Parker un iubit? Dumnezeule, Del, o să te omoare.

– De ce? Aruncă indiferent mingea din mână în mănușă și invers. Nu-i cer să se mărite cu el. Ne distrăm doar.

– Asta e înmormântarea ta.

– De ce? întrebă el din nou. Are vreo problemă cu... Hei, Mal.

– Hei! Prinse mingea pe care i-o aruncase Del și o pasă înapoi. Cum merge? o întrebă el pe Laurel.

– Urmează să aflăm.

– Joc de baseball, mâncare gratis. Mal, îmbrăcat în jeanși tociți, cu un tricou alb și cu ochelari de soare negri, folosi bâta pe care o adusese cu el, ca să respingă o minge din aer. Perfect. Mama e ocupată cu doamna Grady a voastră și cu prietenele lor. Își sprijini bâta de umăr. Deci, ce echipe avem?

– Ești în a treia.

– E în regulă.

– Laurel e în câmpul din dreapta, conduce. Apărarea ei e oribilă, dar are o lovitură bună.

– Apărarea mea nu e o oribilă, ripostă ea și-l lovi pe Del cu mănușa. Ține-o tot așa și nu vei avea nici o problemă să câștigi pariul ăla, Brown.

După ce se îndepărtă, Mal făcu o probă și învârti ușor bâta.

– Ce pariu?

Laurel merse direct la Mac.

– Vreau să fac schimb cu tine. Vreau să fiu în echipa lui Jack.

– Ce târfă de baseball! E în regulă, dar te sfătuiesc să-l anunți pe Jack.

Se îndreptă către locul în care Jack stătea jos și-și scria echipa.

– Am făcut schimb cu Mac. Sunt în echipa ta.

– Dăm roșcata pe blondă. Bine, să vedem... Ești în câmpul din dreapta și conduci.

Ce nemernic! Oare comunica prin telepatie cu Del? Laurel își miji ochii.

– De ce câmpul din dreapta?

El îi aruncă o privire, iar ea îl *văzu* cântărindu-și răspunsul.

– Pentru că ai brațul puternic.

Ea îi făcu un semn cu mâna.

– Bun răspuns.

– Cum de tu...? Hei! Hei, acela e Mal? Del l-a chemat și pe Mal? întrebă Jack dezvelindu-și dinții. Deci așa vrea el să joace.

– Hai să-i arătăm ce putem.

Jack se ridică și bătu palma cu Laurel.

– Am câștigat la dat cu banul. Suntem echipa-gazdă. Hai să ocupăm terenul.

Se descurcă bine în câmpul din dreapta. Și nu doar pentru că nimeni nu aruncă mingea în direcția ei, ci pentru că era *pregătită.*

După ce reușiră trei outuri, lăsă mănușa și luă bâta, hotărâtă să-i țină piept lui Del.

El îi făcu cu ochiul. Ea mârâi la el. Apoi învârti bâta cu putere în aer, însă rată mingea. El încercă să o păcălească cu o lovitură joasă și spre exterior, însă nu reuși. Ea prinse și a treia minge suficient de puternic pentru o lovitură de bază solidă. Când o reținu pe prima, aruncă pe jos casca.

– Del l-a chemat pe Mal să echilibreze lucrurile pentru tine.

– Poftim? Lângă geantă, Parker se îndreptă din poziția ei ghemuită. Glumești? Adică un fel de întâlnire de milă?

– Și asta, iar Mal e bun la joc. M-am gândit că ar trebui să știi.

– Să fii sigură! Parker aruncă o privire aspră către movilă, în timp ce Del se pregătea de lovitură. O să mi-o plătească.

La a patra repriză, Del conducea cu cinci la trei. Da, avusese dreptate în privința lui Malcolm, Laurel trebuia să recunoască asta. Era foarte bun. Era al doilea acum, cu o primă lovitură dublă puternică, iar lovitura din spatele lui îl aduse pe Del la disc. Se auziră uralele colegilor de echipă și ale celor din partea publicului care se adunase. Laurel îl privi pe Del, care se poziționase, apoi pe Jack, care respingea prima sugestie a unui prinzător de doisprezece ani.

Continuă cu o minge rapidă. Sau cel puțin așa credea ea, pentru că i se păruse rapidă. Părea chiar mai rapidă când bâta lui Del o lovi, iar mingea se învârti în aer. În direcția ei.

– La dracu'! Ah, la dracu'!

Auzi pe cineva strigând – poate era chiar ea – în timp ce alerga să prindă mingea, însă inima îi bătea atât de tare în urechi, încât nu putea spune nimic. Ridică mănușa și se rugă.

Când mingea ateriză în ea, nimeni nu se arătă mai surprins. Strânse mănușa și ridică brațul ca să primească uralele mulțimii. Și îl văzu pe Mal deja pregătit pentru a treia minge. O aruncă în mâinile ridicate ale Emmei. Lovitura ei, deși puternică, lovi mănușa Emmei o clipă prea târziu.

Trecu de la bucurie la tristețe în mai puțin de cinci secunde.

Baseballul era o porcărie.

– Ai prins bine, Laurel.

– Nu mă lua de sus, Jack, mârâi ea, când ieșiră din teren, în timp ce Mal rămăsese în poziția a treia.

– Cine vorbește de sus? Del ne-a luat prin surprindere cu mingea aceea. Dacă n-ai fi prins-o, am fi rămas în urmă cu două ture. Așa, i-am oprit. O lovi frățește pe umăr. Chiar ai prins bine.

Ea dădu din cap cu satisfacție. Poate că baseballul nu era chiar o porcărie.

Însă redeveni o porcărie când pierdură cu șapte la patru, numai că acum avea măcar satisfacția de a ști că apărarea ei nu fusese oribilă.

– Te-ai descurcat foarte bine pe teren. Del îi aruncă o cutie de suc. Două unice și un RBI. Plus că mi-ai răpit un potențial two-run homer.

– Nu ar fi trebuit să spui că apărarea mea a fost oribilă.

– De obicei, este. Lovi ușor vârful șepcii ei, într-un gest frățesc asemănător cu lovitura în umăr a lui Jack.

Laurel aruncă șapca pe jos și îl prinse pe Del de cămașă.

– Cred că uiți ceva.

Îl trase în jos și îl sărută cu putere, amuzată când gestul ei stârni un ropot de aplauze din partea celor așezați pe pături sau pe scaune.

– Nu, îmi adusesem aminte și de asta. Del își încrucișă brațele în jurul taliei ei. Dar îți mulțumesc că mi-ai luat-o înainte.

– Oho, oho, *asta* chiar e o surpriză. Hillary Babcock, una dintre prietenele doamnei Grady, zâmbea privindu-i pe Del și pe Laurel. Nu aveam habar că se petrece așa ceva! Maureen, nu-mi spui nimic!

– Ce nu-ți spun eu afli singură.

– Dar asta e o veste *mare*. Mereu v-am crezut ca pe un soi de frate și soră, și iată-vă aici, plini de romantism.

– Laurel a apărat o lovitură lungă. Del își trecu brațul pe după umerii lui Laurel. Mâna lui îi mângâie ușor bicepșii, ca și când ar fi vrut să-i aline o iritație ușoară. Merită o recompensă.

Hillary râse.

– Următoarea sunt eu, trece-mă pe listă! Însă acum serios, de cât timp sunteți împreună? Ah, ia uitați-vă la toți. Zâmbi din nou, cu ochii ușor umezi de lacrimi. Pare că au trecut doar cinci minute de când voi, fetițele, împreună cu Del, alergați prin acest parc cu ceilalți copii, iar acum sunteți cu toții adulți. Și toți aveți partener! Ah, Maureen, ar trebui să le faci pe fetele astea să se căsătorească în același timp. N-ar fi ceva special?

– Hilly, băiatul doar a sărutat-o pe fată. Asta nu înseamnă că se căsătoresc mâine. Mai bine adu salata de cartofi din cutia frigorifică de acolo.

– Da, da, sigur. Kay, acela trebuie să fie băiatul tău, Malcolm. Și el a crescut! Și este cu Parker. Nu e frumos?

Mal privi chipul lui Parker, în timp ce răspunse.

– Eu nici măcar nu am sărutat-o pe fată. Încă.

– De fapt, Mal nu este cu...

O privire ascuțită din partea surorii, în direcția lui Del, îi opri explicația. Intenționat, Parker făcu un pas înainte. Conștientă că se află chiar în raza vizuală a lui Del, își lipi trupul de al lui Mal, îi înconjură gâtul cu brațele și își lipi gura de a lui într-un sărut lung și lent. Apoi se trase înapoi și își frecă buzele una de alta.

– Ar trebui să fie de ajuns.

Mal își strânse mâinile pe coapsele ei.

– Cred că ar trebui să ne jucăm de-a trenul cu două locomotive.

Nici măcar nu-i zâmbi lui Mal, în schimb îi aruncă o privire rece lui Del, apoi merse să ajute la desfacerea unui coș.

– Ce-a fost asta? întrebă Del, ghemuindu-se lângă ea. Ce naiba a fost asta?

– Ce? Ah, asta? Doar încercam să păstrez lucrurile *echilibrate*. Nu asta era ideea, frățioare?

– Pentru numele lui Dumnezeu, Parker, eu doar... E prieten cu mine, de ce nu-l întrebi? În plus, ai spus că tu erai singura fără prieten.

– Și ce frumos din partea ta să-mi aranjezi o întâlnire, fără ca măcar să mă întrebi dacă vreau așa ceva. Îl înțepă cu degetul când Del încercă să vorbească. Mai bine ai sta departe de treburile mele personale, altfel mă culc cu el doar ca să-ți fac viața iad.

El păli.

– N-ai fi în stare.

– Nu mă pune la-ncercare, Delaney. Îl înțepă din nou. Nu mă pune la-ncercare.

– A venit vremea să facem o plimbare. Laurel se aplecă și-i trase brațul lui Del. Nu. Chiar trebuie să facem o plimbare. Nici măcar tu nu poți rezolva unele lucruri cu vorba, mârâi ea, în timp ce îl ducea de acolo.

– Ce are?

– E furioasă pe tine. Ți-am spus că așa va fi.

Ocoli un Frisbee în zbor, apoi se opri.

– N-ar fi, dacă nu i-ai fi spus. De ce-ai făcut asta?

– Pentru că e prietena mea, iar eu eram furioasă pe tine dinainte. I-aș fi spus și dacă n-aș fi fost furioasă pe tine, însă asta e altceva. Nu poți să-i aranjezi o întâlnire fără să-i spui, Del; am fost nevoită să-i spun eu.

– Altă regulă. Poate chiar ar trebui să-mi facă un nenorocit de rezumat.

Ea strânse nerăbdătoare mâna pe care o ținea.

– Tu ar trebui să știi mai bine.

– Eu ar trebui să știu mai bine? Ea e cea care l-a înșfăcat și l-a sărutat așa, în fața tuturor.

– Da, ar fi trebuit să-l tragă în tufișuri și să-l sărute în particular, însă o știi pe Parker. E nerușinată.

– Ți se pare amuzant? Se opri și o privi lung. S-a dat la el în public, e foarte furioasă pe mine și mai trebuie să vorbesc și cu Mal. Nu e amuzant deloc.

– Nu. Nu, nu trebuie să vorbești cu Mal. Las-o așa, domnule Repară-Tot. Sunt adulți.

– Voi aveți regulile voastre, eu le am pe ale mele.

– Uneori aș putea, pur și simplu, să... Se întoarse cu spatele, apoi din nou cu fața către el. Cu câți bărbați ai „vorbit" și/sau ai îndepărtat în cazul meu?

El își strecură mâinile în buzunare.

– Ce-a fost a fost.

– Mai bine ai vorbi cu tine însuți.

– Crede-mă, am făcut și asta. Însă degeaba. Acum am un gust pentru tine.

– Un gust pentru mine?

– Da. Știi ce înseamnă aromele și mai știi că unele dintre ele sunt irezistibile. Așa ești tu.

Ea oftă ușor, apoi îi prinse chipul cu mâinile.

– Ești aproape iertat. Hai să ne mai plimbăm. Ne vine pofta de mâncare.

După cincisprezece minute, Laurel descoperi că știau prea multe persoane. O simplă plimbare prin parc devenise un schimb de saluturi, cu adaosul unui strat lipicios de curiozitate din partea celor care îi vedeau prima dată ca un cuplu. Ea simțea speculațiile bâzâindu-i în urechi precum țânțarii.

– Cel puțin, doamna Babcock a venit și a întrebat direct.

Del îi aruncă o privire pe drumul de întoarcere.

– Ce să întrebe?

– „Ce se întâmplă cu ei? Ies împreună? Se culcă împreună? Ce face Delaney Brown cu Laurel McBane? Când s-a întâmplat? Ce e cu ei?" Mă simt ca și când ar fi trebuit să scriu un raport.

– Oamenilor le place să știe ce se întâmplă cu alți oameni, mai ales dacă există cea mai mică ocazie de sex sau de scandal.

– Simt niște sprâncene arcuindu-se în spatele meu. Ca și când ar fi vrut să le îndepărteze, scutură din umeri. Chiar nu te deranjează deloc?

– De ce m-ar deranja? Mai bine să le dăm un motiv adevărat să ridice din sprâncene.

El o răsuci și o sărută apăsat.

– Gata. Le-am răspuns la întrebări. Acum, hai să mâncăm salată de cartofi.

Pentru el era mai simplu, fiindcă se descurca mai ușor cu oamenii, gândi ea. Mai mult, el era Delaney Brown, din familia Brown din Connecticut, iar asta însemna ceva în Greenwich. Ea nu se gândea așa la el – de cele mai multe ori – și bănuia că el se considera așa doar când era în avantajul lui. Însă alții așa îl vedeau.

Avea un nume, o poziție socială și era bogat. Prima lor ieșire adevărată în public ca un cuplu îi amintea că era mai mult decât prietenul din copilărie și iubitul ei.

„Sex și scandal", se gândi ea. La urma urmei, în familia ei avusese parte de ambele. Presupunea că unii oameni își aminteau și se gândeau la asta, apoi aceiași oameni speculau, la un cocktail sau la o partidă de tenis la club, dacă nu cumva ea pusese ochii pe Del pentru nume, poziție socială și bogăție.

Nu o deranjau prea mult și nici nu se lăsa deranjată prea tare de astfel de gânduri. Doar dacă nu se răsfrângeau asupra lui sau a lui Parker.

– Gânduri prea profunde. Mac veni și o înțepă cu cotul. Gândurile profunde nu sunt permise de ziua națională.

– Nu sunt chiar atât de profunde. Că tot veni vorba... Te-ai întrebat vreodată ce căutăm noi aici?

Mac își linse glazura de pe degete.

– În accepțiunea Zen?

– Nu, asta e mult prea profund. Vorbesc de mine și de tine. Copii de la școala publică, din familii modeste și cu o copilărie plină de hopuri.

– A mea a avut mai multe hopuri.

– Da, premiul cel mare îți revine ție.

– Ura! O clipă, Mac își studie paharul de plastic cu limonadă. Că tot vorbim de hopuri, Linda s-a întors ieri.

– N-ai spus nimic.

Mac ridică din umeri.

– Pentru mine nu mai e mare scofală. Plus că locuiește în New York, cu noul ei soț și, momentan, e furioasă pe mine. E o distanță excelentă.

– Să sperăm că o va ține.

– Nu contează prea mult, pentru că, într-adevăr, am câștigat marele premiu.

Îl privi pe Carter care vorbea cu doi studenți de-ai săi, întâlniți în mulțime.

– E minunat, aprobă Laurel. Oare noi am avut profesori atât de drăguți?

– Pe domnul Zimmerman, la istoria Statelor Unite. Era drăguț.

– Ah, da, Zim. Foarte drăguț, însă homosexual.

Cu ochii verzi cât cepele, Mac lăsă paharul jos.

– Era homosexual?

– Cu siguranță. Probabil erai într-unul din schimburile de la Academie, când s-a aflat.

– Am pierdut multe lucruri interesante alergând încolo și încoace. Oricum, homosexual sau nu, a apărut în multe dintre visele mele de adolescentă. Să ciocnim pentru Zim.

– Pentru Zim, repetă Laurel și ciocni paharul de al lui Mac.

– Pentru tine și pentru mine, continuă Mac.

– Uită-te la Emma. Are o familie solidă. Sunt o legiune, dar foarte uniți. Sunt, cu siguranță, privilegiați. Apoi Parker. Familia Brown *înseamnă* Greenwich. Apoi tu. Ai o mamă nebună și un tată inutil. Nu știi niciodată dacă urci sau cobori. Apoi eu, cu tatăl meu și problemele lui cu IRS-ul și cu amanta lui. Suntem aproape faliți și nimeni nu vorbește cu nimeni. Abia ne-am păstrat casa, iar mama e furioasă că a trebuit să lase personalul să plece, în loc de amantă. Vremuri ciudate.

Mac înghionti ușor brațul lui Laurel în semn de solidaritate.

– Am trecut peste toate.

– Așa e. Și încă rezistăm. Nu credeam că o să reușesc, acum, că mă uit în urmă. Eram stânjenită, confuză și furioasă, și îmi imaginam că o să fug de acasă imediat ce împlinesc optsprezece ani.

– Şi, într-un fel, ai făcut-o. Ai mers la New York, ai avut propria ta locuinţă. Dumnezeule, a fost minunat, cel puţin pentru mine. Să am o prietenă cu apartament în New York. Tânără, singură şi fără să fie falită, în New York City. Am trăit o perioadă interesantă. În momentele în care nu ne speteam muncind.

Laurel îşi duse genunchii la gură şi îşi rezemă obrazul pe ei, cu privirea întoarsă spre Mac.

– Eu şi cu tine am muncit întotdeauna. Nu vreau să spun că Emma şi Parker au stat degeaba, însă...

– Au avut o pernă, spuse Mac aprobând din cap. Noi, nu. Însă le-am avut pe ele şi a fost cam acelaşi lucru.

– Da, ai dreptate. A fost acelaşi lucru.

– Poate că de-aia nu mă gândesc prea mult la ce-a fost. Am ajuns aici şi asta e tot ce contează. Şi uite, ai obţinut şi tu un premiu frumuşel.

Laurel ridică privirea şi îl studie pe Del.

– Nu l-am revendicat încă.

– Eu ştiu că la mine e vorba de bani, însă, McBane, tu de ce naiba n-ai făcut-o?

– Mă întreb exact acelaşi lucru.

Mai târziu, când pe cer au început să se aprindă artificiile, Del stătea în spatele ei, trăgând-o spre el şi sprijinind-o de trupul lui. Totul era inundat de culoare, sunet şi feerie, iar braţele lui o înconjurau. A ajuns aici, se gândi Laurel, şi era exact aşa cum îşi dorea să fie.

Să încarce duba pentru plecare a fost aproape la fel de greu ca la venire, însă, după ce terminară, Parker îi duse la un club local. La uşă, îi dădu cheile lui Carter.

– Del cumpără primul rând, anunţă ea.

– Da?

– Da, iar banii şoferului nostru nu ne sunt de folos. Privi către Mal, care intră în spatele lor. Mai bine am ocupa nişte mese.

Îşi ocupară locurile. După ce comandară de băut, femeile se duseră în grup la toaletă.

– Ce crezi că fac acolo în haită? se întrebă Mal.

– Vorbesc despre noi, răspunse Jack, și pun la cale strategii.

– Pentru că avem un minut liber, aş vrea să profit și să-ți spun că Parker s-a dat mai devreme la tine pentru că era furioasă pe mine.

Mal îi zâmbi lui Del!

– Atunci, ai putea s-o enervezi din nou.

– Ha! Nu i-am spus că te-am sunat, iar ea a înțeles greșit.

Foarte liniştit, Mal se lăsă pe spate și își puse un braț peste spătarul scaunului.

– Da? Și ce anume a înțeles greșit?

– A crezut că vreau să vă combin.

– Sora ta își găsește greu iubiți?

– Nu. Bineînțeles că nu.

– Atunci, nu mi-aş face griji în privința asta.

Trupa începu să cânte chiar când soseau băuturile, iar femeile se întoarseră și ele.

– Să dansăm! Haide, Jack!

Emma îl luă de mână.

– A venit berea.

– Întâi dansăm, apoi bere.

– S-a făcut.

Del se ridică și o luă pe Laurel.

– A trecut ceva vreme de când n-am mai dansat.

– Așa, să vedem ce poți.

– Bine, Carter.

– Sunt un dansator groaznic, îi aminti el lui Mac.

– Va trebui să dansezi la nuntă, așa că e timpul să exersezi.

– Bine.

După o clipă, Mal se ridică și întinse mâna către Parker.

– Chiar nu trebuie să...

– Știi să dansezi, nu?

– Bineînțeles că știu să dansez, dar...

– Ți-e frică să dansezi cu mine?

– E ridicol. Se ridică, vizibil enervată. Asta nu e o întâlnire și îmi cer scuze pentru mai devreme, însă eram...

– Furioasă pe Del. Înțeleg. Atunci, bem ceva și dansăm. Nu este mare lucru.

Muzica era vioaie și rapidă, iar el o învârti pe neașteptate, apoi o trase spre el. Și începu să se miște.

Știa să țină ritmul, însă ea avu nevoie de un minut ca să-și potrivească mișcările cu pașii lui. Trebuia să recunoască, o luase din nou prin surprindere.

– Cineva a luat lecții.

– Nu, cineva și-a dat seama că dansul e o metodă foarte bună de a agăța femei. O învârti către exterior, apoi către el, până când îi lipi trupul de al lui. Și serviciul. Scenele cu bătăi sunt coregrafie. Am făcut multe cascadorii în scene cu bătăi.

– Serviciul și femeile.

– Da, viața e mai frumoasă cu ele.

În apropiere, Laurel pocni din degete în fața lui Del.

– Oprește-te. Te holbezi la ei.

– Eu doar... verificam.

– Uită-te la mine.

Își încrucișă degetele în fața ochilor, apoi se îndreptă spre el.

El o prinse de șolduri și o trase mai aproape.

– Erai prea departe.

– Bine. Îi cuprinse gâtul cu brațele și își folosi șoldurile. Cum ți se pare asta?

– Mult mai bine. Gura lui se opri pe a ei. Acum e și mai bine, chiar dacă asta mă omoară.

– Poți să înduri. Își trecu dinții peste buza lui inferioară. Sau să mă ai.

– Clar mă omori. Hai să stăm jos.

Se gândi când fuseseră ultima dată la club, ea și cele trei prietene ale ei. Doar ele patru, își aminti ea, într-un loc popular din oraș. Toate singure, doar pentru o seară de dans. Multe se mai schimbă în câteva luni, își spuse.

Acum erau opt, înghesuiți unul în altul, țipând unul la altul ca să acopere muzica. Din când în când, Del îi trecea mâna prin păr sau îi mângâia spatele. Nu avea de unde să știe ce trezeau în ea astfel de atingeri fugare.

O făcea să-și dorească să se gudure și să toarcă sau să-l târască până la dubă, unde să fie singuri. Era demn de milă felul în care îl dorea, în care îi putea face atâtea, cu atât de puțin.

Dacă ar fi știut cât de mult îl iubea ea... Atunci ar fi fost bun cu ea, ceea ce ar fi distrus-o.

Era mai bine, mult mai bine, să o ia încet, așa cum spusese și el la început. Poate că anumite sentimente se vor domoli. Poate ajungeau la o cale de mijloc, să nu-și mai simtă inima atât de grea.

El o privi, iar acea inimă grea tresări.

Cât de multe se puteau schimba, se gândi ea. Și totuși, când venea vorba de dorință, cât de multe puteau rămâne la fel.

Imediat după miezul nopții, urcară din nou în dubă, cu Carter la volan. Laurel asculta vocile joase din jurul ei, la apusul acelei zile. Însă luna și stelele se vedeau încă, iar noaptea era lungă.

– Mâine iau cina cu un client, îi spuse Del, apoi am seară de poker. Gândește-te ce ai vrea să facem și unde ai vrea să mergem data viitoare.

– Sigur.

– Și, între timp, ai putea să-mi simți lipsa.

– Aș putea.

Când Carter se opri în fața casei lui, Del îi ridică ușor capul să o sărute.

– Ce-ar fi să-ți faci un obiectiv din asta?

Se întoarse să iasă și o bătu pe Parker pe umăr.

– Nu mai ești supărată.

Ea îl privi lung.

– Singurele motive pentru care nu mai sunt supărată sunt acelea că am câștigat meciul și că el e un dansator bun. Dacă mai încerci o dată, o să te doară.

– Te-ai distrat. O sărută pe obraz. Mulțumesc că m-ați adus. Pe curând. Cu voi, bărbații, pe mâine. Seara de poker.

Ieși, făcu cu mâna, apoi se îndreptă spre ușa casei.

Laurel se frământă în gând timp de aproape un sfert de kilometru.

– Oprește! Oprește! Trage pe dreapta.

– Ah, draga mea, ți-e rău?

Emma se îndreptă pe banchetă și se întoarse.

– Nu, nu, doar că... Asta e stupid. E pur și simplu stupid. Deschise ușa. Să-l ia naiba de pariu. Mă duc la Del. Duceți-vă acasă.

Ignoră uralele și trânti ușa.

– Așteaptă. Carter scoase capul pe geam. Te duc eu înapoi. Doar...

– Nu. Mulțumesc. Plecați.

Se întoarse și începu să alerge.

Capitolul 10

Del trânti cheile în micul vas de pe cuier, băgă telefonul mobil la încărcat și se gândi la câteva ture de înot înainte de culcare. Ceva fizic, se gândi el, ca să scape de toată frustrarea sexuală și să poată dormi. Își scoase cămașa și pantofii și se îndreptă spre bucătărie să ia o sticlă cu apă.

Era cel mai bun lucru pe care îl putea face. Să aștepte. Laurel ocupa un loc mult prea important în viața lui, juca un rol mult prea delicat, ca să grăbească lucrurile între ei.

Nu era doar o femeie interesantă și atrăgătoare. Era Laurel. Laurel McBane, cea dură și amuzantă, deșteaptă și optimistă. Avea multe dintre calitățile pe care le admira el la o femeie, toate într-un singur pachet foarte sexy.

În toți acești ani, considerase că acel pachet îi era interzis. Acum, că ea - el - ei, hotărî el, înlăturaseră restricțiile, o dorea mai mult decât bănuise.

Încă un motiv să aștepte.

Impulsul era ceva minunat; era un mare fan al acțiunilor dictate de impulsul de moment. Însă nu când venea vorba despre cineva atât de important, care conta la atâtea niveluri complicate. „Încet și cu grijă", își spuse el. Funcționa, nu-i așa? Într-o perioadă scurtă de timp aflaseră unul despre celălalt lucruri pe care nici unul dintre ei nu le știuse în toți anii de când se cunoșteau.

Petrecuseră împreună ziua națională, așa cum petrecuseră multe altele – însă într-o lumină cu totul nouă, într-o cu totul altă abordare. Și ar trebui să continue așa înainte să treacă la următorul pas.

Nu avea nimic împotrivă; era mulțumit și așa.

Se întreba când se va termina odată luna.

Înot, își impuse el, însă în clipa următoare auzi sunetul insistent al soneriei de la intrare și se întoarse în grabă în casă.

Fu imediat cuprins de panică atunci când o văzu pe Laurel, cu părul răvășit, cu ochii mari și roșie la față.

– A fost accident? Parker. O trase spre el să vadă dacă e rănită, în timp ce în mintea lui începeau să se deruleze scenarii. Sună la 911, iar eu mă duc...

– Nu. Nu a fost nici un accident. Totul e în regulă. Toată lumea e bine. Îl îndepărtă și își trase sufletul. Uite cum stă treaba. Azi nu se pune, iar azi, de fapt, e mâine, așa că nu poți pune și asta la socoteală. Și nici prima zi, pentru că e prima.

– Poftim? Ești bine? Unde sunt ceilalți? Ce s-a întâmplat?

– Nu s-a întâmplat nimic; m-am întors. Ridică o mână încercând să-l liniștească, iar pe cealaltă și-o trecu prin păr. E o chestiune de matematică, iar azi e mâine pentru că e trecut de miezul nopții. Asta e. În plus, weekendurile nu se pun. Cine ia weekendurile în considerare? Nimeni. Cinci zile lucrătoare, așa se socotește.

Panica se transforma în nedumerire.

– Ce să se socotească?

– Totul. Fii atent! Își îndreptă degetul către el. Urmărește-mă.

– Te-aș urmări dacă aș ști despre ce naiba vorbești.

– Ascultă-mă, da? Începu să-și scoată sandalele în care se schimbase după meci, însă se opri. Treaba merge așa. Dai la o parte prima zi, ziua de azi și weekendurile. Asta înseamnă zece zile, care înseamnă două săptămâni, după definiția general acceptată. În timp ce vorbea, gesticula cu o mână, apoi cu cealaltă. În plus, nu cred că o lună înseamnă treizeci de zile, ci, de fapt, patru săptămâni. Douăzeci și opt de zile – de șapte ori patru. E matematică de bază. Apoi, dacă nu mai pui la socoteală cele două săptămâni care nu s-au numărat din cauza weekendurilor, chiar am depășit.

– Ce am depă... Ah. Înțelese despre ce vorbea și se simți ușurat, amuzat și mulțumit, în același timp. Aha! Nu sunt sigur că am înțeles tot. Poți să-mi mai explici o dată?

– Nu. Mi-am dat eu seama. Crede-mă pe cuvânt. De asta am venit, pentru că am depășit.

– Nu putem face asta, nu?

– Ți-am explicat matematic. Acum urmează o întrebare cu variante de răspuns. A, mă duci acasă; B, chem un taxi; sau C, rămân.

– Hm, lasă-mă să mă gândesc. Gata.

O trase din nou spre el și îi acoperi gura cu a lui.

– Răspuns corect. Sări în brațele lui și îi înconjură mijlocul cu picioarele. Într-adevăr, răspuns corect. Poți să-mi mulțumești mai târziu pentru că mi-am dat seama. Gura ei se opri pe gura lui într-un sărut plin de dorință. Însă acum simt că înnebunesc. Și ai face bine să înnebunești și tu.

– Mă gândeam la tine și te doream. Începu să urce scările. Doar la asta mă puteam gândi. Îi mulțumesc lui Dumnezeu pentru regula de cinci zile.

– E standardul în orice domeniu, murmură ea, în timp ce inima îi bătea din nou să-i spargă pieptul. Am făcut prea mare caz din asta. Din sex. Nu pot gândi normal când sunt obsedată de ceva și nu pot să mă gândesc la nimic altceva decât că vreau să fiu cu tine. Mă tot gândesc cum o să fie, însă nu vreau să mă gândesc. Vreau să se întâmple. Vorbesc prea mult. Vezi? Am înnebunit.

– Atunci să se întâmple.

Când el se lăsă pe pat împreună cu ea, picioarele ei se strânseră în jurul mijlocului său, mâinile ei mângâindu-i spatele în sus și în jos. Ea simți primele tresăriri ale disperării, când gura ei întâlni din nou gura lui. O cuprinse un fior de fierbințeală, atât de rapid și atât de intens, încât i se opri respirația. O dorință prea îndelungată, se gândi ea; curiozitate și dorință.

Ea îi cuprinse coapsele, arcuindu-se când dinții lui coborâră ușor pe gâtul ei, trezind zeci de terminații nervoase. Încercă să-și ducă mâinile la nasturii jeanșilor lui, însă el îi prinse încheieturile, trecându-și degetul mare peste pulsul ei accelerat.

– Prea repede.

– Deja așteptăm de prea mult timp.

– Și ce mai contează câteva clipe în plus? Se aplecă din nou și, în lumina lunii, începu să-i descheie cămașa. Am petrecut prea mult timp încercând să nu te privesc într-un anumit fel. Vreau să mă bucur să te privesc. Și să te ating. Și să te gust. Îi descheie cămașa, mângâindu-i pielea cu degetele.

Când o atinse, i se păru că, în sfârșit, înțelege un puzzle, ale cărui frumusețe și complexitate le descoperea pentru prima dată. Conturul chipului ei, formele trupului erau acum ale lui, le putea explora în voie.

Ea întinse brațele, iar el o lipi de el ca să-i scoată cămașa, să simtă gustul pielii netede a umerilor ei puternici. Îi desfăcu sutienul și îi auzi oftatul ușor înainte să îi scoată bretelele. Și mai multă piele mătăsoasă se lipea de el, în timp ce ea ridică privirea, invitându-l să o sărute.

Încet, mocnind, cu limbile împreunate, în timp ce el o lăsă din nou pe pat, să privească în ochii aceia albaștri și îndrăzneți, mângâindu-i sânii. Ea tresări, iar reacția ei îi stârni dorința în stomac, fierbinte și tare.

– Lasă-mă, murmură el, strângându-și buzele pe sânul ei.

Un val de plăcere îi cuprinse pielea și întregul corp, făcând-o să se lase în voia mâinilor și a gurii lui. El dorea; și lua, însă centimetru cu centimetru, dureros, exploatându-i vulnerabilitățile și dorințele, ca și când ar fi știut toate secretele pe care le avea ea.

– Cât mi-am dorit asta! Te-am dorit pe tine, murmură ea. Acum avem. Ne avem unul pe celălalt.

El îi trase jeanșii, lăsându-și buzele să alunece peste stomacul și coapsele ei. Timpul, un timp nesfârșit, se scursese și se oprise. Acum, se gândi ea. În clipa asta.

Se părea că totul în ea se deschisese pentru el și că totul în ea era cald și îmbietor. Încet, își impuse el, însă dorința începuse să dea pe dinafară; își folosi mâinile ca să o scoată din minți.

Urmări cum plăcerea îi transforma ochii în două cristale albastre, îi gustă geamătul, lipindu-și gura de a ei.

Într-un final, când ochii lor se întâlniră din nou, își scoase și el hainele și făcu ultimul pas; și rămase acolo, tremurând amândoi.

Ea îi rosti numele, într-o șoaptă îmbietoare, apoi se arcui să-l primească. Nu mai era curiozitate, ci doar miracolul în care se mișcau amândoi. În sfârșit, se gândi ea, în sfârșit! Și totul se întunecă.

Stătea întinsă sub el, slăbită și cuprinsă de o fericire sălbatică, cu buzele lipite de umărul lui, cu inima bătându-i lângă a lui.

De data asta, îl lăsase pe el să conducă, însă și el sfârșise la fel de epuizat și de satisfăcut ca ea. Îi mângâie spatele și partea dorsală atât de bine lucrată, pentru că acum putea.

– A fost ideea mea.

– O idee foarte bună, răspunse el, râzând ușor. Se întoarse pe o parte și o strânse în brațe. Da, e perfect.

– Dacă folosim formula mea matematică, nu am pierdut nici pariul.

– Cred că în situația asta am putea anula acel pariu. Tot noi am câștigat, oricum.

Era atât de fericită, încât avea senzația că din vârful degetelor stăteau să-i iasă inimioare roz și ciripit de păsărele.

– Da, ai dreptate. Scoase un oftat de mulțumire. Trebuie să mă trezesc devreme.

– Bine. Însă o cuprinse în brațe, dându-i de înțeles că n-o lăsa încă să se desprindă de el. Ea își ridică privirea către el pentru un ultim sărut.

– Crezi că a meritat?

– Cu siguranță.

Închise ochii și adormi în brațele lui.

Laurel și-ar fi dorit atunci să aibă o lanternă. Și o periuță de dinți. Să orbecăi prin întuneric în dimineața de după nu era un lucru ușor. În sfârșit, își găsi sutienul și un pantof. Apoi scoase un geamăt de satisfacție când degetele ei pipăiră elasticul lenjeriei intime.

Mai avea de găsit cămașa, un pantof și pantalonii; iar geanta era la parter, unde o aruncase. Acolo va găsi și bomboane cu mentă și un număr de taxi.

Ar fi ucis pentru o ceașcă de cafea. Ar fi ucis doar pentru mirosul de cafea.

Continuă căutarea în patru labe pe podea; imediat găsi și celălalt pantof.

– Ce faci acolo?

– Scuză-mă. Se ridică în picioare. Îmi caut restul hainelor. Ți-am spus că trebuie să mă trezesc devreme.

– Ce înseamnă devreme? Dumnezeule, nu e nici cinci.

– Bun venit în orarul cofetarilor. Dacă aș aprinde lumina vreo treizeci de secunde, aș putea să găsesc și celelalte haine și să plec ca să te las să dormi.

– Nu ai mașină.

– Chem un taxi de jos. Mi-am găsit tot, mai am doar... Se aprinse lumina, iar ea privi chiorâș, apoi își acoperi ochii cu o mână. Ai fi putut să mă previi. O clipă.

– Arăți... interesant.

– Sunt sigură. Își dădea și ea seama. Goală, cu părul răvășit ca și când s-ar fi jucat pisicile în el, ghemuită pe podea, cu chiloții și pantofii în mână. De ce se trezise și el atât de ușor?

– Două secunde. Își zări cămașa și se gândi la ce era mai jenant. Să se târască să o ia sau să se ridice și să meargă să o ia. Nu, târâtul nu era deloc ceva demn.

Nu conta că era goală. O văzuse deja goală. Însă nu o văzuse goală dimineața, când nu se apropia nici pe departe de cum era ea, de fapt.

Și, la naiba, își dorea să nu-i mai zâmbească în felul acela.

– Culcă-te.

Se ridică în picioare și făcu un pas către cămașă. Pantofii îi zburară din mână când el o prinse și o trase în pat.

– Del, trebuie să plec.

– Nu cred că o să dureze prea mult. Se rostogoli peste ea, dându-i de înțeles că părul ei răvășit nu îl domolea deloc.

Când îi ridică ușor coapsele și se poziționă, își dădu seama că, dimineața, unele lucruri erau mai bune chiar și decât cafeaua.

– Cred că am câteva minute.

El râse, lipindu-și fața de curba umărului ei.

Ea se lăsă încet, moale și dulce, simțind cum urcă, odată cu pulsul, și ritmul suspinelor. Totul în ea era cald, iar el îi umplea trupul și sufletul.

Căderea, la fel de blândă precum urcușul, o făcu să-și dorească să se ghemuiască lângă el și să adoarmă din nou.

– Bună dimineața, murmură el.

– Mmm. Voiam să-mi cer scuze că te-am trezit, însă m-am răzgândit. Nu-mi pare rău.

– Nici mie. Hai să-ți găsim hainele și să te duc acasă.

– Iau taxiul.

– Nu, nu iei taxiul.

– Nu fi prostuț. Nu ai de ce să te trezești, să te îmbraci și să conduci de aici acolo și înapoi, când cel mai simplu e să iau un taxi.

– Motivul este că ai petrecut noaptea în patul meu.

– Bun venit în secolul XXI, Sir Galahad. Am venit singură aici, așa că pot să...

– Te afli într-o poziție prea ciudată ca să începi o ceartă. Îi cuprinse umerii și o privi. Dacă mai stai vreo zece minute, cred că îți mai dau un motiv pentru care să nu iei taxiul.

– E un timp de recuperare destul de optimist.

– Vrei să-ți arăt cine are dreptate?

– Lasă-mă să mă ridic. Și, dacă tot ești atât de galant, ce zici să-mi dai o periuță de dinți?

– Se face. Și pot chiar să pun niște cafea în două pahare de voiaj.

– Pentru cafea te las să mă duci oriunde.

În mai puțin de un sfert de oră, înarmată cu un pahar mare de cafea, Laurel ieși afară.

– Plouă, toarnă cu găleata, se corectă ea. Cum de nu văzuse? Del, nu...

– Nu te mai certa. O luă de braț și o trase spre mașină. Urcă repede, udă leoarcă, apoi dădu din cap când el se așeză la volan.

– Nu mă certam.

– Bine. Atunci să-i spunem „discuție"?

– Mai bine așa, aprobă ea. Doream doar să evit să creez un precedent în care să te simți obligat să mă duci acasă sau chestii de-astea. Dacă mă iau după impuls, ar trebui să fac față și la ceea ce implică el. De exemplu, la mijloacele de transport.

– Chiar mi-a plăcut acest impuls, însă, când sunt cu o femeie, întotdeauna o duc acasă. Poți să-i spui Regula Brown.

Ea se gândi bătând darabana pe un genunchi.

– Deci, dacă tu urmezi un impuls, eu sunt obligată să te duc acasă.

– Nu. Și nu, nu o consider o obligație specific masculină, consider că e elementar. O privi cu ochi adormiți, în timp ce conducea în dimineața aceea ploioasă. Drepturi egale, plată egală, alegeri, oportunități și altele. Le aprob. Însă, când sunt cu o femeie, o duc acasă. Iar când sunt cu o femeie, nu îmi place ideea că pleacă în miez de noapte sau că e singură la cinci și jumătate dimineața.

– Pentru că tu ești cel cu penis.

– Da, și am de gând să-l păstrez.

– Și penisul te protejează de accidente, pană de mașină sau cauciucuri dezumflate?

– Știi ce e interesant și frustrant în același timp uneori la tine? Reușești să complici lucruri foarte simple.

Era adevărat, însă asta nu schimba ideea.

– Și dacă aveam mașina mea?

– Nu ai.

– Dar dacă aș fi avut?

– Cred că vom afla când o s-o ai.

Intră pe alee.

– Un răspuns evaziv.

– Nu-i așa? Ce-ar fi să-ți las ceva de făcut singură atunci? Nu te conduc până la ușă.

Ea înclină capul.

– Însă ai de gând să rămâi aici până mă vezi că am intrat?

– Da, așa voi face. Se aplecă spre ea, îi prinse bărbia și o sărută. Du-te și fă un tort.

Se pregăti să iasă din mașină, însă nu înainte de a se întoarce și de a-i oferi un sărut mai lung și mai satisfăcător.

– Pa.

Alergă spre ușa casei, apoi se întoarse să-i facă semn cu mâna înainte să intre.

Singură, în tăcere, se rezemă de ușă și se lăsă în voia gândurilor. Făcuse dragoste cu Del. Dormise în patul lui și se trezise lângă el. Visele de o viață se transformaseră în realitate într-o singură noapte, așa că avea voie să se bucure de asta în intimitate, să zâmbească precum maniacii, să se îmbrățișeze și să se simtă minunat.

Nimic din ce-și imaginase nu se apropia măcar de acele clipe, iar aici, în liniște, se putea desfăta cu ele. Și le amintea și le savura pe fiecare în parte.

Toată lumea putea să-și dea seama ce avea să se întâmple în continuare, însă acum, în acea secundă, avea ce-și dorise dintotdeauna.

Aproape că pluti pe scări până în camera ei. Avea toată ziua în față, însă își dorea să sară peste ea și să se trântească în pat, să-și pună picioarele în tavan și să se răsfețe.

Asta nu putea să facă, însă putea să se răsfețe cu un duș fierbinte și foarte lung. Își scoase hainele ude, le lăsă pe bara de prosoape și desprinse agrafa cu care își prinsese părul răvășit. Încă zâmbind, intră sub jetul fierbinte.

Fierbea sub aburi când văzu mișcare prin ușa cu geam. Se miră că strigătul pe care îl scoase lăsă geamul intact.

– Dumnezeule, Laurel, sunt eu, spuse Mac și crăpă ușa. Am bătut, apoi am strigat, însă erai prea ocupată cu cântatul ca să mă auzi.

– Multă lume cântă sub duș. Ce naiba vrei?

– Dar nu mulți dintre noi cântă *I've Got Rhythm* sub duș.

– Nu cântam așa ceva. Oare chiar asta cânta? Acum, avea să-i rămână toată ziua în cap refrenul ăsta. Iese căldura. Pleacă.

– De ce durează atât de mult? întrebă Emma, care abia intrase.

– Parker?

– E la sala de forță, îi răspunse Emma lui Mac. Dar i-am spus ce se întâmplă.

– Pentru numele lui Dumnezeu, voi ați uitat că eu sunt în duș?

– Miroase bine, comentă Mac. Ești curată. Ieși afară. Mâncăm clătite în onoarea poveștii sexy pe care o așteptăm la micul dejun.

– Nu am timp de clătite.

– Le face doamna G.

– Tocmai am avut vafe.

– Da, adevărat. Omletă. O să avem parte de omletă la povestea sexy de la micul dejun. Ai zece minute, ordonă Emma. Bărbații nu au voie să vină la micul dejun.

– Dar nu vreau să...

Însă Mac închise ușa de la baie. Laurel își îndepărtă părul ud de pe ochi. Putea să se strecoare în bucătăria ei, însă ar fi venit și ar fi luat-o de acolo. Ieși resemnată și luă un prosop.

Douăzeci de minute mai târziu, când intră în bucătărie, le găsi pe Mac și pe Emma, care ajunseseră deja, și masa gata pusă, iar pe doamna Grady lângă cuptor.

– Ascultați-mă, eu chiar am o zi plină, așa că...

– Micul dejun este cea mai importantă masă a zilei, spuse Mac cu un aer grav.

– Așa spune Prințesa cea Înțepată. Chiar trebuie să mă apuc de treabă.

– Nu ai voie să dai înapoi. Emma făcu un semn cu degetul. Noi ne-am spus poveștile, iar doamna G. face deja omletele pentru povestea sexy de la micul dejun. Nu-i așa, doamnă G.?

– Așa e. Ai putea să și stai jos, îi spuse ea lui Laurel. Altfel, îți vor smulge urechile. Și pentru că mi s-a spus că ai ajuns acasă doar cu o jumătate de oră în urmă, aș vrea să aud și eu.

Laurel înghiți o gură de suc și le privi pe rând.

– Aveți cumva vreun radar?

– Da, răspunse Parker care tocmai intra. Și dacă sunt chemată înainte să apuc să fac duș, sper ca povestea să merite. În pantaloni scurți și tricou, se duse să-și toarne cafea. Bănuiesc că Del nu te-a dat afară și a încuiat ușa.

– Asta e chiar ciudat. Laurel îi luă cafeaua lui Parker. Știi și tu că e ciudat.

– Tradițiile sunt tradiții, chiar dacă sunt ciudate. Parker luă veselă altă ceașcă. Deci ce s-a întâmplat?

Laurel se așeză și ridică din umeri.

– Am pierdut pariul.

– Ura! Emma se așeză lângă ea. Și eu l-am pierdut, însă unele lucruri sunt mai importante decât banii.

– Parker, cine a câștigat? întrebă curioasă Mac.

Parker se așeză și se încruntă, privind în ceașca de cafea.

– Malcolm Kavanaugh.

– Kavanaugh? Laurel luă o bucată de pâine prăjită. Cum de a aflat?

– Cineva i-a spus, iar el m-a încolțit în timpul jocului de baseball. I-am spus că nu, că pariurile sunt închise, însă a fost insistent și agasant. Și a mai spus că pune două sute de dolari ca taxă de întârziere și că alege cinci iulie.

– Deci a nimerit data exactă? se minună Mac. Ce tip norocos!

– Da, un tip norocos. Mi-am dat seama că n-avea oricum nici o șansă, pentru că ieșeam cu toții, în grup. Nu mă așteptam ca Laurel să sară din mașină și să alerge la el.

– A fost romantic. Emma zâmbi. Grăbită, aprinsă și dornică. Ce s-a întâmplat când ai ajuns?

– Mi-a deschis ușa.

– Toarnă tot, insistă Mac, arătând cu degetul.

– Nu ai de ce să te simți stânjenită pentru faptul că e fratele meu. Eu și cu tine suntem prietene aproape de când îl am pe Del ca frate. Așa că n-ai motiv.

– Mâncați, ordonă doamna Grady, servind omletele.

Laurel luă ascultătoare o îmbucătură.

– Am lucrat la o formulă matematică.

– Ce formulă matematică? întrebă Emma.

– Despre zilele care nu se pun la socoteală, din cele treizeci date. E complicat. E o formulă, însă am scos-o la capăt. Imediat după ce mi-a înțeles raționamentul, mi-a dat dreptate, însă a zis că ar trebui să anulăm pariul. Și asta am făcut.

– Weekendurile, nu-i așa? Mac începu să mănânce. Și eu m-am gândit la asta. Weekendurile nu se pun.

– Exact. Și nu se pun nici prima și ultima zi. Devine mai complicat, însă asta e esența, de fapt. Și ca să fim corecți, pentru că nu am stabilit acele condiții de la început, am decis să ne retragem din pariu. Apoi, am...

Ciudat sau nu, aceste patru femei erau femeile ei.

– A fost minunat, continuă ea. În mintea mea, mă temeam să nu fiu nervoasă, să nu ni se pară ciudat. Însă nu am fost și nu ni s-a părut. Nu s-a grăbit și nu m-a lăsat să mă grăbesc, așa că a fost lent și dulce. El a fost...

Văzând că se oprește, Parker oftă.

– Dacă tu crezi că o să mă simt stânjenită să aflu că fratele meu este un amant bun și înțelegător, te înșeli. Știi, aici nu e vorba doar de talent. E și un semn de respect și de afecțiune pentru partenera lui.

– M-a făcut să mă simt ca și când nimic altceva nu conta decât noi doi, atunci și acolo. Atât. Apoi am adormit lângă el și m-am simțit în siguranță, foarte natural. De obicei, asta e cea mai dificilă parte pentru mine. Să am încredere suficientă, încât să adorm lângă cineva.

Emma îi bătu ușor lui Laurel coapsa pe sub masă.

– A fost o poveste sexy foarte bună pentru mic dejun.

– De dimineață am avut o mică încâlceală.

– O încâlceală sexy?

– Și asta, Ochelari de Cal, îi răspunse ea lui Mac. Trebuia să-mi găsesc hainele pe întuneric ca să chem un taxi și să mă întorc. Aveam zi plină. Însă el s-a trezit, iar asta a dus la o încâlceală sexy, chiar dacă aveam părul răvășit.

– Cât urăsc chestia asta, mârâi Emma. Ar trebui să existe un leac instantaneu pentru păr răvășit.

– Apoi, a insistat să mă ducă el acasă.

– Normal.

Laurel privi spre Parker.

– Aveți amândoi acest cod de conduită imposibil de zdruncinat. De ce să se ridice din pat și să se îmbrace, când pot veni acasă și singură?

– Pentru că ai fost la el acasă, iar ăsta e motivul principal. Apoi, ai fost în patul lui. Astea sunt bune maniere și nu-ți amenință independența în vreun fel.

– Regula Brown?

Parker zâmbi.

– Ai putea s-o numești și așa.

– El așa a numit-o. Asta ar trebui să vă fie de ajuns, pentru că am treabă acum.

– N-avem toate? În dimineața asta mie îmi vin o jumătate de milion de crini pe care să-i pregătesc. Iar echipa începe lucrul azi.

– Și aici? întrebă Laurel.

– Jack spune că și aici. Emma se uită la ceas. Dintr-o clipă în alta.

– O să trăiești vremuri interesante, zise Mac. Și zgomotoase.

– O să merite. Îmi tot spun că o să merite. Mulțumesc pentru micul dejun, doamnă G.

– A fost o poveste bună, deci sunt recompensată din plin.

– Dacă lucrurile o iau razna în spațiul meu, pot să fac o parte din treabă aici?

– Da, poți. Emmaline și Mackensie, voi ați vrut poveste, așa că spălați vasele. Eu o să fac o plimbare prin grădină înainte să înceapă zgomotele.

Parker ieși cu Laurel.

– Contează că sunteți fericiți. Când te mai simți ciudat, amintește-ți că îmi place să vă văd pe tine și pe Del fericiți.

– Încerc. Să-mi spui dacă încep să o iau pe arătură, da?

– Bineînțeles. Îi sună telefonul. Și iată și semnalul de începere. Ne vedem mai târziu. Bună dimineața, Sarah. Cum se simte mireasa astăzi?

Capitolul 11

Crinii Emmei parfumau aerul și înfloreau în culori văratice de un roșu aprins și galben mat, roz strălucitor și alb orbitor. Mireasa, care considerase o programare ratată la manichiură un adevărat dezastru, în dimineața de cinci iulie poza plină de încântare pentru Mac, în timp ce Parker încerca să rezolve problema creată de vesta și cravata nepotrivite ale nașului.

După ce se asigură că nu era nevoie de ea pentru vreo urgență, Laurel se ocupă de piesa de rezistență a tortului – un vas din zahăr, pe care îl modelase dintr-un castron hexagonal și îl umpluse cu crini miniaturali.

Crinii Emmei nu se comparau cu ai ei ca execuție sau ca timp de lucru, se gândi Laurel. Reliefase pasta de zahăr cu un făcăleț acoperit cu o panglică de rejansă, apoi decupase meticulos fiecare petală. Rezultatul, după ce tulpinile fuseseră prinse și înmuiate în glazura subțire, era fermecător și elegant.

În sala de bal ignoră zgomotele și vânzoleala pregătirilor și studie tortul. Fiecare strat era împodobit cu și mai multe petale texturate – un dans circular de culori puternice. Alte petale erau împrăștiate pe marginea tortului, într-un aranjament pe care ea îl considera drăguț și organic.

În timp ce ridica vârful tortului din cutie, cineva se împiedică cu zgomot de un scaun. Ea nici nu clipi.

Asta observă Del. Zgomotul, strigătele, mișcarea erau ca și inexistente. O privi cum așeza vasul cu flori în centrul stratului de sus, se dădu un pas înapoi să-i verifice poziția, apoi își scoase unul dintre instrumentele din cutie ca să tragă o linie – nu, un fel de tub, se corectă el. Știa și el atâta lucru. Dădu câteva tuburi perfecte, ca un fel de bază, cu mâinile la fel de sigure ca ale unui chirurg.

Ea încercui din nou masa și dădu din cap.

– Arată minunat.

– Ah! Făcu un pas înapoi. Nu știam că ești aici. Sau că vii.

– Era singurul fel în care puteam avea o întâlnire cu tine sâmbătă seara.

– Drăguț din partea ta.

El îi mângâie obrazul cu degetul mare.

– Am glazură pe față?

– Nu. Pur și simplu e fața ta. Câte flori sunt acolo?

– Cam cincizeci.

Privi în jur aranjamentele florale.

– Se pare că tu și Em ați potrivit petală cu petală.

– Da, ne-am străduit. Până acum totul merge bine, așa că e posibil să pot să...

– Cod roșu! strigă Emma în cască.

– La naiba! Unde?

– În sala cea mare. Avem nevoie de toată lumea.

– Vin imediat. Cod roșu, îi spuse ea lui Del și o luă la goană pe scări. E vina mea. Am spus că totul merge bine. Nu trebuia să spun asta.

– Care e problema?

– Nu știu încă. Ajunse la al doilea etaj dintr-o aripă, în timp ce Parker intra din cealaltă.

– O altercație între mama vitregă a miresei și mama miresei. Mac și Carter o țin pe mireasă ocupată, ca să nu afle.

Laurel își scoase agrafa din păr și o băgă în buzunarul sacoului.

– Crededam că se relaxase atmosfera acolo.

– Se pare că nu. Del, e bine că ești și tu aici. E posibil să avem nevoie de tine.

Pe măsură ce se apropiau, auziră strigăte din sala cea mare. Apoi ceva se sparse. Și cineva țipă.

– S-ar putea să fie nevoie de poliție, spuse Del.

Intrară și o găsiră pe Emma cu părul desprins din agrafe, încercând disperată să le despartă pe cele două femei îmbrăcate elegant, care se certau. Părul și fața mamei vitrege a miresei erau stropite de șampania aruncată din paharul care se afla încă în mâna mamei miresei.

– Nenorocito! O să mi-o plătești!

Brațele ridicate o împinseră pe Emma la pământ, iar femeile se repeziră una la cealaltă.

Vânătă și cu ochii arzând, Emma sări în picioare, iar Parker și Laurel săriră în față. Apucând trupul cel mai apropiat, Laurel încercă să le despartă, în timp ce insultele nu mai conteneau.

– Încetați! Opriți-vă imediat! Laurel pară un pumn, apoi blocă un cot cu antebrațul. Forța contactului i se ridică până în umăr.

– Am spus să vă *opriți!* Pentru numele lui Dumnezeu, e nunta fiicei voastre.

– E nunta fiicei *mele*, strigă femeia pe care Parker și Emma încercau să o stăpânească. E fiica *mea. A mea!* Nu a acestei târfe care a stricat o casă.

– Târfă? Târfă? Nebuno, o să-ți distrug fața operată estetic!

Emma rezolvă problema mamei miresei așezându-se deasupra ei, în timp ce Laurel o ținea strâns pe adversara acesteia.

Del își riscă pielea și se băgă între cele două femei, iar Laurel zări întăririle care soseau. Jack și, neașteptat, Malcolm Kavanaugh intrară în bătălie.

Parker îngenunche pe podea și îi vorbi încet și răspicat mamei miresei, al cărei temperament vulcanic era deja înlocuit de lacrimi de crocodil. Laurel începu să-i șoptească în ureche mamei vitrege a miresei.

– Asta nu va rezolva nimic, iar dacă vă pasă de Sarah, potoliți-vă și încercați să vă suportați o zi. Mă asculți? Dacă vreți să vă bateți, faceți-o în alt moment și în alt loc.

– Eu nu am făcut *nimic*, iar ea mi-a aruncat șampania în față. Uite cum arată părul și machiajul meu acum. Privește cum a ajuns *rochia* mea.

– O să avem grijă de asta. Îi aruncă o privire lui Parker, care aprobă cu un semn din cap. Del, adu două pahare de șampanie în camera mea, apoi du-o pe... Îmi pare rău, am uitat numele.

– Eu sunt Bibi, spuse mama vitregă a miresei pe un ton plângăcios. S-a stricat. Totul s-a stricat.

– Nu, o vom repara. Del, du rochia lui Bibi la doamna G. Ea o va repara. Bibi, vino cu mine. O să avem grijă de tot.

După ce o conduse pe Bibi, Parker repetă același lucru cu mama miresei.

– Emma o să te ducă undeva să-ți revii. Vin și eu în câteva minute.

– Nu-i spuneți lui Sarah, suspină mama miresei. Nu vreau să o supăr.

– Bineînțeles că nu. Mergi cu Emma. Nu vrei să o superi, mârâi Parker după ce femeia se îndepărtă.

– Până acum a fost o petrecere dată naibii, remarcă Mal.

Parker își potrivi sacoul și își netezi fusta.

– Tu ce faci aici?

– Am trecut doar ca să-mi iau câștigurile.

– Nu am timp de așa ceva acum. Îl ignoră și se întoarse către un asistent. Vezi ca totul să fie curățat, să nu se mai vadă șampania vărsată. Dacă mai sunt și alte lucruri sparte sau distruse, spune-i cuiva din echipa Emmei să se ocupe. Jack, caută-l pe tatăl miresei. Trebuie să vorbesc cu el în biroul meu. Imediat..

– Sigur. Îmi pare rău că am ajuns atât de târziu. Eram afară când am fost chemat.

– Am lucrat ca bodyguard în L.A., îi spuse Mal. În caz că vrei să zbor pe cineva afară.

– Amuzant și foarte posibil. Tatăl miresei, Jack, mulțumesc. Mac, continuă ea în cască, apoi ieși în grabă.

– Se mișcă repede, spuse Mal, urmărind-o cum traversează încăperea spre ușă.

– Încă n-ai văzut nimic, zise Jack. Hai să-l găsim pe TM.

– Jack? Ce naiba e TM?

*

În camera ei, Laurel examină rochia de mătase pe care o scosese de pe Bibi. Prin ușa de la baie se auzeau apa și suspinele ei.

Câteva pete și un tiv descusut – putea fi și mai rău. Doamna G. îi va da de cap și, conform planului de urgență pentru astfel de situații, știa că Parker chemase deja echipa pentru coafură și machiaj.

Misiunea ei, pe care nu avea de ales decât să o accepte, era să o calmeze pe Bibi, să o liniștească, să o asculte cum se smiorcăie, înjură și/sau se plânge. Și să o facă să promită – să jure dacă era necesar – că se va purta frumos pe tot parcursul evenimentului.

Netezindu-și la rândul său părul răvășit, răspunse ciocănitului în ușă.

– Două pahare, după cum ai cerut. Del intră și le așeză pe masă, apoi aruncă o privire spre baie. Cum merge?

– A trecut de la suspine la oftat. Ia rochia. Nu e chiar atât de rău. Parker sigur i-a spus deja doamnei G., așa că o așteaptă.

– Bine. Întinse mâna să-i îndrepte cercelul stâng. Mai pot să fac și altceva?

– Ai putea să vezi ce face Mac, ca să ne asigurăm că mireasa nu a aflat nimic din ce s-a întâmplat. Cred că Parker a găsit deja un motiv pentru ușoara întârziere. Laurel calculă, în timp ce își frecă ceafa. Avem un avans de douăzeci de minute, așa că anticipez vreo zece sau cincisprezece de întârziere. Suntem bine. A oprit dușul, remarcă Laurel. Mai bine ai pleca.

– Am fugit. Apropo, frumos blocaj, adăugă el, ridicând brațul ca să-i demonstreze.

Ea râse, apoi închise ușa. Trase adânc aer în piept, se îndreptă spre baie și bătu la ușă.

– Ești bine?

Bibi deschise ușa. Era îmbrăcată cu halatul cel mai frumos al lui Laurel, cu părul blond închis căzut în șuvițe pe umeri. Ochii ei roșii și umflați amenințau cu o nouă repriză de plâns.

– Uită-te la mine. Sunt varză.

– Asta ar trebui să-ți fie de ajutor.

– Îmi dai o armă?

– Nu, șampanie. Stai jos și respiră. Rochia ta va fi reparată și cineva va avea grijă imediat de coafura și de machiajul tău.

– Ah, slavă Domnului! Bibi luă o înghițitură de șampanie. Îi mulțumesc lui Dumnezeu și vouă. Mă simt oribil. Îngrețoșată. Idioată. Doisprezece ani. Sunt căsătorită cu Sam de doisprezece ani. Asta nu înseamnă nimic?

– Ba da, desigur. „Consolează-o“, se gândi Laurel, amintindu-și regula de la Vows. „Consolează-o, îmbărbătează-o și liniștește-o.“

– Nu am stricat casa nimănui. Când ne-am cunoscut erau deja despărțiți. Mă rog, nu oficial, însă practic. Mă urăște pentru că sunt mai tânără. Ea e soția de început; eu sunt soția-trofeu. Ea e cea care răspândește etichetele astea. Și totuși, sunt doisprezece ani, *la naiba!*

– Nu e ușor să faci față unor astfel de relații și legături.

– Am încercat. Ochii roșii ai lui Bibi implorau înțelegere. Chiar am încercat. Și au divorțat înainte să ne logodim noi. Aproape. Și o iubesc pe Sarah. Chiar o iubesc. Iar Brad e minunat. Sunt minunați împreună. Vreau să fie fericiți.

– Asta e cel mai important.

– Da. Oftă și sorbi din nou. Am semnat un contract prenupțial. Chiar eu am fost cea care l-a cerut. Nu a fost vorba de bani, chiar dacă ea susține mereu asta. Pur și simplu, ne-am îndrăgostit. Nu prea poți controla sentimentele, nu-i așa? Nu poți să alegi de cine să te îndrăgostești sau când, sau cum. Pur și simplu se întâmplă. E supărată, pentru că a doua ei căsătorie s-a destrămat, iar nouă încă ne merge bine. Îmi pare rău pentru ce s-a întâmplat. Sarah nu trebuie să știe.

– Nu. Cel puțin, nu astăzi.

– Nici măcar nu se mai culcau împreună. Când l-am cunoscut pe Sam, aveau dormitoare separate și vieți separate. Asta înseamnă să fii despărțit, nu?

Laurel se gândi la propriii ei părinți.

– Da, cred că da.

– Poate că eu am fost motivul pentru care Sam a făcut, în sfârșit, pasul și a cerut divorțul, însă nu eu am fost motivul pentru care nu erau ei fericiți împreună. Mai bine acel pas decât o viață nefericită, nu crezi?

– Da, aşa e. „Doisprezece ani“, se gândi Laurel. „Da, însemna ceva.“ Bibi, ai o căsnicie reuşită şi o relaţie bună cu fiica ta vitregă. Îţi permiţi să fii cea raţională.

– A strigat la mine. Mi-a aruncat şampanie în faţă. Mi-a sfâşiat rochia.

– Ştiu, ştiu. „Linişteşte-o, linişteşte-o“, se gândi Laurel din nou. Acum, poţi fi tu cea care cedează, renunţă să te mai gândeşti la asta şi concentrează-te asupra lui Sarah. Să o ajutăm să trăiască cea mai frumoasă zi a vieţii ei.

– Da, da, ai dreptate. Bibi clipi din ochi ca un copil. Chiar îmi pare rău pentru ce s-a întâmplat.

– Nu-ţi face griji. Laurel se ridică, auzind ciocănitul la uşă. În cincisprezece minute vei arăta perfect.

– Nici n-am apucat să te întreb cum te cheamă.

– Laurel.

– Laurel. Buzele lui Bibi tremurară într-un zâmbet stins. Îţi mulţumesc că m-ai ascultat.

– Nici o problemă. Acum, hai să te pregătim din nou, spuse deschizându-i uşa stilistului.

Mireasa, complet neştiutoare de drama ce avusese loc în culise, stătea alături de tatăl ei, în timp ce domnişoarele se îndreptau către pergola acoperită cu flori. Unele mirese străluceau, se gândi Laurel, iar aceasta era, cu siguranţă, dintre ele, în timp ce o adiere jucăuşă de vânt îi mişca straturile diafane ale voalului.

Mac schimba unghiurile, iar Laurel îşi imagina că prindea acea strălucire de bucurie şi nerăbdare pe care o avea Sarah când se întoarse să-i zâmbească tatălui ei.

– Oh! Gata, a venit momentul.

Muzica se schimbă cu marşul miresei. Laurel îl văzu pe Sam privind către Parker, căreia îi făcu un semn foarte discret. Apreciere sau recunoştinţă, sau poate amândouă. Apoi îşi conduse fiica strălucitoare către mirele care aştepta.

– Până acum toate bune, murmură Del lângă Laurel.

– O să fie bine. Poate e mai bine că bătălia a avut loc înainte să înceapă ceremonia.

– Nu vor mai fi necazuri. Tonul lui Parker era la fel de rece ca înghețul de ianuarie. Cel puțin, nu din acea sursă.

– Ce i-ai spus tatălui? întrebă Del curios.

Zâmbetul lui Parker ar fi înghețat și o flacără.

– Să spunem că acum sunt sigură că mama miresei și mama vitregă se vor comporta civilizat și că Vows va fi recompensată pentru facturile suplimentare la coafură, machiaj și stricăciuni. Îl bătu pe Del pe piept. Și nu vom avea nevoie de serviciile tale, ca să ne primim banii.

– Trebuie să plec, să termin decorul. Laurel se uită la ceas. Nu a mai rămas mult timp.

– Ai nevoie de ajutor? întrebă Del.

– Nu. Du-te... și bea o bere sau ceva.

Se întoarse în bucătăria ei, unde era tăcere și răcoare și unde putea rămâne câteva minute. Se deprimase ascultând-o pe Bibi și trebuia să se detașeze.

Căsătorii fără dragoste, cămine nefericite, factorul X reprezentat de altă femeie. Știa exact ce amestec trist formau acele ingrediente și cât de mult rămânea gustul amar de după.

Cu siguranță, Sarah gustase și ea, de mai multe ori, din acel amestec. Și totuși, stătea la brațul tatălui ei, strălucind de bucurie. Al tatălui care îi fusese necredincios mamei, care încălcase jurămintele pe care ea însăși se pregătea să le facă.

Da, înțelegea căsniciile nefericite, însă nu înțelegea și nu putea să accepte să folosească acea nefericire ca scuză sau ca raționament pentru a fi necredincios.

De ce oamenii nu-i puneau capăt? Dacă doreau pe altcineva sau altceva, de ce nu terminau ce aveau în loc să înșele, să mintă, să îndure?

Divorțul nu avea cum să fie mai dureros pentru un cuplu sau pentru copilul sau copiii prinși în acel amestec alături de ei, decât înșelăciunea, prefăcătoria și furia mocnită. Oare nu de asta, după atâția ani, o parte din ea își dorea ca părinții ei să se despartă, în loc să pretindă că sunt căsătoriți?

– Venisem să văd dacă-ți pot fi de folos după necazul care s-a întâmplat, spuse doamna Grady cu mâinile în șold, și uite că te găsesc trândăvind.

– Mă întorc imediat la treabă.

Cu buzele țuguiate, doamna Grady se duse și o trase pe Laurel de bărbie până când ochii lor se întâlniră.

– Ce e cu tine?

– Nimic. Chiar nimic.

Doamna Grady avea un anumit fel de a-și folosi sprâncenele în expresii ce transmiteau mesaje nonverbale foarte clare. Atunci, sprâncenele ei spuneau *pe naiba.*

– Doar că toată treaba dinainte m-a cam afectat. Nu e nimic.

– Nu e prima oară când ai de-a face cu certăreți, precum cele două. Și nu va fi nici ultima.

– Nu. Nu e vorba neapărat de bătaie. Asta, la urma urmei, a fost chiar amuzant. Parker nu va fi de aceeași părere pentru încă câteva zile, însă chiar au fost niște momente de aur.

– Ocolești subiectul.

– E stupid. Eu am avut de furcă cu mama vitregă. Norocul sorților. Se simțea tristă și stânjenită, așa că a trebuit să-mi explice cum s-a combinat cu tatăl miresei când acesta era într-un fel, dar nu de tot, despărțit, și cum el și prima lui soție nu mai erau împreună, ci doar locuiau în același spațiu.

– Majoritatea bărbaților care vor să guste din ceva proaspăt spun asta.

– Mda, ceea ce e penibil și fals. Însă o cred... pe mama vitregă. De ce contează asta? De ce trebuie să fie în regulă să te încurci cu cineva care are o căsnicie pe sfârșite? Totuși, încă este căsătorit, nu?

– Adevărat, aprobă doamna Grady. Însă viața e foarte rar o chestiune de adevăr și minciună, fără nuanța de cenușiu de la mijloc.

– Atunci de ce naiba nu o termină, dacă vor să fie cu altcineva?

Într-un gest mai mult practic decât de consolare, doamna Grady îi netezi părul lui Laurel.

– Oamenii au motivele lor pentru cele mai nenorocite lucruri, din câte am văzut eu.

– Ea nu are vreo problemă cu asta. Mireasa. Îmi aduc aminte discuțiile, degustările, repetiția. E clar că-și iubește părinții. Și că o iubește și pe mama vitregă. Cum reușesc unii oameni asta?

– Nu întotdeauna trebuie să iei partea cuiva, Laurel.

– Nu, nu trebuie. Însă știi, nu am avut niciodată șansa să iau sau nu partea cuiva, pentru că amândoi au greșit. Nu trebuia să explice că vorbea acum de propriii ei părinți. Și chiar acum, dacă mă gândesc la asta, dacă mă gândesc să iau partea cuiva? Ei pe de o parte, eu pe cealaltă. E stupid, însă o parte din mine a rămas și azi furioasă că amândoi sunt atât de... nepăsători.

– Ești furioasă pe ei în loc să-ți pară rău pentru ei. Ei sunt cei care au de pierdut.

– Le place cum și-au aranjat viața – viețile. Ridică din umeri. Oricum, nu mai e treaba mea.

– Laurel Anne. Doamna G. îi cuprinse lui Laurel fața în mâini, cu un gest și un nume pe care le folosea foarte rar. Ei vor rămâne întotdeauna părinții tăi, așa că mereu va fi treaba ta.

– Și o să fiu mereu dezamăgită de ei?

– Asta depinde de tine, nu?

– Da, cred că da. Oftă adânc. Gata. Timpul de plângeri a expirat. Trebuie să aduc tortul mirelui și restul deserturilor.

– Dacă tot sunt aici, îți dau o mână de ajutor.

Duseră împreună cutiile de prăjituri în sala de bal.

– Mereu mă uimesc florile, spuse doamna Grady privind în jur. Emma noastră are o atingere magică. Îmi plac culorile. Nimic șters, totul strălucitor și îndrăzneț. Ia uită-te la asta. Făcu un pas să studieze tortul de nuntă. Că tot vorbeam de atingere magică. Aici, te-ai întrecut pe tine, Laurel.

– Cred că e noul meu tort de vară preferat. Îți opresc o felie.

– Chiar te rog. Tortul de nuntă e un tort care aduce noroc.

– Așa știam și eu. Doamnă G? Nu te-ai gândit niciodată să te recăsătorești sau...

Doamna Grady râse încântată.

– Eh, am mai avut pe cineva din când în când. Încă nu sunt atât de bătrână. Dar să mă căsătoresc? Veni înapoi ca să o ajute pe Laurel cu deserturile. L-am avut pe al meu. Pe Charlie al meu. Pe bărbatul meu.

– Chiar crezi asta? întrebă Laurel. Că există o singură persoană? Una singură?

– Da, pentru unii dintre noi. Pentru alții, dacă lucrurile nu merg sau dacă pierd pe cineva, atunci apare altcineva. Însă pentru unii există unul singur, de la început până la sfârșit. Nimeni nu-i mai poate lua locul. Nimeni nu le mai ajunge la fel în suflet și nu trăiește acolo.

– Mda. Nimeni altcineva. Însă nu tu ești mereu cel care se întoarce. Se gândi la Del, apoi îndepărtă gândul. Încă ți-e dor de el? De Charlie al tău?

– În fiecare zi. De treizeci și trei de ani, în noiembrie anul acesta. Mi-e dor de el în fiecare zi. Însă a fost al meu, nu? Am avut bărbatul meu. Nu toată lumea poate spune asta. Tu poți.

Laurel ridică încet privirea.

– A fost al tău de la bun început. Ți-a luat destul de mult timp să ți-l iei.

De ce să o contrazică? se gândi Laurel. De ce să pretindă că nu era așa în fața cuiva care înțelegea atât de bine?

– Mă sperie.

Doamna Grady izbucni în râs.

– Bineînțeles. Vrei siguranță? Găsește-ți un cățeluș drăgălaș pe care îl poți dresa să vină, dând din coadă. Dragostea trebuie să te sperie.

– De ce?

– Pentru că, dacă nu există teamă, nu există emoții.

– Dacă asta e adevărat, atunci am niște emoții de moarte. Laurel înclină capul. Semnalul lui Parker. Ora de cocktail și cina.

– Du-te și ajut-o. Termin eu aici.

– Ești sigură?

– Trebuie să mă mai bag și eu din când în când. Du-te.

– Mulțumesc. Mulțumesc, repetă ea, punându-și mâna peste a doamnei Grady. O să mă asigur că primești felia de tort.

Singură, doamna Grady dădu din cap și oftă. Fetele ei, se gândi ea, știau tot ce trebuiau să știe despre nunți. Însă dragostea le întorcea cu susul în jos. Dar poate că așa era normal să facă dragostea.

Când casa se eliberă, Laurel merse la ceilalți să se relaxeze pe terasă. Del îi dădu un pahar cu șampanie.

– Îl meriți.

– Să fii sigur. Mulțumesc. Unde e Parker?

– Are treabă. Mac își întinse picioarele și își îndoi degetele obosite. Vine imediat. Îmi pare rău că am ratat bătălia mamelor. Am auzit că merita un bilet de intrare.

– Scurtă, dar brutală. Laurel căscă, gândindu-se la pernele moi și la așternuturile foarte răcoroase.

– Aveți multe meciuri cu lupte? întrebă Mal.

– Odată, am primit un pumn în față. Carter își mișcă falca.

– E ceva în plus, spuse Mal. Mâncare bună. Tort excelent. Ridică berea în cinstea lui Laurel, apoi o urmări pe Parker care tocmai intra, arătând de parcă ar fi petrecut o zi ploioasă sorbind ceai, și nicidecum hrănind o turmă de o sută de persoane.

– Câștigul tău, spuse ea și îi întinse un plic.

– Mulțumesc. Se ridică într-o rână și îndesă plicul în buzunar. Și faceți toate astea din nou mâine?

– În mare parte, răspunse Emma. De obicei, duminica avem evenimente mai restrânse, însă în perioada asta a anului avem multe evenimente mari. Mă duc să mă culc.

– Eu merg acasă cu fata mea. Jack se ridică și luă mâna Emmei. O să-ți las camioneta luni, Mal.

– Perfect. Ar trebui să mă retrag și eu.

– Mersi că ai venit. Mac se întinse. Hai, domnule profesor. Să mergem acasă și să scoatem pisica din pat.

– Nu mă pot mișca încă. Mulțumită că era lângă ea, Laurel își lăsă capul pe umărul lui Del.

– Am nevoie de un minut. La revedere, Mal, adăugă ea. Și închise ochii.

– Te duc eu. Restul, ne vedem mâine, adăugă Parker, apoi se întoarse și ieși împreună cu Mal.

Cu capul încă sprijinit de umărul lui Del, Laurel deschise ochii.

– Știam eu că buna-creștere va face totul.

– Poftim?

– Parker era obligată să îl conducă pe Malcolm dacă tu erai prins aici cu mine. Le stă bine împreună.

– Poftim?

Ea făcu un efort să-și limpezească creierul amețit, apoi renunță și închise ochii din nou.

– Iartă-mă, am uitat cu cine stau de vorbă. Bineînțeles că nu există nici o scânteie sexuală între ei, nimic care să mocnească în adâncime. Nu, absolut nimic.

– Nu e genul ei.

– Exact. Nu ai obsesii decât dacă e vorba de mine. Ce-ar fi să mă remorchezi de-aici?

– Dacă nu e genul ei, atunci de ce toată vorbăria despre scântei și mocnit?

– Probabil doar mi s-a părut mie. Râse, iar el o ridică în picioare. Eu fac scântei și mocnesc când ești în preajmă.

– Asta e bună. O metodă excelentă de a-mi distrage atenția.

– E adevărat. Se simțea amețită și aproape beată de oboseală. Rămâi peste noapte?

– Așa plănuiam.

Privi către ușă în timp ce se apropiau de scări, iar Laurel știa prea bine că el se gândea să iasă afară doar ca să... fie Del când venea vorba de Parker.

– Vezi, scot scântei și mocnesc din nou. Se așeză în fața lui și urcă pe o treaptă, ca să ajungă la nivelul gurii lui.

– Draga mea, adormi în picioare.

– Da, iar asta mă face să fiu o parteneră foarte leneșă pentru o noapte de sâmbătă.

– Îmi place să mă gândesc, în avans, la dimineața de duminică.

– O întâlnire de duminică dimineață sună perfect, spuse ea, în timp ce urcau. Mai ales că e vorba de un eveniment de seară și nu trebuie să mă trezesc în zori. Ce zici de ora opt?

– Opt e perfect.

– Ce zici să ne vedem sub duș?

– O întâlnire duminică dimineața sub duș? Sună și mai bine.

Îl trase după ea în dormitor și închise ușa – ceva ce nu făcea aproape niciodată. Ceva ce nu avea motiv să facă. Se îndreptă către ușile terasei. Îmi place să le las deschise în nopțile de vară. Te deranjează?

– Nu. Nu am auzit-o pe Parker venind. Încă e plecată?

Laurel își dădu ochii peste cap și se gândi la variante. Se întoarse și își scoase sacoul, apoi își desfăcu încet fermoarul fustei.

– Poate nu sunt chiar atât de obosită. Lăsă fusta să cadă și rămase doar într-un maiou, chiloți și tocuri. Asta dacă nu cumva ai obosit tu.

– Simt o înviorare neașteptată.

– Cred că e de la aerul proaspăt. Apoi se îndreptă spre el și se strădui să-i distragă atenția. Era tot ce putea face, se gândi ea, în timp ce mâinile lui începuseră deja să lucreze. De dragul prieteniei.

Capitolul 12

Parker băgă capul în bucătăria lui Laurel.

– Ai un minut?

– Da, am crezut că ai o consultație și un tur.

– Le-am avut și le-am făcut.

Laurel scutură păstăi de vanilie în amestecul de lapte și zahăr din tigaie, apoi adăugă și păstăile.

– Cum a mers?

– Consultația a pus la punct anumite detalii și a mai adăugat câteva. Apoi am programat ultima duminică pe care o aveam liberă în mai anul viitor. Privi către ieșirea secundară și placajul care o delimita de spațiul în care se lucra. Nu e chiar atât de zgomotos pe cât îmi imaginasem.

– Nu, dacă ții televizorul sau radioul pornit și te prefaci că e zgomotul de fundal de la un eveniment. Ar fi putut fi mai rău. A fost mult mai rău în timpul testelor, așa că ce se aude acum e chiar liniștit.

– Și o să merite, nu-i așa? Tot spațiul în plus care o să fie.

– Așa îmi spun și eu.

– Ce pregătești?

– Cremă de prăjituri.

– Vrei ceva rece?

– Nu mi-ar strica. Laurel pregăti o baie cu apă cu gheață pentru ultima etapă, iar Parker pregăti două pahare cu limonadă.

– Nu ai întâlnire în seara asta, nu?

– Nu, nu am. Băieții sunt plecați la meci să-i vadă pe Yankees și să mănânce hotdog. Laurel ridică privirea și își arcui sprâncenele. Noapte între fete?

– E o idee. Mai ales că am impresia că am găsit rochia de nuntă a Emmei.

Laurel făcu o pauză.

– Serios?

– Păi știu cam ce vrea și simt că am deschis o tradiție cu cea a lui Mac. Aș vrea să îi fac o surpriză în seara asta, ca să o probeze și să văd dacă i se potrivește.

– Mă bag.

– Mai e ceva despre care aș vrea să discutăm.

– Spune. Laurel începu să amestece în crema care începuse să dea în clocot.

– Mi s-a spus că Jack l-a invitat pe Malcolm Kavanaugh să vină cu noi la casa de pe plajă în august.

– Da? În timp ce procesa informația, Laurel luă tigaia de pe foc și o acoperi. Într-unul dintre castroane sparse patru ouă, apoi încă patru, separând albușul de gălbenuș, adăugând albușurile în castron. Cred că s-au împrietenit destul de bine. Și e destul spațiu, nu? Abia aștept să văd și eu locul. Să mă bălăcesc acolo, continuă ea, în timp ce bătea albușurile. Să mă îngrop în gloria vacanței până când... Scuză-mă, spuse ea, când Parker ridică mâna. Mă ia valul când mă gândesc să fac ce vreau eu, zile și nopți la rând.

– Lasă-mă să termin. Tocmai am vorbit cu Del, care m-a sunat să se jure pe viața lui că nu are nici o legătură cu invitația.

– L-ai pedepsit pentru ce a făcut de 4 Iulie.

– Da, iar acum poate o să trebuiască să-l pedepsesc pe Jack.

– Vai.

Distrată de acel gând, Laurel adăugă zahăr și amidon de porumb, apoi continuă să amestece ouăle.

– Nu-ți obosește brațul?

– Ba da.

– Soarta lui Jack atârnă... La naiba. Telefonul o întrerupse. Revin într-un minut.

Obişnuită cu acele conversaţii întrerupte, Laurel consideră că amestecul de ou şi zahăr era gata, astfel că scoase păstaia de vanilie din lapte şi o puse din nou pe cuptor. În timp ce aştepta să dea în clocot, bău din limonadă şi o ascultă pe Parker, care îi rezolva o problemă miresei.

Mai multe probleme, constată ea, considerând că laptele fiersese suficient. Turnă cu lingura jumătate din el în amestecul de gălbenuşuri şi se întoarse la bătut.

– Lasă asta în seama mea, spuse Parker. Absolut. E ca şi rezolvat. Pe 21 mă întâlnesc cu tine şi cu mama ta. La ora două. Nici o problemă. Pa. Termină convorbirea. Nu întreba, îi spuse ea lui Laurel.

– Nici nu aveam de gând. Laurel turnă amestecul în tigaie. Bătea, bătea, bătea. Nu pot să mă opresc. E important, însă te ascult.

– Unde rămăsesem?

– La soarta lui Jack.

– Aşa. Dacă va trebui sau nu să-l rănesc pe iubitul nostru Jack depinde de un singur lucru: dacă asta e o înscenare.

– Chiar crezi că iubitul nostru Jack s-ar gândi măcar să te cupleze cu Malcolm?

– Nu, dar Emma ar putea.

– Dacă i-ar fi trecut aşa ceva prin cap, mi-ar fi spus. Laurel rămase o clipă pe gânduri. Da, mi-ar fi spus. Nu s-ar fi putut abţine. Probabil m-ar fi pus să jur că ţin secretul, ceea ce aş fi făcut. Însă aş fi avut clauza antiminciună. Ar fi trebuit să-ţi spun adevărul dacă mă întrebai.

– Întreb.

– Atunci, nu. Emma nu mi-a spus nimic, astfel că îi declar şi pe ea, şi pe Jack nevinovaţi. Sper că nu ai vreo problemă cu Mal?

– Nu chiar. Însă nu îmi plac aranjamentele.

– Nimănui nu-i plac, de asta nici una dintre noi nu încearcă să-i facă aşa ceva celeilalte. Parker, ştii asta!

Degetele lui Parker loviră uşor paharul. Se ridică şi se îndreptă către fereastră, apoi se întoarse şi se aşeză din nou.

– Există mereu excepţii, mai ales când unele sunt orbite de dragoste şi planuri de nuntă.

„E tulburată“, se gândi Laurel. Parker rar era tulburată.

– Asta nu e o excepție, din câte știu eu. Va trebui să-ți imaginezi cum ridic mâna la piept și jur, pentru că nu mă pot opri acum din bătut.

– În regulă. Jack e cruțat. Și presupun că va fi mai mult loc, din moment ce tu și Del împărțiți un singur dormitor.

Se încruntă cu privirea în limonadă, iar Laurel se opri, în sfârșit, din bătut și luă tigaia de pe foc.

– Următoarea problemă? întrebă Laurel.

– Trebuie să mă hotărăsc dacă să mă asigur de-acum că Malcolm nu intră la idei în legătură cu asta sau dacă să aștept să clarific lucrurile, în cazul în care se întâmplă.

Laurel strecură crema prin sită, deasupra castronului pe care îl așezase în baia de apă cu gheață.

– Vrei părerea mea?

– Da.

– Mi se pare că, dacă ai spune ceva despre vreo impresie greșită înainte să fie cazul, i-ai invita și/sau i-ai stârni să facă o astfel de mișcare. El mi se pare genul de bărbat care răspunde la provocări. Aș lăsa-o baltă.

– Are logică.

– Da. Laurel luă bucățile mici de unt pe care le pregătise deja și bătu din nou, adăugându-le pe rând la cremă.

– Bine. Atunci o să-l consider pe Malcolm un coleg de joacă pentru ceilalți băieți și nu-i dau atenție.

– Foarte înțelept. În sfârșit, Laurel lăsă telul și își frecă brațul. Îmi place de el. De Mal. Știu că nu-l cunosc prea bine, însă îmi place.

– Pare destul de plăcut.

– Și sexy.

– Scuză-mă, nu te culci cumva cu fratele meu?

– Ba da, și sper să o ținem tot așa. Însă nu ai cum să nu remarci bărbații sexy. Iar dacă îmi spui că nu ai observat și tu, o să folosesc baia asta de gheață să o torn pe tine.

– Nu e genul meu. Și de ce rânjești?

– Del a spus același lucru.

Chipul lui Parker trăda provocare și iritare.

– Ah, da?

– În stilul lui, pentru că, de fapt, nimeni nu e genul surorii lui în mintea prea protectoare a lui Del. Însă când a spus-o, m-am gândit că da, așa e. De asta îmi place.

Parker sorbi din limonadă.

– Adică nu-ți place genul meu?

– Parker, nu fi ignorantă. E sexy, interesant și diferit de ce avem în jur – și poate să fie o experiență distractivă pentru tine. Poate ar trebui să-l lași să-și facă o impresie greșită.

– Orbită de dragoste.

– Probabil sunt.

– Și de ce te îngrijorează asta?

Laurel se opri din masatul degetelor și îndreptă unul către Parker.

– Schimbi subiectul.

– Așa e, însă tot e o întrebare bună.

– Da, așa e, recunoscu Laurel. Nu am iubit pe altcineva decât pe el. Știu că simt toate astea pentru el și sunt sigură că îi pasă. Îi pasă foarte mult, însă e o mare diferență între a-i păsa foarte mult și a mă iubi. Mă sperie și mi se spune că e firesc, însă asta nu mă liniștește prea mult.

– Nu te-ar răni niciodată. Nu e cel mai potrivit lucru pe care să-l spun, își dădu seama Parker imediat. Nu vrei să afle ce simți pentru el?

– Nu pot. Pentru că nu m-ar răni niciodată sau ar încerca din răsputeri să nu o facă.

– Iar asta te-ar răni și mai mult.

– Oh, da. Fac tot posibilul să trăiesc clipa. Și cred că funcționează. De cele mai multe ori. Și totuși nu pot să nu mă gândesc la tot felul de capcane. Și la piane care îmi cad în cap, continuă ea în gând.

– Atunci să-ți dau și eu un sfat rațional. Uneori cauți o ușă-capcană și dai de un perete.

– Aș fi vrut să nu știu că ai dreptate. În regulă. Laurel făcu un semn cu mâinile, ca și cum ar fi șters tabla. Trăiesc clipa. Sunt Zen.

– Rămâi așa. O s-o sun pe Mac să stabilesc pentru mai târziu. La șase e bine?

– Șase e perfect.

Parker se ridică și trase aer în piept.

– Mă lași să gust și eu? Ar fi o cruzime să nu.

Laurel luă o lingură, o înmuie în crema caldă, apoi i-o întinse.

– Ah, Dumnezeule! Parker închise ochii. A meritat fiecare mișcare a mâinii. La naiba! mârâi ea, auzindu-și telefonul sunând.

– Nu ți-a trecut niciodată prin cap să nu răspunzi?

– Ba da, dar nu sunt o lașă. Verifică ecranul în timp ce ieșea din bucătărie. Sunt Parker de la Vows. Ce mai faceți, doamnă Winthrop?

Abia dispăru Parker, că Del intră din altă direcție.

– Se pare că ăsta e un loc foarte popular azi.

– Cum de nu mi-am dat seama niciodată cât de sexy arăți cu șorțul de bucătărie? Se aplecă să o sărute, însă ea îl văzu întinzând mâna spre castronul cu cremă și îl lovi ușor.

– Vrei să dau de necaz cu cei de la controlul sanitar?

– Nu văd agenți pe-aici.

Scoase o lingură și îl lăsă să guste, așa cum o făcuse și cu Parker.

– Bun. Foarte bun. Dar tu ai gust mai bun.

– Foarte viclean, dar nu primești mai mult. Îndepărtă castronul. Credeam că te duci la meci cu prietenii tăi.

– Mă duc. Mă întâlnesc aici cu Jack și Carter, apoi trecem să-l luăm pe Mal.

– Iar mergi cu limuzina la meciul de baseball.

Era atât de Del, se gândi ea.

– Și ce e așa de rău să mergi cu limuzina la meci? În felul ăsta poți să bei bere, să nu-ți faci griji pentru locul de parcare și să nu te enervezi în trafic. E perfect.

– Ar fi trebuit să îți dau o lingură de argint, spuse ea și i-o luă din față ca să o lase în chiuvetă.

– Pentru asta, nu meriți cadoul.

Se întoarse către el, curioasă și bănuitoare.

– Ce cadou?

El deschise servieta și scoase o cutie.

– Acest cadou. Dar cred că te dai prea rotundă ca să-l meriți.

– Și rotunzii au nevoie de cadouri. De ce mi-ai luat cadou?

– Pentru că ai nevoie de el, rotundo. Îi întinse cutia. Deschide-o.

O admiră pe Femeia Minune desfăcând panglica mare și roșie, apoi sfâșiind fără milă ambalajul și încruntându-se la imaginea de pe cutie. Părea un fel de computer de buzunar sau un reportofon prea mare.

– Ce e asta?

– O să-ți scutească timp. Uite. L-am potrivit eu deja.

Deschise cutia, scoase dispozitivul cu o privire strălucitoare și îi spuse că acel cadou era ceva ce-și dorea pentru el însuși.

– În loc să scrii liste, faci asta, spuse el. Apeși pe Record. Făcu întocmai, apoi rosti *ouă*. Vezi? Se întoarse și îi arătă cuvântul *ouă* pe micul ecran. Apoi apeși pe butonul Select și apare în listă.

Da, se gândi ea, era interesant.

– Care listă?

– Lista care se formează după ce termini și apeși pe butonul ăsta. Apăsă pe alt buton. Se imprimă și aranjează elementele pe categorii. Cum ar fi lactate sau condimente sau orice.

Era chiar foarte interersant.

– Incredibil. Cum se poate?

– Nu știu cum se poate. Probabil e cineva înăuntru și le aranjează. Și are și opțiune de bibliotecă, așa că poți adăuga elemente specializate, care nu sunt încă acolo. Folosești multe ingrediente neobișnuite.

– Lasă-mă să încerc. Îl luă și apăsă Record. Păstăi de vanilie. Își țuguie buzele când citi pe ecran. Aici scrie budincă de vanilie.

– Probabil păstăi de vanilie nu există în bibliotecă, pentru că cei mai mulți cumpără vanilia deja ambalată.

– Așa e. Și pot să îl adaug?

– Da, iar data viitoare apare. Și poți să pui și cantități. De exemplu, trei duzini de ouă sau câte păstăi de vanilie ai nevoie. Astea chiar sunt păstăi?

– Da, sunt păstăi, murmură ea, studiind cadoul. Mi-ai adus un reportofon de bucătărie pentru înregistrat liste.

– Da. E cu magnet, așa că poți să-l atașezi pe o latură a frigiderului sau oriunde îți e mai ușor.

– Cei mai mulți bărbați oferă flori.

Își dădu seama clar de buturuga pe care i-o așezase în drum.

– Vrei flori?

– Nu. Vreau asta. Un set întreg. E un cadou minunat. Ridică privirea către el. Chiar e un cadou minunat, Del.

– Bine. Nu fi geloasă, am cumpărat unul și pentru doamna G.

– Ah, nemernica aia.

El zâmbi și o sărută din nou.

– Trebuie să fug să i-l dau și ei, altfel voi întârzia.

– Del, spuse ea înainte să-l lase să iasă. Îi adusese un dispozitiv pentru bucătărie, unul practic și, în același timp, amuzant. Voia să-i spună tot ce simțea pentru el. „*Te iubesc.* Doar două cuvinte și trei silabe", se gândi ea. Însă nu putea.

– Distracție plăcută la meci.

– Asta am de gând. Vorbim mai târziu

Oftând ușor, se așeză să aștepte până se răcește crema și începu să se joace cu noul cadou.

Noaptea între fete era un eveniment foarte îndrăgit, care însemna DVD-uri, floricele, bârfă și plăcerea de a sta cu prietenele; era o tradiție care dura încă de când erau copii. Iar propunerea pentru rochia de nuntă a Emmei era cireașa de pe tort. În așteptarea unei seri atât de plăcute, Laurel își termină ziua de lucru făcând curățenie în bucătărie; chiar atunci intră Emma.

– Mă gândeam că te prind aici.

– Acum termin, răspunse Laurel.

– Am o cerere de brioșe, două duzini. În două săptămâni, adăugă Emma rapid. Cel puțin, clientul nu le-a vrut prea repede. E vorba de vărul meu. Botezul copilului unei colege. Singura indicație a fost să fie drăgălașe.

– Fetiță sau băiat?

– Nu contează. Orice vrei tu.

– Bine. Pune-l pe listă.

– Apreciez. Emma adăugă data comenzii pe panoul de activități al lui Laurel. Ce e asta? Făcu un semn către dispozitivul electronic pentru liste.

– Am primit un cadou de la Del.

– Ah, ce drăguț! Și ce anume ți-a dat?

– Asta. E foarte tare. Ia uite. Se duse la el și apăsă Record. Unt fără sare. Eu am introdus asta. Uite, aici e. Apăs pe asta și apare în listă.

Emma privi lung.

– Ăsta e un cadou?

– Da, știu ce gândești, că un cadou de la un bărbat nu e cadou decât dacă strălucește. Însă aș putea să lipesc niște paiete pe el, dacă te face să te simți mai bine.

– Nu trebuie să fie strălucitor. Poate să și miroasă bine. Ce pot să spun, frumos din partea lui, iar ție îți place, așa că e un cadou drăguț. Cu ce ocazie?

– Fără vreo ocazie.

– Ah, doar așa? Asta îi ridică în mod cert valoarea.

– Dar o să scadă din nou în ochii tăi dacă îți spun că i-a cumpărat unul și doamnei G.

– *Dumnezeule!* Foarte hotărâtă, Emma își puse mâinile în șolduri. Îmi pare rău, dar cade la categoria simbolic. Un cadou trebuie să fie unic în condițiile date. E un dar simbolic drăguț. În schimb, acesta e un cadou, draga mea. Ridică brațul să-i arate brățara pe care i-o dăruise Jack. Sau cerceii pe care i-i oferiseră Carter și Mac de Sfântul Valentin? Și aceia sunt un cadou. Mă tem că Del are nevoie de instructaj.

– Ar avea, dacă ar fi prietenul tău.

– Del e prietenul tău! Emma o luă râzând pe Laurel la dans și o învârti. Asta sună foarte... de liceu. Trebuie să găsim alt termen.

– Cu ce ocazie dansăm? întrebă Parker care tocmai intra.

– Del e prietenul lui Laurel și i-a oferit un dar simbolic. Îmi pare rău, dar nu mi se pare demn să-l numesc cadou. Uite.

Parker se apropie.

– Ah! Am văzut de-astea. Vreau și eu unul.

– Cum să nu vrei, spuse Emma oftând. Ești sora lui. Însă l-ai considera cadou, mai ales că i-a dat unul și doamnei G.?

– Hmm. Da, intră într-o zonă destul de mlăștinoasă. Însă e drăguț din partea lui și e foarte potrivit pentru Laurel.

– Uite. Emma ridică triumfătoare un deget. Asta am spus și eu. Iat-o și pe Mac. Mac, avem nevoie de părerea ta.

– Pentru ce? Și ce anume facem aici? Asta e noaptea între fete.

– Întâi trebuie să clarificăm un lucru. Ți se pare un cadou sau un dar simbolic? gesticulă Emma.

– Ce naiba e asta?

– Vezi, dar simbolic. Despre un cadou nu întrebi niciodată ce e. Parker, spune-i lui Del să-i cumpere lui Laurel ceva drăguț.

– Nu. Gata. Laurel o înghionti pe Emma râzând. Mie îmi place. Iar dacă îți place, toate regulile pică și e un cadou.

– Ce naiba e asta? întrebă Mac din nou.

– Un organizator electronic pentru mers la piață și alte activități, explică Parker. Și eu vreau unul. De ce nu mi-a cumpărat Del unul și mie? Îmi plac cadourile.

– Dar simbolic, insistă Emma.

– Tu nu ai nevoie de alt organizator, îi spuse Laurel lui Parker.

Mac continuă să privească încruntată obiectul.

– Pentru numele lui Dumnezeu, să nu i-l arăți lui Carter. O să vrea și el unul și sigur o să vrea să-l folosesc și eu.

– Del i-a cumpărat unul și doamnei G., așa că sigur îl va vedea și Carter, comentă Emma.

– La naiba!

– Deja sunt prea multe discuții despre noua mea jucărie. Mă duc sus.

– Oare doamna G. face pizza? se întrebă Emma. Toată ziua mi-a stat gândul la pizza doamnei G. și la o cantitate mare de vin.

– O să ajungem și acolo, însă înainte trebuie să facem altceva.

– Fără lucru. Emma îi luă brațul lui Parker. Sunt prea pregătită pentru carbohidrați. Alcool și fete.

– Nu e chiar lucru. S-a întâmplat să iau astăzi ceva pentru care trebuie aprobare. E nevoie să vezi.

– Ce ai... Ah! Ah! Emma o învârti pe Parker în pași de dans. Rochia mea de nuntă? Mi-ai găsit rochie?

– Poate. Și, ca să respect o tradiție recentă, stăm în apartamentul miresei.

– E cea mai bună surpriză. Cea mai bună.

– Dacă nu ți se potrivește... începu Parker, lăsându-se târâtă de Emma pe scări.

– Tot e cea mai frumoasă surpriză. Ah, am emoții. Se opri în fața ușii apartamentului miresei. Chiar am emoții. Gata, intru. Se apropie de ușă, însă luă mâna de pe clanță. Nu pot s-o deschid. S-o deschidă altcineva.

Laurel împinse ușa.

– Intră, spuse ea, împingând-o pe Emma înăuntru.

Emma oftă, apoi duse mâna la buze.

„Parker nu dădea niciodată greș", își spuse Laurel. Rochia aceea *era* Emma. Romantică și elegantă, cu hectare întregi de straturi diafane, doar cu o tentă sexy în strălucirea corsajului. O grădină întreagă de trandafiri de material înfloriseră pe albul cald al fustei superioare și de-a lungul trenei de prințesă.

– E ca în povești, murmură, Emma. Ah, Parker, e ca în povești.

– Ia asta. Doamna Grady, care aștepta cu șampania, îi întinse Emmei un pahar. Să nu plângi cu șampanie. O să o strici.

– E cea mai frumoasă rochie din lume.

– Trebuie să o probezi. Îmbrac-o, Em, ordonă Laurel. Eu și Parker te ajutăm. Mac face documentarea.

– Fusta. Emma își trecu degetele peste material. E ca un nor. O să se umfle ca valurile. Ah, priviți cum e la spate! Muguri mici de trandafiri ascundeau fermoarul. Oare poate exista o rochie mai potrivită pentru cineva care lucrează cu flori?

– Parcă spunea „du-mă la Emma", îi mărturisi Parker, în timp ce o ajuta, împreună cu Laurel, să se îmbrace.

– Nu trage cu ochiul! îi ordonă Laurel, când o văzu pe Emma întorcând capul să se uite în oglindă. Așteaptă până terminăm.

– Are nevoie de câteva pense. Doamna Grady se apropie cu acele, în timp ce Mac făcea poze.

– Laurel, trena are nevoie de puțin... Da, perfect, spuse Mac. Ah, Em. Uau.

– Trebuie să văd.

– Ai răbdare, mârâi doamna Grady, care tocmai terminase de prins acele. Făcu un pas în spate și dădu din cap aprobator.

– Ești gata? Emma își ținu respirația și se întoarse.

Mac sigur l-a surprins, își spuse Laurel; a surprins acel moment de mirare, lacrimile de fericire.

– Toată viața, murmură Emma. Încă de când eram fetițe am visat acest moment. Și iată-mă, în sfârșit, în rochia de nuntă. Și mă simt exact așa cum speram să mă simt.

– Arăți ca o prințesă, îi spuse Laurel. Sincer, Emma, ești pur și simplu uluitoare.

Emma întinse degetele spre oglindă.

– Sunt chiar eu. O să port rochia asta când mă căsătoresc cu bărbatul pe care îl iubesc. Nu e minunat?

– Ai făcut treabă bună. Laurel își trecu brațul pe după Parker. Ai făcut o treabă foarte bună. Luă batista pe care i-o întinse Parker și își șterse ochii. Să ciocnim pentru mireasă.

– Dă-mi camera, Mackensie, comandă doamna Grady, ca să vă prind în poză pe toate patru. Ce imagine frumoasă, spuse ea, apoi apăsă butonul.

Mai târziu, cu pizza și șampanie, dezbătură pe larg planurile de nuntă.

– O s-o chem pe mama, poate și pe sora mea, la magazinul de mirese, ca să mă vadă când fac prima probă. O să plâng iar. O să plângem toate.

– Are două feluri de parură. Una se poartă cu părul strâns sus, alta cu părul lăsat liber. Mama ta te poate ajuta să alegi.

– Parker, te gândești la toate, spuse Emma clipind. Nu, nu vreau să încep iar să plâng. Ah, ce buchet o să fac pentru rochia asta! Iar cele trei domnișoare de onoare... sau, de fapt, atunci vor fi doar două și o doamnă.

– Nu pot să mă imaginez doamnă, spuse Mac și mușcă din felia de pizza.

– Mă gândesc la levănțică. Stiluri diferite, însă aceleași tonuri de culoare. Înclin spre nuanțe de alb și levănțică pentru flori. Dulci și romantice. Lumânări albe pese tot.

– Un amestec de flori adevărate, de mătase și din pastă de zahăr, pe tort, spuse Laurel.

– Da! Uite, Parker ia notițe. Parker ia notițe pentru nunta mea.

– Bineînţeles că iau.

– Aş vrea să programez şedinţa foto pentru logodnă într-o seară din săptămâna viitoare, îi spuse Mac. Aş vrea să fac asta noaptea – e sexy şi de atmosferă. În grădini, aici.

– În grădini. E perfect. Am cele mai bune prietene din univers.

– Aş vrea să vin şi eu la probă, adăugă Mac. Să vă fac poze ţie şi mamei tale.

– Ar trebui să o faci aici. Laurel sorbi din şampanie. Putem aranja aici prima probă şi aducem şi parurile; nu-i aşa, Parker?

– Am putea. Ideea îi aduse lui Parker un zâmbet pe chip. Sigur că am putea.

– Atunci, Mac ar putea să facă pozele, iar mama ta va participa la prima consultaţie oficială, va discuta despre lucrurile pe care le-aţi ales deja şi despre cele asupra cărora încă ezitaţi.

– Chiar e o idee bună, hotărî Parker.

– Din când în când mai am şi de-astea.

– Am putea să o facem să se simtă extraordinar, adăugă Mac. Pe mama ta. Tratamentul pentru clienţii VIP ai Vows.

– I-ar plăcea. Şi mie mi-ar plăcea. Iar plâng. Laurel îi întinse Emmei încă o batistă. Gândeşte-te la pantofi.

– La pantofi?

– La pantofi care să meargă cu rochia.

– Ah! Pantofi.

– Vezi, nimeni nu plânge când vine vorba de pantofi. Eu aş alege ceva foarte puţin lucios, doar cu o mică tentă sexy şi extraordinari.

– Trebuie să mergem la cumpărături. Nici tu nu ai pantofi de nuntă, nu-i aşa, Mac?

– Nu încă.

– Safari pentru pantofi de nuntă! strigă Emma. Ah, cc o să ne mai distrăm.

– Aşteaptă până vine vremea să alegi invitaţii, cartele pentru locuri şi tot ce mai trebuie ca să devii obsedată de fonturi. N-am crezut vreodată că o să devin obsedată de fonturi, spuse Mac dând din cap. Însă am devenit. E ca un drog. Ţi-am văzut privirea, McBane. Mac arătă cu degetul. Aerul acela de superioritate amuzată. Ca şi când te-ai gândi că nu vei ajunge niciodată atât de jos ca mine. Însă ți se va întâmpla și ție. Bagă la cap ce-ți spun. Într-o zi, fonturile îți vor bântui visele.

– Chiar nu cred asta. Și, oricum, nu mă mărit mâine.

– Doar nu crezi că într-o zi, tu și Del... începu Emma.

– Avem doar o lună de când ieșim împreună.

– Irelevant, răspunse Mac. Vă știți de-o viață.

– Și îl iubești, încheie Emma.

– Nu mă gândesc la asta.

– La faptul că îl iubești, întrebă Parker, sau să petreci restul vieții tale cu el?

– Nu... nu mă gândesc atât de departe.

– Gata, ordonă Parker.

– Chiar e greu.

– Gata ce? Emma privi când la una, când la cealaltă. Ce e greu?

– Laurel nu spune ceea ce ar fi spus dacă el n-ar fi fost fratele meu. Mă insulți.

– Nu! La naiba, Parker, asta e trișare.

– Nu, e doar părerea mea. Ar trebui să plec?

– Acum, oprește-te. Laurel se încruntă și mai sorbi o gură de șampanie. Mereu ai jucat murdar. Bine, bine. Bine. Da, îl iubesc. L-am iubit dintotdeauna, iar asta face lucrurile foarte nesigure; poate că asta înseamnă să *gândești prea departe*. Însă nu mă simt așa, mai ales că am petrecut o parte semnificativă a vieții mele încercând să nu-l mai iubesc. Și nu am putut. Deci da, dacă ajungem să vorbim despre restul vieții noastre, m-aș arunca cu capul înainte, cu picioarele în față sau cum vreți să-i spuneți. Numai că e nevoie de doi oameni ca să se ajungă acolo.

– Și el de ce nu te-ar iubi? întrebă Emma.

– Bineînțeles că mă iubește. Ne iubește pe toate. Acum, se poartă diferit cu mine, însă nu în esență... Dumnezeule, era înjositor, chiar și în fața prietenelor ei cele mai bune. E greu să iubești pe cineva mai mult decât ești iubit, la rândul tău, dar trebuie să fac față. Sentimentelor mele, responsabilității.

– Înțeleg asta, o compătimi Mac și îi strânse mâna. L-am lăsat pe Carter să se simtă așa. Nu voiam să mă îndrăgostesc, nu voiam să fac saltul ăsta, așa că am continuat să dau înapoi. Știu că l-am rănit.

– Eu nu mă simt rănită. Sau poate doar puțin, însă e posibil să fie vorba doar despre mândrie. Sunt fericită pentru ce avem. Știu că, poate, mai târziu, nu voi mai fi la fel de fericită, însă am primit mai mult decât m-am așteptat.

– Sunt surprinsă să aud că ai așteptări atât de mici, comentă Parker. Mereu ai țintit sus.

– Când vine vorba de lucru și de competiție. Însă nu poți ținti iubirea, nu-i așa? Nu o poți pretinde ca și când ar fi un premiu sau un joc. Ne-am jucat de-a Ziua Nunții. Acum, asta e afacerea noastră. Dar când vine vorba de noi înșine, nu e vorba de vreun joc sau de serviciu. Eu nu am nevoie nici de rochie, nici de inel, nici de fonturi, adăugă ea, zâmbind către Mac. Însă am nevoie să știu că eu sunt aceea. Nu trebuie să mă străduiesc să devin aceea pentru el. Pur și simplu, trebuie să fiu.

– E inteligent ce spui, murmură Emma.

– Până acum nu a avut vreo „aceea", îi spuse Parker. Aș fi știut.

– Nici măcar Cherise McConnelly?

– Dumnezeule! Parker se prefăcu scârbită. Nu știu ce a fost în capul lui. În afară de asta, adăugă ea, privind fruntea încruntată a lui Laurel.

– Dacă mă gândesc la Cherise, aș spune că gusturile lui s-au îmbunătățit considerabil de când e cu mine. Laurel mai luă o felie. Deci omul are o șansă!

Capitolul 13

Când Jack și Del se așezară la bar, la Willows, barmanița veni spre ei.

– Se pare că am parte de o dublă azi.

– Ce faci, Angie?

– Nu mă plâng, iar asta e tot ce pot spune pentru jumătate dintre cei care se cocoață pe scaunele astea. Ce vă aduc?

– Pellegrino, comandă Del.

– Iar eu iau un Sam Adams.

– Imediat. Ați trecut doar să beți ceva? întrebă ea, lăsând un pahar sub robinet și adăugând gheață într-o cupă cu apă.

– Da, doar eu, răspunse Jack. El are întâlnire.

– Da? Și cine e norocoasa din seara asta?

– Iau cina cu Laurel.

– McBane? O umbră ușoară de surpriză apăru în ochii lui Angie. Întâlnire pe bune?

– Da.

– Ce schimbare! Știindu-i preferințele lui Del, adăugă o felie de lămâie verde în apa minerală, apoi lăsă ambele pahare pe bar. Auzisem niște zvonuri, însă am crezut că sunt doar vorbe goale.

– De ce?

– Pentru că o cunoști pe Laurel de douăzeci de ani și nu ați ieșit niciodată împreună. N-am mai văzut-o de mult, însă aud că-i merge foarte bine afacerea.

– Da, așa e, îi merge bine.

– Am fost acolo la vreo două nunți. Excelent. Datorită surorii tale, nu-i așa? adăugă Angie în timp ce ștergea barul cu un șervet alb. De prima mână. Încă ne lipsește Laurel pe aici. Cel mai bun cofetar pe care l-am avut. Jack, ce face Emma și cum merg planurile de nuntă?

– Se simte minunat. Și-a găsit rochia, care se pare că arată ca-n povești.

– Poate că e ceva în apă acolo. Întâi Mac, apoi Emma. Făcu cu ochiul către Del și îi lovi ușor paharul cu degetul. Ai grijă ce bei. Se îndepărtă de bar, ca să servească alt client; Jack izbucni în râs.

– Nu fi atât de surprins, frățioare. Jack întinse paharul în direcția lui Del. E în firea lucrurilor.

– Ieșim împreună doar de o lună, iar planurile de nuntă sunt în firea lucrurilor?

Jack ridică din umeri.

– Mac, Emma și Laurel. E ca un joc triplu de-a căsătoria.

– Laurel nu gândește așa. N-ați spus voi că ne cunoaștem de douăzeci de ani? Nunțile sunt o afacere. Iar ea e o femeie de afaceri. O femeie serioasă și ambițioasă.

– La fel sunt și celelalte. Oamenii serioși și ambițioși se căsătoresc și ei. Îl studie pe Del peste marginea paharului. Nu ți-a trecut niciodată prin cap asta?

– *Mi-a trecut prin cap* e un termen evaziv, încercă Del. Încă ne obișnuim cu schimbarea din relația noastră. Nu mă opun căsătoriei. De fapt, sunt chiar un mare fan al acestei instituții. Doar că nu m-am gândit niciodată serios și personal la asta.

– Poate a venit vremea să schimbăm puțin rolurile, dacă îmi amintesc ce urât ai făcut când ai aflat că eu și Emma suntem împreună. Care sunt intențiile tale față de cea care îmi e ca o soră?

– Vreau să iau cina cu ea.

– Și mai târziu să profiți de ea?

– Aș fi prost să n-o fac. Ne place această nouă etapă. E... nouă, spuse el. Pentru amândoi. E importantă pentru mine și a fost mereu. Știi asta. Însă acum e importantă în sens diferit. Totuși, nu am de gând să o angajez pe sora mea să-mi organizeze nunta.

– Niciodată sau nu acum?

– Dumnezeule, Jack! Simțindu-și gâtul uscat brusc, Del sorbi lung din paharul cu apă.

– E o întrebare firească.

– Aveți numai nunți în cap, mârâi Del. Poate chiar e ceva în apa aia. Oricum, nu știu. Nu m-am gândit încă la așa ceva. Iar acum nu mă pot gândi la altceva. O cunosc pe Laurel. Nu se gândește la căsătorie și, cu siguranță, nu s-ar gândi doar pentru ca să fie în ton cu Mac și cu Emma. Vorbim despre o fată care a plecat singură la New York și la Paris ca să studieze. La naiba, chiar se gândea serios să se mute la Paris, a lucrat acolo să strângă bani pentru asta, când...

– Da, știu. Scânteia de ironie se stinse din ochii lui Jack. Totul s-a schimbat după ce au murit părinții voștri.

– Atunci și-a lăsat deoparte planurile pentru Paris. Nu uitase asta; și nu va uita niciodată. N-ar fi lăsat-o pe Parker la greu. Și, dacă mă gândesc bine, cred că a rămas și pentru mine. Atunci ideile lui Parker le-au vrăjit pe toate.

– Planurile se mai schimbă.

– Da, planurile se mai schimbă, însă ce vreau să spun este că Laurel a avut întotdeauna propria ei direcție, și-a urmat întotdeauna instinctul, nu tendințele generale. Dacă lucrurile ar fi stat altfel, acum ar fi locuit într-un apartament boem și stilat din Paris și ar fi avut propria ei cofetărie.

– Nu cred. Jack dădu din cap. Cred că ele patru sunt legate prea strâns una de alta. La New York poate, însă nu în Europa. Lanțurile celorlalte trei sunt prea puternice.

– I-am spus și eu același lucru nu demult, pe jumătate în glumă.

Jack mâncă o migdală din platoul pe care îl lăsă Angie pe bar.

– Credeam că nu am nevoie de asta, când eu și Emma am schimbat direcția. Însă locuiesc acolo, deci sunt și eu amestecat în povestea asta. E ca un fel de legătură telepatică. Uneori e puțin ciudat, ca să spun drept. Ridică berea. Asta e dragostea, puternică și profundă.

– Mereu a fost așa. Del rămase o clipă pe gânduri. Cred totuși că Laurel nu are asemenea idei, însă, dacă ar fi așa, celelalte trei ar ști. Ai putea să afli tu de la Emma.

– Nici gând. Nici măcar pentru tine. Dacă aş începe, aş stârni o discuţie despre ceea ce cred eu despre voi, despre cum aş putea să te trag eu *pe tine* de limbă şi aşa mai departe. Jack luă încă o migdală. Ar fi o nebunie.

– Ai şi tu dreptate. Oricum, n-am face decât să creăm un precedent. E OK aşa. S-o lăsăm baltă. Totul merge bine, parcurgem un drum neted; de ce să încercăm alte benzi?

Jack zâmbi.

– Aşa credeam şi eu despre mine şi Emma.

– Încetează cu asta!

– Trebuie să recunosc că e amuzant să te înţep în punctele vulnerabile. Că tot vorbim despre mine şi Emma, o să ne fii cavaler de onoare, da?

– Sigur. Nici nu mă gândesc altfel.

– Bine. Eu cam atât am de făcut. În rest, nu trebuie decât să zâmbesc şi să spun că e minunat atunci când îmi povestesc ce idei le-au mai venit pentru nuntă. Parker mi-a spus că treaba mea e să organizez luna de miere, apoi mi-a dat datele de contact ale unui agent de voiaj despre care spune că e cel mai bun... şi un pachet întreg pentru Bora-Bora, deoarece ştie că Emma şi-a dorit mereu să meargă acolo; în plus, e un loc exotic şi romantic. Deci mergem acolo.

Del îl studie nedumerit pe Jack prin paharul cu apă minerală.

– Vrei să mergi în Bora-Bora?

– Ştii că vreau. Imediat ce am studiat pachetul cu oferta, m-am gândit că da, într-adevăr, ăsta e locul ideal. Surioara ta e puţin cam înfricoşătoare, Del.

– Da, poate să fie.

– Carter a primit un pachet pentru Toscana, care include şi discurile „Învăţaţi limba italiană", pentru amândoi.

Începu să râdă.

– Înseamnă să ai grijă de tot.

– Se pare că da. Trebuie să fug. Am primit un e-mail înainte să plec de la birou. Emma are chef de gătit.

– Fac eu cinste cu bere în locul tău.

– Mulţumesc.

– Jack? Arăți bine în costumul de ginere.

– Și mă simt bine în el. Cine ar fi crezut? Ne vedem mai târziu.

Nu doar căsătoria îl prindea, își spuse Del, ci întreaga viață cu Emma, pe care, după cum observa și el cu ușurință, și-o construia acum Jack. Casa și familia, cina în familie la sfârșitul unei zile lungi. Probabil vor avea nevoie de un spațiu mai mare în căsuța lor de oaspeți. Îl știa pe Jack și era sigur că o să vină cu o idee.

Domeniul lor se transforma într-un fel de mare familie. Del se gândi că așa ceva le-ar fi plăcut și i-ar fi distrat pe părinții lui.

– Masa dumneavoastră e gata, domnule Brown, spuse ospătarul venind la bar. Doriți să vă așezați sau așteptați aici la bar?

Se uită la ceas. Laurel întârzia; sau Mac, care o lăsa acolo în drum spre o ședință foto, întârzia.

– Trebuie să apară. Mă așez la masă.

Se hotărî să meargă înainte și să comande o sticlă de vin; abia se hotărî ce să aleagă, când își auzi numele.

– Ia uite pe cine văd!

– Deborah! Se ridică să o salute și o sărută prietenește pe femeia pe care o cunoștea de atâția ani. Arăți minunat. Cum o duci?

– Minunat. Își dădu pe spate părul roșu. Abia m-am întors după o ședere de două luni în Spania – ultimele două săptămâni la Barcelona.

– Afaceri sau plăcere?

– Ambele, foarte mult din ambele. Mă întâlnesc cu mama și cu sora mea, să povestim ca între fete. Eu am venit devreme, ca de obicei; ele întârzie, ca de obicei.

– Stai jos, așteaptă cu mine.

– Mi-ar plăcea, Delaney. Îi oferi un zâmbet strălucitor, în timp ce el îi trase un scaun. Nu ne-am mai văzut de... când? Cred că de la balul din primăvară. Ce-ai mai făcut?

– Nimic care să se compare măcar cu Barcelona. Ospătarul aduse sticla cu vin, iar Del privi eticheta și dădu aprobator din cap.

– Pune-mă la curent. Cine face ce și cu cine? Care e ultima bârfă?

Del zâmbi, în timp de degusta vinul pe care i-l turnase chelnerul.

– Cred că pentru asta o să ai nevoie de mama și de sora ta. E perfect, îi spuse el chelnerului, apoi făcu un semn către paharul din fața lui Deborah.

– Ești prea discret. Mereu ai fost așa. Sorbi din vin. Și încă ai gusturi excepționale la vin. Hai, spune ceva! Se zvonește că Jack Cooke e logodit. Confirmă sau infirmă.

– Asta pot să confirm. El și Emmaline Grant au stabilit data nunții pentru primăvara următoare.

– Emma? Serios? Să bem pentru ei. Ridică paharul. Zeci de femei vor fi în doliu. Sunt total pe dinafară. Nici nu știam că sunt împreună.

– Da, totul a mers foarte rapid încă de la început.

– Mă bucur pentru ei. Ție nu ți se pare ciudat? Adică, Emma îți e ca o soră, iar Jack este cel mai bun prieten al tău.

– Am stat câteva clipe pe gânduri, recunoscu el, însă arată bine împreună. Povestește-mi despre Barcelona. Nu am fost niciodată.

– Trebuie să mergi. Plajele, mâncarea, vinul. Atmosfera romantică, spuse ea zâmbindu-i.

Râdeau, aplecați unul spre celălalt, peste masă, când Laurel își făcu apariția. Se opri brusc, ca și când s-ar fi izbit de un perete de sticlă... și ea stătea pe partea greșită.

„Pare atât de relaxat", se gândi ea. Nu, *ei* păreau atât de relaxați, de minunați... amândoi. Dacă Mac ar fi intrat cu ea, ar fi putut să facă o fotografie, să surprindă acea clipă, acea imagine a doi oameni frumoși care beau vin și râd la lumina unei lumânări.

Toți ar fi putut crede că sunt un cuplu, că se potriveau perfect, că erau pe aceeași lungime de undă.

– Salut, Laurel.

– Salut, Maxie. Laurel încercă să-i zâmbească chelneriței. Văd că e o noapte agitată.

– Mie-mi spui? Maxie își dădu ochii peste cap. Nu știam că vii. Îți găsesc o masă.

– De fapt, mă întâlnesc cu cineva.

– Ah, bine. Vezi să nu te vadă Julio. Făcu cu ochiul în timp ce vorbea despre bucătar. Ar fi tentat să te târască înapoi în bucătărie într-o astfel de noapte. Ne lipsești.

– Mulțumesc.

– Trebuie să fug. Vorbim mai târziu.

Ea dădu din cap, apoi se strecură până la baie să se liniștească. E o prostie, gândi ea, e o prostie să își piardă cumpătul doar pentru că Del bea ceva cu o prietenă. E o prostie să se simtă inferioară doar pentru că, în urmă cu câțiva ani, lucrase în bucătăria de aici în loc să stea la o masă. Ar fi făcut un desert minunat pentru un cuplu precum Delaney Brown și Deborah Manning.

– Nu e nimic rău în asta, mârâi ea și scoase luciul de buze, în timp ce se mustra în oglindă. Era mândră de slujba pe care o avusese aici și de banii pe care îi câștigase ca să ajute la lansarea Vows. Era mândră de talentul ei și de faptul că acel talent îi permisese să aibă propria afacere, să-și câștige existența, să creeze ceva ce-i făcea fericiți pe oameni.

Își purta singură de grijă, își croise singură un drum, ceea ce ea considera a fi cel mai important.

Însă o duruse, fără să vrea, să constate că, într-un fel, întotdeauna va fi de partea greșită a acelui perete de sticlă.

– Nu contează. Își refăcu luciul de pe buze și trase aer în piept. Chiar nu contează.

Încrederea, își aminti ea, era ca luciul de buze – tot ce trebuia să faci era să te dai cu el. Ieși din baie, se întoarse în sală și se îndreptă spre masă.

Da, se gândi ea, era un ajutor considerabil să vadă cum ochii lui Del se umplură de căldură când o văzură. Se ridică și întinse mâna către ea, iar Deborah se întoarse și ridică privirea.

Laurel își dădu seama de încercarea ei rapidă de a-i asocia chipul cu un nume. La urma urmei, ea și Deborah nu frecventau aceleași cercuri.

– Laurel, ți-o amintești pe Deborah Manning, nu-i așa?

– Sigur. Salut, Deborah.

– Laurel. Îmi pare bine să te revăd. Del tocmai îmi povestea despre Emma și Jack. Cred că plănuiești un tort spectaculos.

– Am niște idei.

– Mi-ar plăcea să le aud. Nunțile sunt un motiv de distracție. Vrei să stai jos? Del, mai e nevoie de un pahar.

Spre meritul ei, Deborah își dădu seama imediat cum stătea treaba, iar pielea ei fără pată se înroși.

– Sunt o idioată. Râse și se ridică în picioare. Del te aștepta, de fapt, pe tine. A fost drăguț din partea lui să-mi țină companie.

– E în regulă. „Uite ce matură sunt", se gândi Laurel. Rămâi și termină-ți vinul. Mai aducem un scaun.

– Nu, nu. Le așteptam pe mama și pe sora mea. Mă duc să le sun, să mă asigur că nu mi-au tras țeapă. Del, mulțumesc pentru vin.

– Mi-a părut bine să te revăd, Deborah.

– Și mie. Distracție plăcută!

Se îndepărtă, însă Laurel îi surprinse privirea nedumerită.

– Am întârziat, zise ea pe un ton vesel. E în întregime vina lui Mac.

– A meritat așteptarea. Îi trase scaunul. Arăți minunat.

– Și tu la fel.

Cu eficiența pentru care era renumit acel restaurant, un ospătar luă paharul lui Deborah, îl înlocui și îi turnă lui Laurel vin în pahar. Ea sorbi și înclină capul. Foarte bun.

Luă meniul pe care i-l oferi chelnerul, însă nu-l deschise.

– Salut, Ben.

– Salut, Laurel. Am auzit că ai venit.

– Ce e bun în seara asta?

– Pește cu crab, în vin alb, cu orez cu iasomie și sparanghel.

– Asta aleg. Și o salată mică.

– Și eu la fel, spuse Del. Ce altceva mai e bun?

– Poate vă place fileul de porc cu sos de miere și ghimbir. Se servește cu cartofi prăjiți și cu tocăniță de legume la cuptor.

– Perfect. Și vreau și salată.

– Alegeri excelente.

Nici nu plecă bine chelnerul, că apăru un altul, care le aduse specialitatea restaurantului: pâine cu măsline și sos.

– Serviciul este întotdeauna excelent aici, spuse Del. E mai plăcut cu tine.

– Ne place să avem grijă, zise ea și își înmuie pâinea în sos.

– Am uitat că și tu ai lucrat aici; nu m-am gândit la asta când am sugerat să luăm cina în acest local. Trebuie să luăm desert, să-ți verifici înlocuitorul.

– Cred că vorbim deja de înlocuitorul înlocuitorului meu.

– După ce ai avut ce e mai bun e greu să te mulțumești cu mai puțin. Nu ți-e dor de loc? De lucrul în echipă? Adică de energie, de haosul controlat.

– Nu e întotdeauna controlat. Și nu mi-e dor. Îmi place să am spațiul meu, iar orarul de la restaurant e îngrozitor.

– Parcă acum ai mai mult timp!?

– Măcar e timpul meu, iar asta face diferența. Ah, se pare că au apărut mama și sora lui Deborah. Ridică paharul către masa de lângă, iar Del le zări pe cele trei femei care se așezau.

– Nu cred că au întârziat sau, cel puțin, nu prea mult. Ea are tendința să vină mai devreme.

– Așa e. „Natural, simplu, *matur*"; Laurel se felicită. Ai ieșit cu ea.

– Puțin, cu mult timp în urmă. Înainte să se mărite.

– Sper că nu ai ieșit cu ea cât era măritată. După divorț?

El dădu din cap.

– Am reprezentat-o la divorț. Nu ies cu clienții și am o politică în privința ieșirii cu foști clienți, în cazuri de divorț. E o idee proastă.

– Penny Whistledown. Laurel arătă cu degetul spre el. Îmi aduc aminte că i-ai rezolvat divorțul *și* ai ieșit cu ea după vreo doi ani.

– Tocmai de-asta spun că e o idee proastă.

– Era atât de insistentă. Dacă nu te găsea acasă sau la birou, suna acasă, se plângea la Parker și o întreba unde ești. Sorbi din nou din vin. Asta, domnule avocat, a fost o eroare gravă de judecată din partea ta.

– Recunosc că sunt vinovat. Și tu ai avut câteva.

– Aha. Însă stau departe de bărbații insistenți.

– Erori de judecată. Drake, nu, Deke, sau ceva asemănător. Câte tatuaje avea?

– Opt, cred. Sau nouă. Dar el nu se pune. Aveam șaisprezece ani și speram să-mi scot părinții din sărite.

– M-ai scos pe mine din sărite.

Ea își arcui sprâncenele.

– Serios?

– Serios. L-am văzut atunci aproape toată vara, în tricourile lui cu mânecile rupte și în bocanci de motociclist. Avea un cercel și cred că-și exersa zâmbetul în oglindă.

– Îl ții minte mai bine ca mine. Făcu o pauză când Ben veni cu salatele și le umplu din nou paharele cu vin. Știm prea multe despre trecutul celuilalt. Ar putea fi periculos.

– Nu o să-l folosesc pe-al tău împotriva ta dacă nici tu n-o vei face.

– Da, așa e cinstit, spuse ea. Știi, oamenii se întreabă ce facem, ce se întâmplă cu noi.

– Care oameni?

– Aici, în seara asta. Oameni care te cunosc, spuse și își înclină ușor capul către masa unde cele trei femei se prefăceau că nu vorbeau despre ei. Și oameni care mă cunosc.

– Te deranjează?

– Nu. Nu prea. Poate doar puțin. Ridică din umeri și se concentră asupra salatei. E destul de firesc, mai ales când unul dintre noi e un Brown, din familia Brown din Connecticut.

– Aș spune că e destul de firesc, pentru că stau aici cu cea mai frumoasă femeie din restaurant.

– Bine. Asta a fost bună. Un standard popular.

El își puse mâinile peste ale ei.

– Știu la cine mă uit.

Ea își întoarse mâna și își împleti degetele cu ale lui.

– Mulțumesc.

„Lasă-i să se mire“, se gândi ea. „Lasă-i să vorbească.“ Avea ceea ce-și dorise dintotdeauna.

Terminară de mâncat, gustară unul din farfuria celuilalt, băură vinul acela bun, vorbind vrute și nevrute. Mereu putuseră să vorbească deschis, își spuse Laurel, despre tot și despre toate. Iar ea descoperi că reușește să așeze acel perete de sticlă și în jurul lor, să se izoleze de toată lumea din exterior și să savureze timpul petrecut împreună și cina.

Ben aduse pe masă minisufleuri.

– Salutări din partea lui Charles, cofetarul. A auzit că ești aici și dorea să facă ceva special pentru tine. E destul de emoționat, adăugă Ben, coborând vocea în timp ce se apleca spre ea.

– Serios?

– Ești foarte bună, Laurel. Dacă vrei altceva...

– Nu, astea sunt minunate. Sunt foarte frumoase, spuse și gustă întâi din prăjitura de ciocolată, acoperită cu frișcă. Închise ochii și zâmbi. Minunată. Încearcă și tu, îl îndemnă pe Del, apoi o luă pe cea cu vanilie. Excelentă.

– Ar vrea să vină să te cunoască.

– N-ar fi mai bine să mă duc eu la bucătărie? După ce termin de mâncat astea.

– I-ai face o mare bucurie. Mulțumesc, Laurel.

O luă și pe ultima, iar Ben se îndepărtă.

– Mmm, cea cu lămâie e excepțională. O combinație între tartă și prăjitură.

– Un Brown, din familia Brown din Connecticut. Asta ai spus înainte, repetă el împărțindu-și sufleurile cu Laurel. Dar sunt împreună cu Diva Deserturilor.

– Diva Deserturilor. Izbucni în râs, apoi se opri și zâmbi. Îmi place. Poate îmi deschid și o firmă. Dumnezeule, mâine o să trebuiască să lucrez ca o apucată, însă nu vreau să-l rănesc, adăugă ea, apoi mai luă o înghițitură. Mă duc câteva minute în spate.

– Vin cu tine.

– Ești sigur?

– N-aș pierde așa ceva, spuse el, apoi se ridică și o luă de mână.

– Cred că nu mai e așa nebunie acum, comentă ea. Agitația de la cină s-a cam terminat. Însă nu atinge nimic. Julio poate fi nebun. Dacă te amenință să te facă file, ca pe un păstrăv, să n-o iei personal.

– Îl cunosc pe Julio. L-am întâlnit de mai multe ori când am venit la masă.

Laurel îl privi pe Del, în timp ce se pregăteau să intre în bucătărie.

– Atunci nu-l cunoști pe Julio.

Deschise ușa.

Linişte, spusese ea. Însă se pare că aveau definiţii diferite pentru acest termen. Oamenii se agitau încolo şi încoace, după cum i se părea lui Del, iar nivelul zgomotului – vocile ridicate, sunetul vaselor, zumzăitul ventilatoarelor, scârţâitul cuţitelor şi sfârâitul grătarului – era uriaş.

Aburul se ridica în aer, gros şi încărcat de căldură şi de tensiune.

Lângă cuptorul enorm, Julio stătea cu şorţul şi boneta de bucătar, înjurând în mai multe limbi.

– Nu se poate hotărî? tună el. Are nevoie de mai mult timp? strigă cu un accent spaniol care străpunse aerul, deja în fierbere. Nu vrea ciuperci, vrea mai mulţi morcovi. Cretini! Unde e farfuria mea, la dracu'?!

– Nimic nu s-a schimbat, spuse Laurel suficient de tare cât să se facă auzită.

El se întoarse; un bărbat uscăţiv, cu sprâncene negre şi groase deasupra ochilor căprui.

– Nu vorbi cu mine.

– Nu am venit aici să vorbesc cu tine. Se întoarse şi se apropie de tânărul care se oprise din turnat sos de zmeură pe o felie de tort de ciocolată, aşezată pe o farfurie de desert. Tu trebuie să fii Charles.

– Nu vorbi cu el până nu termină ce are de făcut. Ce crezi, că e club aici?

Ochii lui Charles se mişcară pe chipul lui frumos, de culoarea cafelei proaspăt măcinate.

– Te rog. Doar un minut.

Termină de aranjat farfuria pe care împrăştie câteva fructe de pădure şi adăugă câteva fursecuri subţiri în jurul unei tarte. Ca şi când ar fi urmat un semnal secret, o chelneriţă apăru, luă desertul şi ieşi.

– Sunt foarte fericit să te cunosc. Foarte fericit.

– Sufleurile tale au fost minunate – mai ales cele cu lămâie. Mulţumesc.

Del observă cum chipul i se lumină, ca şi când Laurel aprinsese un bec.

– Ţi-au plăcut? Când am aflat că eşti aici, am vrut să fac ceva pentru tine. Cele cu lămâie. Ţi-au plăcut cele cu lămâie?

– Mai ales cele cu lămâie. Consistente și, în același timp, răcoritoare.

– Încă nu sunt în meniu. Sunt noi. Am tot lucrat la rețetă.

– Cred că ai perfecționat-o. N-ai vrea să împarți rețeta?

– Tu... I se tăie respirația. Vrei rețeta mea? O scriu imediat. O scriu pentru tine, domnișoară McBane.

– Laurel.

– Laurel.

Lui Del i se păru că tânărul îi rostise numele ca pe o rugăciune. Când alergă să ia rețeta, Laurel se întoarse către Del.

– Vin imediat.

După ce ea dispăru împreună cu Charles, Del își băgă mâinile în buzunare și aruncă o privire în jur. Julio, care bea rapid apă dintr-o sticlă, îl zări.

– Medalioane de porc.

– Așa este. Au fost excelente.

– Domnul Brown. Julio îl recunoscu, apoi o privi pe Laurel, apoi din nou pe Del. Hmm, spuse el.

Roti capacul sticlei de apă, apoi se îndreptă spre Laurel, care vorbea cu Charles.

– Încă sunt supărat pe tine.

Ea ridică din umeri.

– Ai plecat din bucătăria mea.

– Te-am anunțat cu mult timp înainte *și* mi-am răpit din timpul personal ca să-mi instruiesc înlocuitorul.

– Înlocuitorul tău. Înjură și taie aerul cu mâna. Nu era bun de nimic. A și plâns.

– Unii mai fac și asta când te iei de ei.

– N-am nevoie de plângăcioși în bucătărie.

– Ai noroc cu Charles. Ești și mai norocos că rămâne și te suportă.

– E bun. Nu plânge. Și nu răspunde.

– Lasă-i timp. O să-ți aduc rețeta aceea, Charles. Cred că e un schimb bun.

O băgă în buzunar pe cea primită de la el.

– Mulțumesc că ai venit. Înseamnă mult pentru mine.

– Ne mai vedem. Îi strânse mâna, apoi se întoarse la Julio. Peștele a fost excepțional. Îl sărută pe obraz. Ticălosule!

El izbucni într-un râs la fel de puternic ca înjurăturile sale.

– Poate te iert.

– Poate te las. Noapte bună.

Del îi mângâie spatele în timp ce ieșeau.

– Ai făcut un gest foarte frumos.

– Pot să fiu și drăguță.

– Ești ca sufleul de lămâie, Laurel. Combinația perfectă de tartă și prăjitură.

Îi duse mâna la buze, iar ea îi făcu cu ochiul.

– Ei bine, cineva va fi foarte norocos în seara asta.

– Asta și speram.

Capitolul 14

Mişcându-se cât putea de încet prin beznă, Laurel se strecură până la baie să se schimbe în maioul sport şi colanţi. Mereu îşi pregătea costumul de gimnastică cu o noapte înainte, când rămânea la Del.

Asta ar fi făcut şi Parker, îşi spuse ea în timp ce se schimba.

Îşi strânse părul, îşi puse şosetele, apoi îşi luă pantofii sport în mână. Când întredeschise uşa, scoase un strigăt de surprindere. Del stătea pe o parte a patului, luminat de veioză.

– Ce, de ce te-ai trezit? Nu am făcut zgomot.

– Te duci la gimnastică? Bună idee. Mă schimb, şi vin şi eu.

Pentru că tot se trezise, Laurel se aşeză pe pat să se încalţe cu pantofii.

– Poţi să laşi aici din lucruri pentru data viitoare.

El zâmbi.

– Unii din trib sunt sensibili la astfel de lucruri.

– Eu nu sunt.

– E bine. Nici eu nu sunt. E mai simplu aşa, spuse uitându-se la ceas şi clipind. Aproape.

– Poţi să te culci. N-o să te împiedic şi nici n-o să te consider o mămăligă. Sau prea leneş.

El o privi chiorâş.

– Ne vedem la sală.

– Bine.

Ieşi, gândindu-se că e un mod minunat să înceapă ziua. Să îl tachineze pe Del, apoi o oră de gimnastică, un duş fierbinte, cafea proaspătă şi o zi de lucru în faţă. Era chiar perfect.

În sală o găsi pe Parker, care deja lucra la CNN.

– Bună dimineaţa strigă ea.

– 'Neaţa. Pari foarte veselă.

– Şi mă simt foarte veselă. Laurel luă o saltea de pe raft şi o desfăcu pe podea pentru exerciţiile de încălzire. Vine şi Del la sală.

– Deci de-aia eşti atât de veselă. Cum a fost la cină?

– Bine. Mai puţin că...

– Ce?

Laurel privi către uşă.

– Nu ştiu cât de rapid e. Îţi spun mai târziu.

Se întinse şi studie exerciţiile pe care le făcea Parker. Pantalonii maro şi maioul cu flori erau practice şi feminine.

– Poate ar trebui să îmi cumpăr un costum nou de gimnastică. Ale mele încep să arate cam uzate.

Se îndreptă către celălalt aparat.

– De cât timp eşti aici?

– De vreo treizeci de minute.

– Ar trebui să te prind din urmă.

– Nici o şansă, ajung la al cincilea kilometru şi trec la pilates.

– Şi eu pot să fac cinci, apoi, cât timp faci tu pilates, eu fac yoga. Poate chiar o să fac şase. Am mâncat sufleu noaptea trecută.

– Şi a meritat kilometrul în plus?

– Da. Au un cofetar foarte bun la Willows.

– Charles Barker.

– Tu ştii chiar tot ce mişcă?

– Da, răspunse Parker, zâmbind cu satisfacţie. Şi gata al cincilea kilometru.

Parker şterse aparatul, schimbă postul de ştiri de la radio cu unul de muzică.

– Bună dimineaţa, doamnelor.

Îmbrăcat în pantaloni antici și cu un tricou uzat, Del își luă o sticlă de apă, încă una pentru Laurel, apoi se îndreptă spre aparatul lui Parker.

– Mulțumesc, spuse ea când îi lăsă apa.

– Trebuie să fii hidratată. Ea ce-a făcut?

– Parker? Cinci. Eu fac șase.

El urcă pe aparat și fixă programul.

– Eu sunt pentru șapte, dar n-am nimic împotrivă ca tu să faci șase. Și nici nu te consider o mămăligă.

– Șapte? Dădu din cap. Perfect.

Ce spirit de competiție, își spuse Parker în timp ce se întindea pe saltea, să înceapă să-și lucreze mușchii. Nu putea să-i învinuiască pentru asta. Și ea era la fel și deja își dorea să mai facă doi kilometri în plus, doar ca să nu se lase mai prejos.

Arătau atât de bine împreună. Oare își dădeau seama? Nu doar fizic, își spuse ea, în timp ce făcea foarfeca, ci prin felul în care se mișcau, legătura dintre ei.

Își dorea să le fie bine împreună. Mai mult, își dorea atât de mult să le fie bine împreună, încât era aproape dureros.

Își dorea același lucru și pentru Mac și Emma, însă aici era vorba despre ceva mai mult. Era vorba despre fratele ei și despre cea care îi era ca o soră. Aceștia erau cei mai importanți oameni din viața ei, iar ea își dorea enorm să-i vadă fericiți. Să fie fericiți împreună era pentru ea un dar aproape la fel de mare ca pentru ei.

Era absolut sigură că fiecare persoană, fiecare suflet, avea o pereche. Pe cineva potrivit. Mereu crezuse asta și înțelegea că acea credință era unul dintre motivele pentru care era atât de bună în ce făcea.

– Am făcut deja unul! anunță Laurel.

– Ai început înaintea mea.

– Nu mă interesează.

– Bine. Parker îl urmări pe Del accelerând. Nu mai sunt drăguț.

Parker dădu din cap și începu alt set de exerciții.

Trecuseră deja de al cincilea kilometru, cu Del în frunte, când Mac se târî înăuntru.

– Iată-l, mârâi ea în fața aparatului Bowflex. Dușmanul. Se încruntă la Parker, care își termina setul cu exerciții yoga de bază. Tu ai terminat deja, nu? Pot să-mi dau seama după privirea ta încrezută.

Parker își uni palmele în postura de rugăciune.

– Chipul meu reflectă pacea minții și a trupului meu.

– Bravo, Parks. Hei, se pare că avem și un bărbat pe-aici.

– Se întrec, într-o cursă de șapte kilometri.

– Dumnezeule, de ce? De ce ar vrea cineva să gâfâie pe monstrul ăla șapte kilometri? Ia spune, ce părere ai? Făcu o piruetă să-i arate bustiera și pantalonii de yoga. M-am dus să-mi cumpăr niște costume care să mă stimuleze. Să mă inspire.

– Drăguț și practic. Bravo! Parker termină cu un „stând în mâini" care o făcu pe Mac să-și lungească gâtul.

– Acum, că am costum, crezi că pot să fac și eu asta?

– Te ajut, dacă vrei să încerci.

– Nu, mai bine, nu. Sigur m-aș răni și ar trebui să îl sun pe Carter să nu mergem la înot după ce termin tortura autoimpusă. L-ai văzut cum înoată?

– Mmm. Parker făcu o forfecare, apoi se îndreptă. Cred că l-am zărit când am ieșit pe terasă. Bineînțeles, nu-i făceam ochi dulci.

– Merita ochi dulci. Arată foarte bine în slip. Însă voiam să spun că atunci când intră în apă devine brusc Domnul Eleganță în loc de Profesorul Neîndemânatic. După ce își potrivi aparatul, începu cu bicepșii. Oare de ce?

– Poate pentru că, în apă, nu are de ce să se lovească sau să se împiedice.

– Da, poate. Oricum, când termin să mă torturez aici, mă duc cu Carter să facem un înot de dimineață. Înotul e un exercițiu civilizat. Poate singurul. Și fiindcă vorbeam de arătat bine, adăugă ea, coborând vocea și făcând un semn cu bărbia către cele două aparate, și ei arată bine.

Parker făcu un semn aprobator din cap și își trecu prosopul pe după gât, apoi bău apa.

– Și eu mă gândeam la același lucru mai devreme. Se uită la ceas. Hm, mai am timp să mă strecor la înot înainte să-mi încep ziua. La ora zece am consultație, set complet.

– Am înțeles.

– Ne vedem. Ah, Mac, umerii tăi arată minunat.

– Vorbești serios? Chipul lui Mac se lumină de plăcere și de speranță. Nu spui asta doar pentru că mă iubești și mă vezi suferind?

– Sunt minunați, repetă Parker, apoi ieși să se schimbe în costum de baie.

– Minunați, îngână Mac și trecu la tricepși.

– Al șaselea kilometru. Del luă sticla cu apă și bău. Ah, ia uite, ești în urmă.

– Mă păstrez pentru lovitura finală.

Laurel își șterse transpirația de pe frunte. Nici o șansă să-l mai prindă din urmă, se gândi ea, însă ar putea să-l facă să creadă asta.

Îl privi. Transpirația îi trecuse prin tricou și formase un V care îi stârni dorința. Se folosi de acea dorință ca să se străduiască ceva mai mult.

Părul lui se întunecase la tâmple, iar umezeala i-l cârlionțase. Brațele lui străluceau; mușchii lui erau încordați.

„Are gust de sare", se gândi ea. Iar pielea lui ar fi alunecoasă sub palmele ei. Acea energie, puterea și rezistența lui ar învălui-o; sub ea, în jurul ei. În ea.

Respirația ei se acceleră mai mult decât de la oboseala fizică, atunci când atinse al cincilea kilometru.

El o privi, iar ea văzu în ochii lui ceea ce simțea ea însăși. Acea nevoie primară, animalică. Pulsul ei bătea împreună cu muzica, pielea ei tremura împreună cu aparatele. Ritmul devenea din ce în ce mai rapid.

Zâmbi ușor și rosti, cu răsuflarea tăiată:

– Te ajung din urmă.

– Nu ai suficient timp să mă ajungi din urmă.

– Mai am destul.

– Ai obosit.

– Și tu. Eu pot termina în forță. Tu poți?

– O să-ți arăt.

În celălalt capăt al sălii, Mac îi privi și își dădu seama că nici măcar cei mai apropiați prieteni nu ar trebui să vadă anumite lucruri, așa că se strecură afară. Nici Laurel, nici Del nu o observară sau nu îi dădură atenție.

El încetini, doar puțin, iar ea înțelese că întrecerea lor se terminase, lăsând loc dansului sexual fierbinte și primar. Aveau să termine împreună.

– Să vedem lovitura finală, spuse el.

– Vrei?

– Da, vreau.

– Atunci, hai să vezi. Ea se apleca și se forță, până când se simți înfrigurată și mirată de acea plăcere întunecată care se aduna în ea. El își potrivi din nou ritmul cu al ei, iar ei îi scăpă un geamăt.

Închise ochii și își lăsă întregul corp cuprins de acea nevoie fierbinte și mistuitoare, de toată acea nerăbdare dureroasă.

Terminară împreună.

Respirând rapid și accelerat, Laurel deschise ochii și îl privi. Gâtul îi ardea de o sete pe care nici o apă nu i-o putea potoli. Se dădu jos de pe aparat, cu picioarele tremurânde.

– Sar peste yoga, spuse ea.

– Să fii sigură.

Își băgă degetele în bustiera ei și o trase spre el.

Gura lui era fierbinte pe gura ei, arzând orice fel de rațiune, trezindu-i delirul. Nevoia și foamea – ale lui erau la fel de disperate ca ale ei, amețind-o. Încă un val de căldură se ridică și se prăbuși în ea, făcând-o să se întrebe cum de puteau să-i facă față.

– Trebuie să ne grăbim. Trebuie să ne grăbim, îi spuse și se desprinse de el, avea nevoie de aer. Timp de o clipă amețitoare rămaseră privindu-se unul pe celălalt. Prinde-mă!

O luă la fugă spre ușă, auzindu-și respirația în ritmul râsului pe jumătate isteric, în timp ce alerga spre camera ei.

Iar el o prinse și intrară amândoi.

Încă râzând, se întoarse, îl lipi cu spatele de ușă ca să o închidă, apoi îi devoră gura cu a ei.

– Dumnezeule! Ah, Dumnezeule, îngână ea, ridicându-i tricoul și aruncându-l deoparte. Apoi îi mângâie pieptul. Ești transpirat, alunecos și... Își trecu limba peste pielea lui. Sărat. Mă înnebunești. Repede, spuse ea apăsat și îi trase pantalonii.

– Nu chiar atât de repede. Se întoarse la rândul lui și o împinse lângă ușă. Îi scoase bustiera și o aruncă peste umăr, apoi îi cuprinse sânii cu mâinile.

Ea își lăsă capul pe spate, în timp ce degetele lui îi mângâiau sfârcurile.

– Nu pot.

– Ba da, poți. Întrecerea încă nu s-a terminat. Nu știi ce-mi faci. Nici eu nu știu ce-mi faci. Însă vreau mai mult. Te vreau. Vreau mai mult din tine.

Ea îi cuprinse fața cu mâinile și îi aduse gura înapoi pe gura ei.

– Ai tot ce vrei. Tot ce vrei. Numai nu te opri. Nu te opri.

Nici nu putea. Cum ar fi putut să-și țină mâinile și gura departe de trupul acela încordat, de pielea aceea netedă și fierbinte? Se lipi de el, murmură ceva pe buzele lui, implorându-l să ia ceea ce dorea, ceea ce îi trebuia.

Nici o altă femeie nu-l stârnise vreodată așa, până când nu mai simțea altceva decât sângele pulsându-i în corp. Dorință era un nume mult prea simplu și liniștit pentru ceea ce reușea ea să provoace în el. Pasiune era prea puțin spus.

Îi ridică brațele deasupra capului și le lipi de ușă, devastându-i gura și gâtul. Apoi coborî pe trupul ei, desfătându-se cu el. Însă foamea lui creștea și mai mult.

Colanții erau ca o a doua piele, modelându-i coapsele și șoldurile. Iar el jupui acea piele, în drumul lui în jos. Până când n-o mai modelau decât mâinile lui. Până când nu mai exista nici o barieră între acea fierbințeală umedă și buzele și limba lui.

Orgasmul o sfâșie, îi zgudui simțurile, îi întunecă vederea. Își îndoi picioarele, însă el își întări strânsoarea.

Făcuse ce dorise. Luase ceea ce îi trebuia.

Ea își pierduse suflul în acel torent de plăcere, își pierduse echilibrul în întunericul acela gros și fierbinte. Nu mai simțea decât digul nebunesc de senzații care îi cutremura trupul pentru următorul asalt.

El îi prinse din nou mâinile deasupra capului. Și, privind-o în ochi, alunecă în ea.

Din nou, o sfâșiere prelungă și zguduitoare, fără control. Se înfioră, iar el împinse și mai mult. Se înfioră din nou, iar el se adânci până când senzația începu să se construiască din nou, la limita imposibilului.

Încheieturile mâinilor ei alunecară din strânsoarea lui, iar ea îi prinse umerii, ținându-l strâns, simțind că și el începea să-și piardă controlul. Când privirile li se întâlniră, începură amândoi să accelereze, găsiră viteza perfectă, își potriviră ritmul.

Și terminară în același timp.

Se prăbușiră pe podea, amândoi mult prea slăbiți și prea satisfăcuți ca să se mai miște. Când își regăsi din nou glasul, Laurel oftă.

– O să fim bogați.

– Hah?

– Sau nu. Tu ești deja bogat. *Eu* o să mă îmbogățesc, iar tu o să fii și mai bogat.

– Bine.

– Vorbesc serios. Tocmai am descoperit cea mai bună motivație pentru exercițiile fizice. Sex fierbinte și sălbatic. O să fim la fel de bogați precum Bill Gates. Și o să scriem o carte. O să comercializăm DVD-uri și o să ne facem publicitate. America, apoi lumea întreagă o să ne admire și o să fie satisfăcută sexual. Și vor trebui să ne mulțumească.

– Iar DVD-urile și reclamele vor avea demonstrații ale partidelor de sex fierbinte și sălbatic?

– Doar versiunile pentru adulți – și putem să folosim ceață, lumini și unghiuri potrivite, ca să facem ceva cu clasă.

– Draga mea, una dintre trăsăturile sexului fierbinte și sălbatic este că nu are clasă.

– Va avea, pentru producție. Nu facem pornografie aici. Gândește-te la milioanele de oameni, Delaney. Se rostogoli pe burtă ca să-l privească. Milioanele de trupuri nelucrate, care citesc cartea noastră, văd reclama sau DVD-ul nostru și se gândesc: Dumnezeule, pot să am și eu parte de așa ceva dacă fac exerciții fizice? Ar trebui să înființăm Clubul motivațional de sănătate McBane-Brown, ca să le oferim membrilor un loc sigur și curat. Și o să vindem franciza. Or să dea bani, Del. Oh, da, or să dea bani mulți pentru asta.

– Și de ce numele tău trebuie să fie primul în Clubul motivațional de sănătate?

– A fost ideea mea.

– E adevărat, însă nu ai fi avut această idee dacă nu ți-aș fi zguduit eu lumea.

– Și eu ți-am zguduit-o imediat pe a ta.

– Să fii sigură. Vino-ncoa. O trase peste pieptul lui. Poți să pui numele tău primul.

– Perfect. Așa rămâne. Bineînțeles, facem DVD-uri pentru niveluri diferite. Cum e yoga pentru începători. Începători, nivel intermediar și avansat. Nu vrem să se rănească nimeni.

– O să încep să lucrez la documente.

– Neapărat. Dumnezeule, șapte kilometri, și sex fierbinte și sălbatic. Ar trebui să fiu epuizată, însă aș face-o din nou, apoi... Ah, la naiba.

– Ce e?

– Ceasul! Șapte kilometri și sexul sălbatic durează mai mult decât patru kilometri și yoga. Trebuie să fac un duș.

– Și eu.

Îl ciupi ușor de umăr.

– Doar duș și atât. Am întârziat deja.

– Laurel, toți bărbații au o limită. Eu mi-am atins-o pe a mea în dimineața asta.

Ea se ridică și își dădu părul pe spate.

– Mămăligă, spuse ea, apoi se duse la duș.

Când își termină prăjiturile de dimineață, Laurel recuperase deja timpul pierdut. Alesese DVD-ul cu *The Thin Man*[1] și așeza prăjiturelele

[1] Film inspirat după un roman de Dashiell Hammet, având ca personaje principale pe Nick, un detectiv particular, și pe Nora, soția sa din înalta societate (n.red.)

pentru ora zece pe un platou drăguț, în timp ce dialogul dintre Nick și Nora se auzea din televizorul bucătăriei.

Aerul mirosea frumos a zahăr și a cafea, iar atmosfera era înveselită de margaretele Emmei.

Tocmai își desfăcea șorțul, când Parker își făcu apariția.

– Ah, ai terminat! Veneam să te ajut cu aranjamentul.

– Cu cinci minute libere? Asta nu intră în orarul lui Parker.

– Clienții au sunat să se reprogrameze pentru zece și jumătate.

Laurel închise ochii.

– M-am dat de ceasul morții ca să termin la timp. Ai fi putut să-mi spui.

– Au sunat cu... bine, cu douăzeci de minute în urmă. Însă așa, m-am asigurat că toți sunt gata la timp.

– N-ai spus nimănui.

– Îmi place bluza ta, spuse Parker cu veselie. Aproape că e păcat să o acoperi în întregime cu sacoul.

– Chestia asta e valabilă doar pentru clienții neatenți. Laurel ridică din umeri și luă sacoul, pe care îl agățase în cuier înainte să se apuce de treabă. Dar da, e o bluză frumoasă.

– N-am întârziat!

Mac și Emma dădură buzna înăuntru.

– Voi nu, clientul însă va întârzia, spus Laurel. Brown cea vicleană a păstrat pentru ea informația.

– Doar douăzeci de minute.

– Of! Nu știu dacă să mă enervez sau să mă simt ușurată. Am nevoie de un energizant. Mac deschise frigiderul, să ia un Pepsi Light. Deci... Desfăcu capacul, sorbi băutura și o studie pe Laurel. Pariez că te simți liberă și relaxată.

– Mă simt bine. De ce?

– Ah, sigur te simți de zeci de ori mai bine decât bine. Te simți absolut mirific după partida aia de exerciții fizice. Stai, am uitat să pun ghilimelele la „exerciții fizice".

Lăsă sticla și făcu în aer semnul de ghilimele.

– Cumva mi-ai instalat pe ascuns o cameră video în dormitor?

– N-aș fi atât de rea, decât dacă mi-ar fi venit mie ideea înainte. Și totuși, cine mai are nevoie de cameră ascunsă? Voi transmiteați unde atât de puternice de sex sălbatic în sală, încât a trebuit să plec înainte să mă prindă și pe mine și să sar pe voi să o facem în trei.

– Serios? întrebă Parker cu jumătate de gură.

– Ei, poate fără partea cu trei. Laurel nu e genul meu. Te-aș alege pe tine.

Îi făcu lui Parker cu ochiul.

– Credeam că eu sunt genul tău, spuse Emma.

– Sunt o târfă. Așa, deci cei doi erau pe aparatele alea nenorocite, iar în aer începuse deja să se ridice abur. Apoi, au folosit limbajul exercițiilor fizice ca să vorbească despre sex.

– Nu e adevărat.

– Ah, v-am descifrat codul. Mac arătă cu degetul. „Te ajung din urmă. Pot să termin în forță". Mă înfierbânt numai când mă gândesc.

– Da, ești o târfă, confirmă Laurel.

– Sunt o târfă logodită, nu uita asta. Însă ar trebui să-ți mulțumesc, pentru că mi-am descărcat frustrarea sexuală neașteptată pe Carter, după înot. Și îți mulțumește și el.

– Cu plăcere.

– Totul e foarte interesant și chiar cred asta. Însă... Parker arătă ceasul. Trebuie să mergem în salon.

– Așteaptă. Emma ridică mâna, asemenea polițiștilor de la circulație. O singură întrebare, pentru că trebuie să mă duc să iau florile din dubă. Chiar ți se face poftă de sex după exercițiile fizice?

– Citește cartea! Vezi reclama!

– Ce carte? întrebă Emma în timp ce Laurel ieșea cu prăjiturile din bucătărie. Ce reclame?

– Florile, spuse Parker, apoi ieși cu cafeaua.

– La naiba! Să nu vorbiți despre nimic interesant până nu mă întorc și eu. De fapt, trebuie să mă ajuți să aduc florile.

– Dar vreau să...

Emma îi făcu semn să tacă și ridică degetul spre Mac.

– Bine, bine.

În salon, Laurel și Parker așezau băuturile răcoritoare.

– Deci, e „mai târziu"?

– Mai târziu decât ce? răspunse Laurel.

– Mai târziu decât mai târziul pe care l-ai spus mai devreme.

– Da, e mai târziu.

Laurel aranjă șervețelele în evantai.

– Câți clienți?

– Mireasa, mama miresei, tatăl miresei, mirele, mama vitregă a mirelui. Cinci.

– Așa. Tatăl mirelui era văduv. El nu vine?

– E plecat din oraș. Nu trebuie să-mi spui: „E în regulă". Bineînțeles că nu e în regulă. Spun asta pentru că ești prietena mea și nu vreau să te simți prost.

– Ești o nemernică! Laurel izbucni în râs. Să nu crezi că nu vreau să-ți spun. Doar că mă simt stupid să vorbesc despre asta. Mai ales acum, după o partidă de sex sălbatic.

– A fost o partidă de sex sălbatic? întrebă Emma în timp ce intra cu o cutie plină de crini. Ce fel de exerciții fizice au fost alea? Cât de mult? Fii mai clară. Parker, ia notițe.

– Șapte kilometri pe aparat.

– Dumnezeule! Oftând, Emma începu să scoată vazele și să le aranjeze. Las-o baltă. Aș fi moartă după șapte kilometri de orice, iar Jack va trebui să facă sex sălbatic cu altcineva. Mă scoți din sărite. Sunt metode mai simple pentru sex sălbatic.

– Mă întreb, începu Parker, dacă nu cumva suntem toate obsedate de sex în clipa asta.

– E vina ei. Mac o ajută pe Emma cu florile. Ați fi înțeles, dacă ați fi fost toate în sală, acele unde sexuale care pluteau în atmosferă.

– Nu vorbeam despre sex, spuse Laurel.

– Când ne-am oprit? se întrebă Emma.

– Înainte să vii tu. Vorbeam despre altceva.

– Foarte bine, pentru că eu nu o să merg șapte kilometri pe vreun aparat. Despre ce altceva?

– Despre cina de aseară. Sau înainte de cină. Am întârziat. Din vina ta.

Arătă cu degetul spre Mac.

– Poftim? N-am avut încotro. Studioul a prelungit ședința foto, iar eu nu-mi găseam pantofii. Cei de care aveam nevoie. În plus, ai întârziat foarte puțin. Zece sau cincisprezece minute.

– Suficient pentru Deborah Manning să se așeze la masă cu Del și să bea un pahar cu vin.

– Credeam că Deborah Manning e în Spania.

– Deci nu știi chiar tot ce mișcă. Laurel zâmbi spre Parker. Se pare că nu e în nici o Spanie, din moment ce bea vin cu Del.

– Nu are nici o treabă cu Deborah.

– A avut.

– Asta a fost cu mulți ani în urmă și au ieșit împreună doar de câteva ori.

– Știu. Laurel ridică mâna, oprind-o pe Parker să continue. Știu, și acesta este unul dintre motivele pentru care mă simt stupid. Nu eram geloasă – nu sunt geloasă – pe ea în felul acela. Dacă eram, mă simțeam și mai stupid, pentru că el clar nu era interesat de ea în felul acela. Nici ea nu cred că era interesată. De el.

– Atunci, care e problema? întrebă Emma.

– Pur și simplu... când am intrat și i-am văzut bând vin și râzând... Arătau perfect împreună.

– Nu e adevărat.

Parker dădu din cap.

– Nu i-ai văzut! Erau frumoși, naturali, perfecți.

– Nu. Frumoși și naturali, da. Perfecți și potriviți, nu. Arată atrăgător împreună pentru că amândoi sunt atrăgători, ceea ce nu înseamnă că se potrivesc.

– Ce profund! Foarte profund, spuse Mac. Și înțeleg exact ce vrei să spui. Uneori, fotografiez cupluri și cred că-mi va ieși o poză frumoasă, pentru că arată bine împreună, dar știam că ei nu se potriveau și n-aveam ce să fac, ce să repar. Pentru că nu se potriveau și cu asta, basta.

– Exact.

– Bine, bine, arătau frumos. Rămânem la asta. Dar, preț de o clipă, m-am simțit înțepenită, despărțită de ei. E stupid. Laurel își dădu părul pe spate. Era ca și când mă uitam la ei printr-un geam, eu pe partea mea, și ei pe-a lor.

– Asta e jignitor pentru toți trei. Emma se opri din aranjat florile și o înghionti pe Laurel în umăr. Nici unul dintre voi nu merită asta. Deborah e o femeie drăguță.

– Cine este Deborah?

– Nu ai de unde s-o știi, îi răspunse Emma lui Mac. Însă e o femeie foarte drăguță.

– N-am spus că nu e. Nici eu nu o prea cunosc. Spun doar că nu cred că ea a așteptat vreodată să se elibereze vreo masă sau că a transpirat muncind în bucătăria unui restaurant.

– Ăsta e snobism inversat.

Laurel ridică din umeri către Parker.

– Așa o fi. Ți-am spus că mă simt prost pentru asta. Și am depășit momentul. Chiar l-am depășit. Știu că e problema mea și nu îmi place. Dar asta am simțit când ea și-a dat seama că Del ieșise să ia cina cu mine, că eram împreună, și am zărit licărirea aceea de „ce naiba e asta?" pe chipul ei, pe care a îndepărtat-o imediat. A fost foarte drăguță în rest, îi spuse ea Emmei. Nu e vina ei că m-am simțit astfel, ceea ce înrăutățește lucrurile. S-a strecurat în capul meu. Uneori se întâmplă. Apoi am avut o cină minunată. Chiar minunată. Așa că partea din mine de sub partea care a luat o cină minunată s-a simțit și mai stupid pentru acea reacție. Urăsc să mă simt stupid.

– Perfect. Parker dădu din cap. Pentru că, atunci când urăști ceva, încetezi să mai faci acel lucru.

– Lucrez la asta.

– Atunci... Cred că au sosit clienții, spuse Parker auzind soneria. La naiba, m-am luat cu vorba. Emma, scapă de cutii. Laurel, ai pantofii de bucătărie în picioare.

– La naiba! Vin imediat. Ieși alergând din salonaș, cu Emma care ducea în spatele ei cutiile goale.

Parker își potrivi sacoul.

– Tu n-ai spus mare lucru.

– Pentru că eu am fost dincolo de acel perete de sticlă, răspunse Mac. Știu cum s-a simțit. E nevoie de timp și de voință ca să scape de asta, dar va reuși.

– Nu vreau să existe nici un fel de perete între noi.

– Între noi, niciodată, Parks. Nu între noi patru. E diferit între ea și Del, însă îl va sparge.

– Bine. Să-mi spui când crezi că se simte așa.

– Promit.

– Așa, zise ea din nou. A venit timpul.

Se duse să deschidă ușa.

Capitolul 15

Mai târziu, în aceeași săptămână, Laurel stătea cu mare plăcere la masă cu sora lui Carter și cu logodnicul acesteia. Sherry Maguire strălucea precum șampania pe care o ținuse Laurel la răcit și era la fel de fermecătoare.

Încă de la prima lor întâlnire pentru eveniment – ziua în care Carter îi ținuse locul lui Nick și se legase din nou de Mac – cuvântul-cheie pentru nunta din toamnă fusese *distracție.*

Laurel făcuse în așa fel încât distracția să se extindă până la tort.

– Sunt foarte emoționată. Sherry dansa în scaun. Totul iese atât de bine. Nu știu ce aș fi făcut fără Parker. Fără voi toate. Probabil l-aș fi înnebunit pe Nick.

– *Grrr*, spuse el și îi zâmbi.

– Și mai mult de-atât.

Ea râse și îi dădu un ghiont.

– Vorbesc de o sută de ori pe zi despre nuntă. Ah, mama și-a luat deja rochia. E atât de frumoasă! Am respins toate acele costume plictisitoare create pentru mama miresei, până când, în final, a renunțat. Sherry râse din nou. E roșie. Foarte roșie, cu bretele strălucitoare și o fustă care va arăta perfect pe ringul de dans. Pentru că mama mea dansează foarte bine. Mâine mă duc cu mama lui Nick să-i găsim și ei ceva. Și n-o s-o las să aleagă o rochie în culori sobre. Abia aștept să o conving.

Laurel dădu încântată din cap.

– Unele mirese se tem să nu fie puse în umbră.

Sherry respinse ideea cu o mișcare a mâinii.

– Toți cei care vin la nunta noastră vor arăta minunat, iar eu o să mă asigur că arăt cel mai grozav.

– Asta e sigur.

Sherry se întoarse spre Nick.

– Mai trebuie să spun de ce sunt nebună după el?

– Deloc. Ce ziceți de un pahar de șampanie? întrebă Laurel.

– Mulțumesc, dar nu pot, răspunse Nick. Lucrez în seara asta.

– Doctorii nu au voie să bea nici o gură de șampanie, spuse Sherry și făcu semn nerăbdătoare, dar eu nu lucrez și nu conduc, pentru că mă lasă Nick acasă, în drum spre spital.

Laurel turnă un pahar.

– Cafea? îl întrebă ea pe Nick.

– Perfect.

Îl servi și pe el, apoi se așeză.

– Trebuie să spun că discuțiile pe care le-am avut cu voi și cu familiile voastre au fost o adevărată distracție și o plăcere pentru noi toate. Și noi așteptăm la fel de mult ca voi luna septembrie.

– Înseamnă că așteptați enorm. Apoi, în decembrie, aveți următoarea nuntă Maguire. Sherry făcu altă mișcare de dans în scaun. Carter se însoară! El și Mac sunt... Sunt perfecți, nu?

– O știu de-o viață și pot să spun că niciodată n-am văzut-o atât de fericită. Îl iubesc fie și numai pentru atât, însă nici Carter în persoană nu e de neglijat.

– Chiar e cel mai bun dintre noi. Ochii lui Sherry clipiră, umezi de lacrimi. Ah, am luat o gură de șampanie și am devenit sentimentală.

– Atunci, să vorbim despre tort. Laurel își dădu părul după urechi și își turnă o ceașcă de ceai. Am aici mai multe eșantioane din care să gustați. Blat, creme, glazuri. După mărimea listei de invitați, aș recomanda cinci straturi de dimensiuni crescătoare. Putem amesteca blaturi și creme pentru straturi sau putem alege un singur tip pentru toate. Cum doriți.

– La asta nu mă pricep deloc, pentru că niciodată nu mă pot hotărî. Când vom termina cu detaliile astea, avertiză Sherry, sigur n-o să mai aștepți cu nerăbdare nunta.

– Mă îndoiesc. Hai să îți arăt la ce m-am gândit. Dacă nu-ți place, încercăm mai multe variante, până când găsim ceva care să-ți convină.

Laurel nu desena torturi pentru toți clienții, însă Sherry făcea acum parte din familie. Deschise caietul și i-l întinse.

– Ah, Dumnezeule! Sherry privi lung și clipi din nou. Straturile – etajele – nu sunt rotunde. Sunt... ce sunt?

– Hexagoane, completă Nick. Foarte tare!

– Sunt precum cutiile de pălării! Ca acele cutii frumoase pentru pălării, cu flori și multe culori. Ca rochiile domnișoarelor de onoare. Nu albe și formale. Am crezut că vei face ceva alb și formal și că va fi frumos, însă nu va fi...

– Distractiv? întrebă Laurel.

– Da! Da. Ceea ce-mi arăți e și *distractiv*, și frumos. O distracție specială și frumoasă. L-ai desenat anume pentru noi?

– Dacă vă place.

– Îl ador. Îți place, nu-i așa? îl întrebă Sherry pe Nick.

– E minunat. Și e mult mai ușor decât credeam.

– E cu glazură de fondantă. La început am crezut că o să arate prea formal, însă când m-am gândit să vopsesc fiecare etaj ca să se potrivească cu rochiile domnișoarelor de onoare, mi s-a părut că arată mai bine și e pe stilul vostru.

Sherry strălucea, cu ochii la schiță; Laurel se așeză, picior peste picior.

Nick avea dreptate. Fusese mult mai ușor decât se așteptase.

– Florile dau și mai multă culoare, așa că totul e îndrăzneț, vesel și deloc formal. Emma o să lucreze cu mine ca să potrivim florile și vom așeza și mai multe pe masa tortului. Am făcut dungile cu auriu, dar le putem schimba, dacă doriți altceva. Îmi place cum scoate auriul în evidență culorile și m-am gândit că putem folosi o față de masă aurie pentru masa tortului. Însă...

– Oprește-te! Sherry ridică mâna. Nu-mi mai da și alte opțiuni. Îmi place la nebunie, îmi place totul la el. Ni se potrivește perfect. Cu asta chiar ne-ai surprins. Privește tortul nostru frumos.

Sherry își lovi ușor paharul de ceașca lui Nick.

– Bine, vă rog să vă întoarceți privirea în timp ce eu o să dau dovadă de comportament neprofesionist. Cu un zâmbet, Laurel ridică mâna în aer. Ura!

Sherry râse din nou.

– Chiar ești implicată în munca pe care o faci.

– Da, așa e, însă trebuie să recunosc că voiam neapărat modelul acesta pentru tine... și pentru mine. Abia aștept să-l fac. Oh, Doamne! Își frecă mâinile. Așa, gata. Acum, redevenim serioși.

– Chiar îmi placi, spuse Sherry brusc. Vreau să spun că nu te cunoșteam – și nu te cunosc – la fel de bine ca pe Emma sau pe Parker, iar de când Mac și Carter sunt împreună, am ajuns să o cunosc și pe ea destul de bine. Dar cu cât te cunosc mai bine, cu atât te plac mai mult.

– Mulțumesc. Laurel îi zâmbi. E reciproc. Acum, să mâncăm niște tort.

– Asta sigur o să fie etapa mea preferată, spuse Nick și întinse mâna să ia un eșantion.

A fost nevoie de o discuție mult mai lungă și mai detaliată ca să aleagă crema tortului decât exteriorul. Laurel îi încuraja doar, iar, în final, aleseră o diversitate la fel de încântătoare precum modelul.

– Cum o să știm care e care? întrebă Sherry când se ridicară să plece. Care e tort de mere cu cremă caramel sau cafea cu caise sau...

– O să am eu grijă de asta, iar ospătarii o să vă spună când vin să servească la mese. Dacă doriți modificări, trebuie doar să mă anunțați.

– Nu spune asta, avertiză Nick, iar Sherry râse din nou.

– Are dreptate. Nu-mi place să recunosc, însă are dreptate. E mai bine să știu că e bătut în cuie. Să vedem după ce gustă și părinții mei. Scutură cutia pe care i-o dăduse Laurel. Laurel, mulțumesc pentru tot. O strânse într-o îmbrățișare puternică. Ar trebui să ne grăbim să îi salutăm pe Carter și pe Mac.

– Nu cred că sunt acasă. Laurel se uită la ceas. Ea are o ședință foto și urma să-l lase și pe el la Coffee Talk. Se întâlnește cu prietenul lui, Bob.

– Bine. Atunci, data viitoare.

Laurel ieși să-i conducă, gândindu-se că aceea fusese una dintre cele mai satisfăcătoare ședințe ale sale. Îi va face mare plăcere să creeze tortul și, în plus, erau atât de mulțumiți de propunerea ei – și unul de celălalt –, își spuse ea, văzându-i cum se sărutau în drum spre mașină.

Pe aceeași lungime de undă. Așa erau, chiar dacă ritmul lui Sherry era, de multe ori, mult mai rapid, iar al lui Nick, mai lent și mai analitic. Se completau unul pe celălalt, se *înțelegeau* unul pe celălalt și, cel mai important, se simțeau bine unul cu celălalt.

Dragostea era minunată, se gândi ea, dar să fii pe aceeași lungime de undă? Asta însemna mult mai mult pe termen lung.

Se întrebă dacă ea și Del erau pe aceeași lungime de undă. Poate că nu-ți dai seama de asta când tu ești cel prins în dans. Se înțelegeau unul pe celălalt și, cu siguranță, se simțeau bine unul cu celălalt. Însă puteau găsi oare un mod să-și potrivească ritmurile diferite?

– Mi-era dor de ei. Parker ieși la timp cât să vadă mașina lui Nick luând curba pe alee. La naiba, am fost prinsă la telefon și...

– Uimitor! Nu-mi vine să cred!

– Ah, taci. Mireasa de vineri noapte tocmai a aflat că nu are nici o criză de nervi, nici probleme cu stomacul.

– E însărcinată.

– Da. E ușor panicată, puțin emoționată și puțin amețită. Plănuiseră să-și întemeieze o familie într-un an, dar s-a întâmplat mult mai repede decât și-au dorit.

– Iar el ce crede despre asta? întrebă Laurel, sigură că mireasa îi spusese totul lui Parker.

– A avut o clipă în care a rămas cu gura căscată, însă acum e nerăbdător și se pare că e foarte atent cu grețurile ei matinale.

– Faptul că poate sta lângă tine când vomiți spune multe despre un bărbat.

– Da, primește punctaj maxim aici. Ea le-a spus părinților ei, iar el părinților lui. Însă voia sfatul meu dacă ea e cea care ar trebui să le spună celorlalți. Și așa mai departe. Speram să termin înainte să plece Sherry și Nick. Cum a fost?

– Nu se putea mai bine. A fost unul dintre acele momente în care, după ce termini, nu te poți imagina făcând altceva. Ar trebui să ne turnăm câte un pahar din sticla de șampanie pe care am desfăcut-o pentru Sherry și să ciocnim, fiindcă ne simțim atât de bine.

– Mi-ar plăcea să pot, însă oprește-mi un pahar. Am o întâlnire în Greenwich. Mă întorc în vreo două ore.

– Bine. Eu am terminat pe ziua de azi. Poate mă duc să înot, apoi beau un pahar de șampanie.

– Acum dacă încerci să mă faci geloasă, să știi că reușești.

– Alt succes personal pe ziua de azi.

– Ce nemernică!

Laurel o privi distrată pe Parker, care se îndrepta spre mașină în costumul ei crem de vară, pe tocurile înalte și roz.

Se întrebă dacă și Emma terminase treaba. Puteau merge împreună să înoate, să lenevească lângă un pahar de șampanie până se întorcea Jack acasă. Era în toane prea bune ca să stea singură.

Se uită la propriii pantofi cu toc – pe care îi încălțase pentru întâlnire – și se gândi la plimbarea până la casa de oaspeți. Putea intra să sune, însă, dacă Emma nu era pregătită, era mai bine să o convingă față în față. Mai bine să intre, să-și schimbe pantofii și să meargă la Emma să o ademenească la un program de piscină și șampanie.

Intră, își luă pantofii de bucătărie, apoi ieși prin spate.

Seara fierbinte de vară care se lăsa cerea obligatoriu înot, își spuse ea. Ascultă bâzâitul albinelor din grădină, respiră parfumul ierbii tunse chiar în acea dimineață, al florilor care leneveau în căldură. Totul părea liniștit și nesfârșit.

Mâine pe vremea asta aveau repetiție pentru evenimentul de vineri noaptea. Și nu vor mai avea parte mult timp de zile liniștite.

Așa că trebuia să se bucure acum de moment. De nuanțele de albastru și verde ale verii, de miresmele și sunetele ei, de sentimentul că acea clipă putea dura o veșnicie. Poate ar trebui să-l sune pe Del, își spuse ea, să vadă dacă dorea să vină. Puteau pregăti ceva de mâncare afară. Să aprindă grătarul, să stea afară și să se bucure de noaptea de vară și de compania prietenilor.

Mai târziu, puteau să facă dragoste cu ușile de la terasă deschise, în aerul înăbușitor. Încă mai era timp să facă o prăjitură cu căpșune.

Ocoli casa, încântată de idee. Primul lucru pe care îl văzu a fost studioul lui Mac, apoi mașina sport micuță și frumoasă parcată în față, și, o clipă mai târziu, pe blonda sexy care se pregătea să deschidă ușa pe care Mac sigur nu se deranjase să o încuie.

– Linda! o strigă Laurel pe nume pe un ton ascuțit, încântată când o văzu sărind în sus. Linda, îmbrăcată într-o rochie de vară și cu sandale înalte cu bretele, se întoarse spre ea.

Licărul de vinovăție de pe chipul Lindei stârni în Laurel alt val de plăcere întunecată.

– Laurel! M-ai speriat de *moarte.*

Linda își scutură părul auriu, răvășit de vânt, care îi încadra chipul frumos.

„Păcat că interiorul și exteriorul nu seamănă", se gândi Laurel în timp ce se îndrepta spre ea.

– Am venit mai devreme de la New York, ca să mă întâlnesc cu niște prieteni, și am trecut s-o văd pe Mac. Nu ne-am văzut de *secole.*

Avea un bronz discret și lucios – unul căpătat pe vreo plajă din Italia sau pe iahtul soțului ei. Machiajul ei era perfect, ceea ce îi arăta lui Laurel că se oprise și-l refăcuse înainte de vizita subită.

– Mac nu e acasă.

– Ah, atunci o să-l salut doar pe Carter. Ridică mâna într-un fel pe care și-l exersase, care lăsa soarele să se reflecte strălucitor pe diamantele mari ale inelului de nuntă și ale cerceilor. Să văd ce mai face viitorul meu ginere.

– E cu Mac. Linda, aici nu e nimeni pe care să-l vizitezi. Ar trebui să te întorci la New York.

– Pot să mai rămân câteva minute. Arăți... foarte profesionist, spuse Linda, privind de sus în jos costumul lui Laurel. Interesanți pantofi.

– Linda, Parker ți-a dat foarte clar de înțeles că nu ești bine-venită aici.

– A fost o toană de moment. Linda ridică din umeri, însă furia îi ascuțise privirea. Asta e casa fiicei mele.

– Așa e, iar ultima dată când ai fost aici ți-a spus să pleci. Nu am auzit-o să-și fi schimbat părerea. Și nici Parker nu și-a schimbat-o.

Linda pufni.

– O să aștept înăuntru.

– Linda, încearcă să deschizi ușa aia și îți dau un șut în fund. Nu glumesc.

– Cine naiba te crezi? Tu ești un nimeni. Chiar crezi că poți să stai aici, în costumul tău cumpărat de la reduceri și cu pantofii tăi urâți, și să mă *amenințí* pe mine?

– Cred că tocmai am făcut asta.

– Ești aici doar pentru că Parker se simte obligată să-ți ofere un acoperiș deasupra capului. Nu ai nici un drept să-mi spui mie să plec sau să rămân.

– N-o să te prea mai gândești la drepturi când o să te ridici de jos. Întoarce-te la New York și la ultimul tău soț. O să-i spun lui Mac că ai trecut pe aici. Dacă vrea să te vadă, o să te anunțe.

– Mereu ai fost rece și rea, încă de când erai mică.

– Bine.

– Nici nu e de mirare, dacă mă gândesc ce mamă ai. Îi plăcea să creadă că era cea mai bună dintre toate, chiar și după ce tatăl tău se încurcase cu IRS și cu orice altă femeie în afară de mama ta. Linda zâmbea. Cel puțin, el avea ceva căldură în el.

– Crezi că mă deranjează că te-ai culcat cu tatăl meu în vreo cameră soioasă de motel? Dar da, era deranjant, se gândi ea, simțind cum i se strânge stomacul. Era deranjant.

– Am făcut-o într-un apartament la Palace, o contrazise Linda. Bineînțeles, înainte să-i blocheze conturile.

– Soios tot soios rămâne, indiferent de loc. Linda, tu nu însemni nimic pentru mine. Nu ai însemnat niciodată. Noi trei te-am tolerat doar de dragul lui Mac. Acum, nu mai e nevoie. Așa că, trebuie să te ajut eu să urci în mașină sau te duci singură?

– Crezi că dacă ai reușit să te strecori în patul lui Delaney Brown, asta te face una de-a lor? De data asta, Linda izbucni în râs, ca un ciripit vesel în aerul verii. Am auzit destul despre asta. Foarte multe chiar; și oamenilor *le place* să bârfească.

– Dumnezeule, înseamnă că tu te-ai plictisit deja de noul tău peștișor, dacă îți petreci timpul bârfind despre viața mea sexuală.

– A ta? Ochii Lindei se măriră într-o privire amuzată și cu o cantitate suficientă de milă încât să enerveze. Nimeni nu e interesat de tine. Toți sunt interesați de un Brown, mai ales când se hotărăște să se distreze cu servitoarea. De fapt, te admir pentru încercare. Noi, cele care nu avem renume sau bani, trebuie să folosim toate mijloacele ca să punem mâna pe ei.

– Chiar așa? spuse Laurel cu răceală.

– Dar un bărbat ca Del? Bineînțeles că se culcă cu tine. Bărbații se culcă cu orice femeie care știe cum să joace – asta e ceva ce, probabil, ai învățat de la tatăl tău. Dar dacă îți imaginezi că va rămâne cu tine sau că se va căsători cu tine, atunci e trist. Un Brown se va căsători cu cineva din clasa lui, drăguță. Iar tu nu ai nici un fel de clasă.

– Atunci înseamnă că noi două suntem surori, noroc că... bleah. Îi tremurau genunchii. Trebuia să se forțeze să rămână dreaptă. Îți mai spun o singură dată să pleci, apoi o să te scot cu forța. Și chiar mi-ar plăcea să nu mă asculți.

– Aici nu îmi stârnește nimic interesul. Cu o altă mișcare a capului, Linda se îndreptă spre mașină și alunecă în spatele volanului. Oamenii râd de tine. Întoarse cheia în contact și porni motorul. Și or să râdă și mai tare după ce va termina cu tine.

Și dispăru, cu părul blond în vânt.

Laurel nu mai avea chef nici de înot, nici de paharul cu șampanie. Nu mai avea chef nici de picnic cu prietenii. Rămase nemișcată, asigurându-se că Linda își continuă drumul, intră pe șosea și accelerează în mașina ei luxoasă.

O durea capul, iar în stomac simțea cum îi apare senzația de greață. S-ar fi întins să doarmă. Nimic din ceea ce spunea femeia aia nu avea importanță.

La naiba!

Dându-și seama că era gata să izbucnească în plâns, făcu un efort să se liniștească și se îndreptă înapoi spre casă. După câțiva pași, Emma îi făcu semn cu mâna, iar Laurel închise strâns ochii și trase aer în piept, ca să se asigure că-și ține lacrimile în frâu.

– Dumnezeule, ce cald e! Îmi place la nebunie, spuse Emma ridicând brațele în aer. Vara e prietena mea. Simțeam că nu mai termin... Ce s-a întâmplat? Zâmbetul îi pieri de pe chip imediat ce zări fața lui Laurel. Veni spre ea și o luă de mână. Ce s-a întâmplat?

– Nimic. Mă doare capul. Voiam să iau o pastilă și să stau întinsă până trece.

– Aha. Emma o studie atent, cu o privire îngrijorată. Cunosc fața asta. Nu e doar o durere de cap. Ești supărată.

– Sunt supărată că am o durere de cap.

Emma se întoarse ușor și își trecu brațul pe după talia lui Laurel.

– Atunci, hai în casă împreună și o să te sâcâi până îmi zici ce s-a întâmplat de ți-a dat dureri de cap.

– Pentru numele lui Dumnezeu, Emma, toată lumea are dureri de cap. De-aia s-au inventat pastilele. Du-te și vezi-ți de flori, lasă-mă pe mine. E enervant.

– De parcă scapi cu așa ceva. Ignorând toanele proaste ale lui Laurel, Emma nu-și luă brațul și își potrivi pasul după al ei. Te-ai certat cu Del?

– Nu, iar toanele, durerile, zilele, nopțile, *viața* mea nu se învârt în jurul lui Delaney Brown.

– Aha, deci atunci e vorba despre altceva sau altcineva. Ai putea totuși să-mi spui. Știi că n-o să te las până nu-mi spui. Nu mă face să te bat ca să mărturisești.

Laurel nu putea să râdă, însă scoase un oftat. Când Emma credea că o prietenă de-a ei suferea, se lipea de ea.

– Am dat nas în nas cu Linda Sperietoarea, atâta tot. I-ar da oricui dureri de cap.

– A fost aici? întrebă Emma oprindu-se și privind către studioul lui Mac. Mac și Carter sunt plecați, nu?

– Mda. Când am zărit-o pe Linda, nimic nu părea să o oprească să intre.

– Cu siguranță. Chiar a avut tupeul să vină aici după ce Parker i-a spus verde-n față că nu are ce căuta? Parker a...?

– Parker e la o întâlnire.

– Ah. Deci ai fost doar tu.

„Mi-aș fi dorit ca Emma să fi ieșit mai devreme, ca să dea nas în nas cu Linda și să aibă de ce se înfuria."

Iar furia ei, își spuse Laurel, nu era o joacă – poate și pentru că se stârnea atât de rar.

– Am scăpat de ea.

– Da, dar e clar că te-a supărat. Mergi să stai la umbră pe terasă, iar eu îți aduc o aspirină și ceva rece de băut. Apoi îmi vei spune exact ce s-a întâmplat.

Ar fi putut să se împotrivească, însă știa că ar fi fost inutil și ar fi însemnat să dea acelui incident o atenție mai mare decât merita.

– Vreau la soare.

– Bine, atunci stai la soare. La naiba, echipa de muncitori mai e încă aici?

– Nu, au plecat cu ceva vreme în urmă.

– Perfect, atunci e liniște. Am apreciat foarte mult felul în care Mac și Carter au reușit să locuiască în preajma șantierului, până când s-au mutat în casa mea și în vestibulul tău. Fostul vestibul. Hai, stai jos.

Laurel făcu ce i se spuse, iar Emma intră în grabă în casă. Dacă o lăsa pe Emma să se agite cu aspirina și băuturile, Laurel avea timp să-și revină. Își spuse că trebuia să ia în considerare persoana, își aminti că Lindei îi plăcea să-i supere pe alții și avea un mare talent la asta.

Degeaba.

Stătu pe gânduri până când Emma se întoarse cu o tăviță pe care avea ceai cu gheață și fursecuri.

– Am năvălit în proviziile tale, spuse Emma. Fursecurile sunt necesare. Îi dădu lui Laurel flaconul de aspirină. Ia două, apoi spune.

– Am avut o consultație excelentă. Sherry și Nick.

– Sunt atât de drăguți împreună.

– Și foarte fericiți. Chiar m-au făcut să fiu în toane foarte bune. De fapt, mergeam către tine, să văd dacă ai chef să înotăm și să bem șampania pe care o deschisesem pentru întrevedere, când am văzut-o pe Linda gata să intre în casa lui Mac.

– Și gata cu toanele bune... și cu șampania mea.

– Da. A început cum face de obicei. Zâmbet larg, nevinovat. Era în trecere, venise să-și vadă niște prietene.

Laurel luă un fursec, ciugulind din el în timp ce își continuă povestea.

– I-ai spus că îi dai un șut în fund? o întrerupse Emma cu încântare. Ah, aș fi vrut să fiu acolo. Chiar mi-aș fi dorit. Și ea ce-a spus?

– Că nu am nici un cuvânt de spus, că sunt aici din mila lui Parker...

– Ce porcărie!

– Apoi s-a luat de părinții mei. Că sunt dură și rece ca mama, deaia tatăl meu s-a culcat cu ea... printre altele.

– Ah, draga mea.

– Mereu am crezut că ar fi fost posibil să fi avut ceva cu Linda – orice bărbat din oraș care și-a înșelat soția a avut – însă...

– Doare, comentă Emma.

– Nu știu. Nu știu dacă doare. Cred că, pur și simplu, mă scoate din pepeni și mă dezamăgește. Ceea ce e stupid, dacă stăm să ne gândim.

– Dar e vorba despre Linda.

– Da. Nimic nu era mai prețios decât un prieten care o înțelegea perfect. Am înlăturat gândul ăsta. Sub nici o formă nu voiam s-o las să mă domine. Așa că i-am trântit-o și eu și i-am spus din nou să plece, până nu o scot eu cu forța.

– Foarte bine.

– Apoi m-a luat cu Del.

– Ce vrei să spui?

– Mi-a zis că toți vorbesc despre mine și Del, că toți râd de mine și că el nu are intenții serioase cu cineva ca mine. Eu nu fac parte din clasa lui... din clasa Brown.

– Nenorocită răutăcioasă! Emma strânse pumnul. Aș vrea s-o pocnesc. Să nu-mi spui că ai crezut o iotă din toate prostiile alea, că va trebui să te pocnesc *pe tine.*

– Acum chiar sunt înspăimântată. Laurel oftă din nou. Nu e vorba dacă să cred sau nu, Emma. Știu ce fel de persoană este, și chiar așa gândește. Și știu că, deși nu gândea așa despre mine, mi-ar fi spus-o doar ca să mă jignească. Însă adevărul este că... Adevărul este că el e Delaney Brown, așa că oamenii vorbesc și speculează, iar unii dintre ei probabil că și râd.

– Și ce dacă?

– Știu, iar eu îmi tot repet același lucru. Ura, *ura* lacrimile care o ardeau din nou, care de data asta îi umplură ochii și se revărsară. De cele mai multe ori, simt și eu asta. Și ce dacă? Însă alteori...

– E jignitor și pentru Del, la fel de mult ca pentru tine.

– Poate. Nu am vorbit niciodată despre cât de serioasă e relația noastră sau dacă vrem să fie ceva pe termen lung. Totul se reduce la prezent. De cele mai multe ori mă mulțumesc cu asta, pentru că aceste momente sunt frumoase. Dar alteori...

– Crezi că e cu tine doar pentru că ești disponibilă?

– Nu. Își șterse iritată lacrimile. Nu, bineînțeles că nu cred asta.

– Crezi că pentru el totul se reduce la sex?

– Nu.

– Sau că s-a gândit vreo clipă că numele tău de familie nu are aceeași reputație ca al lui?

Laurel dădu din cap.

– Emma, știu când sunt proastă, dar asta nu mă împiedică să fiu proastă. Mi-ar fi plăcut să nu am punctul acesta slab, și Dumnezeu mi-e martor cât mi-aș fi dorit ca Linda să nu-și fi băgat acul ascuțit chiar în el. Însă e acolo.

– Toate avem punctele noastre slabe. Emma își puse mâna peste mâna lui Laurel. Mai ales când iubim pe cineva. De-asta avem nevoie de prietene.

– M-a făcut să plâng. Cât de slabă sunt! Dacă nu m-ai fi oprit tu, m-aș fi dus să hohotesc în camera mea. Când mă gândesc cum mă enervam pe Mac când o lăsa pe Linda s-o controleze emoțional.

Trase aer în piept.

– Ce femeie otrăvitoare!

– Da, așa e. Măcar am dat-o afară.

– Data viitoare e rândul meu. Tu, Parker și Mac ați avut ocazia. Vreau și eu.

– Corect. Mulțumesc, Emma.

– Te simți mai bine?

– Da, mă simt mai bine.

– Hai să mergem la înot.

– Bine. Laurel dădu din cap. Perfect, să mergem să scap de frustrări.

Mai târziu se așeză la birou mai sigură pe ea. Se hotărâse să lase documentele să-i distragă atenția, mai ales că avea ceva timp la dispoziție.

Completă facturile și chitanțele, cu Bon Jovi pe fundal. Apoi intră să verifice site-urile furnizorilor ei.

Avea nevoie de mai multe pungi de prăjituri, cutii de tort, cutii de prăjituri, poate și de foi de transfer noi. Căptușeli și milieuri de hârtie. După ce rezolvă urgențele, începu să studieze instrumentele și elementele afișate de care nu avea nevoie, însă i se păreau amuzante.

Bugetul Vows putea face față câtorva jucării, își spuse ea, și i-ar prinde bine câteva prese noi, forme noi de ciocolată; și chiar își dorea cuțitul acela dublu în formă de chitară.

Însă latura ei pragmatică o făcu să se gândească de două ori când văzu prețul. După ce aveau să termine noul ei spațiu de depozitare, ar fi loc și pentru un cuțit mai mare. Chiar putea să fie practic. Ar putea să taie de două ori mai multe prăjiturele decât acum. Și avea patru cadre.

Pe cel pe care îl folosea acum ar fi putut să-l vândă pe eBay. La naiba, îl merita, însă chiar când dădea clic să-l adauge în coșul de cumpărături, Mac o strigă și sări în sus cu un sentiment de vinovăție.

– Dumnezeule, nu te furișa așa când cheltuiesc bani pe care chiar nu am nevoie să-i cheltuiesc.

– Pe ce? Ah! Mac ridică din umeri când văzu site-ul pentru produse de cofetărie. Toate avem nevoie de instrumente. Ascultă, Laurel...

– Emma ți-a spus. Laurel respiră adânc. Sper că nu ai venit să-ți ceri scuze pentru Linda.

– Am voie să-mi pară rău. Mac își băgă mâinile în buzunare. Prima mea reacție a fost să o sun și să o scutur, însă i-aș da atenție prea multă. Și tocmai asta își dorește cel mai mult, după bani. Așa că prefer să o ignor, iar ea nu primește nimic. Ceea ce o va enerva. Enorm.

– Perfect.

– Da, însă pentru că tot o ignor, trebuie să-mi pară rău și să mă lași să-mi pară rău.

– Bine, ai voie să-ți pară rău. Laurel se uită la ceas și numără până la zece. Gata, părerea de rău s-a terminat.

– Perfect. Știi ce-mi doresc? Îmi doresc să nu trebuiască să o invit la nuntă, dar trebuie.

– Ne descurcăm.

– Știu. Poate se întâmplă un miracol și se va purta bine. Știu, adăugă Mac râzând pe jumătate, când Laurel privi în tavan, însă, ca mireasă, am voie să visez.

– Nu te va înțelege niciodată. Nici pe noi. Pierderea ei.

– Chiar e. Mac se aplecă și o sărută pe Laurel pe creștet. Ne vedem mai târziu.

Ultimele rămășițe de autocompătimire dispărură odată cu plecarea lui Mac.

„Gata", se gândi Laurel și își cumpără un cuțit dublu nou-nouț, în formă de chitară.

Capitolul 16

Laurel nu-și dădea seama exact de unde-i venise acel impuls, însă se hotărî să meargă la Del la birou. Chiar dacă mergea rar, din motive personale sau legale, știa bine locul.

Ușa principală a vechii primării se deschidea într-un hol frumos. Apoi trecu pe lângă o zonă de primire, cu plante luxuriante în ghivece de cupru, mese de epocă, scaune mari, totul în culori pale, scoase în evidență de lumină.

Birourile păstrau discreția clienților în spatele ușilor groase, restaurate perfect, iar covoarele tocite de timp scoteau în evidență tonurile puternice ale podelelor cu scânduri late.

Știa că Del aprecia amestecul de sobru și de informal.

Intră într-o încăpere răcoroasă, unde Annie, o femeie care îi fusese colegă de școală, lucra la birou, la calculator.

Annie se întoarse, iar zâmbetul profesional i se transformă într-unul prietenos.

– Laurel, salut! Ce faci? Nu te-am mai văzut de luni întregi.

– Sunt legată de cuptor. Te-ai tuns, îmi place la nebunie.

Annie dădu ușor de cap.

– Obraznic?

– Clar.

– Și nu-mi ia decât cel mult două minute dimineața.

– Și? În rest?

– O duc excelent. Ar trebui să ieșim să bem ceva.

– Mi-ar plăcea. I-am adus ceva lui Del.

Ridică pachetul de prăjituri pe care îl ținea.

– Dacă e ca tortul pe care l-ai făcut pentru Dara, am luat cinci kilograme doar uitându-mă la cutie. E cu un client. Pot să...

– Nu-l întrerupe, spuse Laurel. Îl las la tine.

– Nu știu dacă ar trebui să ai încredere în mine.

Laurel râse și lăsă cutia pe birou.

– E destul pentru toată lumea. Am avut drum în oraș și m-am gândit să le aduc înainte să...

– Păstrează-ți ideea, spuse Annie auzind telefonul. Bună dimineața, Brown și Asociații.

Laurel se îndepărtă în timp ce Annie vorbea la telefon, analizând arta de pe pereți. Știa că tablourile erau originale și că aparțineau artiștilor locali. Familia Brown fusese întotdeauna un protector convins al artelor, implicându-se în interesele locale.

Își dădu seama că nu prea știa când se apucase Del de meserie. După moartea părinților ei, la scurt timp după ce înființaseră Vows. Ele fuseseră, probabil, printre primii lui clienți, dacă stătea bine să se gândească.

Ea lucra la Willows ca să facă rost de bani în timpul primelor evenimente de la Vows. Fusese prea ocupată și prea obosită să se gândească la felul în care își vedea Del de treabă, de detaliile legate de proprietățile părinților lui, de actele legale de la Vows, în calitate de avocat și partener.

Toate alergau ca nebunele cu planuri, obligații, teste, slujbe cu jumătate de normă, ca să-și umple cuferele. Însă Del nu păruse niciodată grăbit.

„Stăpânirea familiei Brown, își spuse ea, și încrederea înnăscută a familiei Brown că orice ar începe va ieși bine."

Suferiseră împreună. Trecuseră prin vremuri foarte grele, însă durerea și greutățile nu fuseseră altceva decât un fel de lipici, care îi apropiase și mai mult.

Se mutase cu Parker și nu privise niciodată în urmă, iar Del fusese mereu acolo, având grijă de detaliile care trecuseră pe lângă ea. Ea înțelesese, însă nu îi mulțumise niciodată.

Privi către ușă, în clipa în care tocmai apăruse cineva. Cei doi tineri se țineau de mână și păreau fericiți. Lui Laurel i se părură cunoscuți.

– Cassie? Le făcuse Dantela Miresei în primăvară. Salut! „Și... La naiba, cum îl chema pe ginere?"

– Laurel? Salut! Cassie întinse prietenoasă mâna. Mă bucur să te văd. Eu și Zack tocmai le arătam câtorva prieteni poze de la nuntă, într-o seară, și le spuneam că abia așteptăm să mergem la voi, la nunta lui Fran cu Michael. Sunt curioasă să văd ce veți face pentru ei.

Dacă ar fi fost Parker, și-ar fi amintit exact cine erau Fran și Michael și toate detaliile, confirmate până atunci, ale nunții lor.

Însă, pentru că nu era Parker, Laurel se mulțumi să zâmbească.

– Sper că sunt la fel de fericiți pe cât se pare că sunteți voi.

– Nu știu dacă au cum să fie la fel de fericiți, pentru că noi zburăm.

– Să ne cumpărăm prima casă, spuse Zack.

– Felicitări!

– E minunat, și înspăimântător, și... Ah, Dara, toată lumea se pare că a venit la timp.

Laurel bănui că Annie îi dăduse Darei semnalul și se întoarse să salute.

– Ah, tortul acela, spuse Dara și o îmbrățișă pe Laurel râzând, a fost atât de drăguț... și de delicios.

– Cum e copilul?

– Minunat. Am câteva sute de poze cu bebelușul pe care ți le pot arăta, dacă nu te grăbești.

– Mi-ar plăcea să văd poze cu bebelușul, spuse Cassie. Ador bebelușii, adăugă ea, privindu-l pe Zack cu subînțeles.

– Întâi casa, apoi bebelușul.

– Vă ajut eu cu prima parte. Intrați.

Dara îi făcu lui Laurel cu ochiul și dispăru împreună cu clienții.

Laurel auzi telefonul lui Annie sunând din nou – era un loc plin cu oameni ocupați – și se hotărî să se strecoare afară. Chiar în timp ce se gândea să facă asta, auzi vocea lui Del.

– Nu te îngrijora. Ai făcut ce trebuia, iar eu o să fac tot ce pot ca să rezolv repede.

– Vă sunt recunoscătoare. Domnule Brown, nu știu ce m-aș fi făcut fără ajutorul dumneavoastră. Totul este atât de...

Vocea femeii se stinse.

Chiar dacă făcuse un pas înapoi, Laurel îi zări pe Del și pe clienta sa, și felul în care Del îi înconjură femeii umerii cu brațul, în timp ce ea se îneca în lacrimi. Îmi pare rău. M-am descărcat aici, în birou.

– Să nu-ți pară rău. Mergi acasă și încearcă să îți scoți asta din minte. Mâna lui mângâia brațul femeii. Laurel îl văzuse de nenumărate ori – simțise la rândul ei – făcând acel gest de sprijin și de alinare.

– Concentrează-te asupra familiei tale, Carolyn, și lasă asta în seama mea. O să te contactez curând. Promit.

– Bine. Și mulțumesc, mulțumesc din nou pentru tot.

– Nu uita ce ți-am spus. Când își conduse clienta afară din birou, o zări pe Laurel. O clipă, rămase surprins, apoi își îndreptă din nou atenția asupra femeii cu care era. Murmură ceva care o făcu pe clienta lui să plângă din nou, apoi să dea aprobator din cap, înainte să plece.

– Hei, salut, îi spuse lui Laurel.

– Mai rău încurc aici. Scuză-mă. Am trecut să las ceva pentru tine, apoi au venit doi tipi la Dara, iar eu îi cunoșteam, așa că...

– Zack și Cassie Reinquist. Le-ați organizat nunta.

– Dumnezeule, tu și Parker aveți foi de calcul în loc de creier. E înfricoșător. Oricum, eu mă car, ca să te las să...

– Intră. Am câteva minute libere înainte de întâlnirea următoare. Ce mi-ai adus?

– Îți arăt.

Se întoarse după cutia cu prăjituri.

– Îmi pare rău, murmură Annie, ținând pentru o clipă telefonul la distanță. Invazie.

Laurel făcu un semn de „nu-ți face griji", luă cutia și dispăru.

– Mi-ai adus tort?

– Nu. Intră împreună cu el în birou, unde razele soarelui pătrundeau prin ferestrele înalte, unde obiectele de epocă străluceau, iar biroul despre care știa că aparținuse bunicului și tatălui lui ocupa locul central.

Laurel lăsă cutia și o desfăcu.

– Ți-am adus brioșe.

– Mi-ai adus brioșe. Vizibil uimit, se uită în cutie la brioșele cu glazură în culori vesele. Arată bine.

– Sunt prăjituri vesele.

Îi analiză chipul. Așa cum pretinsese Emma despre al ei, și Laurel îl cunoștea pe al lui.

– Arăți de parcă ți-ar prinde bine niște prăjiturele vesele.

– Da? Poate. Se aplecă și o sărută absent. Asta mă face fericit. Ce zici de niște cafea care să meargă cu brioșele?

Nu intenționase să rămână, propriul ei program era și așa destul de încărcat, însă chiar părea să aibă nevoie de un pic de veselie.

– Sigur. Clienta ta părea destul de deprimată, începu ea, în timp ce el se îndreptă către aparatul de cafea de pe bufetul Hepplewhite. Însă, probabil, nu poți vorbi despre asta.

– Ba da, la modul general. Mama ei a murit de curând, după o boală lungă și dificilă.

– Îmi pare rău.

– Ea a fost cea care a îngrijit-o și, pentru că starea mamei ei era foarte delicată și era important pentru amândouă ca mama ei să moară acasă, și-a luat un concediu prelungit de la slujbă, ca să aibă grijă permanent de ea.

– Pentru asta e nevoie de multă dragoste și dăruire.

– Da, așa e. Are un frate în California. A venit de câteva ori și a ajutat oarecum. Are o soră în Oyster Bay, prea ocupată, se pare, ca să o viziteze sau să o ajute de mai mult de două ori pe lună.

Îi întinse lui Laurel cafeaua și se sprijini de birou. Luă o brioșă și o studie.

– Nu toți pot oferi dragoste și se pot dărui altcuiva.

– Nu, nu toți, murmură el. Bineînțeles că a existat o asigurare, însă nu acoperea totul. Clienta mea a plătit din buzunarul propriu tot ce nu acoperea asigurarea, iar mama a aflat și a insistat să treacă numele fiicei pe contul personal.

– Pentru asta e nevoie de multă dragoste și dăruire.

– Da. Zâmbi ușor. Așa e.

– Se pare că, în ciuda suferinței îngrozitoare prin care au trecut, cele două au avut o legătură specială. Clienta ta și mama ei.

– Da, ai dreptate. Concediul a fost o povară financiară, însă clienta mea și familia ei i-au făcut față. Soțul și copiii ei au ajutat și ei cum au putut. Știi cum e să ai grijă de un părinte muribund, care e țintuit la pat, fără posibilitatea de a mai face ceva, care are nevoie de hrană specială și de grijă permanentă?

„Nu e doar trist, își spuse ea. E și frustrant. Foarte frustrant."

– Pot să-mi imaginez. Trebuie să fi fost un efort imens, fizic și emoțional.

– Doi ani, din care ultimele șase luni au fost fără odihnă. O îmbăia, o schimba, îi spăla rufele, o hrănea, avea grijă de banii ei, îi făcea curat în casă, stătea cu ea, îi citea. Mama ei și-a schimbat testamentul și i-a lăsat fiicei ei casa și toate bunurile, cu câteva excepții, dar și cea mai mare parte a proprietății. Acum, după ce a murit, după ce clienta mea și fratele ei din California au organizat înmormântarea, sora lor contestă testamentul. O acuză pe clienta mea că a influențat-o pe nedrept pe mama lor să-i acorde tratament preferențial. E furioasă și a acuzat-o în particular că a furat bani, bijuterii și obiecte din casă, că a întors-o pe mama lor muribundă împotriva ei.

Laurel nu răspunse, iar Del își lăsă ceașca de cafea.

– La început, clienta mea a vrut să renunțe în favoarea ei, să-i lase tot ce dorea. După atâta durere și stres, simțea că nu mai rezistă. Însă soțul și – spre lauda lui – fratele ei nu vor.

– Așa că au venit la tine.

– Sora a angajat un avocat, care i se potrivește ca o mănușă. O să-i fac praf.

– Eu pariez pe tine.

– Sora avea o șansă. Știa că mama lor era pe moarte, că nu-i mai rămăsese mult timp, însă nu a folosit acel timp ca să fie cu ea, să-și ia la revedere de la ea, să-i spună toate acele lucruri pe care mulți oameni consideră că au tot timpul să le mărturisească. Acum, e gata să distrugă orice relație cu frații ei și să-i sporească durerea celeilalte surori. Și pentru ce? Pentru bani. Nu înțeleg cum... Îmi pare rău.

– Să nu-ți pară. Tocmai mi-am dat seama că nu m-am gândit prea mult la ceea ce faci tu. Pentru mine erau doar treburi avocățești.

El zâmbi.

– Fac treburi avocățești. Asta e o treabă avocățească.

– Nu, vreau să spun că treaba avocățească în sine e foarte plictisitoare pentru restul lumii. Semnează asta, înregistrează aia – iar asta și aia sunt atât de complicate și scrise într-un limbaj atât de ridicol, încât le face și mai enervante.

– Nouă, avocaților, ne place „având în vedere că".

– Cu sau fără acest „având în vedere că" stupid, e vorba despre oameni. Clienta ta va continua să sufere, însă stresul ei s-a redus, pentru că știe că o susții tu. Contează enorm ceea ce faci, iar eu nu m-am gândit niciodată la asta.

Ridică mâna și îi atinse fața.

– Mănâncă o brioșă.

Ca să-i facă plăcere, sau cel puțin așa își imagina ea, mușcă dintr-o brioșă. De data asta, când zâmbi, privirea i se lumină.

– E bună. E veselă. Mi-a ajuns la suflet. Nu cred că mi-am dat seama, până n-ai trecut tu pe aici.

– La asta ai lucrat noaptea trecută?

– În cea mai mare parte.

– Și de asta ești obosit azi. Foarte rar pari obosit. Aș putea să trec pe la tine să-ți fac ceva de mâncare.

– Nu ai repetiție în seara asta și eveniment mâine?

– Pot să mă fofilez în seara asta. Iar mâine e mâine.

– Ar trebui să par obosit mai des. Dar ce zici să vin eu la tine? În ultimele zile am fost îngropat aici sau acasă. N-ar strica o schimbare de peisaj. Și nici să fiu cu tine. Mi-e dor să fiu cu tine.

Ea simți cum i se topește inima și se lăsă în brațele lui pentru un sărut care, de data asta, era departe de a fi absent. Când își sprijini obrazul de creștetul ei, el își auzi telefonul sunând.

– Clientul următor, murmură el.

– Eu am plecat. Împarte brioșele.

– Poate.

– Dacă le mănânci pe toate, o să ți se facă rău și vei avea stomacul prea plin ca să mănânci mâncare. Totuși, nu trebuie să uiți că sunt cofetar, nu bucătar.

– Pot să iau pizza, strigă el după ea; îi auzi râsul în timp ce se îndepărta.

Mai sorbi o dată în liniște din cafea, mușcă din brioșă și se gândi la ea. Nu avusese de gând să-i spună totul despre clientă și despre situația în care se afla. Nici nu-și dăduse seama cât de furios era pe acea situație. Iar clienta nu-l plătise să fie furios, ci să-i reprezinte interesele.

Mai bine zis, îl va plăti după ce el îl va fi făcut praf pe avocatul surorii ei. Renunțase la onorariul inițial. Își putea permite asta și, pur și simplu, nu putea cere așa ceva de la o femeie care trecuse prin atâtea.

Însă lucrul cel mai important, pe care nu-l înțelesese până atunci, era cât de mult îl ajutase să aibă pe cineva care să-l asculte, să înțeleagă de ce acest caz particular îl afectase. Lui Laurel nu trebuia să-i explice. Ea pur și simplu știa, iar ăsta era un dar neprețuit, gândi el.

Prin gestul cu care îi atinsese fața, prin acel gest simplu și plin de înțelegere, reușise să-l răscolească în interior. Nu era sigur de ce și ce însemna; sau ce însemna faptul că, de fiecare dată când o privea, vedea în ea ceva nou, *altceva.*

Cum se poate să cunoști pe cineva de-o viață și să descoperi mereu lucruri noi? Va trebui să se gândească la asta, își spuse el. Lăsă cutia cu brioșele cele vesele lângă filtrul de cafea și ieși să-și întâmpine următorul client.

Trebuia să îl lase să îi aducă pizza, se gândi Laurel în timp ce alerga prin bucătăria principală să facă pregătirile. Mai avea de terminat prăjiturile și alte deserturi, iar zgomotul de la construcții devenise infernal.

Era clar că nu putea pregăti acolo cina.

– Aș putea să fac eu treaba asta pentru voi, comentă doamna Grady.

– Ar însemna să trișăm. Aud și ceea ce nu poți să spui.

– Auzi, de fapt, ceea ce crezi că nu spun, când, în realitate, nu vreau să spun că am trișa dacă te-ai face că pregătești tu cina.

Laurel se opri o clipă; de fapt, chiar își *dorea* acea variantă. Putea să îi spună lui Del că doamna G. pregătise mâncarea pentru că ea fusese prea ocupată să o facă. Lui nici că i-ar fi păsat, dar...

– Am spus că mă ocup eu. Plus că ieșiți diseară în oraș cu prietenele. Trase aer în piept. Așadar, salată verde cu o vinegretă cu oțet balsamic, paste cu fructe de mare și pâine. Destul de simplu, nu-i așa?

– Foarte simplu. Eziți oarecum în privința asta. Și a lui.

– E mâncare. Știu cum mă simt în privința asta, dar nu am de ales. Totul trebuie să fie perfect, și aici vorbesc și de prezentare. Absentă, își potrivi clama din păr. Știți, doamnă G., dacă voi avea vreodată copii, probabil că va dura vreo douăzeci de minute să fac o prezentare perfectă la unt de arahide cu jeleu. Toți vor avea nevoie de terapie.

– Cred că te vei descurca destul de bine din punctul ăsta de vedere.

– De fapt, nici nu m-am prea gândit la asta. Să am copii, adică. Încetă să mai vorbească despre salate, despre roșiile cherry și despre morcovii pe care intenționa să îi curețe, să îi spele, să îi usuce și să îi răcească pentru salată. Sunt atâtea de făcut acum, că nu prea am avut timp să mă gândesc la viitor.

– Și acum te gândești?

Doamna G. începu să usuce verdeața spălată de Laurel.

– Cred că da, e un gând care îmi tot trece prin minte. Poate că e ceva ce ține de ceasul biologic.

– Poate că ține de o relație de iubire.

– Poate, dar doi oameni trebuie să fie îndrăgostiți ca să se gândească la viitor. Am văzut azi un cuplu care se căsătorise primăvara trecută. Se uita pe fereastră în timp ce lucra, să vadă albastrul și verdele verii. Veniseră la biroul lui Del pentru niște chestiuni legale cu privire prima lor casă. Dara, care a născut, se ocupa de tot. Mireasa – mă rog, soția – devenise visătoare gândindu-se la bebeluș, însă el i-a spus: „Întâi casa, apoi bebelușul“, sau ceva de genul ăsta. Ceea ce pare absolut logic.

– Bebelușii nu vin tot timpul când e logic.

– Da, mireasa de mâine a aflat și ea treaba asta, dar eu vreau să spun că are rost să planifici pașii, să îi iei în ordine logică. Să ai răbdare.

– Și rămâi fără răbdare.

Doamna Grady o bătu scurt pe Laurel pe spate.

– Uneori, însă și atunci doar puțin. Nu am nevoie de tot tam-tamul, de toate detaliile astea, de toate pregătirile. În esență, cam de tot ce facem noi aici. Emma are nevoie; și Parker va avea, și se pare că și Mac a prins microbul.

– Da, și am impresia că totul a fost o surpriză pentru ea.

– Mie nu îmi trebuie așa ceva. Nu am nevoie de inel sau de certificat, sau de vreo rochie albă spectaculoasă. Nu cununia contează cel mai mult, ci promisiunea. Faptul că știi că cineva dorește să faci parte din viața lui. Că cineva te iubește, că tu ești aleasa lui. Asta nu înseamnă doar destul, înseamnă totul.

– Cu cine altcineva crezi că ar vrea să fie Del diseară?

Laurel ridică din umeri.

– Nu știu. Știu sigur că va fi fericit cu mine. Poate că nu înseamnă totul, dar înseamnă destul de mult. Timpul setat pe cronometru expirase.

– Fir-ar să fie! Trebuie să revin în bucătăria mea. Să nu gătiți nimic.

– Mă voi purta ca un ajutor de bucătar și atât. Voi termina de spălat astea și le voi usca, să le pun deoparte pentru voi. Asta nu înseamnă să trișezi.

– Ai dreptate. Mersi.

În timp ce Laurel fugi să termine ce mai avea de făcut, doamna Grady se întrebă cum de fata nu se gândise că poate și Del dorea, probabil, puțin din toate astea.

– Iubirea, murmură ea în timp ce se spăla. Nici un îndrăgostit nu știe cum să-i facă față.

Firește, singura dată, *singura* dată când Laurel avusese nevoie ca o repetiție să meargă ca pe roate, evenimentul se transformase într-un circ în care fusese expusă o mireasă plângăcioasă – probabil de la hormoni –, o soacră-mare amețită de căldură și un mire năucit de la petrecerea îndelungată de dinaintea repetițiilor. La toate astea s-au mai adăugat fata cu florile și purtătorii inelelor – frate și soră –, care își aleseseră evenimentul ca să își arate dezgustul față de rude.

Cu doi copii alergând și țipând, cu o mireasă pe care o apucase o criză de plâns în brațele mamei ei și cu soacra-mare făcându-și vânt cu evantaiul, la umbră, Laurel nu putu să-și ia tălpășița, așa cum planificase.

Parker se ocupase de tot – toate făcuseră asta, însă Parker părea să fie mereu peste tot. Aduse imediat apă soacrei-mari și cafea cu gheață ginerelui, strânse gloata de copii și îl liniști pe nașul îngrijorat.

Domnișoara de onoare – și mama rudelor care se încăierau – făcu tot posibilul să instaleze ordinea. Însă, gândi Laurel în timp ce trecu pe lângă ceaiul cu gheață, femeia nu făcea față.

– Unde este tatăl? murmură ea către Emma.

– Într-o călătorie de afaceri. Avionul a întârziat. E pe drum. Voi lua fata, vezi și tu dacă o interesează să îi fac un buchet mic de flori. Ai putea să îl iei tu pe băiat.

– Carter e profesorul. El ar trebui să facă asta.

– E ocupat deja cu cavalerul de onoare, care nu e chiar beat. Cred că domnișoara de onoare poate lua o scurtă pauză, ca să o ajute pe soacra-mare să o aranjeze pe mireasă. Mac și Parker se pot ocupa de restul.

– Bine, în regulă.

Lăsând-o pe Emma să o liniștească pe mamă, Laurel așeză ceaiul cu gheață și ochelarii pe masă, apoi se apropie de băiat.

– Hai cu mine.

– De ce?

– Uite de-aia.

Părea să fie un răspuns pe care să îl înțeleagă, însă ridică de câteva ori din sprânceană. Merse alături de ea târându-și picioarele, aruncând priviri care promiteau răzbunare surorii sale mai mici.

– Nu vreau să port frac.

– Nici eu.

El răspunse luând-o în râs.

– Fetele nu poartă frac.

– Ar putea, dacă ar dori.

Laurel se uită în jos la el. „Are cam cinci ani", gândi ea, „e simpatic". Sau ar fi dacă n-ar fi prea obosit, epuizat și plâns.

– Însă mâine, toți bărbații de la petrecerea de nuntă le vor purta. Stai. Poate că nu ești suficient de mare să porți unul.

– Sunt! Se simți insultat. Am cinci ani.

– Ah. Ce bine, spuse ea în timp ce îl însoțea către bazin, pentru că s-ar complica lucrurile dacă ar trebui să găsim alt purtător de inel până mâine. Nu se pot căsători fără inele.

– De ce?

– Pur și simplu nu se poate. Așadar, dacă ar trebui să găsim pe altcineva, chiar că ar fi greu. Ai o misiune importantă.

– Mai importantă decât a lui Tissy?

Tissy, își dădu seama Laurel, era sora mai mică.

– Și ce face ea e foarte important. Ea are o misiune de fetiță, iar tu ai una pentru băieței. Ea nu are cum să poarte frac.

– Nici măcar dacă își dorește?

– Nu, nici atunci. Uită-te la asta, îi spuse ea, și arătă cu degetul spre tufișurile de liliac. La margine, unul era folosit pe post de plută de un broscoi verde.

Când sosi Del, o văzu la lac, în apropierea ramurilor plecate ale salciei, ținând de mână un băiețel cu părul bălai, ca al ei.

Se înfioră ușor, simțind o mică împunsătură în stomac. Își aminti că o mai văzuse și înainte în preajma copiilor. La nunți participau, de obicei, și câțiva copii. Dar... era ceva neobișnuit, ca un fel de reverie, în acea imagine, cu ei așezați lângă lac, prea departe ca el să le vadă clar fețele. Se vedeau doar părul spălat de soare și mâinile împreunate.

Chiar în timp ce îi privea, se întoarseră către el. Băiatul se uita la ea de jos, iar Laurel de sus.

– Bună, Del.

El îndepărtă imaginea aceea ciudată, onirică, și se întoarse către Carter.

– Salut, cum merge?

– În momentul ăsta bine, aș putea spune. Acum zece minute, nu știam nimic sigur. Suntem pe punctul de a începe. Din nou.

– Ah, e una dintre acelea.

– O, da. Cred că Laurel... Iat-o.

Laurel se opri lângă o femeie cu o fetiță în brațe, îi spuse câteva cuvinte și râse scurt. Apoi se aplecă spre băiat și îi murmură ceva la ureche. Râse în colțul gurii, de parcă i-ar fi promis o rezervă de prăjituri pentru toată viața.

Del merse către ea.

– Ți-ai făcut un nou prieten?

– Se pare că da. Suntem în întârziere.

– Am auzit.

– Parker o să rezolve tot, spuse ea, chiar în timp ce Parker le cerea tuturor să se așeze la locurile lor.

Del se dădu la o parte împreună cu Carter, în timp ce Parker transmitea instrucțiunile, iar celelalte trei femei se îndrumau și se aliniau.

Totul părea să meargă ca pe roate, erau zâmbete peste tot, iar el îi văzu pe băiat și pe Laurel zâmbindu-și scurt în timp ce se îndreptau către pergolă.

Puțin mai târziu, ea îi făcu un semn lui Del și intră în casă.

Capitolul 17

El o găsi în bucătăria principală, unde alerga încolo și încoace.

– Am rămas puțin în urmă, începu ea. Nu e chiar ca programul lui Parker, dar...

El o opri, așezându-se în fața ei, apropiind-o de el, atrăgând-o într-un sărut lung, cald, indulgent, iar când simți că ea avea nevoie de o apropiere mai mare, se retrase puțin.

– Salut.

– Salut. Ziceam ceva înainte să-mi pierd mințile cu totul?

– Ceva despre program.

– A, da. Despre asta. În regulă. Am un Sauvignon blanc bun la rece. Ce-ar fi să deschidem sticla să gustăm puțin, înainte să înceapă totul?

– Aș vrea eu ca sarcina cea mai grea să fie deschiderea vinului. Care a fost problema la repetiții? întrebă în timp ce se duse să își îndeplinească misiunea.

– Destul de multe probleme. Îl privi peste umăr cu ochii ei albaștri. Mireasa a aflat abia acum o săptămână că este însărcinată.

– Ah.

– Nu au nici o problemă cu asta. În realitate, totul s-a transformat pentru ei mai degrabă într-o surpriză decât într-o problemă.

– Asta e bine pentru toți.

– Da, însă e un stres în plus – ea e mai emotivă și mult mai obosită. Plânge, iar cei doi copii încearcă să se omoare unul pe celălalt, soacra-mare a avut multe de făcut, plus că murea de cald. Poate pentru că a făcut efort fizic. Să nu mai vorbim despre cavalerul de onoare, care a început să sărbătorească puțin mai devreme. Altă zi la serviciu.

Laurel puse apă la fiert pentru paste, adăugă ulei de măsline într-o cratiță, apoi trecu pe lângă Del să aducă salatele preparate împreună cu doamna Grady.

– E bine că am pregătit câte ceva dinainte, fiindcă am sperat să scap de repetiții, dar n-am avut nici o șansă. Mulțumesc, adăugă ea întinzându-i un pahar.

Gustă și începu să curețe și să toace usturoiul.

– Ar trebui să mă simt vinovat că tot tu gătești, după ce ai avut o zi plină. Vrei să toc ceva? Mă descurc destul de bine la tocat.

– Nu, mă descurc.

Bucuros că nu are nimic de făcut, o privi cum pune usturoiul și câțiva fulgi de ardei roșu în ulei.

– Iată ceva nou.

– Cum?

– Să te văd gătind. Tipul acesta de mâncare, mai exact.

– O, îmi mai bag degetele din când în când. Am luat o parte din meserie de la doamna G., și o parte, în timp ce am lucrat în diverse restaurante. E un schimb de experiență destul de interesant. Atunci când se poate.

– Mi se pare că ești mereu stăpână pe situație, în bucătărie. Asta s-a vrut a fi un compliment, spuse el când o văzu încruntându-se.

– Se pare că așa e, atâta vreme cât nu sunt pusă în aceeași tabără cu Julio.

– Este o tabără complet diferită. O tabără diferită, dintr-o țară diferită.

Adăugă puțin unt în ulei și scoase creveții.

– Bun. Pentru că nu am prea des – și nici nu îmi doresc – companie atunci când sunt în bucătărie, și rareori arunc cuțite.

Adăugă creveții în ulei, apoi turnă pastele în apa fiartă.

– Tu chiar ții minte absolut tot?

– Uneori, da. Vrei o lecție?

– Absolut deloc. Bărbații adevărați fac mâncarea la grătar.

Ea râse, ținând o lingură într-o mână și furculița de paste în alta, amestecând în cratiță și în oală în același timp.

– Adu-mi vinul, te rog.

– Da.

Îi ținu sticla.

Ea lăsă deoparte furculița de paste, apoi turnă o ceașcă de vin peste creveți. Del tresări vizibil.

– E un vin foarte bun.

– Așadar, e un vin foarte bun și pentru gătit.

– Fără îndoială. Mâinile ei, gândi el, erau atât de rapide, atât de eficiente. Observase el asta vreodată înainte? Ce avem la masă?

– La felul principal? Paste cu fructe de mare.

Făcu o pauză și sorbi din pahar.

– Salată verde și pâine coaptă cu mirodenii. La desert, cremă de zahăr ars cu vanilie.

El își coborî paharul și se holbă la ea – Laurel a lui, cu părul strâns în sus, ca de fiecare dată când era la lucru, cu mâinile ei rapide și competente mereu ocupate.

– Glumești.

– Știu că ești subiectiv când vine vorba de cremă de zahăr ars. Ea ridică ușor din umăr, în vreme ce bucătăria se umplea de mirosuri. Dacă tot gătesc, măcar să gătesc ce-ți place.

Își dădu seama că ar fi putut să îi aducă flori sau vin, sau... orice altceva. Și nu-și dăduse seama de asta, pentru că era atât de obișnuit să vină aici, să vină acasă, să o vadă în casa lui.

Însă data viitoare nu avea să uite.

Când vinul începu să fiarbă, ea micșoră flacăra și acoperi cratița. Apoi încercă pastele, verifică dacă sunt gata și le scurse.

Scoase un platou de măsline din frigider.

– Să te țină ocupat, spuse ea, apoi își îndreptă atenția către salată.

– Știi ce am spus despre cum ești stăpână pe situație în bucătărie?

– Da.

– Faptul că ești stăpână pe situație te face, pur și simplu, uimitoare.

Ea privi în sus și clipi atât de surprinsă, încât el regretă și mai mult că nu se gândise să îi cumpere flori.

– Primești deja cremă de zahăr ars, murmură ea.

– Ești frumoasă. Mereu ai fost frumoasă. Oare îi mai spusese asta înainte, astfel? Gătitul parcă te pune în lumina reflectoarelor, la fel cum dansul luminează un dansator sau cum sportul luminează un atlet. Pur și simplu, nu mi-am dat seama până acum; și asta pentru că m-am obișnuit să te văd într-o fază sau alta de gătit. Este un fel de a lua lucrurile de-a gata. Trebuie să am grijă să nu mai repet greșeala asta.

– Nu trebuie să avem grijă ce ne spunem.

– Eu cred că da. Mai ales pentru că ne-am obișnuit atât de mult unul cu celălalt.

Poate că mai indicat era să zică să aibă grijă unul de altul, gândi el. Oare nu asta făcea ea chiar acum? Oare nu avea grijă să îi pregătească o cină specială, care avea să îi placă, și asta numai pentru că știa că a avut o zi dificilă? Această *noutate* dintre ei nu însemna doar întâlniri sau sex. Sau nu ar fi trebuit să însemne doar atât.

El nu știa, nu putea ști, încotro se îndreptau, însă putea să fie mai atent la felul în care ajunseseră unde erau acum.

– Vrei să pun eu masa? o întrebă.

– E gata. Faptul că ea era puțin agitată și că asta se vedea cu ochiul liber îl încânta. În sufragerie. Mă gândesc că, de vreme ce...

– Ce drăguț. Și Parker?

– Face ceea ce trebuie să facă orice prieten bun – pleacă diseară.

– Ce drăguț!

Trecu pe lângă el, verifică atent cratița, apoi mai adăugă unt, câteva scoici și stoarse o cantitate generoasă de zeamă de lămâie în amestec.

– Miroase minunat.

– Bun. Adăugă câteva verdețuri proaspete, sare, piper și amestecă. Mai trebuie câteva minute să se pătrundă bine, apoi o lăsăm să mai stea puțin. Destul de simplu.

– Nu și pentru mine.

– Probabil că nu aș putea scrie o sinteză – mai ales pentru că nu știu exact ce înseamnă așa ceva. Se pare că amândoi am ales cariere practice. Ochii ei îi întâlniră pe ai lui în timp ce amesteca în salată. Oamenii vor avea întotdeauna nevoie să mănânce și mereu vor avea nevoie și de avocați.

– Indiferent dacă doresc sau nu.

Ea râse.

– N-am spus asta. Scoase o brichetă din sertar. Pentru lumânări, adăugă ea. Ai putea să duci tu salata acolo și să te ocupi de lumânări.

El o observa cum se agita, în timp ce ducea castronul în sufragerie. Probabil că nu se gândise la ea astfel, medită în timp ce examina farfuriile drăguțe, lumânările din suporturile subțiri, floarea-soarelui colorată dintr-un vas albastru. Femeile din viața lui aveau talentul și vocația să facă lucrurile drăguțe și confortabile, să vadă detaliile mici care formau întotdeauna o imagine perfectă.

Asta făcea din el un bărbat norocos.

„Foarte norocos", se gândi el câteva clipe mai târziu, când se așezară la masa cu salată, pâine caldă și vin.

– Când ajungem pe plajă... Se opri când o auzi oftând. Ce e?

– Scuze, mereu am un mic orgasm când mă gândesc la vacanță.

– Serios? O privi amuzat cum îi sclipeau ochii în timp ce gusta din salată. Atunci, o să vorbesc mai des de subiectul ăsta. Oricum, odată ce ajungem acolo, o să îți pregătesc o friptură pe cinste. De fapt, promit că bărbații vor pregăti atunci o masă serioasă – doar bărbații. Voi nu trebuie decât să mâncați.

– Mă bag. De fapt, am un calendar în birou în care notez numărul de zile rămase. Așa cum făceam în copilărie cu sfârșitul anului școlar. Simt nevoia să fac asta. Ca un copil care așteaptă vara.

– Cei mai mulți copii n-au orgasm când se gândesc la vacanța de vară. Cel puțin, nu din câte știu eu.

– Ți-a plăcut școala mai mult decât mie. El râse, iar ea sorbi din vin. Îmi place serviciul de acum mult mai mult decât ceea ce făceam la școală, însă sunt gata să renunț la muncă pentru câteva săptămâni. Vreau să dorm până la răsărit și să mă întind, să citesc o carte fără să mă gândesc că ar trebui să mă ocup de altceva. Fără costum, fără tocuri, fără întâlniri. Tu ce zici?

– Ultima parte se potrivește și la mine – mai puțin tocurile. Să nu trebuiască să luăm alte decizii decât dacă luăm o bere sau tragem un pui de somn. Ar fi perfect.

– Somn.

Ea oftă și închise ochii.

– Alt orgasm?

– Nu, doar un mic tremur. De-abia aștept. Toți am fost atât de surprinși – și de fericiți – când ne-a spus Parker că voi doi ați cumpărat locul acela. E minunat.

– Îmi place. Ea l-a ales mizând pe intuiție, pentru că nu îl văzuse decât în imagini. E o investiție bună, mai ales dacă ne gândim cum stă economia acum. Am făcut o afacere bună.

– Aici vorbește avocatul. E frumoasă?

– Poți să auzi oceanul din cameră, îl vezi de la fiecare fereastră care dă spre el. E și un lac acolo și ai un sentiment superb de izolare.

– Bine, gata. Nu mai rezist. Tremură ușor, apoi se ridică să ducă platourile cu salată. Revin imediat.

– Pot să...

– Nu, mă ocup eu. Stăpână pe situație, da?

El îi umpluse deja din nou paharul de vin și se așezase cu paharul lui, când Laurel intră cu felul principal. Garnisise pastele cu fire de rozmarin și busuioc.

– Laurel, arată uimitor.

– Nu subestima niciodată puterea prezentării.

Îl servi întâi pe el, apoi își puse și ea o porție.

– Uau, spuse el după prima înghițitură. E grozav. E imposibil să mă simt vinovat acum. Doar puțin, poate, pentru că Parker pierde așa ceva.

– I-am lăsat o porție la bucătărie. O să vină pe ascuns să o ia.

– Atunci, nu mă mai simt deloc vinovat. Luă încă o înghițitură. Desigur, acum că ai pregătit așa ceva, o să vreau să repetăm mai des.

– Poate ajungem la o înțelegere, dacă aprinzi și grătarul din când în când.

– Îmi convine.

– Știi, doream să te chem aseară. Aveam chef să gătim, apoi a intervenit treaba cu Linda și...

– Ce treabă?

– Of, Parker tocmai plecase la o întâlnire, iar eu terminasem ziua de lucru și mă îndreptam spre Emma să văd dacă are chef să înotăm.

Și am văzut-o pe Linda la ușa lui Mac. Voia să intre, deși nu erau acasă. M-am enervat.

Privirea i se îngustă de furie.

– Parker i-a spus să nu mai vină pe-aici.

– Da, dar Linda nu prea ascultă. Oricum, după o scenă cam urâtă, am dat-o afară.

– Ce fel de scenă?

El o văzu că se pregătește să vorbească, însă se opri și ridică din umeri.

– O scenă în stilul Lindei. Oricum, eu am câștigat, și asta e ceea ce contează.

– Ce ți-a spus?

– Că nu am nici o autoritate să o dau afară, chestii de-astea. Sunt uimită că cineva ca ea a putut să o conceapă pe Mac. Nu știu dacă va înțelege vreodată că Mac nu are de gând să renunțe la tot ca să-i facă ei jocul.

„Nu schimbă subiectul, doar îl evită puțin", gândi Del. O luă de mână, ca și când ar fi vrut să o țină în loc.

– Te-a supărat.

– Normal, e vorba despre Linda. Simpla ei existență supără. Hei, putem obține un ordin de interdicție? Pe baza faptului că e un mare ghimpe în coaste?

– De ce nu m-ai sunat?

– De ce? Am dat-o afară.

– Însă a apucat să te supere.

– Del, dacă te-aș suna de fiecare dată când m-ar supăra cineva, am sta numai la telefon. A plecat, iar eu cu Emma am mers să înotăm. A reușit totuși să îmi strice cheful de gătit. Hai să nu o lăsăm să ne strice și pofta de paste!

– Nu are cum. Dar, dacă revine, aș vrea să fiu anunțat.

– În regulă.

– Nu, promite-mi. Mă voi ocupa de ea dacă revine aici, dar trebuie să știu asta, ca să am grijă.

– Nici o problemă. Îți promit. Chiar nu putem primi un ordin de interdicție doar pentru că e un ghimpe în coaste?

– Sunt și alte moduri de a te ocupa de Linda. Mac nu m-a lăsat înainte. Însă lucrurile stau altfel acum.

– O chestiune legală? De vreme ce, practic, încălca o proprietate, iar eu am dat-o afară, poate să mă acuze de abuz, nu-i așa?

El râse în colțul gurii, pentru că observă că asta voia ea să vadă.

– Ești în zona cenușie. Însă te-aș scoate eu basma curată.

– E bine de știut, pentru că, data viitoare e posibil să nu mai fiu la fel de politicoasă. Acum, hai să povestim ceva mai vesel. M-am întâlnit cu Sherry Maguire și cu logodnicul ei, pentru degustări și alegerea modelului de tort. M-am distrat foarte bine.

Petrecură restul cinei discutând subiecte obișnuite, despre prieteni comuni, însă în mintea lui continuă să se întrebe ce ar fi putut să spună sau să facă Linda, încât să o supere pe Laurel.

Aleseră să facă o plimbare după cină – după ce se distrară pe seama biletului lăsat de Parker în bucătărie.

Felicitările mele bucătarului.
Ca plată pentru masă, mă voi ocupa de vase.
Așa că lasă-le.

P.

Odată cu vara se mărise și ziua, așa că se plimbară prin grădină în lumina blândă a apusului. Căldura lipicioasă a zilei se diminuase, dar încălzea încă florile, accentuându-le parfumul.

Stelele începură să se arate pe cer, iar ea îl duse către bazin, să îi arate broasca. El se ghemui să se uite mai bine, iar ea își scutură capul.

– Ești la fel de uimit și de fascinat ca și Kent – băiatul de la petrecerea de nuntă.

– Un bărbat nu se maturizează niciodată. Rămâne un băiețel. Probabil, aș putea să iau broasca și să te alerg cu ea. La fel cum făceam în copilărie.

– Ai putea să încerci, dar eu sunt mai rapidă. În plus, de obicei o prindeai pe Emma.

– Ea era mai fetiță decât voi și scâncea cel mai mult. Ce zile frumoase. Se lăsă pe călcâie și privi umbrele verzi și reci. Îmi plăcea să vin vara la mlaștina asta înainte să se lase noaptea, să stau pur și simplu aici. Să meditez îndelung, cu câinele lângă mine și să văd cum se aprind luminile din casă. Vezi, aia e camera lui Parker. Acum. Înainte, era acolo.

Arătă cu degetul.

– Țin minte. Am petrecut multe ore fericite în camera aia. Se așeză lângă el. Acum, acolo e apartamentul miresei. Așa că a rămas o cameră plină de veselie, plină de femei. Camera ta e la fel. Îmi aduc aminte când te-ai mutat la etajul al treilea, ca să ai puțină intimitate.

– Am rămas uimită când fetele au fost de acord cu mutarea mea. Aveau încredere în mine. Apoi, bineînțeles, a trebuit să mă mut aici, deși mi-era puțin teamă. A trebuit să-mi ademenesc câinele să doarmă sus cu mine. Mi-e dor de câinele meu. Vai! Își lăsă ușor capul pe umărul lui. A fost un câine deosebit.

– Da, a fost. Mă gândesc să îmi iau un câine, însă mereu îmi aduc aminte că nu stau prea mult acasă și că l-aș chinui.

– Doi câini.

El întoarse capul să o privească în ochi.

– Doi?

– O să își țină companie când nu ești tu acasă. Se vor împrieteni, vor sta împreună, vor vorbi despre tine când vei fi plecat.

Gândul îl înveseli.

– E o idee bună.

Se întoarse spre ea, o cuprinse cu brațul și o sărută.

– Când am mai crescut puțin, obișnuiam uneori să aduc fete aici, să ne giugiulim.

– Știu, fiindcă deseori te spionam.

– Nu e adevărat.

– Ba sigur că da. Ea izbucni în râs, văzându-l surprins și profund tulburat. Era amuzant și educativ. Ne ajuta să ne dăm seama la ce să ne așteptăm când ne va veni rândul.

– O, Doamne!

– Ai atins baza a doua aici cu Serena Willcott.

– Bine, gata. Să terminăm cu amintirile.

– Te mişcai bine încă de pe atunci. Sunt sigură că şi cu mine puteai ajunge tot acolo.

Ea îi luă mâna, o aşeză pe corpul ei şi o apăsă uşor pe sân.

– Vezi? Încă nu ai uitat nimic.

– Am mai exersat chestii noi, după Serena Willcott.

– Nu mai spune... Ce-ar fi să le încerci cu mine?

El se aplecă din nou şi o sărută uşor, folosindu-şi între timp doar vârful degetelor.

– Da, asta e una bună.

– Dacă asta a mers, aş putea să încerc şi altceva. Îi urmări cu degetul linia gâtului până la primul nasture de la cămaşă şi i-l descheie uşor. Nu prea repede, murmură el cu buzele pe ale ei, dar nici prea încet. O descheie şi la al doilea nasture, apoi la al treilea, oprindu-se ca să-şi treacă degetele peste bucata de piele pe care tocmai o dezvelise.

– Da, se pare că te-ai perfecţionat. Inima ei începuse deja să bată mai tare. Scoase un sunet de aprobare în timp ce buzele lui coborau pe gâtul ei, apoi unul de surprindere când mâna lui ajunse la spate să-i desfacă sutienul.

– Bravo, zise ea. Ar trebui să continuăm înăuntru.

– Nu. Fără să înceteze să o sărute şi să o mângâie, o lăsă pe spate. Chiar aici.

– Dar...

– Nu cred că patru fetiţe ne spionează în noaptea asta. Şi te doresc. Te doresc aici, lângă apă, sub lumina stelelor, pe iarbă, în aer.

Limba lui alunecă pe sub cupa slăbită a sutienului, peste sfârc, făcând-o să tremure de dorinţă în tot corpul.

El o făcea mai slabă; o făcea să-şi dorească să fie mai slabă. Să îşi dorească să se dăruiască total, lui şi senzaţiei pe care i-o stârnea el. Iarba caldă, aerul blând, jocul mâinilor şi al buzelor lui, totul o făcu să nu îşi dorească decât ceea ce se întâmpla acum. Se lăsă pradă momentului şi lui, în timp ce, sub ochii ei uimiţi, stelele se trezeau la viaţă pe cer.

Parfumul ei seducător ca acea noapte de vară îl ademenea. Gustul ei, atât de irezistibil, îl stârnea. El îşi lăsa mâinile să alunece, să o tachineze şi să-i aducă plăcere, în timp ce noaptea se adâncea şi îi învăluia în întuneric. Peste oftatul nopții de vară se auziră sunetele în două note ale bufnițelor.

Lumina nopții dansa pe suprafața lacului și pe trupul ei, care se lăsa dezgolit.

Se ridică să îi descheie și lui nasturii, însă el o împinse înapoi.

– Nu încă, nu încă. Privirea lui o vrăjea, iar dorința pe care o simțea în privirea lui îi făcu din nou tot corpul să tremure. Nu știi cum arăți. Nu ai cum să știi.

El avea nevoie să guste, să atingă. Să o aibă în întregime. Dăduse frâu liber lăcomiei, iar strigătele și gemetele ei îl făceau să ardă și mai tare. Unghiile ei săpau, trupul ei tremura în convulsii și încă nu se terminase.

Acum, stelele parcă explodaseră, iar lumina lor devenise orbitoare. I se tăiase răsuflarea, copleșită de senzații. I se părea pervers, minunat să stea întinsă acolo, aproape neajutorată, goală, înnebunită, în timp ce el făcea ce voia cu ea. Cămașa lui îi freca sânul, stârnindu-i încă un geamăt.

Ea își dorea cu disperare să îi simtă pielea, știind că el era îmbrăcat, în timp ce trupul ei gol sporea excitația, într-o panică delirantă, gata să explodeze.

– Acum. În mine! O, Doamne! Del!

Îi prinse cămașa și cureaua, pe care o desfăcură împreună. Se rostogoli deasupra lui. Îl încălecă. Îl luă în stăpânire.

Plăcerea o copleșea, o îneca și își lăsă capul pe spate, adâncindu-se în el. Mâinile lui se opriră pe sânii ei, apoi îi alunecară în jos, pe corp, și, în cele din urmă, le strânse pe ale ei.

Veni și furtuna finală, iar ei trecură împreună prin ea.

Ea nu-și dorise decât să-l ademenească, să-l ispitească puțin – o muncă de teren pentru ceea ce se aștepta să urmeze în dormitor. Iar acum zăcea dezbrăcată, buimacă și epuizată lângă lac, unde broscoiul cel gras orăcăia ca și când ar fi aprobat totul.

Tocmai făcuse sex sălbatic în aer liber cu Del, lângă lacul unde se jucau adesea în copilărie.

Nu-și dădea seama încă dacă era ciudat sau minunat.

– Baza a doua? El îi mângâie spatele, fundul, apoi din nou spatele. Iubito, ăsta a fost marele șlem!

Ei îi venea să râdă; era puțin răgușită, dar îi venea să râdă.

– Doamne, Del, suntem goi și lipicioși. Ce s-ar fi întâmplat dacă Mac și Carter sau Emma și Jack s-ar fi hotărât să facă o plimbare pe-aici?

– Dar nu s-au hotărât.

– Dar dacă...

– Dar nu s-a întâmplat așa, repetă el, cu vocea la fel de leneșă precum mâna care continua s-o mângâie. În plus, te-ar fi auzit scoțând sunete sălbatice înainte să se apropie și să vadă ceva – apoi, probabil că s-ar fi îndreptat politicos în altă direcție, oftând de invidie.

– Nu am scos sunete sălbatice.

– Oho, ba da, ai scos destule. Sunete porno de nota zece. Ai putea face carieră.

– Sunt sigură că nu.

El se rostogoli deasupra ei, se lăsă în jos și îi prinse sânul cu gura. Ea nu-și putu stăpâni un oftat și un geamăt.

– Asta ce-a fost? Nu e de la mine.

Ea își regăsi răsuflarea.

– În regulă, e bine de știut că, în cazul în care Vows dă faliment, mi-aș putea câștiga existența gemând în filme porno.

– Ai fi o adevărată stea.

– Poate ar trebui să joci și tu cu mine.

El se ridică și zâmbi, iar ea simți căldură în tot corpul.

– Nu chiar. Nu cred.

– Rămâne o posibilitate. El își aplecă din nou capul, însă se dădu la o parte, ca să nu o mai apese cu greutatea lui. Dacă ne-am fi gândit să luăm un cort, am fi putut sta aici toată noaptea.

Ideea o făcu să pufnească.

– Când ai mers cu cortul ultima dată?

– Cred că aveam doisprezece ani.

– Da, nu e pentru tine. Și nici pentru mine. Cred că trebuie să ne îmbrăcăm și să mergem spre casă.

– Suntem goi și lipicioși, dar pot face ceva în privința asta. O cuprinse în brațe și se rostogoli împreună cu ea. Creierul ei procesă destul de târziu, însă suficient de repede cât să priceapă ce intenționa el să facă, de fapt.

– Nu, Del! Nu poți să...

Plonjară împreună, înlănțuiți, în apa rece a lacului. Ea nu apucă să înghită prea multă apă; dădu din mâini și din picioare ca să iasă la suprafață. El izbucni într-un râs isteric, văzând-o cum se agită.

– La naiba! La naiba! Nu ești sănătos la cap! Sunt broaște aici. Și pești. Pești! țipă ascuțit, simțind cum îi trecea ceva pe lângă picior. Se chinui să ajungă la mal, însă el o strânse tare.

– Mă simt excelent.

– Pești, spuse ea îmbrâncindu-l. Broaște.

– Tu și cu mine. Sunt gol în lac cu Laurel McBane, și ea e lipicioasă. Ups, spuse el, lăsându-și mâna să alunece între picioarele ei; o prinse strâns.

– Del! I se tăie răsuflarea, atârnată de el. O să ne înecăm.

– Ia să vedem.

Nu se înecară, însă ea abia mai găsi putere să ajungă pe iarbă, unde se întinse căutând aer.

– Niciodată, *niciodată* nu am văzut așa ceva cu binoclul.

El o privi șocat.

– Ați avut și binoclu?

– Sigur că da. Nu eram suficient de aproape cât să vedem ceva fără binoclu. Dar ce zici de broască? Broasca n-a avut nevoie de binoclu și a văzut deja destule.

– Broasca n-o să spună nimănui ce a văzut, dacă vrea să rămână întreagă.

Ea își întoarse capul și îl privi pe Del.

– Acum suntem goi și uzi.

– Dar fericiți.

Ea zâmbi.

– Nu te contrazic. Dar cum intrăm în casă?

– Sunt un Brown. Am un plan.

Până la urmă, ea se îmbrăcă în cămașa lui, el își luă pantalonii și împachetară restul. Încă uzi și încercând să nu râdă, se strecurară pe ușa laterală, ca să urce direct în cameră.

– Cred că am scăpat, spuse ea și își lăsă bagajelul imediat ce închiseră ușa. Acum mă simt înghețată. Îmi trebuie un duș fierbinte.

– Da, sigur ai nevoie de asta. Arăți ca cineva care tocmai a făcut sex în lac.

O cuprinse în brațe să o încălzească și se îndreptară spre duș.

– Del? Amintește-mi să mai fac un instructaj suplimentar data viitoare când îți pregătesc cina.

Dormi ca și când ar fi fost în comă și se trezi la fel de amețită și de dezorientată când auzi ceasul.

– Nu, e o greșeală, nu poate fi dimineață. Deschise un ochi, citi ora afișată pe ecran și, resemnată, opri alarma.

Lângă ea, Del murmură ceva și încercă să o tragă înapoi lângă el.

– Trebuie să mă trezesc. Tu mai dormi, stai în pat.

– Bună idee.

Se întoarse pe partea cealaltă.

Îl privi încruntată, apoi se ridică să se îmbrace pe întuneric.

În bucătărie, pregăti cafeaua și bău prima ceașcă fierbinte și neagră, în timp ce examină programul zilei. Putea la fel de bine să fie scris și în greacă.

Ca să-și limpezească mintea, turnă a doua ceașcă, adăugă o lingură cu vârf de zahăr, apoi scoase o brioșă. Luă cafeaua și brioșa afară, în aer liber, să se bucure de ceea ce era, fără îndoială, momentul ei preferat al zilei.

Imediat înainte de răsărit, înainte ca lumina să învingă întunericul. Înainte ca oricine sau orice să se trezească la viață, iar lumea – sau locul său preferat din lume – să fie a ei.

Era obosită și câteva ore în plus de somn ar fi fost o binecuvântare, însă era greu să nu admire priveliștea, să nu trăiască sentimentul acela minunat al începutului de dimineață.

Ciuguli din brioșă, sorbi din cafea și simți cum mintea i se limpezește, pe când cerul devenea roz și pal, la răsărit.

Ochii ei urmăreau linia orizontului, dincolo de iarbă, terasă, grădină și pergolă, pe care Emma și echipa ei urmau să înceapă curând să o împodobească.

Văzu lumina strălucind peste apa din lac, umbra vagă a salciei tremurând deasupra ei.

Se gândi la noaptea de dinainte, la Del, care dormea în patul ei. Zâmbi.

Avea să fie o zi frumoasă.

Capitolul 18

Vacanță. Laurel îi simțea deja parfumul, aproape că o atingea. Ar fi început deja, dacă s-ar fi *terminat* odată evenimentul ăsta.

Evenimentele de duminică după-amiaza erau, de obicei, mai restrânse. Sofisticate sau obișnuite, agitate sau libere, petrecerile de nuntă sau de aniversare de duminică după-amiaza însemnau, de cele mai multe ori, o gustare între mese sau un ceai elegant, și totul se termina suficient de devreme pentru ca musafirii, odată ajunși acasă, să prindă un meci sau un film.

Dar nu și acesta. Nu și ultimul eveniment de dinainte de începerea binemeritatei vacanțe. La ora patru după-amiaza, sala de bal era plină. Șampania curgea. Mireasa și mirele – de-abia trecuți de patruzeci de ani, aflați la a doua căsătorie, dansau ca o pereche de adolescenți aflați în vacanța de primăvară, pe muzica retro pusă de DJ.

– De ce nu merg acasă să facă sex? mârâi Laurel către Emma.

– Se cunosc de trei ani și locuiesc împreună de peste un an. Probabil fac sex oricând doresc.

– Dar e sexul din Ziua Nunții, iar sexul din Ziua Nunții e posibil doar azi. La miezul nopții se termină. Ar trebui să își dorească asta. Poate că ar trebui să le sugerăm noi.

Emma o bătu pe Laurel pe umăr.

– Tentant, da, foarte tentant, dar trebuie să rezistăm până la ora cinci.

Se uită la ceas.

– Ai la deget un plasture cu Tinker Bell.

– Nu-i așa că e drăguț? Aproape că mă face să visez cu ochii deschiși la vacanță și la ce o să fac atunci. Oricum, mai avem încă 49 de minute, după ceas. Apoi, două săptămâni, Laurel. Paisprezece zile de plajă.

– Îmi sclipesc ochii numai când mă gândesc la asta, iar dacă încep să plâng, oamenii vor crede că sunt emoționată din cauza nunții, deci nu ar fi nici o problemă. Abia se stăpânea să nu se ducă să calce oamenii pe picioare. Am făcut bagajele. Își miji ochii privind-o pe Emma.

– Da, mi-am făcut bagajul. Mi-am făcut bagajul.

– În regulă atunci. Așadar, în 49 de minute, încărcăm mașinile. Mă gândesc că trebuie să dedicăm douăzeci de minute încărcatului, din cauza echipamentului de plajă și al certurilor. Asta înseamnă 69 de minute. Mai rămân zece minute pentru ca Parker să verifice și să răsverifice listele. Încă 79 de minute și suntem pe drum. Vacanța începe în momentul în care ești pe drum.

– Așa este.

Emma zâmbi unui grup mic de musafiri care se îndrepta către bar.

– 78 acum. În câteva ore, vom bea margarita cu gheață pe plajă. Del va pregăti paharele, nu-i așa?

– Ar face bine, dacă ne gândim că e deja pe plajă.

– Trebuia să meargă cineva înainte, să deschidă casa, să ia proviziile, să se asigure că totul este în regulă.

– Da. Probabil că se relaxează acum cu o bere, dar încerc să nu-mi fie ciudă. E în regulă, pentru că în 198 de minute, plus sau minus alte câteva, vom fi și noi acolo. La naiba, trebuie să ne și schimbăm – mai adaugă 20 de minute. 218.

– 17, o întrerupse Emma. Nu că ne-am uita la ceas sau ceva.

– Vom sorbi margarita, iar grija cea mai mare va fi cina.

O ciupi de braț pe Parker, care tocmai apăruse.

– Au.

– Mă asiguram doar că nici una dintre noi nu visează. Număram separat timpul rămas. Două sute șaptesprezece minute până când vom bea margarita pe plajă.

– Două sute șaptezeci și șapte. Tocmai au cerut o oră în plus.

Ochii mari și căprui ai Emmei se întristară ca ai unui cățeluș flămând.

– Of, Parker!

– Știu, știu. Dar e alegerea lor, sunt banii lor, nu putem spune nu.

– Ar putea apărea un telefon anonim de amenințare cu bombă. Iată o sugestie, spuse Laurel când o văzu pe Parker privind-o fix. O să încep să transfer cadourile în limuzină. Așa mai trece timpul. Dacă ai nevoie de mine, sună-mă.

Își ocupă timpul cu supravegherea transferului și cu transportul cadourilor. Apoi făcu un drum la etaj, în camerele mirelui și miresei, pentru a se asigura că totul era în ordine, și se îndreptă către bucătărie, să ia cutiile pentru restul de tort și pentru deserturi.

– Două sute douăzeci și nouă de minute, își spuse ea.

La șase fix, rămase cu partenerele ei, cu Jack și Carter, făcându-le cu mâna celor doi proaspăt căsătoriți și invitaților rămași până la final.

– Plecați odată, mârâi ea printre dinți. La revedere! Drum bun și cale bătută!

– Poate îți citește cineva pe buze, comentă Jack.

– Nu mă interesează, spuse, însă îl prinse de braț și se aplecă ușor în spatele lui. Duceți-vă acasă. Plecați. Bun, pleacă și ultimii. De ce s-au oprit acolo să vorbească? Au avut la dispoziție ore întregi să vorbească. Da, da, îmbrățișați-vă, îmbrățișați-vă, pupați-vă, hai, *plecați*, pentru numele lui Dumnezeu.

– Intră în mașini, spuse Mac din spatele ei. Gata. Pornesc motorul de la mașină și pleacă. Și conduc, conduc. Își puse mâinile pe umerii lui Laurel. Aproape că au intrat pe șosea, aproape sunt acolo și... Gata!

– Vacanță! strigă Laurel. Împrăștiați-vă și aduceți bagajele.

Intră în grabă și urcă scările.

În cincisprezece minute, îmbrăcată în pantaloni trei sferturi și maiou mulat, cu pălărie de paie pe cap și sandale în picioare, își târa bagajele la parter. Apoi o privi încruntată pe Parker.

– Cum ai reușit să fii mai rapidă decât mine? Cum ai reușit? M-am mișcat ca vântul. Am fost o adevărată tornadă de viteză și eficiență.

– Am multe talente. O să aduc mașina.

Doamna Grady ieşi afară, în timp ce ele încărcau bagajele, şi puse o pungă în maşină.

– Rezerve pentru drum, spuse ea. Apă rece, nişte fructe, brânză şi biscuiţi crocanţi.

– Eşti cea mai bună. Laurel se întoarse să o îmbrăţişeze. Răzgândeşte-te, vino cu noi.

– Nici vorbă. Două săptămâni de linişte aici sunt perfecte pentru mine. Cu braţul pe umerii lui Laurel, se uită cu atenţie la Parker. Voi două chiar că arătaţi pregătite. Şi foarte frumoase.

– Fetele de pe plaja din Southampton, spuse Parker şi făcu o piruetă plină de graţie. Ne va fi dor de tine.

– Nu e adevărat. Doamna Grady zâmbi, iar Parker o sărută pe obraz. Dar vă veţi bucura să mă vedeţi când vă întoarceţi. Iată şi următorul grup. Ridică bărbia, în timp ce Mac şi Carter traseră în spatele maşinii lui Parker. Ai grijă să nu uite să se dea cu loţiune solară, îi spuse ea lui Carter. Roşcata noastră se prăjeşte ca un ou.

– Ne-am aprovizionat.

Îi dădu şi lui o geantă închisă.

– Mâncare pentru drum.

– Mulţumesc.

– Emma întârzie, ca de obicei. Parker se uită la ceas. Carter, tu eşti în mijlocul coloanei, aşa că ai grijă să nu rămâi în urmă.

– Bine, şefa.

– Ai instrucţiunile pe GPS, ca măsură de precauţie.

– Perfect. Suntem gata. Mac îşi potrivi borul pălăriei. Gata.

– Avem cam două ore şi zece minute de condus, începu Parker. Laurel o ignoră şi se uită în direcţia casei Emmei, ca şi când, folosindu-şi doar puterea minţii, i-ar fi transmis prietenei ei să se grăbească.

– A mers! Uite-o. La revedere, doamnă G. Dacă vă simţiţi singură, luaţi maşina şi veniţi la noi.

– Nu cred.

– Fără petreceri sălbatice. Cu o căutătură sobră, Parker îşi puse mâinile pe umerii doamnei G. Nu e voie să aduci băieţi peste noapte. Fără droguri. Fără băuturi alcoolice.

– Asta nu-mi lasă prea multe opțiuni, nu-i așa? Doamna Grady oferi o ultimă îmbrățișare de rămas-bun și îi șopti la ureche: Nu fi o fetiță prea cuminte. Distrează-te.

– Distracția e primul element din lista mea.

Laurel urcă în mașină, în timp ce doamna Grady îi oferi Emmei ultimul pachet cu mâncare pentru drum și o îmbrățișă. Laurel se relaxă în scaun, iar Parker urcă la volan.

– Gata.

– Da, draga mea prietenă, gata. Parker porni motorul și activă GPS-ul. Hai să ne facem de cap.

Laurel lăsă să-i scape un „Iu-huu" în timp ce se îndreptau spre șosea.

– Deja simt nisipul în pantofi și aerul sărat în păr. Cred că mori de nerăbdare să ajungi. Casa aceea e a ta și nici măcar n-ai văzut-o încă.

– Sunt coproprietar. Am văzut o grămadă de poze, de la Realtor sau făcute de Del.

– Nu pot să cred că tocmai tu, dintre toți oamenii, ai cumpărat o casă pe care o știi numai din descrieri sau de pe net.

– Nu aveam de ales. N-aveam timp să merg acolo. Oricum, este o metodă eficientă de a cumpăra ceva, mai ales pentru investiții. Am cumpărat-o gata mobilată și utilată în mare parte, pentru că foștii proprietari nu au vrut să ia cu ei multe lucruri, însă mai am destule de rezolvat. O să fie distractiv să mă ocup de chestiile mici sau să văd dacă trebuie zugrăvit din nou.

– Și ce vrei să faci prima oară mâine dimineață?

– Să încerc sala de gimnastică, apoi să mă plimb pe plajă cu o cană imensă de cafea, sau să sar peste gimnastică și să alerg pe plajă. Alerg. Pe plajă.

– Fără BlackBerry.

– Nu știu dacă o să merg chiar atât de departe. Poate intru în sevraj. Dar tu? Primul lucru.

– Asta e frumusețea. Că nu știu. N-am nici cea mai vagă idee ce vreau să fac sau ce voi face. Mac o să facă poze. Emma o să meargă pe plajă, o să se holbeze la apă și o să strige de fericire, iar tu, recunoaște, o să-ți verifici mesajele pe laptop și pe telefon imediat după exerciții și plimbare. Sau după ce alergi.

Parker ridică din umeri.

– Probabil, însă și eu vreau să mă holbez și să strig de fericire.

– Și să faci o listă cu ce vrei să modifici sau să adaugi prin casă.

– Fiecare petrece în stilul ei.

– Da, așa e, și îți mulțumesc de pe acum.

– Pentru ce?

– Pentru cele două săptămâni în casa de pe plaja din Southampton. Da, suntem partenere și prietene, însă ai fi putut să spui că vrei să ai două săptămâni doar pentru tine.

– Ce m-aș face fără voi?

– Asta e o întrebare la care nu va trebui să răspundem vreodată. Deschise punga și scoase sticlele de apă. Le desfăcu pe amândouă, îi turnă lui Parker în pahar și îl lovi ușor cu sticla ei. Pentru noi. Pentru fetele de pe plaja din Southampton.

– Clar.

– Muzică?

– Bineînțeles.

Laurel dădu drumul la radio.

Totul se schimbă când o tăiară pe la est de New York și merseră de-a lungul insulei înguste. Coborî fereastra și se aplecă în afară.

– Mi se pare că simt mirosul apei. Oarecum.

– Mai avem de mers mai mult de jumătate din drum până acolo. Parker mușcă dintr-o felie de măr. Ar trebui să-l suni pe Del și să-i spui în cât timp ajungem.

– Bună idee, mai ales că o să ajung moartă de foame și cu poftă de margarita. Oare să-i spun să pregătească grătarul? Om avea grătar?

– Del e coproprietarul casei, Laurel.

– Atunci, sigur există grătar. Burgeri, pui sau friptură?

– Știi ce, e prima noapte de vacanță. O friptură mare și grasă.

– O să adaug asta la comandă.

Scoase telefonul și căută numărul lui Del.

– Salut. Unde sunteți?

Privi ecranul GPS-ului și îi spuse locul.

– E blocaj în trafic?

– Nu, merge. Am organizat un eveniment atât de reușit, încât au mai cerut o oră, însă mergem bine. Parker i-a spus lui Carter să meargă la mijloc, așa că e prins între noi, și Jack și trebuie să țină ritmul. Am vrea să comandăm margarita rece și fripturi mari și grase.

– Suntem fericiți să vă servim. Hei, ascultă!

În clipa următoare auzi un foșnet.

– E oceanul! Parker, ascultă. Duse telefonul la urechea prietenei ei. Este oceanul *nostru*. Ești pe plajă? întrebă ea, când îl auzi din nou pe Del.

– Tocmai am ajuns.

– Distrează-te, dar nu prea mult până nu ajungem și noi acolo.

– O să mă stăpânesc. Hei, știi cumva dacă Mal a plecat?

– Nu. Vine tot în noaptea asta?

– Nu știu sigur. O să-l sun. Ne vedem curând.

– Abia aștept. Închise telefonul. E posibil să vină și Mal în noaptea asta.

– Minunat.

– E de treabă, Parker.

– N-am spus că nu e. Încă nu m-am obișnuit cu schimbarea de dinamică din grupul nostru.

– În plus, are în ochi acea privire care spune: Surioară, ce zici s-o facem?

– Da! Parker luă mâna de pe volan și arătă cu degetul spre Laurel. Exact. Nu-mi place asta. Parcă se laudă cu sexualitatea lui.

– Da, dar măcar e cinstit. Adu-ți aminte de tipul cu care ai ieșit de câteva ori. Geoffrey – pronunțat britanic –, baron al vinurilor sau ceva de genul ăsta.

– Era interesat de podgorii.

– Și vorbea fluent franceză și italiană, știa multe despre cinematograf, nu doar despre filme, schia în San Moritz, însă, dincolo cultura lui, s-a dovedit a fi respingător, un nemernic sexist.

– Oh, da, așa e. Acea amintire o făcu pe Parker să dea din cap și să ofteze. De obicei, îmi dau seama, însă el pur și simplu mi-a fentat radarul. Ia uite!

Laurel întoarse capul și zări oceanul.

– Iată-l, murmură ea. E adevărat. Parker, suntem atât de norocoase.

Se gândi din nou la asta, plină de mirare, când văzu pentru prima dată casa.

– Asta e?

– Aha.

– Asta e casa voastră de pe plajă? E o vilă pe plajă, Parker.

– E mare, dar și noi suntem mulți.

– E minunată. Îmi dă senzația că e aici dintotdeauna, perfectă pentru locul acesta, și totuși strălucitoare și nouă.

– E superbă, aprobă Parker. Speram să fie așa, să nu fie astfel doar în poze. Și e foarte intimă. Ah, privește nisipul și apa, lacul, totul!

Studiară împreună liniile acoperișului, ferestrele mari, farmecul platformelor, eleganța cupolelor.

Zări un teren de tenis și o piscină, în timp ce Parker intra cu mașina pe aleea care ducea în fața casei.

Laurel își dădu seama că astfel de momente erau cele care îi aminteau că Del și Parker nu erau bogați. Erau putred de bogați.

– Îmi plac la nebunie toate colțurile ei, spuse Laurel. Poți vedea apa – oceanul sau lacul – din orice cameră.

– Face parte dintr-o rezervație. Eu și Del am vrut așa, ca să o păstrăm neatinsă, să o protejăm. El a găsit-o și mie mi s-a părut perfectă.

– Abia aștept să văd și restul.

Chiar în timp ce vorbea, Del ieși pe terasa principală și coborî spre ele, iar în acel moment, uită tot restul.

Părea foarte relaxat, în pantaloni kaki și desculț. Ochelarii de soare nu-i ascundeau plăcerea de pe chip.

Ea ieși prima, iar el întinse mâna să o conducă.

– În sfârșit, ai venit, spuse el, sărutând-o de bun-venit.

– Frumoasă colibă aveți pe plajă.

– Așa mă gândeam și eu.

Parker ieși, privi lung casa, se întoarse, privi apoi apa și priveliștea și dădu aprobator din cap.

– Bună treabă.

El ridică brațul, iar ea se strecură sub el; o clipă rămaseră așa toți trei, în adierea ușoară a brizei, privind casa din fața lor.

– Merge, spuse Del.

Sosiră și ceilalți, iar odată cu ei și zgomotul, agitația, refrenele de aprobare și de curiozitate, în timp ce descărcau mașinile și cărau bagajele și proviziile.

Impresiile nu întârziară să apară – soare și spațiu, lemn lucios, culori pale. De pe fiecare fereastră se zărea întinderea de apă și nisip, izolarea și intimitatea, vreun loc unde să te așezi sau o potecă pe care să te plimbi.

Tavanele înalte și trecerile deschise dintr-o cameră în alta dădeau o notă atrăgătoare, de familiar, eleganței simple a mobilei. „Un loc în care te simți bine și când stai cu picioarele în sus, și când bei șampanie în ținută de seară“, se gândi Laurel.

Trebuia să recunoască, familia Brown se pricepea.

Bucătăria îi stârni imediat un val de plăcere, cu hectarele sale de blaturi de culoarea paiului. Ușile din sticlă texturată ale dulapului lăsau să se vadă vase Fiestaware multicolore și strălucirea paharelor. Deschise sertarele pentru oale și murmură aprobator când văzu selecția de oale și tigăi. În jurul chiuvetelor, ferestrele înalte deschideau încăperea către plaja și valurile care se spărgeau de țărm.

Chiar în timp ce făcea evaluarea, îl auzi pe Jack strigând.

– Pinball!

Ceea ce însemna că undeva exista o sală de jocuri, însă momentan era mult mai interesată de bucătărie, de zona în care se lua cina, în apropierea terasei pe care se mânca. Del îi întinse o margarita cu gheață.

– Ți-am promis.

– Oho! Sorbi din băutura rece. Suntem oficial în vacanță.

– Am luat un dormitor. Vrei să-l vezi?

– Absolut. Del, locul ăsta e... mult mai mult decât credeam.

– În sensul bun?

– În sensul că am rămas mască.

În drumul lor, aruncă un ochi prin celelalte camere. Camera soarelui, care trebuia să fie o cameră pentru dimineață, apoi salonul, băile. Apoi, pe treptele de lemn până la al doilea etaj, într-un dormitor cu un perete întreg de ferestre care dădeau la ocean. Se imagină imediat lenevind pe patul din fier forjat, cu baldachin deschis și lenjerie albă ca zăpada. Perdelele diafane fluturau în vântul care adia prin ușile pe care tocmai le deschisese.

– E minunat. Pur și simplu, minunat. Și ascultă.

Închise ochii și lăsă sunetul oceanului să o copleșească.

– Ia uite ce e aici.

El făcu un semn, iar ea se duse în baie.

– Bine. Își lăsă mâna pe brațului lui și îl bătu ușor de câteva ori. Bine. Aș putea locui aici. Aș putea să rămân în camera asta.

Cada imensă trona în fața altui perete de ferestre, pe faianța de culoarea nisipului auriu. Prin geamul transparent admiră dușul cu capete și jeturi multiple și bancheta de marmură.

– Duș cu abur, spuse el, iar ea aproape scânci.

Chiuvetele erau mari, de forma și culoarea cochiliilor de scoici. Peretele de la piciorul căzii avea un mic șemineu cu gaz și un televizor cu ecran plat, așa că imaginația ei trecu de la lenevitul în pat la lenevitul în apa cu bulbuci.

Dulapurile în oglindă reflectau faianța, strălucirea garniturilor, suprafața rafturilor, tablourile drăguțe în acuarelă, de pe pereți.

– Baia asta e mai mare decât primul meu apartament.

Mac intră în grabă, cu privirea aprinsă, gesticulând.

– Baia... baia. E... Uau, uite și asta cum e. În fine. Baia! strigă ea din nou, apoi ieși la fel de grăbită precum intrase.

– Cred că ai dat lovitura, îi spuse Laurel lui Del.

După o oră, grătarul scotea deja fum, iar grupul se adunase pe terasă. Sau așa presupunea Laurel, până când aruncă o privire în jur.

– Unde e Parker?

– Se plimbă singură. Emma oftă și sorbi din băutura ei dulceagă. Ia notițe.

– Asta n-ar schimba nimic. Ascunsă în spatele ochelarilor de soare uriași și a pălăriei cu boruri largi, Mac își mișca degetele de la picioarele goale. Nimic. Nu m-aș mișca din locul acesta în următoarele două săptămâni, dacă n-ar fi și alte locuri incredibile în care să lenevesc.

– Trebuie să vedem plaja.

Jack îi sărută mâna Emmei.

– Cu siguranță.

– De-acolo putem să privim păsările, spuse Carter. Am zărit una când mă plimbam mai devreme. Și... Se opri și se înroși ușor. Pericol de tocilar.

– Îmi plac păsările, spuse Emma și se întinse să-l bată ușor pe mână. Vin imediat să te ajut cu cina, Del.

– Mă ocup eu. Laurel se ridică. Așa, una dintre celelalte perechi va prelua data viitoare comanda când vrem să luăm cina. Mă duc să pregătesc ceva care să meargă cu fripturile.

De fapt, dorea să se joace prin bucătărie.

Parker apăru chiar când Laurel arunca bucățile de cartofi noi în amestecul de unt, usturoi și mărar.

– Ai nevoie de ajutor?

– Totul e sub control. Del cred că a dat peste o fermă, în drum. Inteligent din partea lui.

– Pentru că el e inteligent. Parker privi din nou în jur. Deja m-am îndrăgostit de locul ăsta.

– Și eu. Priveliștea, aerul, sunetele. Și casa în sine... e incredibilă. Cam ce vrei să schimbi pe-aici?

– Nu prea multe. Mai mult să ajustez decât să schimb. Se îndreptă către o fereastră. Adierea vântului aducea înăuntru vocile și veselia. Ce sunet plăcut. Pariez că aici e frumos și iarna.

– Mi-ai citit gândurile. Mă gândeam că mereu avem o perioadă mai lejeră, de vreo săptămână și ceva, după sărbători.

– Da, m-am gândit și eu. Poate. Del pare foarte fericit. În parte, datorită ție.

Mâinile lui Laurel se opriră.

– Crezi?

– Da, cred. Stau aici și-l văd mânuind grătarul, și mă uit la tine cum aranjezi totul în bucătărie. E foarte plăcut. O privi. Mă simt fericită, Laurel, la fel cum vocile pe care le aud de afară mă fac fericită.

– Simt același lucru.

– Perfect. E bine să auzi asta din partea cuiva care vă iubește pe amândoi. Deci, spuse ea întorcându-se cu spatele la fereastră. Mâncăm afară sau înăuntru?

– Într-o seară ca asta? Bineînțeles că afară.

– Mă duc să pun masa.

Mai târziu, după masă, ieșiră să se plimbe pe plajă, bălăcindu-se în valuri, urmărind luminile vaselor din depărtare, care făceau croaziere nocturne. Aerul devenea mai rece, iar Laurel se gândi la o baie prelungită, la lumina șemineului.

Însă renunță rapid la idee; sala de jocuri era prea ispititoare. Liniștea se transformă într-un amalgam de zgomote, bâzâituri și fluierături.

Jack și Del se băteau, într-un meci de pinball, pe viață și pe moarte, până când se decise să îi lase și să-și vadă de treabă. Se întoarse în dormitor și se răsfăță în baia pe care și-o dorise. Când se schimbă în cămașă de noapte și ieși pe terasă, își dădu seama că nu se mai uitase la ceas de ore bune.

Asta era vacanța adevărată!

– Chiar mă întrebam unde ai dispărut.

Îl privi pe Del.

– Trebuie să mă antrenez serios ca să te pot întrece pe tine sau pe Jack. Am făcut o baie minunată, la lumina șemineului, privind oceanul. Mă simt ca eroina principală a propriului meu roman.

– Dacă știam, veneam cu tine și am fi scris împreună o scenă de dragoste. O îmbrățișă, iar ea își lăsă capul pe umărul lui. Ai avut o zi bună?

– Minunată. Locul, priveliștea, atmosfera, prietenii.

– Imediat ce am văzut-o, am știut. Am știut că de asta avem nevoie.

Nu spusese *am* nevoie, remarcă ea. Nu Del. Del prefera *avem*.

– Nu am întrebat-o niciodată pe Parker, însă mereu m-am întrebat de ce ați vândut casa din East Hampton.

– Pentru că nu puteam niciodată să vindem casa din Greenwich... casa noastră. E căminul nostru. Însă cealaltă... Am știut amândoi că nu vom putea niciodată să stăm acolo sau să ne simțim bine în ea. Să ne amintim de casa părinților noștri e una... E important și ne aduce alinare, însă casa pe care am avut-o pe plajă? Pur și simplu nu mai puteam merge acolo. Locul acesta e nou și vom rămâne cu alte amintiri de-aici.

– Trebuia să așteptați, ca să puteți face pasul ăsta. Aveați nevoie de un pic de timp și de spațiu la început.

– Da, așa e. Ăsta e un loc frumos și mi se pare că l-am luat la momentul potrivit.

– Parker deja l-a îndrăgit. Știu că asta e important pentru tine. Mi-a spus ea, dar, chiar dacă nu mi-ar fi spus, vedeam și singură. Toți vedeam. Așa că mulțumesc că ai găsit locul potrivit la momentul potrivit.

– Cu plăcere. Își apăsă buzele pe gâtul ei. Miroși foarte bine, murmură el.

– Și mă simt foarte bine. Zâmbi când el o mângâie pe spate. Vezi? Ridică privirea și îi atinse ușor buzele cu ale ei. Cred că am putea totuși să scriem scena aia de dragoste.

– Bună idee. Zâmbi și o luă în brațe. Cred că am putea să începem așa.

– E o scenă clasică.

Laurel nu-și putea imagina un loc mai potrivit, un timp mai potrivit sau o atmosferă mai potrivită. Ceasul ei intern încăpățânat o trezi înainte de răsărit, însă se răsfăță la gândul că nu mai trebuia să se dea jos din pat, ci să rămână acolo unde era, cuibărită lângă Del, ascultând muzica de serenadă a mării.

Se lăsă în voia acelor senzații; era perfect, iar soarele apărea la răsărit deasupra apei. Își imagina că își răspândește nuanțele de roșu și auriu doar pentru ea, în timp ce stătea pe terasă, cu perdelele subțiri fluturând în spatele ei.

Își luă maioul și o pereche de pantaloni scurți și alergă pe treptele scării exterioare. Parker stătea la baza lor, tot în maiou și în pantaloni scurți, cu părul ei castaniu și des prins într-o coadă lungă, ce-i ieșea de sub șapcă.

– Te-ai trezit și tu.

– Oho.

Laurel ridică mâinile.

– Ce e în neregulă cu noi?

– Absolut nimic. Toți dorm în timpul vacanței. Noi ne bucurăm de fiecare picătură din ea.

– Ai dreptate. Plaja parcă ne cheamă să alergăm, după cum am zis.

– La fel gândesc și eu.

Se încălziră pe alee, apoi începură într-un ritm ușor pe nisip. Nu era nevoie să vorbească, ci pur și simplu își potriviră mersul, urmând linia țărmului, cu spuma valurilor la picioarele lor.

Păsările atingeau apa cu aripile sau săreau în spumă. Carter știa sigur ce specie erau, își spuse Laurel, însă era suficient să le știe aici, înălțându-se spre cer, ciripind, în timp ce soarele care răsărea sclipea deasupra apei.

La întoarcere, păstrară același ritm, până când casa apăru din nou în raza lor vizuală. Laurel atinse brațul lui Parker și încetini.

– Fii atentă. Acolo mergem noi.

– Să nu mă urăști, însă îmi vine să mă gândesc, uau, la un loc excepțional pentru nunți informale pe plajă.

– Cred că te pocnesc.

– Nu mă pot abține. Chiar *este* un loc fabulos.

– Câte telefoane ai dat de când suntem aici?

– Doar două. Mă rog, trei, dar au fost treburi simple. Și am alergat, la răsărit, pe plajă, iar acum ard de nerăbdare să beau o cafea. Și... cine ajunge ultima o face.

O luă la fugă. Laurel era rapidă, însă deja știa cine va face cafeaua. Parker alerga ca un ghepard.

Când ajunse pe terasă, se aplecă, cu mâinile pe genunchi, ca să-și recapete suflul.

– Oricum, eu făceam cafeaua.

– Aha.

– Urăsc să văd că n-ai nimic, însă tot o să fac cafeaua și omletă din albuș.

– Serios?

– Am chef.

Ceilalți coborâră și ei, ademeniți probabil de mirosul de cafea și de muzica pe care o asculta Parker în surdină.

Del se rezemă de blat, trecându-și degetele prin părul răvășit de somn.

– De ce nu ești lângă mine în pat?

– Pentru că am alergat deja cinci kilometri pe plajă și mi-am băut prima ceașcă de cafea. Îi întinse și lui una. Imediat iau micul dejun, din care te voi servi și pe tine, pentru că mă simt generoasă.

El sorbi din cafea.

– Bine, spuse el, apoi ieși pe terasă și se așeză într-un șezlong.

Emma se opri din tăiat fructe și își dădu ochii peste cap, cu o privire care spunea clar: „Bărbații".

– Nu-i zic nimic, pentru că sunt în toane foarte bune. Se opri, auzind sunetul unui motor, și se apropie de fereastră. Cine ar putea să fie?

Afară, Parker aduse la masă o carafă cu suc, apoi privi în jos și-l văzu pe Malcolm Kavanaugh care tocmai își scotea casca. Își scutură părul, după ce coborî de pe motocicletă.

– Frumos loc ți-ai luat, strigă el către Del, apoi urcă scările. Zâmbi spre Parker. Cum merge treaba? Se pare că am ajuns la timp pentru micul dejun.

Se integrase deja în grupul lor, își spuse Laurel mai târziu. Poate că Parker îl găsea puțin enervant, însă chiar se integrase. În acea dimineață, își ocupară locul pe plajă, cu scaune pliante, pături, umbrele, cutii frigorifice. Aerul mirosea a mare și a cremă protectoare.

Moțăia cu cartea în mână când Del o ridică de pe scaun.

– Ce e? Termină.

– A venit vremea să ne scăldăm.

– Dacă vreau să mă scald, mă duc la piscină. Oprește-te!

– Nu se poate să vii la mare și să nu intri în mare.

Intră în mare ținând-o de umăr, apoi o aruncă în apă.

Îl înjură scurt, după care își ținu respirația.

Apa rece îi trecu pe deasupra capului și simți nisipul peste tot, când se ridică. Își îndepărtă apa sărată din ochi și îl zări pe Del stând în apă până la brâu și rânjind.

– La naiba, Del. E rece.

– Răcoritoare, o corectă el și se scufundă sub valul care venea. Ea însă nu-l văzu. Dărâmată, fără suflare, acoperită și mai mult cu nisip, ieși din nou la suprafață, iar el îi prinse mijlocul cu brațele.

– Ești atât de insistent, Brown.

– Te-am băgat în apă, nu?

– Îmi place să mă uit la ocean și să înot în piscină.

– Acasă nu avem ocean, îi aminti el. Mai vine unul.

Măcar de data asta era pregătită, așa că se rostogoli odată cu valul și avu satisfacția de a-l băga pe el sub apă, însă Del ieși la suprafață râzând, pentru că o văzu goală, plină de nisip și de sare, încercând să înoate peste talazuri. Simțindu-și mușchii și pielea încălzite, se văzu nevoită să accepte că Del avusese dreptate.

Acasă nu aveau ocean.

Se scufundă din nou în apă, pentru simpla ei plăcere. Și încă o dată, mâinile lui îi înlănțuiră talia.

– Am ajuns suficient de departe.

– Insistent, repetă ea.

– Poate. Însă el o îmbrățișă strâns. Îl simți cum înoată ca să-i aducă pe amândoi mai aproape de țărm. De ce nu, își spuse ea și, relaxându-se la pieptul lui, îl lăsă pe el să facă toată treaba.

Îi urmări pe prietenii ei, care stăteau pe țărm și în apă, ascultă sunetul vocilor, al valurilor, al muzicii.

– Pot să ajung și singură la mal, îi spuse. La fel cum puteam să intru singură în apă, dacă voiam.

– Da, dar eu n-aș fi putut să fac asta.

O întoarse spre el și o sărută, lăsând apa să-i legene.

Din nou se văzu nevoită să accepte că el avusese dreptate.

Capitolul 19

Avea chef să facă prăjituri. Poate din cauza ploii prelungite din acea dimineață, care bătea în ferestre și transformase plaja într-o acuarelă strălucitoare, sau a zilelor petrecute fără să facă mare lucru prin bucătărie, doar cafea și floricele.

Laurel se gândi că era același lucru ca cele câteva ore petrecute pe ascuns de Parker, în fiecare zi, la laptop, sau de Mac, la aparatul foto. Emma, la rândul ei, căutase o florărie ca să cumpere tone de plante cu care să aranjeze casa.

După câteva zile de dormit până târziu și de lenevit, după plimbări lungi și petreceri vesele până seara târziu, simțea nevoia să frământe niște aluat.

Deja verificase cămara, observând că Del o cunoștea suficient de bine cât să se aprovizioneze cu uneltele de bază, și rămase surprinsă să constate că fusese foarte atent la ceea ce păstra ea în propria ei cămară de acasă, ca să achiziționeze și câteva instrumente de cofetărie profesioniste.

Însă nu știa chiar tot, se gândi ea, pentru că avea chef de plăcintă.

Făcu o listă în minte, știind că totul depindea de ceea ce găsea la piață.

Îi lăsă un bilet lui Parker.

Am plecat la piață. Ți-am împrumutat mașina.

L.

Apoi luă cheile și geanta și plecă în ceea ce considera a fi mica ei aventură.

În sala de gimnastică, Parker privea ploaia în timp ce-și termina setul de exerciții cardio. Nu mai dăduse drumul la știri, după cum îi era obiceiul – un fel de concesie de vacanță. Ceea ce se întâmpla în lume trebuia să aștepte până se întorcea acasă.

Cu excepția mireselor ei, dar chiar nu sărise calul, își spuse. Doar câteva telefoane, foarte puține probleme și griji, pe care le putuse rezolva de la distanță.

De fapt, chiar era mulțumită să constate că putea să fie departe și, totuși, să aibă grijă de tot.

Zâmbi când o zări pe Mac, cu părul roșu ascuns sub șapcă, îmbrăcată cu un hanorac albastru, îndreptându-se cu aparatul foto către plaja spălată de ploaie.

Puteau să fugă de acasă, își spuse Parker, însă nu și de ele însele.

O mai privi câteva clipe, apoi se duse să schimbe muzica într-una mai puțin accelerată, pentru restul exercițiilor ei.

Cât de bine se simțea să stea acolo cât dorea, să nu se uite la ceas, să nu-și potrivească activitățile în funcție de vreo întâlnire sau de vreo treabă pe care o avea de făcut.

Se hotărî să folosească bara transversală și începu cu câteva înclinări.

Când Mal intră în sală, o găsi cu piciorul pe bară și cu nasul la genunchi.

– Ca un arc, comentă el, apoi ridică sprâncenele când ea se întoarse să-l privească. Te deranjează dacă stau și eu aici o vreme?

– Nu, bineînțeles că nu. O irita că, de multe ori, era înțepată și rigidă în preajma lui, așa că se strădui să fie prietenoasă. Folosește ce vrei. Dacă vrei, poți să schimbi muzica. Nu mă deranjează.

Refuza să se lase deranjată.

El se mulțumi să ridice din umeri și se îndreptă către greutăți ca să înceapă exercițiile la prese.

– Nu știam că s-a mai trezit cineva până n-am auzit-o pe pletoasă.

– Mac s-a dus deja pe plajă cu aparatul.

Nu avea nici un motiv să nu se poarte civilizat, își spuse Parker.

– În ploaie?

– Se pare că nu ne putem abține.

Se întoarse către el zâmbind – în parte pentru că era sigură că, dacă nu făcea asta, s-ar fi holbat la fundul ei.

– Cum vreți. Am văzut și eu niște poze de-ale ei. Ar trebui să puneți câteva și pe-aici.

Vorbele lui o surprinseră, pentru că se gândise și ea să facă asta.

– Da, ar trebui. Așa... Ce apeși?

– O păstrez la unu-cincizeci. Ai brațe bune, adăugă el după ce o cercetă îndelung, dar tu cât apeși?

– Unu-zece, poate unu-douăzeci, dacă sunt în toane bune.

– Nu e rău.

Îl urmări cu coada ochiului în timp ce se întindea. Într-adevăr, bărbatul acela avea brațe puternice. Mușchii îi erau încordați, însă nu se bombau, în timp ce ridica și cobora greutățile. Sus, pe bicepsul drept, i se vedea tatuajul cu imaginea nodului celtic al bărbăției.

Căutase simbolul pe Google din simplă curiozitate.

Îi respecta pe bărbații care își păstrau forma fizică. Îl văzuse pe Mal dezbrăcat pe plajă – nu că îi dăduse vreo atenție specială – și văzuse că și el era unul dintre ei.

Ea trecu la abdomene, iar el la haltere. Ea adăugă și câteva exerciții de pilates, iar el de flotări. Nu o deranja cu nimic, așa că aproape uită de prezența lui și își termină setul cu câteva minute de yoga, ca să se întindă din nou.

Se întoarse să ia o sticlă cu apă și aproape că se izbi de el.

– Scuză-mă.

– Nici o problemă. Faci mușchi serioși aici, domnișoară Brown.

– Mă tonifiez, îl corectă ea. Las mușchii în seama ta, domnule Kavanaugh.

El scoase două sticle de apă din frigider și îi întinse una. Apoi se apropie până când se sprijini cu spatele de frigider, cu mâinile pe coapsele ei și cu gura apăsată pe gura ei.

Ea își spuse că doar faptul că a luat-o prin surprindere – de unde până unde? – prelungise acel moment, sărutul, căldura care începuse să se ridice. Îl împinse cu jumătate de pas înapoi și trase aer în piept.

– Stai. Stai un moment.

– Bine.

Îl țintui cu privirea, însă nu părea deloc afectat de acea căutătură care i-ar fi ucis pe cei mai mulți. Totuși, nu se apropie din nou de ea; o privi cu ochii lui verzi și pătrunzători. Pisica și șoarecele, își spuse ea. Așa o făcea să se simtă. Iar ea nu era șoarecele nimănui.

– Ascultă, dacă îți trece prin cap că sunt... că ceilalți au pereche, iar noi...

– Nu. Tu ai crezut asta. Pe 4 Iulie. Îmi aduc foarte bine aminte.

– Aia nu a fost... nimic.

– Mi-a plăcut, dar nu, nu am idei din astea. Pur și simplu îmi place gura ta și voiam să mă asigur că nu mă înșală memoria. Și nu mă înșală.

– Acum, că am stabilit asta... spuse și îl dădu la o parte, ieșind din sala de gimnastică.

Cu un sunet în care se amestecau amuzamentul și plăcerea, Mal se duse să schimbe muzica. Îi prefera pe pletoșii lui cu chitară și tobe.

Laurel scoase pungile din mașină, păstrând în minte amintirea plăcută a pieței locale. Exagerase puțin, însă, pentru că o făcea fericită, nu vedea nimic rău în asta. Avea suficiente provizii cât să coacă plăcintă, niște pâine, o prăjitură cu cafea și orice altceva i-ar mai fi venit chef să facă.

– Cred că se luminează.

Se întoarse și o zări pe Mac, cu hanoracul sclipind de la ploaie, urcând scara dinspre plajă.

– Ah, da, pot să văd și eu asta.

– Nu, serios. Vezi? Privește acolo. Mac indică spre răsărit. Porțiuni mici de albastru. Sunt optimistă.

– Și udă.

– Am făcut poze foarte bune. Întinse mâna spre altă pungă. Spectaculoase, de vis, de atmosferă. Ce grea e! Ce-ai cumpărat?

– Chestii.

Mac aruncă o privire, apoi îi zâmbi lui Laurel.

– Faci prăjituri. Pur și simplu, nu poți să te abții.

– Da, tocmai tu vorbești, că te-ai și abținut.

– Emma spune ceva despre o grădină pe plajă. Iarbă de pampas și... mă rog, ea știe, însă asta nu înseamnă că suntem obsedate de muncă.

– Nu. Înseamnă că suntem productive.

– Mult mai bine, aprobă Mac, apoi urcară cu bagajele. Mă distrez de minune. Acum abia aștept să descarc fotografiile digitale, să văd ce-a ieșit. Am făcut și câteva pe film. Mă întreb dacă Parker și Del ar putea să facă aici o cameră obscură.

– Parker crede că locul e perfect pentru nunți informale pe plajă.

Mac își țuguie gânditoare buzele.

– Cred totuși că merge prea departe. În afară de faptul că, la naiba, chiar are dreptate.

– N-o încuraja, îi ordonă Laurel, apoi se pregăti să intre cu pungile pe ușa deschisă.

Chiar înainte să facă asta, Del îi ieși în cale.

– Iată-te. Le luă câte o pungă. Aveam nevoie de provizii?

– Eu aveam.

Lăsă pungile pe blatul bucătăriei și se aplecă să o sărute.

– Bună dimineața. Hei, Macadamia, ești leoarcă.

– Se înseninează, insistă ea. Mă duc să iau niște cafea. L-ai văzut pe Carter?

– Puțin. Avea cu el o carte atât de groasă.

Del făcu un semn cu degetul mare și cu cel arătător.

– Asta o să-l țină ocupat.

Își turnă cafea și îi salută, apoi ieși.

– Ți-am simțit lipsa în pat în dimineața asta, îi spuse Del lui Laurel. M-am trezit în sunetul ploii și al valurilor și m-am gândit că acesta e locul perfect în care să fim. Însă tu nu erai lângă mine.

– Am fost în misiune.

– Văd. Băgă mâna într-o pungă și scoase o lămâie. Limonadă?

– Plăcintă cu lămâie și plăcintă cu cireșe. Și vreau să coc și niște pâine, poate și o prăjitură cu cafea. Diminețile ploioase sunt minunate pentru făcut prăjituri.

– Dumnezeule, în dimineața asta, gândurile noastre au luat-o în direcții complet diferite.

Ea râse și începu să golească pungile.

– Dacă te-ai fi trezit mai devreme, am fi putut să ne sincronizăm cu ambele. Nu, lasă-mă pe mine să despachetez. Eu știu unde vreau să pun fiecare chestie.

El ridică din umeri și o lăsă să-și vadă de treabă.

– Atunci, mă duc la sala de gimnastică, mai ales dacă mă așteaptă plăcinte. Dacă ai rețeta și îți amintești cât ai cheltuit, îți dau banii.

Ea se opri.

– De ce?

– Nu ar fi trebuit să cumperi provizii, spuse el absent, scoțând din frigider o sticlă de Gatorade.

– Și tu ar trebui, sau cum?

Simțea cum i se ridică fierbințeala pe șira spinării.

– Ei bine, e...

– Casa ta? completă ea.

– Da, însă voiam să spun, de fapt, că așa e... echitabil, pentru că tu muncești.

– Nimeni nu a muncit azi-noapte când am ieșit la masă și ai plătit tu.

– Asta a fost doar... Care e problema? Altcineva va plăti data viitoare.

– Crezi că îmi pasă de banii tăi? Crezi că sunt cu tine pentru că poți plăti notele de la cină și îți poți cumpăra astfel de case?

El lăsă sticla jos.

– Dumnezeule, Laurel, de unde ai scos-o și pe-asta?

– Nu am nevoie să îmi dai banii înapoi. Nu vreau să ai grijă de mine și poți să dai naibii *echitabilul,* pentru că asta nu se va întâmpla niciodată, însă pot să plătesc și eu, și îmi permit să-mi plătesc nenorocitele mele de ingrediente când am nevoie să fac o plăcintă.

– Bine. Nu prea înțeleg de ce te enervează atât de mult că m-am oferit să-ți plătesc câteva lămâi, însă pentru că văd că te enervează, îmi retrag oferta.

– Nu înțelegi, mârâi ea, amintindu-și de vorbele Lindei. De ce-ai înțelege?

– Și de ce nu-mi explici?

Ea dădu din cap.

– O să fac prăjituri. Prăjiturile mă înveselesc. Luă telecomanda și porni muzica. Du-te la exerciții.

– Asta și intenționam, spuse, însă lăsă sticla, îi cuprinse chipul în mâini și îl studie. Fii fericită, spuse el.

O sărută, luă sticla și ieși.

– Am fost, murmură ea. Și voi fi din nou. Hotărâtă, începu să-și aranjeze proviziile și ingredientele după cum i se părea mai bine.

Mal intră chiar când separa făina pentru aluatul de prăjituri.

– Îmi place să văd o femeie care știe ce face în bucătărie.

– Îmi pare bine.

Se duse la vasul de cafea, analiză zațul rămas, apoi îl lăsă jos.

– Fac cafea proaspătă. Vrei?

– Nu, am băut destulă.

– Și? Care e meniul?

– Plăcinte. Ea își simți vocea tăioasă și se strădui să o ascundă. Cu lămâie și cireșe.

– Am o slăbiciune pentru o felie de plăcintă bună cu cireșe. Puse cafeaua la fiert și se îndreptă spre masă. Folosești lămâi adevărate la plăcinta cu lămâie?

– Nu mai aveau mango. Îl privi în timp ce-și turna apă cu gheață într-un pahar. Altceva?

– Știi cutiuța aceea cu imaginea unei felii de plăcintă?

Ea se destinse suficient încât să râdă.

– Nu și în bucătăria mea, amice. Doar suc și coajă de la lămâi adevărate.

– Ce zici de asta? Turnă cafeaua, apoi își băgă nasul într-un dulap. Hei, uite Pop-Tart. Te deranjează dacă mă uit și eu?

Mirată, se opri din ce făcea și îl privi.

– Vrei să vezi cum fac plăcinte?

– Îmi place să văd cum se fac lucrurile, dar dacă te încurc, plec.

– Numai să nu atingi nimic.

– S-a făcut.

Se așeză pe un scaun înalt, pe partea cealaltă a blatului.

– Faci mâncare?

El desfăcu un pachet de Pop-Tart în timp ce vorbea.

– Când am plecat prima dată în L.A., am fost nevoit să învăţ să fac de mâncare, ca să nu mor de foame. Am învăţat. Şi fac un sos roşu al naibii de bun. Poate îl fac pentru diseară, mai ales dacă va continua să plouă.

– Mac pretinde că se înseninează.

Mal privi prin ploaia subţire.

– Aha.

– Asta am spus şi eu.

Ridică făcăleţul – unul bun, de marmură, pe care ştia că Del îl cumpărase cu gândul la ea. O făcea să îşi dorească să îi sară de gât. Lăsă să-i scape un oftat în timp ce presăra făină.

– E greu să fii bogat.

Ea îl privi din nou.

– Poftim?

– E şi mai greu să fii sărac, continuă el, pe un ton la fel de natural. Eu am fost şi una, şi alta – relativ –, iar sărăcia e mai grea, însă şi bogăţia are câteva lucruri dureroase. Îmi era bine în L.A. Aveam constant de muncă. Deja începusem să-mi fac o reputaţie şi să-mi strâng nişte bani, când m-am rănit într-o cascadorie. În final, am primit o groază de bani pentru ce mi s-a întâmplat.

– Cât de rău te-ai rănit?

– Mi-am rupt câteva chestii pe care nu le mai rupsesem şi alte câteva pe care le mai rupsesem. Muşcă din nou din Pop-Tart. Ideea e, cel puţin după standardele mele, că mă scăldam în bani. Mulţi şi-au dat seama de asta şi au crezut că ar putea să se scalde şi ei cum puteau. Şoarecii au ieşit în căutarea unei bucăţi consistente de brânză, iar dacă nu împărţeai, sau dacă nu împărţeai suficient din punctul lor de vedere, se supărau, iar asta mi-a oferit o perspectivă complet nouă despre cine şi ce era important, şi cine nu.

– Da, cred că ai dreptate.

– Del s-a scăldat mereu în bani, deci pentru el e puţin diferit.

Ea se opri din rulat aluatul.

– Ai ascultat?

– Treceam pe aici și am auzit din greșeală ceea ce cred că a fost finalul discuției. Nu am tras cu urechea, însă nu cred că te interesează părerea mea.

– De ce m-ar interesa?

Tonul ei rece nu părea să-l influențeze în vreun fel.

– Pentru că eu înțeleg. Știu cum e să ai nevoie să dovedești că te poți descurca singur. Nu am pornit chiar de pe aceeași poziție ca tine, însă nici departe nu sunt. Mama vorbește, adăugă el, iar eu o las. Așa că mai știu câte ceva din culise.

Ea ridică din umeri.

– Nu e un secret.

– Totuși e enervant să știi că ești subiect de bârfă, mai ales când e vorba despre istorie antică și nu prea are treabă cu tine, din moment ce e vorba despre părinții tăi.

– Atunci, ar trebui să îți spun că știu că ți-ai pierdut tatăl și că mama ta s-a mutat aici ca să lucreze pentru unchiul tău, lucru care te-a afectat.

– E un nenorocit. Mereu a fost. Își luă cafeaua și făcu un gest cu cana. Cum faci asta? Crusta de deasupra? Să-ți iasă aproape perfect rotundă?

– Exercițiul.

– Da, în aproape tot e nevoie de așa ceva. O privi în tăcere cum împachetă aluatul, cum îl așeză în prima formă de plăcintă, desfăcându-l apoi.

– Felicitări. Oricum, părerea mea...

– Dacă tot îți ascult părerea, ai putea să te faci util și să scoți sâmburii din cireșe.

– Cum?

Ea îi întinse o agrafă și își luă alta.

– Uite așa.

Îi făcu o demonstrație, înfigând agrafa în baza cireșii. Sâmburele ieși prin vârf.

Ochii lui foarte verzi luciră plini de interes.

– Foarte ingenios. Lasă-mă să încerc.

Scoase sâmburele cu o pricepere mai mare decât se așteptase ea, așa că îi întinse două castroane.

– Sâmburii într-unul, fructele în celălalt.

– Am înțeles. Se puse pe treabă. Del nu se gândește la bani așa cum fac cei mai mulți dintre noi. Nu e prostul nimănui, asta e sigur. E generos din fire – și prin educație, dacă măcar jumătate din ceea ce aud despre părinții lui e adevărat.

– Au fost oameni minunați. Incredibili.

– Așa se spune. Mâinile lui Mal lucrau rapid, cu abilitate – o impresiona – cu agrafa și sâmburii. E milos și drept. Nu e un încrezut și nu vrea să-și folosească banii doar pentru confortul și plăcerea lui personală, ci ca să construiască, să lase ceva în urmă, să schimbe vieți. E un tip excepțional.

– Așa e.

– Și nu e un nenorocit, iar asta contează enorm. Hei! Sper că nu plângi, nu? întrebă Mal precaut.

– Nu. Nu plâng prea ușor.

– Perfect. Vreau să spun că el cumpără locul acesta – sau mă rog, el și Picioare.

– Tu chiar ai de gând s-o strigi pe Parker „Picioare"?

– Cu siguranță le are. E o investiție, desigur. Și un refugiu pentru ei, însă el – ei – a pus-o la dispoziția noastră. Ar fi putut foarte bine să spună: „Gata, suntem în vacanță. Ne vedem peste două săptămâni", însă n-a făcut asta.

– Nu, n-a făcut asta. Laurel începea să aibă o părere din ce în ce mai bună despre Mal. Înțelegea și aprecia.

– Așa că, privește casa asta plină de oameni. Eu mă simt puțin ciudat să socializez cu voi, dar asta mă privește doar pe mine. Del gândește la modul: „Avem locul ăsta, hai să-l folosim". Fără nici o obligație.

– Ai dreptate. La naiba.

Ochii lui verzi și pătrunzători îi întâlniră din nou pe ai ei, cu un aer de înțelegere care aproape o făcu să plângă.

– El nu înțelege însă că noi ne simțim obligați într-un fel. Nu știe și nu vede asta. Dacă ar înțelege...

– S-ar simți iritat sau insultat, încheie ea.

– Da, însă, uneori, fata are nevoie să-și cumpere propriile lămâi, așa că trebuie să facă ceva în privința iritării și a insultei.

Ea termină cealaltă crustă de plăcintă și o așeză în a doua formă.

– Ar trebui să pot să-i explic. Cred că asta mă privește doar pe mine.

– Cred că da.

– Chiar când începusem să te plac, spuse ea, cu zâmbetul pe buze.

Când intră Emma, Laurel îi arăta lui Mal cum se face plăcinta cu adevărat.

– Turneu în sala de jocuri, în aproximativ o oră.

– Poker? întrebă Mal, luminându-se la față.

– Încă se decide. Jack și Del vor un fel de decatlon, iar pokerul e pe listă. Se ceartă pentru sistemul de puncte. Oho-ho, plăcintă!

– Trebuie să termin asta, apoi mă apuc să fac pâine, iar Mal face sos roșu.

– Gătești?

– Prefer să joc poker.

– Ei bine, aș putea...

– Aha. Laurel arătă cu degetul spre Mal. Avem o înțelegere.

– Bine, însă nu începeți turneul până nu termin și eu aici. Și nu spăl vasele.

– Rezonabil, aprobă Laurel. Avem nevoie de nouăzeci de minute, îi spuse ea Emmei. Dacă restul participanților vor să mănânce în seara asta, vor trebui să ne aștepte.

Laurel adusese cu ea cronometrul, pe care îl fixă pentru a doua creștere a pâinii. Plăcintele ei se răceau pe rafturi, iar sosul lui Mal fierbea la foc mic.

Părea o activitate excelentă pentru o zi ploiasă.

Când intră în sala de jocuri, își dădu seama că Del și Jack făcuseră propria lor versiune de plăcintă de lămâie.

Fixaseră stații, chiar le număraseră. Masa de poker, Xbox-ul, covorul pentru Dance Dance Revolution, temutul foosball. Nu se pricepea deloc la foosball.

Se perindară prin bucătărie în ultima oră, ca să ia gustări și băuturi. Pe bar erau castroane cu chipsuri, salsa, brânză, fructe și biscuiți crocanți.

În cele din urmă, întocmiră un tabel în care să țină scorul și își trecură numele pe listă.

– Pare destul de serios.

– Concursurile nu sunt pentru papă-lapte, îi spuse Del. Parker a încercat să interzică trabucurile la rundele de poker, însă a fost învinsă. Mal are grijă de cină.

– Da. Partea asta o ținem sub control. O să avem nevoie de câteva pauze ca să verificăm dacă totul e în regulă.

– Da, așa e corect.

Da, el era un om corect, își spuse ea. Generos din fire, după cum spusese Mal. Se străduise să facă acea sală de jocuri perfectă – bineînțeles, și pentru propriul său bine. Îi plăcea la nebunie să joace, însă voia să se asigure că toată lumea se simțea bine.

Ea își îndoi degetul, făcându-i semn să vină într-un loc mai liniștit, căci Mac începuse să se certe cu Jack în privința jocurilor video pe care să le aleagă.

– Nu-mi cer scuze pentru conținut, ci pentru aspect.

– Bine.

– Nu vreau ca vreunul din noi să simtă vreodată că trebuie să-ți deschizi portofelul.

Chipul lui se încruntă.

– Eu nu simt asta. Tu nu simți asta. Nu e...

– Atunci, asta contează. Se ridică pe vârful picioarelor și îl sărută ușor. Hai s-o lăsăm baltă. O să ai destule griji când o să te fac praf în turneu.

– N-ai nici o șansă. Trofeul pentru Primul turneu anual Brown de pe plajă e deja al meu.

– Există și un trofeu?

– Bineînțeles că există un trofeu. Jack și Parker l-au făcut.

Urmări direcția arătată de degetul lui. Zări ceea ce părea a fi o bucată de lemn adusă de valuri, cu scoici amplasate strategic, ca să imite o pereche de bikini primitivi. Algele uscate acopereau „capul". Desenaseră un chip cu un rânjet fioros, în care se vedeau dinții.

Izbucni în râs și se duse să vadă mai de aproape.

Mai bine, se gândi Del. Îndepărtase ceea ce o supărase, ceea ce nu însemna că acel ceva nu continua să bântuie prin preajmă, gata să-și facă din nou apariția.

Avusese timp să se gândească și își făcuse deja o idee, sau cel puțin era aproape să-și facă o idee, de unde venea.

Și știa și cum să afle.

Privi către Emma, care se ocupa de bar.

Pur și simplu, avea nevoie de momentul și de abordarea potrivite.

– Să înceapă jocurile, strigă Jack, ridicând o pălărie. Toată lumea să tragă un număr pentru prima rundă.

Chiar nu se pricepea deloc la foosball. Iar lipsa ei de pricepere era atât de mare, încât chiar și Carter reuși s-o bată. *Asta* chiar era umilitor, își spuse ea.

Totuși, era foarte bună la pinball și, cu noroc și talent, reuși să-i întreacă pe Jack și pe Del. Spre tristețea *lor*.

Iar asta o mulțumea.

Nu prea avea chef de poker, însă Mal și Parker se întreceau la DDR. Trebuiau să se măsoare cu ea, ca să aibă cea mai mică șansă la trofeu. Sorbi din vin, în timp ce Parker și Mal obținură amândoi punctajul maxim în a doua din cele trei runde. La naiba, n-avea șanse.

Era probabil nedrept să creadă că prezența lui Mal echilibra lucrurile, însă chiar asta se întâmpla. Parker era capabilă să-și facă rost și singură de un iubit, dacă își dorea unul, însă chiar era o imagine interesantă. Și arătau bine împreună. Foarte bine.

Poate că trebuia să-și revină, dacă avea cumva de gând să facă pe pețitoarea.

Ridică din umeri și sorbi din nou din vin, apoi se pregăti pentru tura ei la Xbox. Ajunse în runda finală, într-a cincea, la egalitate cu Mac, după ce îl zdrobise pe Jack la DDR.

– La dracu' cu Wii, mârâi el. Mi-a ucis punctajul.

– Eşti într-a patra. Emma îl înghionti în stomac. Pe mine m-au făcut praf. Ceva e în neregulă cu aparatul acela de pinball, iar telecomanda mea de Xbox nu merge. Îi luă trabucul din mână. Pentru noroc, spuse ea, apoi pufăi. Bleah, nu merită.

După patruzeci de minute la Texas Hold'Em, Laurel avea în mână inimă roşie. Mâna asta putea s-o aducă pe primul loc şi, probabil, să-i elimine pe Emma, Mac, şi poate şi pe Carter.

Pe măsură ce pariul trecea de la unul la altul, simţi cum îi zumzăie mintea când adversarii ei lăsară unul câte unul cărţile. Şi veni şi rândul lui Carter.

El se gândi, cântări... la nesfârşit, îşi spuse ea, apoi rosti:

– As de inimă roşie.

Lăsă cărţile jos.

– Foarte frumos, îi spuse Del.

– Ah. Carter îşi potrivi ochelarii, cu o privire tristă. Ful. Dame peste şapte. Îmi pare rău.

– Iu-huu!

Auzind chiotele lui Mac, Laurel se încruntă.

– Îmi pare rău, trebuie să mă bucur pentru el. Mă căsătoresc cu el.

– Poate ar trebui să mergi tu să vezi ce e cu sosul, spuse Mal.

– Da, aş putea să fac asta. Se ridică de la masă. E vina porcăriei de foosball.

Nu se grăbi, amestecă în sos, apoi ieşi pe terasă.

Prezicerea lui Mac se dovedi adevărată. Se înseninase. Fusese nevoie de toată ziua pentru asta, însă cerul era din nou albastru. Mai târziu, aveau să apară şi luna şi stelele. O noapte minunată pentru o plimbare pe plajă.

Merse sus şi o zări pe Emma la bar, turnându-şi o cola light.

– Ai ieşit?

– Am ieşit.

– Ura, nu am ieşit ultima!

– Aş putea să te urăsc pentru asta, însă sunt prea generoasă. Jack e şi el aproape gata. Dragostea noastră nu ne-a ridicat azi prea sus pe aripile norocului şi talentului. Însă ne-am distrat. Ah, iată-l şi pe bărbatul meu. Cred că ar trebui să-l compătimesc.

Urmară alte treizeci de minute de eliminări, și alte câteva pentru calcule.

În cele din urmă, Del se întoarse să ia trofeul.

– Doamnelor și domnilor, avem egalitate. Parker Brown și Malcolm Kavanaugh au terminat amândoi cu o sută treizeci și patru de puncte.

Mal rânji spre Parker.

– Picioare, se pare că împărțim prada.

– Am putea avea un baraj, însă sunt mult prea obosită. Întinse mâna să i-o strângă pe-a lui. Împărțim.

Capitolul 20

Del găsi ocazia să vorbească între patru ochi cu Emma în ziua următoare, când îi sugeră să îl ducă la sera locală să vadă ce fel de flori i-ar plăcea să cumpere.

Ea sări în sus atât de rapid și atât de entuziasmată de idee, încât el se simți ușor vinovat. O să se revanșeze, își spuse el, o va lăsa să aleagă tot ce dorea, chiar dacă asta însemna să angajeze o întreagă echipă din partea locului ca să aibă grijă de plante.

Însă ea îi anulă imediat mustrarea de conștiință, după ce urcă lângă el în mașină.

– Întreținerea minimală e cheia, începu ea. Aș vrea râuri de culori și texturi, însă nu locuiești aici. N-are rost să luăm toate astea, ca apoi să fie nevoie să angajezi oameni ca să aibă grijă de flori, din moment ce tu vii rar pe aici.

– Așa e.

Tot ce dorea, își spuse el din nou. Tot.

– Următorul element-cheie este să ne limităm la plante și ierburi specifice plajelor și să încercăm să dăm un aspect cât mai natural. O să fie foarte distractiv!

– Sunt sigur.

– Așa va fi. Ea râse și îl înghionti. Îmi place la nebunie vacanța asta, iar florile vor fi mica mea răsplată pentru vacanță. E un loc atât de frumos, Del. Toți suntem fericiți să fim aici.

– Răsplată? Haide, Emma!

– Mă simt bine să fac ceva ca să-mi arăt recunoștința. Nici să nu te gândești că o să-mi refuzi asta. Ce zi superbă! Abia aștept să încep.

– E bine să plecăm undeva departe, să ne relaxăm. Ne prinde bine tuturor.

– Sunt complet de acord cu tine.

– Să lăsăm stresul. Toți suntem stresați. Nu doar din cauza muncii, ci și a altor surse. Întâlnirea lui Laurel cu Linda a contribuit mult la asta.

– Ah, ți-a spus. Nu eram sigură că o va face.

Emma se lăsă pe spate, cu chipul plin de furie.

– E bine că a prins-o pe Linda înainte să dea buzna în casa lui Mac și Carter, însă nu-mi place să știu că a trebuit să-i facă față singură.

– S-a descurcat, a dat-o pe Linda afară, însă știu ce vrei să spui. N-a avut nici o apărare când a atacat-o Linda. A fost atât de supărată. Femeia aia știe exact unde să înfigă cuțitul.

– Nimic din ce spune Linda nu trebuie luat în seamă.

– Nu, însă cuvintele rănesc, iar ea știe ce cuvinte să folosească. E... e un animal de pradă, asta e; și îi place să atace în punctele slabe. Chiar a dărâmat-o pe Laurel. Întâi cu tatăl ei, apoi cu tine. Cuțit, cuțit, gheară.

– Tații sau părinții sunt puncte slabe pentru mulți oameni. Ce a realizat Laurel de una singură, fără sprijinul lor, e ceva cu care să se mândrească.

– Sunt complet de acord, însă e mai simplu pentru tine și pentru mine, pentru că nu a trebuit să ne descurcăm singuri. Eu mereu am avut parte de dragoste și de sprijin. Și să afli că tatăl tău e atât de slab – și cu gusturi atât de proaste –, încât să aibă o relație cu Linda, te dezechilibrează. În timp ce Laurel încearcă să facă față informației, Linda îi dă lovitura de grație și îi spune cum toată lumea râde de ea în privința ta, de *iluziile* ei, de faptul că tu niciodată nu te vei gândi serios la cineva ca ea, insultând-o cum că toți știu că aleargă după banii și numele de Brown, pentru că uită de unde provine.

Făcu o pauză să se mai liniștească, iar Del continuă să conducă în tăcere, în timp ce rumega ceea ce tocmai aflase.

– Asta a fost picătura care a umplut paharul, continuă Emma, conferindu-i o imagine de căutătoare de aur; iar ție de șmecher care i-o trage prietenei surorii lui doar pentru că poate. Și pentru că exact asta crede Linda, de fapt, împinge cuțitul cu putere. A făcu-o pe Laurel să plângă și știi prea bine că e nevoie să o bați cu biciul ca să scoți o lacrimă de la ea. Dacă o mai găseam pe Linda acolo, aș fi... Ah, la dracu', la dracu', Laurel nu ți-a spus toate astea!

– Mi-a spus că a venit Linda și că a dat-o afară, însă a omis mai multe puncte importante.

– La dracu', Del, *la dracu'!* M-ai făcut să-ți spun eu restul.

– Da, așa e, dar nu crezi că am dreptul să știu?

– Poate că ai dreptul să știi, însă eu nu aveam dreptul să-ți spun. M-ai făcut să-mi trădez prietena.

– Nu ai trădat pe nimeni. Parcă în fața serei, apoi se întoarse spre ea. Ascultă, cum să rezolv problema, dacă nu știu despre ce e vorba?

– Dacă Laurel dorea să rezolvi tu...

– Se pare că Laurel se enervează când aude că vreau să rezolv eu ceva, orice, dar să lăsăm asta o clipă. Linda e o problemă și e o problemă pentru noi toți, însă, în acest incident specific, s-a legat de Laurel. A rănit-o. Nu te pregăteai să spui că te-ai fi luat de ea, dacă ai fi știut mai devreme?

– Ba da, dar...

– Crezi că sunt cu Laurel doar ca să-mi satisfac vreun capriciu? Că mă culc cu ea pentru că e disponibilă?

– Nu, bineînțeles că nu.

– Însă o parte din ea crede asta.

– Nu sunt eu în măsură să răspund la așa ceva și nu e corect din partea ta să mă întrebi.

– Bine, reformulez întrebarea.

Ea își scoase ochelarii de soare ca să-l privească direct.

– Nu face pe avocatul cu mine, Delaney. Sunt foarte furioasă pe tine.

– Trebuia să știu. Nu voia să-mi spună. În parte din mândrie, cred, însă în parte pentru că, într-un fel, crede și ea asta. Și poate că e vina mea, sau măcar pentru o parte din toate astea e vina mea. Ieri mi-a trecut prin cap că despre asta e vorba, însă aveam nevoie de confirmare.

– Mă bucur pentru tine.

Încercă să deschidă ușa, însă el o opri.

– Emma, dacă nu știu, și nu știu cum să mă port, o rănesc. Și nu vreau să o rănesc.

– Trebuia să o întrebi direct.

– Nu mi-ar fi spus. Știi că nu mi-ar fi spus decât dacă aș fi încolțit-o și nu ar fi avut de ales. Acum știu. La naiba, ieri am rănit-o oferindu-mă să plătesc pentru cumpărături, pur și simplu pentru că nu înțelesesem. Nu e vorba despre Linda, chiar dacă m-am hotărât deja să am de-a face cu ea. E vorba de mine și de Laurel.

– Măcar asta ai înțeles bine. Lăsă să-i scape un oftat. Însă m-ai pus într-o situație oribilă, Del.

– Îmi pare rău și voi continua să te țin în situația asta, rugându-te să nu-i spui nimic lui Laurel. Nu înainte să vorbesc eu cu ea. Dacă nu crede în relația pe care o avem, n-o să funcționeze niciodată. Nu ne vom potrivi niciodată. Dacă sunt responsabil pentru situația asta, chiar și parțial, trebuie să îndrept lucrurile. Așa că, te rog să-mi dai o șansă să îndrept lucrurile.

– Dumnezeule, te pricepi la vorbe. Cum aș putea să spun nu?

– Vorbesc serios. Eu și ea trebuie să mai lăsăm din armură și din protecții și să vedem ce se ascunde dedesubt. Vreau să-mi dai șansa să fac asta.

– Vă iubesc pe amândoi și vreau să fiți fericiți. Deci, Del, ai face bine să rezolvi problema. Dacă dai greș, sau dacă o lași pe ea să dea greș, pe tine o să dau vina.

– Da, cinstit. O să mai fii furioasă pe mine?

– O să-ți spun după ce vorbești cu ea.

– Emma.

Se aplecă și o sărută pe obraz.

– Ah. De data asta răsuflă adânc. Hai să mergem să cumpărăm niște plante.

El se străduia să nu-și piardă răbdarea, însă verificarea și selecția păreau să nu se mai sfârșească. Și, de fiecare dată când îi dădea de înțeles că ar trebui să se grăbească, Emma pur și simplu îi arunca o privire de oțel.

În cele din urmă, încărcară în mașină o parte din plante și aranjară transportul celorlalte – rămăseseră destule de adus.

– Du-o pe plajă, îi spuse Emma pe drumul de întoarcere, departe de noi toți. Nu încerca să vorbești cu ea despre asta în casă sau în preajma casei. Prea multe posibilități de întrerupere. Dacă sunteți întrerupți, ea se poate eschiva.

– Da, ai dreptate. Mulțumesc.

– Nu-mi mulțumi. Poate nu fac asta pentru tine. Poate fac asta doar pentru ea.

– Oricum.

– O plimbare lungă și, crede-mă, dacă se întoarce supărată, îți sparg capul sau îi spun lui Jack să o facă.

– Nu cred că ar putea să-mi spargă capul, însă tu ai putea.

– Atunci nu uita lucrul ăsta și ai grijă să n-o dai în bară. Se opri o clipă. O iubești?

– Bineînțeles că da.

Ea se întoarse spre el.

– Ăsta e un răspuns stupid. Cel mai stupid lucru pe care poți să-l spui. Cred că într-adevăr o să-ți sparg capul.

– De ce...?

– Nu. Ea dădu din cap și privi înainte. Nu-ți mai dau indicii. Va trebui să-ți dai singur seama, altfel nu mai e ceva real. O să mă dau la o parte. O să mă apuc de plantele astea, așa că n-o să vă stau în cale. E cel mai bun lucru pe care-l pot face pentru amândoi. Își mușcă buza. Dar să nu spui „bineînțeles“!

– Bine.

Odată ajunși acasă, Emma se ținu de cuvânt. Descărcă uneltele pe care le cumpăraseră și începu să sape, la propriu.

Însă planurile de a o ademeni pe Laurel în acea plimbare trebuiau amânate.

– Laurel a plecat cu Parker la cumpărături, îl anunță Jack. Parker voia să cumpere chestii pentru casă. Avea o listă. Și vorbeau despre cercei. Mac e la piscină, Carter e pe plajă, citește, Mal e și el pe undeva. Mă duc și eu.

– Au spus când se întorc? Laurel și Parker?

– Amice, au plecat la cumpărături. Poate să dureze o oră sau trei-patru zile.

– Așa e.

– S-a întâmplat ceva?

– Nu. Nu. Doar întrebam.

Jack își scoase ochelarii de soare.

– Vii pe plajă?

– Da. Vin și eu imediat.

– Mă duc să văd dacă Emma are nevoie de ajutor înainte să cobor pe plajă – mulțumesc mult pentru asta.

– Așteaptă să vină și restul. La noi nu a încăput aproape nimic.

– Minunat.

Văzând că trecuse o oră și nu se întorseseră, încercă să-și rețină primele înțepături de iritare. Se plimba înainte și înapoi pe terasă, derulându-și în minte mai multe scenarii, așa cum făcea înainte să intre în sala de tribunal.

Auzi vocea Emmei, pe cea a lui Jack, a lui Carter, a lui Mac, a lui Mal, care veneau și plecau. Îi zări pe plajă, în apă, pe alee. Când auzi tot grupul intrând – probabil, să pregătească prânzul –, ieși să înoate de unul singur și să își pună gândurile în ordine.

Pe măsură ce trecea și după-amiaza, se gândi să o sune pe Laurel pe mobil. Aproape că cedase acestui impuls, când văzu mașina lui Parker intrând pe alee.

Se îndreptă spre ele, în timp ce descărcau un munte de pungi de cumpărături și chicoteau ca doi copii cu mâinile într-un vas cu fursecuri.

Nu avea motiv, însă scena asta îl enervă la culme.

– Ah, Emma, arată fantastic! strigă Parker.

– Da, arată, și mai am o grămadă.

– Ia o pauză. Vino să vezi ce-am cumpărat. Ne-am distrat de minune. Hei! Laurel se opri o clipă să-i zâmbească lui Del. Ai venit la timp să ne ajuți să cărăm toate pungile astea. Și chiar ar trebui să pornești blenderul, pentru că sesiunea de cumpărături ne-a făcut poftă să bem margarita pe plajă.

– Începeam să mă îngrijorez.

Își auzi tonul propriei voci.

– Ah, nu te plânge, tătăiță. Cară. Împinse pungile spre el. Em, am găsit cel mai minunat magazin de cadouri. Trebuie să ne întoarcem acolo!

– Adică, vreți să spuneți că a mai rămas ceva în el?

Mal veni să ia câteva pungi.

– Cred că ne-am oprit în toate magazinele, dar am mai lăsat câte ceva în ele. Nu face pe bosumflatul. Laurel râse către Del. Ți-am cumpărat și ție ceva.

Neavând de ales, duse pungile sus și trebui să dea înapoi când femeile năvăliră în ele ca să-și scoată prada.

– Ce zici să facem o plimbare pe plajă? o întrebă pe Laurel.

– Glumești, nu? Am mers o grămadă. Vreau să beau margarita. Cine se ocupă de blender? strigă ea.

– Mă ocup eu.

Mal se îndreptă spre bucătărie.

Del îi aruncă Emmei o privire care cerea ajutor, însă ea ridică din umeri și reveni la admiratul cumpărăturilor. „Se răzbună“, se gândi el.

– Poftim. Laurel îi întinse o cutie. O amintire.

Pentru că nu putea să le bată, Del se calmă.

– Un ciob prin care să te uiți la soare, îi spuse ea când deschise cutia. Sticlă de pe plajă, reciclată. Întinse degetul către unul dintre cioburile netede și colorate. Mă gândeam că poate ți-ar plăcea să-l pui la tine în casă ca să-ți amintești de vremurile bune.

– E minunat. Lovi ușor un ciob, făcându-le pe celelalte să danseze cu un clinchet. Chiar este. Mulțumesc.

– Am luat unul mai mic și pentru salonașul meu. N-am rezistat.

Băură margarita și vorbiră despre cină. Ea era de neclintit.

„Răbdare“, își spuse el.

Reuși să-și urmeze propriul sfat până la apus.

– Plimbare. Plajă. Noi doi.

O luă de mână și o trase spre ușă.

– Dar trebuie să...

– Mai târziu.

– Ce insistent, spuse ea, însă își împleti degetele cu ale lui. Și chiar că e minunat aici. Privește cerul. Cred că trebuie să fac o plimbare pe plajă, după ce am petrecut aproape toată ziua la cumpărături. Își trecu degetele peste cerceii cei noi. Însă acum port lucruri drăguțe, care să-mi amintească de aceste două săptămâni. Când o să fim în mijlocul iernii, o să pot să privesc în jur și să spun că vine iar vara.

– Vreau să fii fericită.

– Chiar acum îți îndeplinesc dorința. Sunt fericită.

– Trebuie să vorbesc cu tine și să te întreb ceva.

– Sigur. Se întoarse și privi spre casă. Emma avea dreptate în privința plantelor și a ierburilor.

– Laurel, vreau să fii atentă.

Ea se opri.

– Bine. Ce s-a întâmplat?

– Nu sunt prea sigur. Tu trebuie să-mi spui.

– Atunci, nu s-a întâmplat nimic.

– Laurel. Îi prinse mâinile. Nu mi-ai spus că Linda ți-a vorbit despre noi doi. Despre noi.

El îi simți mâinile rigide într-ale sale.

– Ți-am spus că m-am descurcat cu Linda. Emma nu avea nici un drept să...

– Nu e vina ei. Am făcut-o eu să-mi spună. A crezut că mi-ai spus toată povestea. Și ar fi trebuit să-mi spui. Mai mult, Laurel, mult mai mult, ar fi trebuit să-mi spui dacă simți că vreo parte din ce a spus ar fi adevărat. Dacă am făcut sau am spus ceva care să te facă să crezi asta...

– Nu ai făcut. Hai s-o lăsăm baltă.

– Nu. El o strânse și mai tare, în loc să-i dea drumul. Te-a rănit și, indirect, te-am rănit și eu. Nu-mi iese din cap că te-am rănit și eu.

– Las-o moartă, Del. Ești iertat. Nu vreau să vorbesc despre Linda.

– Nu vorbim despre Linda. Vorbim despre noi doi. La naiba, Laurel, de ce nu ești sinceră cu mine? Se poate să fim sinceri unul cu celălalt?

– Eu sunt. Ți-am spus că nu e nimic.

– Ba e. Cu siguranță e, când te înfurii atât de tare dacă mă ofer să plătesc eu cumpărăturile. Sau un tort pe care ți-am cerut să-l faci. Nu e vorba de asta, ci de idee.

– Ți-am spus foarte clar că nu e nevoie să scoți portofelul. Nu voi accepta să mă angajezi...

– Laurel. Tonul vocii lui o opri. N-am avut niciodată intenția asta. Niciodată, iar tu ar trebui să știi. Ai spus că vrei ca lucrurile să fie echitabile între noi, însă nu se poate asta dacă tu nu-mi spui ce vrei, de ce ai nevoie sau ce simți.

– Cum se poate să nu știi? întrebă ea.

– Pentru că nu-mi spui.

– Să-ți spun? După tot acest timp petrecut împreună? Poți să mă privești, să mă atingi, să fii cu mine și să nu știi?

Ea se îndepărtă de el și se trase înapoi.

– Bine, bine, sunt responsabilă pentru ceea ce simt și, clar, a fost stupid din partea mea să aștept și să sper că o să vezi. Dacă vrei să-ți spun, o să-ți spun. Echitabil, ha? Nu va fi niciodată echitabil, pentru că ție îți pasă de mine, iar eu sunt atât de îndrăgostită de tine. Mereu am fost atât de îndrăgostită de tine, iar tu n-ai văzut niciodată asta.

– Așteaptă...

– Nu. Vrei să-ți spun direct? Atunci o să-ți spun direct. Tu ești singurul. Mereu ai fost singurul pentru mine. Nimic, *absolut nimic* din ce am făcut nu a schimbat vreodată asta. Nici mutarea la New York, nici efortul de a-mi găsi drumul, de a deveni *cineva* de care să fiu mândră. Sentimentele mele față de tine au rămas. Ai fost mereu singurul, și orice aș face, și orice aș realiza, nu schimbă cu nimic situația. Să încerc să simt ceva real și important pentru alt bărbat? Am avut relații temporare, toate eșecuri. Pentru că nici unul dintre ei nu erai tu.

Își îndepărtă de pe față șuvițele de păr pe care vântul i le băgase în ochi.

– N-am putut să scap de obsesia asta, indiferent cât de dureros, de umilitor sau, pur și simplu, de enervant era. Am făcut față, apoi am schimbat direcția. Eu am schimbat direcția, Del.

– Ai dreptate. Întinse mâna să-i șteargă lacrimile, care rar se întâmpla să-i curgă pe obraji. Ascultă...

– *Nu am terminat.* Eu am schimbat lucrurile, însă tu încă încerci, și mereu vei încerca, să *ai grijă* de tot. De mine. Nu vreau să fiu responsabilitatea ta. Obligația ta. Animalul tău de casă. N-o să permit asta.

– Pentru numele lui Dumnezeu, nu mă gândesc la tine așa. Nu simt așa. Te iubesc.

– Da, mă iubeşti. Ne iubeşti pe toate, mai ales că a trebuit să preiei cârma, după moartea părinților voștri. Știu asta, Del, înțeleg și *îmi pare rău* pentru tine și pentru povara care ți-a rămas pe umeri. De când sunt cu tine înțeleg mai bine și îmi pare și mai rău.

– Nu are legătură cu asta.

– În unele privințe are mereu legătură cu asta, însă acum e diferit cu noi. Sau așa ar trebui. Sunt mulțumită de cum stau lucrurile acum – sau eram mulțumită. Nu ți-am spus că sunt fericită? Ce vreau și ce am nevoie? Dacă ar trebui să îți spun și ți-aș face o nenorocită de listă, atunci *nu* asta vreau și nu de asta am nevoie. Nu-ți cer declarații. Nu cer promisiuni. Pot să trăiesc clipa și să fiu fericită pe moment. Am dreptul să fiu rănită și supărată când cineva ca Linda vine și mă jupoaie. Și am dreptul să țin asta pentru mine, până mă vindec. Nu am nevoie să ai tu grijă de asta. Nu am nevoie și nici nu vreau să îndrepți tu lucrurile. Nu am nevoie să fii insistent cu sentimentele mele, când eu nu am fost niciodată cu ale tale.

– Nu, murmură el, nu ai fost. De ce nu ești?

– Poate că nu vreau să aud răspunsurile. Nu, nu vreau să le aud, spuse ea, înainte ca el să apuce să spună ceva. Nu vreau să aud ce ai de spus, când m-am deschis în fața ta și mă simt ca o proastă. Nu poți să aștepți asta din partea mea. Vreau să scap de asta. Trebuie să mă liniștesc. Trebuie să mă lași să mă liniștesc. Trebuie să pleci.

O urmări alergând pe plajă. Se putea duce după ea, își spuse el. Ar fi putut să o prindă și să o facă să-l asculte, dar, chiar dacă o făcea, nu l-ar fi auzit.

Așa că o lăsă.

Își dădu seama că ea avea nevoie de mai mult decât de cuvinte, iar el dorea să-i ofere mai mult. Da, se deschisese în fața lui, se gândi, însă prin asta îi arătase foarte clar ce simțea și el.

*

Ea alergă până se linişti. Adevărul este că ajunsese să înţeleagă că discuţia de pe plajă s-ar fi întâmplat la un moment dat. Nu o putea ţine aşa la nesfârşit. Nici unul dintre ei nu putea. Mai bine că s-a întâmplat, mai devreme decât mai târziu.

Dacă aşa se termina povestea cu Del, o să se vindece. Ştia cum să-şi îngrijească rănile, să se obişnuiască cu cicatricile.

El o să fie bun; iar ea o să urască partea asta. După aceea, vor depăşi momentul. Cumva. Urcă în dormitorul ei pe scările exterioare, sperând să nu vadă pe nimeni până a doua zi de dimineaţă, însă cele trei prietene ale ei o aşteptau.

Emma se ridică.

– Îmi pare rău. Îmi pare atât de rău că i-am spus de Linda.

– Nu e vina ta şi nu contează.

– Ba da, e şi contează. Îmi pare rău.

– Mama e cea care a pus bomba, spuse Mac. Îmi pare rău.

– E fratele meu. Parker ridică mâna. Îmi pare rău.

– Chiar că suntem grupul părerilor de rău. Laurel se aşeză pe pat. Nu e nimeni de vină, sincer. Asta e, dar cred că sar peste distracţia şi jocurile din noaptea asta. Inventaţi voi o scuză pentru mine, da? Durere de cap, oboseală după cumpărături, prea multă margarita.

– Sigur, însă...

Mac se opri şi privi către Parker şi Emma.

– Ce e? Ce mai e?

– Del a plecat.

Parker se aşeză lângă ea.

– A plecat? Cum adică *a plecat*?

– A spus că se întoarce mâine dimineaţă, că are ceva de rezolvat. A sunat ca şi când ar fi avut ceva de lucru, însă...

– Nimeni n-a crezut aşa ceva.

Laurel îşi lăsă capul în mâini.

– Minunat. Pur şi simplu, minunat. Eu i-am spus să plece. De când mă ascultă? Acum s-a stricat tot. Eu trebuia să plec. Pentru numele lui Dumnezeu, e casa lui!

– Se va întoarce. Emma se apropie și o mângâie pe Laurel pe spate. Probabil că dorea doar să îți lase un pic de spațiu. Draga mea, o să vă împăcați.

– Nu e vorba despre împăcare. Lucrurile pe care le-am spus...

– Toți spunem lucruri urâte când suntem nervoși sau supărați, zise Mac.

– I-am spus că îl iubesc și că întotdeauna l-am iubit. Că niciodată nu am iubit pe altcineva. Pur și simplu, mi-am scos inima și i-am oferit-o.

– Iar el ce a spus? vru Parker să știe.

– Atunci, i-am spus că nu vreau să aud răspunsul lui și că vreau să plece. Și am plecat. Mă rog, am fugit.

– N-a venit după tine? pufni Emma. Idiotul!

– Nu, nu e chiar așa. Își dă seama când vorbesc serios. Însă chiar nu mă așteptam să plece. Se poate să cunoști pe cineva de-o viață și totuși să te surprindă. Hai să încercăm să nu lăsăm incidentul acesta să strice totul. M-aș îmbolnăvi la propriu dacă s-ar întâmpla asta. Pur și simplu, vreau să dorm.

– Rămânem cu tine, murmură Emma.

– Nu, serios. Vreau să dorm, iar voi mi-ați face o mare favoare dacă ați merge jos și v-ați preface că totul e bine, că situația e sub control. Aș aprecia asta.

– În regulă, spuse Parker, înainte ca Emma să apuce să protesteze. Dacă ai nevoie de companie sau de orice altceva, bate la mine la ușă.

– Știu. O să fiu bine și o să fiu și mai bine mâine dimineață.

– Dacă nu ești mai bine și vrei acasă, plecăm.

Parker o trase lângă ea s-o îmbrățișeze.

– Sau îi dăm pe bărbați afară și rămânem noi, spuse Mac.

– Sunteți cele mai bune prietene. O să fiu bine.

Rămase nemișcată acolo unde o lăsaseră ele, știind însă că una dintre ele se va întoarce într-o oră să verifice ce face. Se ridică și se pregăti să se bage în pat.

Avusese vara ei, își aminti ea. Nimeni nu-i va putea lua vreodată asta. Un anotimp, avusese parte de dragostea vieții ei, și nu toți se puteau lăuda cu asta.

O să supraviețuiască. Și, în ciuda faptului că nu putuseră fi iubiți, rămâneau pentru totdeauna o familie, iar ea și Del vor găsi un mijloc să acopere acea prăpastie.

Stătea întinsă în beznă; o durea. O durea și o durea. Și încerca să se consoleze la gândul că, în timp, o să treacă. Apoi își băgă fața în pernă și izbucni în plâns, pentru că nu credea asta.

Briza mării îi mângâia obrazul ca un sărut. Dulce și catifelat. Oftă, așteptând să adoarmă, să fie cuprinsă de amorțeala pe care o aduce somnul.

– Trezește-te.

Deschise ochii și îl privi pe Del.

– Poftim?

– Ridică-te. Vino cu mine.

– Poftim? Îl împinse și încercă să gândească lucid. Lumina de afară avea nuanța argintie de dinainte de răsărit. Ce faci? Unde ai fost? De ce te-ai întors?

– Ridică-te.

Încercă să agațe cearșaful pe care îl trăsese de pe ea, însă nu reuși.

– Ți-ai lăsat prietenii. Ai plecat când...

– Ah, mai taci. Eu te-am ascultat, acum e timpul să mă asculți și tu pe mine. Să mergem.

– Unde?

– Pe plajă, să terminăm ce-am început.

– Nu merg pe plajă cu tine. Am avut scena noastră, acum s-a terminat.

– Ești o femeie încăpățânată, Laurel. De bunăvoie sau târâtă, tot mergem pe nenorocita aia de plajă. Jur că dacă mă întrebi de ce, chiar încep să te târăsc.

– Trebuie să mă îmbrac.

El îi studie maioul și boxerii.

– Ești îmbrăcată. Nu mă pune la încercare, McBane. N-am dormit și am condus foarte mult. Nu am chef.

– Nu ai chef. E ceva. Se dădu jos din pat și își propti picioarele în podea. Bine, să facem asta pe plajă, dacă e atât de important pentru tine.

Ea îi respinse mâna care încerca să o prindă pe a ei.

– Nici eu n-am avut cea mai bună noapte și nici n-am băut cafeaua. Nu mă pune la încercare nici *tu* pe *mine.*

Privi către terasă și scări.

– Ai putea să te calmezi, o sfătui el. Nu văd nici un motiv să fii nervoasă.

– Eu văd motive.

– Tu de obicei vezi motive. Din fericire, eu îmi păstrez cumpătul mai bine.

– Pe naiba! Cine amenința că târăște pe cine din pat în toiul nopții?

– E aproape de răsărit. De fapt, momentul se potrivește de minune. Îmi place. Zi nouă și de-astea. Își aruncă pantofii la baza scărilor de pe plajă. Nu am ajuns prea departe de locul ăsta noaptea trecută. Din punct de vedere geografic. Cred că ne descurcăm mai bine în alte zone. Ăsta ar fi un început.

O răsuci și o strânse într-un sărut fierbinte și posesiv. Ea încercă să se desprindă de el, însă se ciocni de un perete solid și imposibil de penetrat. O lăsă doar când simți că devine rigidă.

– Să nu faci asta, spuse ea încet.

– Trebuie să te uiți la mine și să mă asculți. Laurel, chiar trebuie să mă asculți. Îi cuprinse cu blândețe umerii. Poate ai dreptate și chiar nu văd, însă, la naiba, tu nu asculți. Așa că eu privesc și văd, iar tu mă asculți.

– Bine. Bine. Nu are rost să ne enervăm din cauza asta. Pur și simplu...

– Nu ai cum să asculți dacă nu taci din gură.

– Spune-mi încă o dată să tac, îl invită ea, cu o privire provocatoare.

El pur și simplu îi puse mâna pe gură.

– Am eu grijă de asta. Să am grijă de lucruri înseamnă ceea ce fac eu, ceea ce sunt eu. Dacă mă iubești, trebuie să accepți asta.

Își îndepărtă mâna.

– Pot să mă lupt cu tine. Nu am nici o problemă cu asta.

– Bravo ție!

– Însă urăsc că te-am rănit pentru că am fost prea ignorant, pe de o parte, și prea grijuliu, pe de alta. Să încercăm să păstrăm echilibrul e o trăsătură a familiei Brown.

– Eu sunt responsabilă...

– Pentru propriile tale sentimente, bla, bla, bla. Nu știu dacă mereu ai fost aleasa. Mă obișnuisem să mă uit la tine și să te privesc altfel. Deci, pur și simplu, nu știu.

– Înțeleg asta, Del. Înțeleg. Eu...

– Taci din gură și *ascultă*. Tu ai schimbat ce era între noi. Tu ai făcut pasul, iar pe mine m-a luat prin surprindere. Nu are cum să-mi pară rău, din moment ce îți sunt atât de recunoscător. Nu știu dacă întotdeauna ai fost aleasa, repetă el, însă știu că ești aleasa acum și că vei fi aleasa și mâine, și luna următoare, și anul următor. Și vei fi aleasa pentru tot restul vieții mele.

– Poftim?

– M-ai auzit. Vrei mai simplu? Tu ești aceea.

Ea îl privi, îi privi chipul pe care îl cunoștea atât de bine. Și văzu. Iar în clipa aceea, inima îi tresăltă.

– Te iubesc de când te știu, și asta a fost ușor. Nu știu sigur de cât timp sunt îndrăgostit de tine, însă știu că nu e ușor. Dar e sincer și adevărat și nu vreau să-mi fie ușor. Te vreau pe tine.

– Cred că... Râse ușor. Nu pot să gândesc.

– Perfect. Nu gândi. Doar ascultă și încetează măcar o dată să mai proiectezi ceea ce gândesc și simt eu. Am crezut că era firesc să o luăm încet, ca să avem timp să ne obișnuim cu ceea ce s-a întâmplat între noi. Cu ce s-a întâmplat în mine.

Îi luă mâna și i-o lipi de pieptul lui.

– Am crezut că ai nevoie de timp, așa că ai avut dreptate în privința asta. Nu am văzut. Ar fi trebuit să văd, însă nici tu nu ai văzut. Nu ai văzut cât de mult te iubesc, cât de mult te vreau, câtă nevoie am de tine. Dacă vreau animal de companie, îmi cumpăr cei doi câini, cât despre surori, am deja una. Nu așa te văd pe tine, și sunt sigur că nu asta vreau să crezi despre mine, ceea ce ne face egali. Suntem chit, Laurel.

– Vorbești serios?

– De cât timp mă cunoști?

Ochii ei erau încețoșați, însă clipi.

– De foarte mult timp.

– Atunci știi că da, vorbesc serios.

– Te iubesc atât de mult. Mi-am spus că o să te uit, însă știam că e o minciună. N-aș putea niciodată să te uit.

– N-am terminat.

Băgă mâna în buzunar și o văzu cum i se dilată privirea când scoase o cutie și o deschise.

– E al mamei mele.

– Știu. Eu... Ah, Dumnezeule, Del!

– L-am scos din seif cu vreo două săptămâni în urmă.

– Săptămâni în urmă, îngăimă ea.

– După noaptea de la lac. Direcția lucrurilor se schimbase deja, însă, după noaptea aceea – de fapt, după ziua în care ai venit la mine la birou, am știut în ce punct ne aflam sau unde îmi doream să ajungem. L-am redimensionat ca să ți se potrivească. Probabil a fost un gest puțin arogant, însă trebuie să treci cu vederea.

– Del. Nu-și găsea răsuflarea. Nu poți... Inelul mamei tale. Parker.

– Pe ea am trezit-o înainte să te trezesc pe tine. N-are nimic împotrivă. Mi-a spus să-ți transmit să nu fi proastă. Părinții noștri te-au iubit.

– Ah, la naiba! Chipul ei se umplu de lacrimi. Nu vreau să plâng. Nu mă pot stăpâni.

– Tu ești singura căreia m-am gândit vreodată să-i cer să-l poarte. Singura care vreau să-l poarte. Am mers cu mașina până la Greenwich și înapoi ca să ți-l aduc și să ți-l dăruiesc, pentru că tu ești aleasa. Laurel, căsătorește-te cu mine.

– N-o să fiu proastă. Sărută-mă din nou, prima dată când nu-mi doresc să nu te fi iubit.

Simțea briza mării pe pielea și în părul ei, în timp ce buzele lor se întâlniră; și ritmul puternic al bătăilor inimii lui lângă a ei. Și auzi fluierături și urale.

Întoarse capul, cu obrazul încă lipit de al lui, și văzu întregul grup adunat pe terasa de deasupra.

– Parker a trezit pe toată lumea.

– Relația noastră a fost întotdeauna o afacere de familie. El se retrase puțin. Ești gata?

– Da. Sunt gata, fără urmă de îndoială.

Inelul pe care i-l strecură pe deget lucea în primele raze ale soarelui, în timp ce, la răsărit, cerul înflorea ca un trandafir. O clipă pe care puteau să o savureze, pe care o pecetluiră cu un alt sărut.

– Acesta e momentul potrivit, îi spuse ea. Și locul potrivit. Mai spune-mi o dată că eu sunt aleasa.

– Tu ești aleasa. Îi cuprinse fața cu mâinile. Singura.

Singura, își spuse ea, în acea zi proaspătă și nouă, și singura în toate zilele ce aveau să urmeze.

Se întoarseră, ținându-se de mână, către scări, ca să împartă clipele de bucurie cu familia.